Heimlich, heimlich
mich vergiss

Angelika Meier

Heimlich, heimlich mich vergiss

Roman

diaphanes

3. Auflage 2012

www.diaphanes.net

Satz und Layout: 2edit, Zürich
Druck: Pustet, Regensburg

ISBN 978-3-03734-184-1

I've come to hate my body
and all that it requires in this world
I'd like to know completely
what others so discreetly talk about

Velvet Underground, *Candy Says*

Alles schweigt;
nur das Schwarze Meer rauscht …

Puschkin, *Fragmente aus Onegins Reise*

1.

Patient schreit unablässig. Dennoch muss ich ihn für eine Weile sich selbst überlassen und gebe ihm bloß die Flasche mit dem Opium-Rhabarbersaft, in der Hoffnung, ihn so für ein paar Minuten ruhigzustellen. *Opium und Rhabarber, das ist alles, was ich momentan für Sie tun kann.* Er saugt gierig am Gumminuckel der Flasche, während er mich vorwurfsvoll durch die Fenstergläser seiner Brille anstarrt, und mir fällt auf, dass ein weiteres Regiment seiner Haare die gestrige Spezialbehandlung für einen Rückzug hinter die feindliche Stirnlinie genutzt hat. Ich nicke dem Patienten verständnisvoll oder eigentlich eher um Verständnis bittend zu – ich weiß, dass ich als sein Arzt und Referent die Pflicht habe, mich fortwährend um ihn und seine Schreierei zu kümmern. Aber schließlich ist er nur ein Patient von vielen, und vor allem ist es ebenso meine Pflicht, als Referent in eigener Sache den Bericht über mich selbst vorschriftsmäßig bis Ende des Jahres der Klinikleitung einzureichen. Ich drehe dem Patienten also den Rücken zu, und erwartungsgemäß beginnt er wieder zu schreien. Er beginnt zu schreien und ich beginne zu schreiben.

Kaum dass ich der Tastatur auch nur die drei Buchstaben des Wortes *Ich* übergeben kann, muss ich bereits wieder unterbrechen. Schreierei des Patienten nimmt unmenschlichen oder eher übermenschlichen Ausdruck an. Seufzend erhebe ich mich von meinem Schreibtisch und gehe zurück an sein Bett. Seine Flasche ist leer, weshalb er sie wütend gegen die Wand geworfen hat, was ihn sichtlich noch wütender gemacht hat, weil die Plastikflasche im Gegensatz zu ihm einfach nicht kaputtgehen will, und während ich mich, abermals und diesmal bösartigerweise wie eine der Schwestern demonstrativ lang-, länger-, allerlängstmütig seufzend, nach der Flasche bücke, achte ich reflexartig darauf, ihm weder Rücken noch Hinterkopf für einen seiner Faustschläge oder Fußtritte anzubieten. Ich gehe pfeifend in den Flur, um die Flasche an einem der Zapfhähne aufzufüllen, er beobachtet mich durch die Glaswand, wird dabei ruhiger, seine Schreierei mündet in einen hellen, wortlosen Singsang, der schließlich ausrollt in der leisen Brandung seines üblichen verwunderten Gemurmels der Worte *Pamplona! Pamplona!*

Diesmal endlich nimmt er die Flasche mit einem höflichen Nicken entgegen, wackelt leicht mit dem Kopf, als er sie wie eine Jazzklarinette vor seinem Gesicht aufragend an die Lippen setzt und das Mundstück des Gumminuckels mit den Zähnen prüft, dann schließt er genüsslich trinkend die Augen. Ich setze mich wieder an den kleinen Schreibtisch in der Ecke seines Zimmers, und solange er trinkt, beobachte ich ihn über den Rand meines Bildschirms hinweg, mein Kinn gestützt auf die beiden Daumen der über den aufgestellten Ellbogen gefalteten Hände, die wie in einem verzweifelten oder wohl eher frömmlerischen Gebet Mund und Nase bedecken. Die Augen darüber werden langsam glasig, während sie die wiegende Bewegung des Patienten taxieren.

Jetzt müsste ich schreiben, wenigstens noch schnell einen ersten Satz, denn er wird gleich zu sich kommen und zu sprechen beginnen. Ich kann zusehen, wie sich die idiotische Entstellung seiner Züge wieder einmal mit erstaunlicher Schnelligkeit auflöst, ein Naturschauspiel wie in einer meteorologischen Animation, der Geist kehrt schrittweise in sein Gesicht zurück, und so schiebe ich meinen Eigenbericht wieder auf.

»Sagen Sie, Herr Doktor, habe ich Ihnen eigentlich schon einmal gesagt, dass Sie eine alte ausgelaufene Rotweinflasche sind?«

»Sie haben es das ein oder andere Mal erwähnt, Herr Professor.«

»Hm ja, mir war auch so. Nun ja, man kann es nicht oft genug sagen. Wo waren wir gestern stehengeblieben?«

»Sie haben versucht, mir Ihre Vorstellung von der Astrologie als eines auf die Zukunft projizierten Namensfetischismus darzulegen.«

»Ah ja, richtig. Schreiben Sie mit?«

»Ja natürlich«, ich wechsele schnell die Datei. »Fahren Sie fort. Ich bin ganz Ohr.«

»Ach, Sie verstehen es ohnehin nicht, ihr Ärzte versteht nie etwas von den wesentlichen Dingen des Lebens!«

»Mag sein, aber seien Sie unbesorgt, zum bloßen Aufschreiben wird mein Verständnis schon ausreichen.«

»Na gut, dann schreiben Sie. Böser Doktor, verschlagenes Aas, elender Hurensohn, Satanssonde! Liebes Buch, liebes gutes Papier!«

»Soll ich das …?«

»Nein, natürlich nicht, ich denke noch nach. Früher schien es mir so, als ob die Ambivalenz der Sternbilder je nach der inneren Kultur der Zeit entweder zu Magie, also einer monströsen kultischen Ekstase, geführt hat, oder aber zu einer mathematisch-kontemplativen Diastase, also zu Entformung, Kosmologie. Ja, genau so hat er's … hab ich's gesagt. Haben Sie das?«

»Ja, ja.«

»Entweder Magie, also der Glaube, die Zeichen der Zeit lesen zu können, die Namen beim Wort nehmen, über die Gestaltlosigkeit der Welt triumphieren, mit den kleinen verschmierten Händen am Heiligen herumtappen, oder aber entrückende Durchsicht, Distanz, Abstraktion. Haben Sie das?«

»Ja, ja.«

»Verstehen Sie es auch?«

»Hm … so ungefähr, kommt drauf an, wie's weitergeht.«

»Ja, darauf kommt es euch immer an, immer wissen wollen, wie's weitergeht, ihr Rattensäue von Ärzten!« Mit seiner von der Schreierei kaputten Stimme lacht er sein kratziges Spottlachen. »Prognose durchaus *günstig* – Prognose durchaus *ungünstig*! Je nachdem, wie der

Herr Doktor gerade scheißt oder fickt, aber immer wissen wollen, wie's weitergeht! Aber damit ist jetzt Schluss! Darauf kommt es heute nicht mehr an! Nie mehr!«

»Sie beruhigen sich jetzt, Professor, oder ich stecke Sie wieder ins Bett – ohne Rhabarberopium!«

Patient verfällt in Schimpfparoxysmus, brüllt die üblichen gemeinsten Obszönitäten, lässt sich aber durch Androhung von fünftägiger Bettruhe und Vorzeigen der Schlafmittelsonde schnell beruhigen, entschuldigt sich, gibt zu, dass seine Raserei halbe Pose war, und räumt ein, dass der Tag nicht recht geeignet ist für die Fortführung seiner wissenschaftlichen Arbeit. Danach bis zum Abend durchgängig gut, nett und rücksichtsvoll, darf Referenten zum Abendessen auf die große Terrasse begleiten.

Da Patient trotz von ihm selbst eingeräumten besseren Wissens in durchgängiger Zwangsvorstellung gefangen, dass in das Essen die moussierten Leichen seiner von der Klinikleitung ermordeten Familienmitglieder gemischt werden, bekommt er neuerdings Vor-, Haupt- und Nachspeise doppelt serviert, sodass er von dem jeweils einen Teller relativ angstfrei essen kann, solange der zweite Teller unberührt danebensteht und Patient sich durch diese List versichern kann, seine Liebsten nicht verspeist zu haben.

Nach dem Essen überaus zufrieden und still, nickt mit schräg in die Hand gestütztem Kopf im Takt der leise herüberwehenden Musik, lächelt dankbar in Richtung der Musiker. Unwillkürlich ahme ich ihn nach. Es ist ein unwirklich schöner Maienabend, die Luft ist die leichteste des Jahres, sonnengewärmt und doch frisch, und Fliederduft umhüllt das ganze Haus. Noch immer etwas flach einatmend, lasse ich meinen tagesstieren Blick von der Leine, er lässt sich ins Gras fallen und rollt dann auf der sanften Kaskade der sattgrünen Wiesen hinab ins Tal, wo ich ihn wegen der einsetzenden Dunkelheit aus den Augen verliere. Nun endlich ergreift von meinen Augen ausgehend ein köstliches schwarzes Nichts meinen gesamten Kopf, weshalb ich das Gemurmel des Patienten lange für ein unsichtbares Bächlein halte, bis sich mit seinem lauter werdenden Gerede auch die Leinwand vor mir wieder mit der Abendlandschaft füllt.

»*Konsequent, konsequent – inkonsequent, inkonsequent!* So hat er's gesagt! So und nicht anders! Pamplona, Pamplona!«

»Ja, Herr Professor.«

»Herr Doktor, Sie sind ein schlimmer Sünder, wissen Sie das überhaupt?«

»Ja, Herr Professor.«

»Im Ernst, wollen Sie nicht mir all Ihre Sünden gestehen?«

»Ich bin nicht katholisch, Professor, ich glaube nicht an die Beichte.«

»Was soll dann aber aus Ihnen werden?«

»Das steht in den Sternen.«

»Tatsächlich? Ich dachte nicht, dass dort ... um Gottes willen, kommen Sie!« Er springt auf, die Patienten und Ärzte an den Nebentischen sehen mürrisch zu uns herüber, weil er das Streichquartett nun entschieden stört. »Wenn es dort oben noch immer etwas zu lesen gibt – wir müssen das aufzeichnen gehen, kommen Sie, kommen Sie, um Himmels willen!«

»Schschsch, gut, gut, gut«, ich ziehe ihn am Arm wieder herab auf seinen Stuhl, sehe ihn begütigend oder vielleicht eher drohend an. »Ich habe nur gescherzt, verzeihen Sie, das war dumm von mir, ich hätte wissen müssen, dass Sie das aufregen würde. Seien Sie unbesorgt, dort oben steht nichts.«

»Aber ... aber ...«, er nimmt verwirrt seine Brille ab und putzt sie so kräftig mit dem über die Kante herabhängenden Tischtuch, dass ich fürchte, das Fensterglas könnte jeden Moment zerbersten. »Wenn das so ist ... was wird dann aus Ihnen?«

Ich zucke die Achseln:

»Das entscheidet die Klinikleitung. Sobald sie meinen Bericht bekommt.«

»Ach, Gott sei Dank!« Er atmet auf und setzt sich dann auch die Brille wieder auf. »Dann hat ja alles seine Ordnung!«

»Kommen Sie, Professor, es ist schon spät, ich bringe Sie zu Bett.«

»Ach nein, bitte noch nicht! Es ist doch noch früh, kommen Sie, wir wollen uns noch ein wenig ins Gras setzen.«

»Na schön, aber nur kurz, ja? Und dann werden Sie ohne Theater ins Bett gehen, verstanden?«

»Jaja, ohne Theater, immer ohne Theater ...«

Er bahnt sich mit herabhängendem Kopf einen unsinnig geschlängelten Weg über die dunkle Holzbohlenterrasse, umrundet manchen Tisch zweimal, während ich geduldig am Rand der Terrasse auf ihn warte und ihn dann dort wie üblich an die Hand nehme, weil er den einen ersten Schritt von der Terrasse auf die Wiese hinunter nicht allein machen will. Sobald das geschafft ist, nimmt er Haltung an, die Hände in den Hosentaschen schlendert er mit weltmännisch zurückgebogenem Oberkörper und federnden Knien ein kleines Stück die steile Wiese hinab und lässt sich schließlich zufrieden stöhnend auf seinen Hosenboden nieder. So sitzen wir ein Weilchen schweigend nebeneinander im Gras, die Arme locker um die weitgeöffneten Knie gelegt, beide in dem gleichen hausüblichen Abendanzug, nur dass meiner deutlich besser sitzt, weil ich zwanzig Jahre jünger als er und auch sonst alles bin, was man sein muss, um einen Anzug anständig sitzen zu lassen, was von Vorteil ist, weil die meisten Menschen diese Eigenschaft noch immer mit einer schier unbegrenzten Menge von Kompetenzen und einem positiven Charakterbild verwechseln.

»Werden Sie mich in Ihrem Eigenbericht erwähnen, Herr Doktor?«

»Nein, warum sollte ich? Ich habe nur über mich selbst Rechenschaft abzulegen.«

»Oh, könnten Sie das noch mal sagen, bitte?«

Ich tue ihm den Gefallen, was ihn sichtlich beruhigt. Er nickt ein paarmal langsam und kräftig, um sich mit dieser Bewegung das Gehörte in sein limbisches System zu füllen, von wo aus es mit Hunderten von Schläuchen zur Löschung seiner Schwelängste in seinen ganzen Körper weitergeleitet wird. Während er das Löschwasser rinnen lässt, macht er kleine Zischgeräusche und grinst mich dabei doppeldeutig an. Er schämt sich seiner Obsession für seinen symbolischen Körper und ist zugleich mächtig stolz auf diesen Bilderwahn. Höchste Zeit, dieses abendliche Ritual abzubrechen:

»Na, nun ist gut, jetzt halten Sie Ihr Wasser, Professor!«

Aber da ist es schon geschehen, ich sehe es an seinem plötzlich gequälten Gesichtsausdruck, und zugleich sehe ich die fluchende Schwester vor mir, die ihm vor dem Zubettgehen wieder die vollgepinkelten Hosen wird ausziehen müssen. Ich klopfe ihm tröstend oder eher hinterhältig auf den Oberarm, um ihn an demselben sogleich hochzuziehen, aber er macht sich schwer und fängt an zu jammern:

»Ach nein, bitte bitte, noch nicht ins Bett! Bitte bitte, noch nicht!«

»Schluss jetzt, hoch mit ...«

»Werden Sie in Ihrem Bericht um Vergebung bitten?«

»Schluss, verdammt noch ...«

»Nein, bitte, nur diese eine Frage beantworten! Werden Sie?«

Stöhnend lasse ich ihn los und mich selbst zurück ins Gras sinken. Das Tal ist vollkommen in der Dunkelheit verschwunden, aber der Fliederduft ist bei uns geblieben und sinkt diskret neben uns in die nun nicht mehr nur für den Patienten feuchte Wiese.

»Nein, ich denke nicht. Das wäre unanständig, scheint mir.«

Patient nickt verständnisvoll, seine geistigen Kräfte sind plötzlich alle, wie immer, wenn er mit unfehlbarem Instinkt wittert, dass es auf seine Autorität ankommen könnte, loyal um ihn herum versammelt. Blick und Stimme sind vollkommen klar, nur von einem souverän dosierten Hauch Wehmut durchzogen:

»Ja, das würde ich auch so sehen. Mal abgesehen davon, dass es sinnlos ist, ist es wohl tatsächlich auch unanständig oder zumindest unfein, die Sache so offen auszusprechen. Sehen Sie, ein kluger junger Kollege von mir hat einmal gesagt: *Man bittet stets um Vergebung, wenn man schreibt*. Wozu also noch drauf rumreiten, wie?«

»Tja, ich weiß nicht, ob ich dem zustimmen würde, Herr Professor, aber in jedem Fall ist es wohl unfein. Kann ich Sie dann jetzt endlich ins Bett bringen?«

»Ja natürlich, worauf warten wir noch? Ich bin schrecklich müde – ich weiß gar nicht, ob ich den Weg noch schaffe. Helfen Sie mir doch! Warum helfen Sie mir denn nicht, Sie elender Hurensohn! Satanssonde, verfluchte!«

»Ja, Herr Professor. Und hoch!«

Der Weg ins Bett ist immer der beschwerlichste. Wie ein Säufer hängt Patient an Referent, sodass seine Schlaftrunkenheit mich den ansteigenden Weg zurück nur torkelnd bewältigen lässt. Die kleinen Abendgesellschaften haben ihre Tische vorschriftsgemäß verlassen, nur eine notorisch nachzüglerische junge Patientin in einem weißen asiatischen Seidenkleid schlittert spielerisch ungeschickt, eine Hand in den Nacken ihres Arztes gelegt, der ihre Taille umfasst, über die stumpfen Terrassenbohlen in den gläsernen Bungalow der Klinik zurück. Sie kichern beide leise, bis der Arzt, mein werter Kollege Dr. Dänemark, an der großen Schiebetür angelangt, ihren Arm von seiner Schulter entfernt, mit strenger Miene das Ende des Unsinns anmahnt und die brav oder wohl eher spöttisch nickende junge Frau am Ellbogen gefasst ins Haus bringt, das jetzt in der wunderlich geräuscharm vor sich gehenden Besorgung der Nachtvorkehrungen hell erleuchtet wie ein Lichtquader in der fliederduftigen Dunkelheit schwebt.

2.

Stunden später, ich habe außer dem Professor zwei überaus fordernde Patientinnen versorgt, sitze ich auf einem der mitternächtlich verwaisten Flure endlich wieder vor meinem leeren Bildschirm, lausche geistesabwesend oder eher ablenkungssüchtig auf die gedämpften Nachtansagen, die über die zentrale Sprechanlage aus meinem Rechner rieseln, *Dr. Holm in den Sprechsaal, bitte, Dr. Holm bitte in den Sprechsaal! Dr. Engelein, bitte zum GV, Dr. Engelein zum GV, bitte!*, und versuche dabei, das eine richtige Wort zu finden, den richtigen

Ton, und finde ihn natürlich nicht, weil ich ihn zu sehr und also eigentlich auch gar nicht suche. Ich weiß mir nicht mehr anders zu helfen, als, mag dies auch meine Eitelkeit kränken, auf die hausübliche Berichtseingangsformel zurückzugreifen, und mit einem resignierten Seufzen schreibe ich:

Ich erkläre hiermit, dass ich mir vollkommen im Klaren darüber bin, dass die medizinische Arbeit am Menschen, ähnlich wie die Architektur, eigentlich mehr eine Arbeit an einem selbst ist. Ich bitte Sie daher hiermit, in genauester Ansehung meiner Person darüber zu urteilen, inwieweit ich bisher dieser Arbeit habe gerecht werden können. Denn Ihnen allein bin ich offenbar, wie auch immer ich sein mag, Sie allein, als mein ärztliches Innerstes, vermögen mich zu lesen, und so unterbreite ich meinen Bericht Ihrem Angesicht zur Kenntnisnahme, schweigend und auch nicht schweigend: Es schweigt der Mund, es schreit das Herz.

»Jaja, die vorgegebenen Worte gehen einem leichter in die Tastatur als die eigenen, wie?«

Erschrocken zucke ich zusammen, ich habe Dr. Dänemark nicht kommen hören, er steht gebeugt hinter mir und schaut mit süffisantem Lächeln über meine Schulter auf den Bildschirm. Seine Wange ist so nah an meiner, dass ich sein überfeines Rasierwasser riechen kann, ich atme stockend ein, und er nickt ein paarmal schläfrig lächelnd, bevor er sich schwungvoll wieder aufrichtet und mir schulterklopfend, schon halb im Weitergehen zuruft:

»Sie machen das schon ganz richtig, von Stern, halten Sie sich an die Formalien, dann wird's schon schiefgehen – hat bei mir jedenfalls funktioniert. Ich bin schließlich noch immer hier, wie's aussieht.«

»Ja, danke für den Tipp – gute Schicht noch!«

»Ihnen auch, Kollege, Ihnen auch!«

Referent schaut Dänemark nach, wie dieser den endlosen Flur scheinbar selbstvergessen pfeifend hinabwandert, und Referent ist fast sicher, dass Dänemark weiß, dass Referent weiß, dass es gefährlicher Unsinn ist, zu glauben, man könne die Klinikleitung mit einem bloßen Formalbericht abspeisen. Leicht verärgert, aber im Grunde eher über meine Unsicherheit als über ihn, schüttele ich den Kopf und schreibe noch schnell den letzten Satz der Standardexposition: *Sie vernehmen von mir Wahres nur, wenn Sie zuvor es mir gesagt haben*, bevor ich mich zu meinem Kontrollgang aufmache.

Die Hände hinter dem übertrieben geraden Rücken gefaltet, gehe ich langsam den Flur auf und ab, drehe den Kopf rhythmisch nach links und rechts und löse so ein wenig die Nackenverspannung. In allen Zimmern ist Ruh, Patienten liegen friedlich schlafend in ihren schönen großen Betten auf dem champagnerfarbenen Seidenbatist, bis auf diejenigen, die Erlaubnis haben, die Laufkur auch nachts abzuhalten. Während ich wie immer mit geschärften Sinnen und geistiger Teilnahmslosigkeit die schlafenden, nur durch die Glaswände getrennten Gesichter betrachte, die als ruckelnde Bilderreihe an mir vorüberziehen und die mir stets im Morgengrauen, wenn ich selbst für zwei Stunden schlafe, das neonblaue Nachbild eines Schlafmusters vor das innere Auge werfen, murmele ich den letzten Satz meiner Berichtseröffnung immer wieder vor mich hin: *Sie vernehmen von mir Wahres nur, wenn Sie zuvor es mir gesagt haben. Sie vernehmen von mir …* Der Satz mag lediglich als vage Orientierungshilfe oder sogar als bloße Formalie gelten, ich weiß nicht, ob andere, die ihn vor mir niedergeschrieben haben, heimlich über ihn gelacht haben oder nicht. Mir wird nur plötzlich klar, dass er wahr ist, tatsächlich wahr, und so will ich nun geduldig darauf warten, dass man mich wird vernehmen lassen, was ich Wahres werde schreiben können.

Diese Entdeckung meiner Hörigkeit im wörtlichsten Sinn oder eher dieser Entschluss zu ihr ist zwar etwas peinlich, weil meinem Selbstbild, das insofern vollkommen mit der Wirklichkeit übereinstimmt, als ihm ausschließlich die tadellose Erscheinung meines Spiegelbilds zugrunde liegt, nicht recht gemäß, aber dann doch ungeheuer erleichternd, und so mache ich mich, nach Abschluss meines Kontrollgangs, auf den Weg in den Sprechsaal, um Dr. Holm abzulösen.

Die Rotunde des Sprechsaals, die bei genauerer Hinsicht gar keine Rotunde, sondern ein Achteck ist, dessen Eckgelenke lediglich ein wenig im Fett der baröckelnd gerundeten Wände zwischen ihnen verschwinden, ist wie immer gleißend hell erleuchtet, und die vier hohen, in alle Himmelsrichtungen weisenden Flügeltüren sind so weit geöffnet, dass sie sich in tänzerisch überdehnter Hingabe umgeklappt an die Außenwände des Saals schmiegen, als wolle der Saal den vier in ihn mündenden Himmelskorridoren seine Brüste wie die einer monströs schönen Leiche entgegenstrecken. Wie immer wenn ich, das ikonographische Register meines Standes peinlich befolgend, die Hände souverän fahrlässig in den ausgebeutelten Taschen meines Kittels vergraben, dem Sprechsaal entgegenflaniere, schüttle ich mit herablassend gerührtem Lächeln den Kopf, um zu verhehlen, dass der Anblick des verschmockten Saals mich trotz seiner offenkundigen Lächerlichkeit und trotz all der Jahre, die ich nun schon hier arbeite, jedes Mal mit einem Unbehagen erfüllt, das Angst zu nennen mir zu theatralisch erscheint.

Referent darf sich nicht vom Sprechsaal einschüchtern lassen, so steht es sogar in seinem Arbeitsvertrag, in einer eigentlich durchaus überflüssigen Klausel. Referent hat ihn nicht zu fürchten, da er ja schließlich alles über ihn weiß. Im Gegensatz zu den Patienten weiß er, dass die runde Form des Saals, seine Ausrichtung in alle vier Himmelsrichtungen, seine weißrosa muschelgekalkten Steinwände, übrigens die einzig steinernen im ganzen Haus, der seltsam helle Eichenparkettfußboden, die hohen, weißen Holztüren, das blendende Licht, das er pausenlos in die Flure ausstrahlt – dass all das nur zum Schein darauf hindeutet, dass er das lichte Herz der Klinik ist. Mögen die Patienten ihn auch dafür halten, weil sie nie einen vollständigen Überblick über die Station, geschweige denn über die gesamte Klinik gewinnen können, so ist er doch nicht das Zentrum des Hauses, sondern liegt vielmehr im Nordostwinkel der Station. Und anders als die Patienten weiß Referent, dass der Saal keineswegs einzigartig ist, denn alle drei Stationen unserer Klinik haben ihren eigenen Sprechsaal und alle drei Sprechsäle gleichen einander vollkommen. Sollte ich also einmal kopflos durch das Haus irren, wovor mich die Klinikleitung bewahren möge, und stünde dann plötzlich vor dem Sprechsaal, so vermöchte ich nicht zu erkennen, ob ich mich auf der eigenen Station A oder aber auf B oder C befände. Aber glücklicherweise weiß Referent genau, wo er ist, und da kommt mir auch schon der müde lächelnde Dr. Holm entgegen, die Hände ganz genau so in den Kitteltaschen vergraben wie ich.

Einen Meter voneinander entfernt ziehen wir langsam die schwere Rechte aus dem Kittel, und die eine schüttelt die andere, mit dem halben Kreuzstich der Arme nähen wir unsere Figuren aneinander, nachlässig routiniert und doch mit der angedeuteten Kraft verbindlicher Empathie, denn wir mögen uns sehr, jedenfalls mag Referent den anderen Referenten sehr.

»Schlimme Nacht, Dr. Holm? Höheres Stimmenaufkommen als gewöhnlich?«

»Nein nein, wie üblich, liegt eher an mir. Sehe ich so besonders müde aus?«

Er lächelt wohlkalkuliert ironisch, sieht dadurch noch müder und dadurch wiederum ungemein lebendig aus. Er weiß, dass diese Komödie der Müdigkeit, in der er, mechanisch präzise wie ein Glockenspiel, einmal in der Minute den stumpfen Schleier von seinen Augen hebt und dem Gegenüber für einen Moment, der so kurz ist, dass man nie weiß, ob man es wirklich gesehen oder nur geträumt hat, die Monstranz ihres grünen Feuers entgegenhält, wesentlich für seinen notorischen Charme verantwortlich ist. Die meisten Patientinnen sind spätestens nach ein paar Wochen bei uns ganz verrückt nach seinem lässig erschöpften Raubkatzengebaren, selbst die, die eigentlich gar nicht verrückt sind, spielen verrückt in seiner Gegenwart. Es gibt viele, die sich ausschließlich von ihm schocken lassen wollen, und er selbst versucht anstandshalber, sich wenigstens hin und wieder für diese abgeschmackt hysterische Begeisterung zu verachten, oder eher für seine Abhängigkeit von ihr. Seinen allmonatlichen, cognac-initiierten Zerknirschungsschüben sind freilich schon allein dadurch enge Entfaltungsgrenzen gesetzt, dass es nun einmal seine Aufgabe ist, die selten gewordene Spielart von autoerotischer Hysterie zu reanimieren, in der die Probanden glauben, den überflüssigen und reichlich beschwerlichen Umweg einer fremdpersonalen Projektion beschreiten zu müssen, um an ihr Ziel zu gelangen.

»Ja, in der Tat, Holm, Sie sehen heute ganz besonders müde aus, wenn ich mir die Bemerkung erlauben darf.«

»Oh, danke für das Kompliment.« Er zwinkert mir zu und fährt dann ernster fort: »Und vor allem danke, dass Sie mich schon wieder hier ablösen, das ist wirklich sehr nett von Ihnen.«

»Keine Ursache, das mache ich wirklich gern. Und außerdem wollte ich die Gelegenheit nutzen, Sie etwas zu fragen …«

»Nur zu!«

Aber statt zu fragen, drehe ich nur den Kopf etwas beklommen nach rechts und links, wo die Patienten im Bettspalier hintereinander auf dem Flur liegen und den Stimmen lauschen, die leise aus dem Saal kommen, einige stöhnen, manche kichern. Doch die meisten Patienten blicken ausdruckslos in den dunklen Himmel, der durch die Glasdecke auf sie niederzufallen scheint. Holm versteht, zieht mich an der Rechten noch näher an sich heran und fragt mit gedämpfter Stimme:

»Sie meinen vertraulich? Es geht um Ihren Eigenbericht, habe ich recht?«

»Ja genau. Sie wissen, dass ich ihn jetzt dringend schreiben muss?«

»Jaja, Dänemark erwähnte neulich, dass Sie jetzt dran sind. Aber Sie haben ja noch bis zum Jahresende Zeit, oder? Neun Monate, das ist doch locker zu schaffen, das ideale Maß geradezu.«

»Siebeneinhalb.«

»Naja, immer noch locker. Idiotische Sache, aber da müssen wir nun mal durch. Bisschen mehr Augenringe, Schlaflosigkeit, Stimmen und so weiter, keine schöne Zeit, aber weiß Gott auch kein Martyrium. Schreiben Sie die Sache einfach irgendwie runter, es kommt, wie's kommt, wie man so sagt. Und die Beurteilungskriterien durchschaut man sowieso nicht, also müssen Sie sich darum immerhin nicht unnütz Sorgen machen.«

»Hm, das ist ja ungeheuer erleichternd.«

»Jaja, ich weiß, es ist unerfreulich alles in allem, aber so ist es nun mal. Aber Sie hatten eine konkretere Frage …?«

»N-nein, eigentlich nicht, das heißt … ich wollte fragen, ob Sie vielleicht einmal, wenn ich dann ein paar Seiten habe, unter Umständen ein Auge …«

»Na, das ist jetzt aber ein schlechter Scherz!« Er lacht nervös auf, lässt meine Hand plötzlich los und vergisst für einen Moment ganz seine laszive Müdigkeit, fängt sich aber augenblicklich wieder. »Wir sprechen ein andermal, die Stimmen warten leider auf Sie.«

»Ja gut, ich geh dann mal. Irgendwas, worauf ich …?«

»N-nein, ich glaub nicht. Ach doch – die arme Frau Schneider. Sie sagt, sie träume unablässig, tags wie nachts den Satz *Ich möcht' so gern gen Italien reisen*, und sie höre den Satz sowohl aus sich selbst als auch aus dem Saal heraus zu ihr sprechen. Und nun will sie mir weismachen, Sie ahnen es, dass das *gen Italien* nichts anderes als *Genitalien* bedeute, logisch. Die Gute besteht also unbedingt darauf, sich unbewusst ins Genitale bewegen zu wollen, immer die alte Leier, so habe man es früher gelesen, schauen Sie in die Enzyklopädie, Herr Doktor, ich hab's nachgeschlagen, Herr Doktor, *gen Italien* lässt sich sinnreich nur mit *Genitalien* übersetzen und so weiter. Aber wir können den Leuten ja nicht jeden Unsinn durchgehen lassen, nur weil er altehrwürdig ist. Nächste Woche muss sie nach Italien reisen, die Klinikleitung hat ihre Entlassungspapiere bereits fertiggemacht und die Flüge und Hotels gebucht, am Montag sitzt unsere arme Frau Schneider in Florenz, mag sie jammern wie sie will. Bis dahin aber wird sie uns noch eine harte Zeit geben.«

»Gut, danke für die Warnung.«

»Ist doch das Mindeste – noch mal vielen Dank!«

»Ich bitte Sie, Dr. Holm!«

»Nein, ich bitte *Sie*, mein lieber Dr. von Stern!«

»Nein, aber wirklich, ich bitte *Sie*, Dr. Holm.«

Wir lachen übertrieben laut wie immer, wenn wir dieses blödsinnige Spiel spielen, das keiner von uns beiden nach all den Jahren mehr lustig findet, auf das wir aber aus hygienischen Gründen nicht verzichten wollen. Denn nach dem Lachen können wir jedes Mal tief durchatmen, etwas, was man allein meist nicht mehr schafft, mit offenem, ernstem Gesicht im Spiegelbild des anderen, bis sich die Rippenbögen weiten, und dann verabschieden wir uns mit einem kurz gelächelten Nicken und entfernen uns jeder in seine Destination.

3.

Evelyn, mein Wunschsohn, steht bereits an der Tür des Sprechsaals und lächelt mir verträumt entgegen. Vielleicht sieht er mich aber auch gar nicht, und der kätzchenartige Ausdruck, mit dem sich seine dunkelblauen Augen im Zeitlupenblinzeln zu schrägen Schlitzen schließen, um sich dann umso runder wieder zu öffnen, verdankt sich nur der kontemplativen Intensität, mit der er an seiner Opium-Rhabarber-Flasche nuckelt. Er ist noch immer im Abendanzug, hat nur den Vatermörder, der ihm so besonders gut steht, abgelegt, und sein freier Hals sieht über dem kragenlosen, leicht vergilbten Hemd, das ich beim Näherkommen als sein Nachthemd erkenne, noch weißer aus als sonst. Kopfschüttelnd nehme ich ihm die Flasche aus dem Mund:

»Mein lieber Evelyn, Sie sollten längst im Bett sein.«

»Ja, Papa, ich weiß, aber ich kann nicht schlafen.«

»Sie schlafen doch schon halb im Stehen, schlafen ja schon beim Opiumnuckeln fast ein.«

»Ja, Papa, aber sobald ich mich ins Bett lege, bin ich wieder hellwach. Ich wollte doch noch ein paar Dinge mit dir besprechen. Lässt mir keine Ruhe alles und ...«

»Ich werde gar nicht mit Ihnen sprechen, solange Sie mich mit Papa anreden.«

»Bitte, lieber Vater ...«

»Keine Diskussion, mein Junge! Solange Sie sich einbilden, mein Sohn zu sein, kann ich Ihnen nicht helfen, und das wissen Sie auch, wie oft soll ich es noch sagen! Sie verlängern Ihr Leiden nur sinnlos. Und mag Ihnen dieses Leiden auch lieb geworden sein und seine unerlaubte Verlängerung eine gewisse Lust bereiten, ich darf es dennoch nicht unterstützen.«

»Ja, ich weiß, Herr Doktor. Kann ich meine Flasche bitte wiederhaben?«

»Oh ja, natürlich – hier!«

Patient trinkt, wie alle Patienten, in trauriger Gier seinen Saft in sich hinein und sieht Referenten dabei ähnlich vorwurfsvoll an wie der Professor heute Morgen. Neben rituellem und für Referenten gänzlich harmlosem Vorwurf ist da aber jetzt zugleich die gerechte Indifferenz in Evelyns Augen, die allen Patienten dann und wann würdevoll den Blick weitet, als wäre ihnen alles nicht nur längst gleichgültig, sondern tatsächlich gleich gültig geworden. Dieser geweitete Blick, der die ärgste Prüfung des Referenten darstellt, weil die Patienten mit diesem Blick durch ihn hindurchsehen, als lohne es nicht, bei seinem Innern haltzumachen, ist nicht etwa der entrückenden Wirkung des Opiums geschuldet – denn das Opium berauscht hier niemanden mehr –, sondern der hingebungsvoll stumpfsinnigen Selbstentblößung dauernden Flaschennuckelns, das die Patienten nach einer Eingewöhnungsphase regelmäßig an einen Ort jenseits der Scham versetzt. Aber freilich geschieht dies, wenn überhaupt und nicht lediglich im Auge des Referenten, nur für Momente, die meiste Zeit über sind Patienten entweder beschämt oder schamlos oder beides zugleich.

Evelyn fängt langsam an, mich zu enervieren, mit seinen Augen kappt er die Verbindung zwischen meinen Nerven und meinem Mediator, der da zwischen meinen Rippen sitzt, sodass es nun in aller Seelenruhe in mir denken kann: *Unter dem Blick Deiner Augen bin ich mir zur Frage geworden, und das ist mein Elend.* Aber da gähnt Evelyn mit weitaufgerissenem Mund, die Uhr schlägt eins, und der Spuk ist wieder einmal vorbei.

»So, Schluss jetzt, ab ins Bett mit Ihnen, Evelyn.«

»Ja gleich, sofort, ich möchte nur noch kurz das Ende der Übertragung mitbekommen.«

»Nein, das kann noch Stunden dauern, und überhaupt haben Sie hier gar nichts zu suchen. Ich wüsste nicht, dass ich Ihnen Stimmenhören verordnet habe, oder habe ich da was vergessen?«

»Nein, aber vielleicht tät es mir gut – ach, ich weiß nicht, was mir noch helfen soll!«

Er fährt sich gequält durch sein schwarzes, bis dahin vom Abendfriseur perfekt seitengescheiteltes und geöltes Haar, aber seine Müdigkeit wehrt seine ohnehin etwas lasche Verzweiflungsattacke leichthändig ab und lässt ihn wieder willenlos gähnen.

»Na also, marsch ins Bett jetzt, oder muss ich erst den Pfleger rufen?«

»Nur noch ein, zwei Stimmen, bitte!«

»Zum letzten Mal, der Sprechsaal ist nicht für Ihre Ohren bestimmt.«

»Ach, was soll ich schon groß hören? Der Lauscher an der Wand hört die eigene Schand, das ist alles.«

»Sehr klug, mein Junge, aber so weit sind Sie noch nicht. Sie gehen jetzt –«

»Papa?«

»Hm?«

»Bin ich ein verwunschenes Schloss?«

»Nein, keine Sorge, mein Junge, sind Sie nicht.«

»Ach wie schade, wie furchtbar schade ...«

Schon halb im Traum murmelt Patient letzteres dreimal vor sich hin, bis Referent ihm leicht auf die Schulter klopft, woraufhin Patient gereizt mit ihr zuckt, als wolle er meine Hand abschütteln, was zu wollen ihm aber nur halb gelingt, denn mit einem zweiten Zucken lässt er die Schulter kurz wieder zurück unter meine Hand schlüpfen. Dann torkelt er endlich davon, und ich sehe ihm noch eine Weile nach, in gar nicht mal übler Nachahmung jener gerührten Blicke, die Menschen anderen hinterherwarfen, um sich des eigenen Einfühlungsvermögens zu versichern.

Aber darum geht es Referent nicht, wenn er Patient gerührt hinterher sieht, er braucht lediglich einen Vorwand, um sich noch eine letzte Minute vor dem Sprechsaal zu drücken, der mir seinen Blick stumm in den Rücken bohrt, ja, er schweigt jetzt tatsächlich, alle Stimmen sind verhallt. Die Patienten in den Betten warten ängstlich auf Antwort, einer nach dem anderen fängt langsam an, in verhaltener Panik oder zumindest unbehaglicher Verwunderung den wachträumenden Kopf mit den weit aufgerissenen Augen darin zu heben, nur um ihn wegen der schmerzenden Nackenanspannung sogleich wieder aufs Kissen sinken zu lassen, und so entsteht ein unkoordinierter Kanon des Kopfhebens und -senkens unter den Patienten im Bettspalier, doch der Sprechsaal schweigt weiter stoisch, weil der Schichtwechsel nicht ordnungsgemäß verlaufen und das Echoaggregat daher erschöpft ist. In spätestens zwei Minuten wird der Stördienst kommen und fragen, was hier los ist, aber eine halbe Minute noch kann ich mich drücken, indem ich gebannt zuschaue, wie Evelyn weitertorkelt, bis er, wie jeden Abend, am Ende des Gangs, kurz vor seiner Zimmertür zusammensinken wird, wo ein Pfleger ihn aufheben und ins Bett tragen wird, von meinem vorgeschützten Rührblick begleitet, was nicht heißen soll, dass ich für Evelyn, der sogar jetzt noch, kurz bevor er vor Müdigkeit umfällt, bemüht ist, meinen Gang zu imitieren und seine Sache dabei beleidigend gut macht, nicht auch tatsächlich so etwas wie echte Rührung oder eher aufrichtige Schuldgefühle empfinde, denn ich, der ich längst aus den Spiegelkabinetten meines früheren Lebens entlassen bin, kann durchaus ganz unangekränkelte Empfindungen haben. Sie dürfen nur keinerlei Relevanz für Patienten, geschweige denn für Referenten haben.

Es ist nicht nur unverantwortlich, sondern unsinnig, ja vollkommen kindisch, dass Referent sich immer wieder ein paar nutzlose Minuten lang vor dem Sprechsaal herumdrückt. Ich kann mir diese, soweit ich sehe zwar einzige, oder zumindest einzig eindeutige, aber dafür willentliche – sofern wir Willensschwäche für eine willentliche Schwäche halten wollen, und das sollten wir wohl – Verletzung seiner Dienstpflichten selbst nicht erklären, zumal er die Stimmenschicht ja sogar freiwillig, vollkommen freiwillig immer wieder anderen abnimmt, die sich dadurch mit ihrem gleich schichtweisen Dispens vom Saal freilich noch kindischer verhalten als Referent. Denn das Stimmensprechen ist nun wirklich keine besonders schwierige oder gar unangenehme Tätigkeit, ein wenig belastend höchstens wegen seiner einschläfernden, aber zugleich höchste Konzentration verlangenden Repetitivität: Einmal kurz nicht richtig zugehört, und schon hat man, mit nicht absehbaren Folgen für die Patienten, Falsches wiederholt. Aber einmal abgesehen von diesem oder eher gerade aufgrund dieses Fehlerrisikos bietet das Stimmensprechen eine hervorragende Meditationspraxis. Und wenn man den Saaldienst mit der Arbeit im Belohnungszentrum vergleicht, ist er geradezu ein Geschenk und eine Auszeichnung, ja ein Auszeichnungsgeschenk für den Arzt, fast wie ein ganz alltäglich und beiläufig verliehener schwedischer Polarstern. Der Stimmendienst ist ein weißes Kreuz am schwarzen Band, das an meiner Seelenbrust baumelt. Aber andererseits nehmen wir Ärzte ungern Geschenke und Auszeichnungen an, weder von Patienten noch von der Klinikleitung, und ich nehme an, dass wir uns deshalb alle auf die eine oder andere Weise immer wieder vor dem Stimmensaal drücken.

Sobald ich jedoch auf der hölzernen Drehscheibe in der Mitte des Saals stehe, die sich so langsam dreht, dass ich es selbst kaum merke, sind alle Zaudereien vergessen, und ich freue mich wie jedes Mal auf diese Arbeit, lasse mich auf dem roten Samtkissen sogleich in *Padmasana* nieder und nicht nur in den einfachen Schneidersitz, denn meine Knöchel sind von tausenden und abertausenden Stunden im Lotussitz biegsam wie die eines Säuglings. Dann lasse ich mein Prana ruhig strömen, beginne mich einzusummen, höre dabei auf die ersten Stimmen, die nun wieder gleichmäßig aus den vier Fluren zu mir hinübergeweht kommen, und sobald mein Prana seinen idealen Rhythmus erlangt hat und mein ganzer Oberkörper bis ins Geschlechtsteil hinunter leicht brummend vibriert, lasse ich die erste Stimme mit dem Einatmen in meinen Brustkorb hinein und mit dem Ausatmen wieder aus mir heraus. Die Stimmen zu imitieren erfordert ein gewisses schauspielerisches Talent, aber auch kein übermäßiges, denn gerade die leichte Abweichung des Echos vom Original gibt dem Patienten erst die Gewissheit, dass die zu ihm zurückkehrende Stimme seine eigene ist. Von dieser heimkehrenden Stimme wiederholen fortgeschrittene Patienten dann wieder und wieder die letzten beiden Worte, denn es ist therapeutisch unerlässlich, dass Patient nicht nur das letzte, sondern die letzten beiden Worte behält. Wenn Patient dann schließlich in seiner Autoecholalie versinkt, habe ich mich schon zur nächsten Stimme weitergedreht. Auf diese Weise wiederhole ich Stimme um Stimme, vier Stunden lang, aber da die Patienten alle auf einmal sprechen, beziehungsweise schreien, flüstern, wimmern, schimpfen, dozieren, lamentieren, witzeln, betteln, fluchen und so weiter, je nach ihrem Temperament, kann ich natürlich nicht jede Stimme wiederholen, wobei es keineswegs die leisen sind, die man am ehesten überhört. Wer seine Stimme zurückbekommt, ist dabei keine Frage der Willkür, sondern wie fast alles hier lediglich eine des Zufalls. Und da wir Ärzte uns auf unserer Drehscheibe allen Fluren gleichmäßig zuwenden, herrscht immerhin ein statistischer Ausgleich zwischen den Himmelsrichtungen.

Um Punkt fünf Uhr morgens breche ich das Spiel ab, verbeuge mich, noch immer im Lotussitz, mit vor dem Brustbein zu *Namaste* gefalteten Händen eine Kreisumdrehung lang, die Patienten murmeln mein *Shanti* nach und die Pfleger eilen herbei, um die Betten zurück in die Schlafräume zu schieben. Während die Formation sich auflöst, richte ich mich über eine tiefe Vorbeuge langsam auf, bringe meinen Oberkörper über meinen steifen und schmerzenden Beinen wieder ins Lot und bleibe noch eine Weile in der *Ujjayi*-Atmung, bis das asthmatische Rasseln verstummt, und dann hat alles für heute wieder einmal ein Ende.

Jetzt endlich schlafe ich, wie immer traumlos und tief wach, den Alphawellenschlaf des lang erfahrenen Arztes, wie klares Wasser durchschreite ich mich, zwei Stunden ohne die geringste Trübung, als hätte es mein früheres Leben nie gegeben, und so kann ich, wenn ich die Augen aufschlage, auf den immergleichen neuen Tag wie auf eine neue Schrift hoffen.

4.

Halb acht Morgenvisite beim Professor. Patient voller Zeremonien. Ist gerade bei der dritten seiner heiligen Waschungen angelangt, schaufelt sich prustend kaltes Wasser über linke Schulter. Da er sich von Kopf bis Fuß an dem kleinen Waschbecken wäscht, weil er behauptet, das Wasser aus der danebenstehenden Dusche sei nicht nass, ist sein Badezimmer wie immer überschwemmt. Die notorischen Wasserrituale der Patienten, bei deren allmorgendlicher Abhaltung sie sich in ängstlich schielender Missgunst gegenseitig durch die Glaswände ihrer Waschräume beobachten und einander in ihrem wilden Treiben zu übertreffen suchen, so als seien sie in ihrem Körper ganz und gar außer sich, wie es früher nur Hysterikerinnen und andere Prostituierte mit ähnlicher Hingabe vorgespiegelt haben, um des Arztes liebstes Kind zu sein, sind einer der vielen Gründe dafür, dass Referenten stets barfuß arbeiten.

In größtmöglicher Ruhe kremple ich mir die weißleinenen Hosenbeine hoch, während der Professor freundschaftlich mit der Seife plaudert, denn ich will ihm Zeit geben, sich darauf einzustellen, dass ich ihm jetzt gleich kommentarlos den Hahn zudrehen werde. Freilich wartet er schon sehnsüchtig auf diesen Moment, um endlich die erste wüste Schimpftirade des Tages zum Besten geben zu können. Aber aus keinem mir ersichtlichen Grund lasse ich ihn heute länger zappeln und also das Wasser laufen, räuspere mich und teste mein angenehm sonores Morgenorgan:

»So, Herr Professor, jetzt wollen wir mal langsam zum Ende kommen hier.«

»Nein, wollen wir nicht, wollen wir nicht, nicht, nicht, wollen wir ganz und gar nicht. Achte gar nicht auf das verschlagene Aas, kleine Seife! Sprich mir nach: *Die Wassernot lehrt zaubern und beten.* Kalapanana, Kolpi, Kolpi, gss, gss … «

»Na, von Not kann hier wohl keine Rede sein, Herr Professor.«

»Oh ja, wie recht Sie haben, elender Hurensohn! Von Not kann hier niemals die Rede sein, nie im Leben die Rede sein, weiß Gott nicht! Die Not, die alte Hippe, will nicht von sich reden machen, ist nicht in Sicht, säuft sich wieder mal einen und sagt, es wär grad nicht ihre Zeit, na bitte! Wir ersaufen hier in dem Deckswasser, aber die Not kann kein Land gewinnen, die feine Dame, kein Land, nein, heut nicht. Sie rufen außerhalb der regulären Sprechstunde an, Sie Sausack, Sie gelber! Land unter, aber keine Not am Mann, nix mehr dran am Hampelmann!«

In demselben Maße, in dem sein krächziges Geschimpfe lauter wird, werden seine Bewegungen ruhiger. Patient sammelt sich, verlagert mit beschwingten Schultern wie eine Opernsängerin das Gewicht von einer Körperseite auf die andere hin und her, um die atemgestützte hohe Brust noch weiter zu heben und zu öffnen und so alle Kraft in den einen großen Schrei zu entladen in genau dem Moment, in dem ich ihm das Wasser abdrehen werde. Der Moment, der heute nicht kommt, und ich weiß ebenso wenig wie Patient, warum das so ist, aber unwillkürlich lasse ich die Sache laufen, bis Patient kerzengerade stillsteht. Er lauscht verwundert mit schräggelegtem Kopf in meine Richtung, aber da Referent immer noch kein Funktionszeichen von sich gibt, hält Patient nun beide Hände als schrägen Fächer direkt unter den vollaufgedrehten Hahn, sodass ihm und Referent, der mit auf dem Rücken gefalteten Händen dicht neben ihm steht, das Wasser möglichst effektvoll ins Gesicht spritzt. Das Wasser perlt an mir ab wie Wasser, ich schließe nicht für einen Lidschlag die Augen, spucke nur ab und zu eine kleine Fontäne aus. Was für die Kamera in der Zimmerecke links über uns aussieht wie eine tadellose Übung in Stoa, ist das genaue Gegenteil, nämlich ein Totalausfall irgendeines Areals in meinem Stortex, orbitofrontal höchstwahrscheinlich. Denn auf einmal hasse ich Patienten. Hasse Patienten von ganzem Herzen, beide Kammern glutgeflutet, kurz vorm Absaufen. Das ist mir noch nie passiert, und es ist so erschreckend und wundervoll zugleich, dass ich es gar nicht fassen kann. Was für ein unglaublicher Rückfall! Ja, es ist fast wie damals, als wir das Herz noch so weit oben im Körper trugen, dass man es deutlich gegen die Rippen pulsieren sehen konnte. Ich war sicher, dass so etwas jedem, ausnahmslos jedem hier zustoßen könnte, aber nicht mir, oder jedenfalls mir zuletzt, zuallerletzt, erst dann, wenn alles zu Ende wäre. Aber das denken freilich alle Ärzte hier.

Der Professor hat jetzt zu weinen angefangen, und ich weiß, wie sehr er unter dem laufenden Wasser, unter seinem Wahn zu ertrinken leidet und mehr noch darunter, sich am Wasser zu verunreinigen, aber ich lasse mich nicht erhärten, die Lava hat von meinem Herzen aus schon meinen halben Unterleib zerkocht, und niemals mehr will ich gerinnen, zerrinnen sei mein Dienst, zerrinnen all mein Gewinst.

»Hallo, Herr Doktor, Herr Doktor, hallo, helfen Sie mir doch! Warum drehen Sie nicht endlich den Hahn zu, es kommt doch jetzt wieder das verdreckte heiße Blut raus, sehen Sie das denn nicht, helfen Sie mir doch, ich ertrinke ja in dem verfluchten Blutwasser, Sie böse Flex Sie, Sie Flexigym, Sie Kurator!«

Referent darf Wasser nicht laufen lassen, auf gar keinen Fall, es gibt keine größere Tortur für Patient, als ihm seinen Willen zu lassen, siehe Patientenverfügung Artikel eins, aber ich kann nicht. So schwarz, direkt vor den offenen Augen, aber still plötzlich, still, wieso denn nur?

Patient hat sich selbst das Wasser abgedreht, und augenblicklich bin ich wieder bei mir, alles wieder unter Kontrolle, fast, kann mir nur ein kurzes Schielen in die Kamera nicht verkneifen und wende mich dann dem Professor zu, der klatschnass, aber vollkommen gefasst neben mir steht. Wegen seiner beschlagenen Brille kann ich seine Augen nicht erkennen, weiß deshalb das kleine Lächeln auf seinen Lippen nicht recht zu deuten. Als wolle er mir helfen, nimmt Patient die Brille ab, mit ihr aber auch sein Lächeln, legt mir väterlich die Hand auf den Arm und fragt in einfühlender Strenge:

»Sind Sie wieder in Ordnung, Herr Doktor?«

»Äh ja, Herr Professor, verzeihen Sie …«

»Sie bringen uns beide noch in Teufels Küche.«

»Es tut mir wirklich leid.«

»Naja, hat auch Vorteile, immerhin konnte ich Ihnen so recht eindrücklich wieder einmal meine übermenschliche Stärke demonstrieren. Ich habe mich schließlich soeben selbst vor dem Ertrinken gerettet. Ich habe mich am eigenen Schopf aus dem Sumpf gezogen. Das soll mir erst mal einer nachmachen! Bin für heute beurlaubt zur Normalität, Herr Doktor, was meinen Sie?«

»Es tut mir wirklich sehr leid, Professor.«

»Das ist nicht gut, Herr Doktor, gar nicht gut.«

»Ja, verzeihen Sie, es wird nicht wieder vorkommen, ich weiß doch um Ihre Wassernot.«

»Ach das«, er winkt belästigt ab. »Das meine ich nicht. Ich meine, dass es nicht gut ist, dass ich mehr über Ihren zukünftigen Dienstplan weiß als Sie. Das ist nicht gut, gar nicht gut, für keinen von uns beiden.«

»Wie?«

Er trocknet sich gereizt schnaufend ab, schrubbt sich wie immer den ganzen Körper feuerrot, wirft mir dann auch ein Handtuch zu, aber ich bin zu verwirrt, um es aufzufangen, und deshalb wirft er mir augenrollend noch ein zweites zu:

»Trocknen Sie sich die Haare, mein Junge, ich bin schon längst wieder trocken, Lichtjahre vor allen anderen. Und dann helfen Sie mir endlich beim Anziehen.«

»Ja, ist gut, ich lasse die Schwester kommen.«

»Nein, heute nicht, heute helfen Sie mir mit dem Bruchband, ich will nicht, dass die dumme Schwester, diese fette Sau, mir wieder am Sack rumfummelt.«

»Ach hören Sie auf, schon wieder solchen Unsinn zu erzählen! Keine der Schwestern fummelt Ihnen …«

»Nun machen Sie schon endlich, elende Satanssonde!«

Er ist auf seinen Wickeltisch gehüpft, nuckelt an seiner Opium-Rhabarber-Flasche, mustert mich abschätzig, während ich, das Bruchband um meine Handgelenke aufwickelnd, auf ihn zukomme, und nuschelt durch den Schnuller zwischen seinen Zähnen:

»Er hat die schönste aberratio, mentalis partialis, die zweite Spezies, sehr schön ausgeprägt. Herr Doktor, er kriegt Zulage.«

»Ja, Herr Professor. Den Oberschenkel mal kurz etwas anheben, bitte.«

Da Patient sich weigert, Leistenbruch operieren zu lassen, andauernder Darmaustritt in den Leistenkanal bei Anspannung der Bauchmuskulatur. Doppelt gefährlich, da Patient sich gegen Anlegen des Bruchbands stets mit Fußtritten wehrt. Die Schwester tut mir leid, die diese Prozedur jeden Morgen über sich ergehen lassen muss.

»Nun hören Sie schon auf, uns beiden das Leben schwer zu machen, Professor, halten Sie endlich still! Ich schaue mir das nicht länger an, ich werde Sie nächste Woche von Dr. Bulgenow operieren lassen, ob Sie wollen oder nicht.«

»Nie im Leben! Keiner von euch Hochstaplern operiert mich! Eher schieße ich mir in den Kopf und dann euch!«

»Ja, Herr Professor. Halten Sie still, verdammt noch mal … so, na endlich. Jetzt anziehen!«

»Ich will mir noch schnell die Füße abditschen.«

»Nein, heut wird nicht geditscht, nix da, nach diesem Theater. Jetzt ziehen Sie schnell Ihren Trainingsanzug an und dann ab in die Laufkur!«

»Aber Herr Doktor, mit dem Bruch …«

»Na na, ein Leistenbruch ist doch schließlich kein Beinbruch, also los!«

»Na schön, aber wir wollen vorher erst noch etwas weiterarbeiten, ich will Ihnen ein Stück diktieren«, er flitzt, noch immer nur mit dem Bruchband bekleidet, aus dem Bad hinüber in sein angrenzendes Wohn-, Schlaf- und Arbeitszimmer, greift nach meinem Computer auf seinem Schreibtisch und hält ihn mir mit pathetisch ausgestrecktem Arm hin. »Schreiben Sie: *Eine* Ausnahme gibt es in dieser Ordnung: Wenn die Schlange im Zeichen des Skorpion geboren wird, kann sie sich selbst um den Finger wickeln und …«

»Nein,« ich nehme ihm mein Schreibgerät aus der Hand, lege es mit leichtem Unbehagen zurück auf den Schreibtisch und zerre Patient am Handgelenk zurück ins Bad. »Erst wird gelaufen! Also ziehen Sie sich jetzt endlich an.«

»Sie haben mir gar nichts zu sagen, Sie Natter, Sie Nichts von einem Arzt! Sie Hochstapler, ach was, Sie sind ja noch nicht mal ein Hochstapler, ein mieser kleiner Statthalter eines Hochstaplers sind Sie. Sie könnten nicht mal meiner Scheiße das Wasser reichen, Sie stehen für gar nichts ein …«

»Ja, Professor«, meine Stimme ist jetzt ein sanfter Sommerhauch. »Möchten Sie lieber zurück ins Bett als aufs Laufband?«

Endlich gibt Patient klein bei, einen Moment länger, und er hätte mich klein gehabt. Doch jetzt nimmt er nicht nur widerstandslos, sondern gut gelaunt und freundlich plappernd seine Unterwäsche und den dunkelblauen Trainingsanzug von mir entgegen und zieht beides ganz ungewöhnlich schnell an.

Auf dem Weg in den Laufsaal weiterhin gut und ruhig, sodass er sich bei Referenten einhängen darf, erklärt klug und geordnet, warum die Alten den Asklepios mit einem Stab, um den sich eine Schlange windet, dargestellt haben, obwohl er doch mitsamt seinen beiden Söhnen von der Schlange erwürgt wurde. Patient und Referent sind, im himmelblau erleuchteten Laufsaal angekommen, wie immer die letzten, einige haben die morgendliche Laufkur schon beendet und begeben sich mit ihren Referenten oder Pflegern schwatzend zurück in ihre Waschräume, um eine erneute Dusche und gegebenenfalls den wöchentlichen GV zu nehmen. Weil Patient wegen Leistenbruch in spezieller Halterung auf dem Laufband fixiert wird, was zusätzliche fünf Minuten verbraucht, ist der Saal zu Dreivierteln leer, als Patient anfängt, langsam auf unterster, steigungsloser Stufe loszutraben. Nach wie vor gut und nett, läuft wie immer freihändig, um besser dozieren zu können, und während ich neben dem Laufband stehend auf dem Monitor seinen Lebensstrom kontrolliere, höre ich ihm mit halbem Ohr zu.

»... wir früher vom MD haben ja immer gesagt: Teste den Westen! Und das haben wir auch gemacht, und zwar gründlich. Was für Felsen, was für Klippen waren das! Und dann Sandwüste, nur von Ginster umstanden. Und wir wussten immer, wie weit der Weg auch war, den man schon gegangen ist, wie viel Sand man auch in Stein verwandelt hat, dieser Weg war jederzeit umkehrbar – und dann hieß es plötzlich Ende der Reise, alles wieder auf Anfang, oder noch schlimmer, noch hinter den Anfang zurück. Und dann hieß es auf einmal: Endstation Oscar Perez. Denn tertium non datur, so ist das nun mal.«

»Hm.«

»Herr Doktor, die Sache ist faul, sie stinkt zur Hallendecke, glauben Sie mir. Hab ich nicht schon genug?«

»Nein, Sie haben noch nicht mal zwei Kilometer geschafft. Welche Sache?«

»Na, dass Ihr Eigenbericht nun ansteht und dass ich gleichzeitig Ihren Dienstplan für die nächsten Monate besser kenne als Sie. Das ist nicht gut, gar nicht gut, für keinen von uns beiden.«

»Hm.«

»Eine neue Patientin, na schön, das wär ja nichts Besonderes, aber ein solcher Fall, das ist nicht gut, gar nicht gut, für keinen von ...«

»Wie bitte?« Referent nicht in der Lage, gänzlich ruhig zu bleiben. »Was für eine neue Patientin?«

Patient setzt zur Antwort an, hebt dazu wirkungssüchtig linken Zeigefinger, während er den Mund öffnet, schließt ihn dann aber abrupt wieder, stellt eigenmächtig das Laufband ab, Theater, das Referent keineswegs durchgehen lassen dürfte, aber statt einzugreifen, wartet er geduldig darauf, dass Patient mit dem Band langsam ausläuft und dann erst in verschwörerischem Ton flüstert:

»Eine Ambulante.«

»Eine was?«

»Eine Ambulante! Eine Spaziergängerin, sie läuft nicht, sie spaziert, kommt morgens und geht abends wieder.«

»Ach, Unsinn! So was gibt es hier doch schon lange nicht mehr!«

Ich bin erleichtert und stelle das Band wieder an, diesmal eine Stufe zu hoch, aber obgleich Patient nur stolpernd seiner Beinmaschine hinterherkommt, spricht er atemlos weiter:

»Eine Ambulante, Sie werden ja sehen! Und Sie wissen ja: Eine Frau mit zwei Männern verliert ihre Seele. Aber eine Frau mit zwei Häusern verliert den Verstand. Und das ist nicht gut, gar … nicht … gut …, für … kei- … «

»Jaja.«

»Ich … kann … nicht … mehr … Für die Liebe Gottes, stellen … Sie … das Band …«

Hastig stelle ich das Band ab, stütze den Professor unter der Schulter beim Auslaufen, was, wie ich sogleich beschämt feststelle, eher eine symbolische als hilfreiche Geste ist, was der Professor freilich auch bemerkt, denn er murmelt spöttisch *eine heilige Gebärde, heilig, heilig!*, und als er und das Band endlich stillstehen, weiche ich dem unter seinen gehobenen Augenbrauen starren Blick aus, lege ihm das Handtuch um den Nacken und reiche ihm die Opium-Rhabarber-Flasche, die er schwer schluckend in wenigen Saugzügen leert, die freie Hand in die Hüfte gestemmt. Ich kann seine Augen nicht länger meiden, aber jetzt lächelt er mich plötzlich freundlich an und seine belehrende Stimme schwimmt ebenso freundlich zu mir hinüber:

»Nur Tote stützt man unter der Schulter, merken Sie sich das, Herr Doktor, nur die Toten, von Christus über Judy Garland bis zu Hoher Wolf, immer nur die Toten …«

»Ach je, was Sie heut schon wieder für einen Unsinn zusammenreden! Den Kranken und Schwachen greift man unter …«

»Oh nein, lassen Sie sich von den alten Schinken nicht täuschen, nur die Toten fasst man so an, erst wenn's nichts mehr bringt, hat man einem Menschen unter die Arme zu greifen. Daran können Sie's erkennen, dass es mit einem vorbei ist, meine ich. Sie müssen genauer hinsehen, Sie alte ausgelaufene Rotweinflasche, Sie Blindschleiche …«

»Ja, kommen Sie, wir wollen Sie da runterschnallen. Was meinen Sie, sollen wir nicht den Bruch kurz lasern lassen gehen, dann hat die liebe Seele Ruh, hm? Wenn Sie nicht zu Dr. Bulgenow wollen, können wir's auch bei Dr. Tulp machen lassen, was meinen Sie?«

»Nein, niemals, ich brauche doch meinen Bruch und mein kleiner Bruch braucht mich, wir haben doch nur noch uns.«

»Na schön, kann ich wenigstens eine Sprühnaht reinmachen?«

»Niemals! In meinem Bruch bin ich in meinem Element, da kann ich das Gras wachsen hören, da macht mir keiner was vor!«

»Ich frag Sie jetzt zum letzten Mal im Guten, Professor, und dann werd ich ungemütlich: Wollen wir es wenigstens provisorisch sprayen?«

»Ich habe wohl keine Wahl?«

»Nein, haben Sie nicht.«

»Gut, dann wollen wir's so machen, Herr Doktor.«

Patient nickt sehr müde, aber immer noch lächelnd vor sich hin, während Referent ihm aus den Laufschlingen hilft und ihn vom Band hebt, wobei ich wie jedes Mal Angst habe, mir selbst einen Bruch zu heben, denn der Professor ist zwar kleiner, aber deutlich schwerer als ich.

Zurück auf dem unbeweglichen Grund sackt der Professor leicht in die Knie, blickt sich träge im riesigen Saal um, der nun leer ist bis auf die beiden üblichen Übererfüller, die keuchend ihr nimmermüdes Band mit Füßen treten, um sich vor dem Frühstück zu drücken. Patient blickt gequält zur Glasdecke, lässt den Kopf dann schwer wieder sacken und flucht leise:

»Wenn doch wenigstens dieses gottverdammte Licht nicht wär!«

Unwillkürlich nicke ich, denn die dichte himmelblaue Beleuchtung, die den Saal gleichmäßig vom Boden bis zur Decke flutet, lässt einen die Landschaft, auf die man beim Laufen durch die Glaswände schaut, in falschem bläulichem Licht erscheinen und sorgt für das Gefühl, sich in einem Aquarium zu befinden, von dem man nicht genau weiß, ob das Wasser schon eingefüllt ist oder nicht, ein Gefühl, das aber laut statistischer Erhebung der Klinikleitung von sechsundachtzig Prozent der Patienten als angenehm oder zumindest als therapeutisch hilfreich empfunden wird.

Der Professor schüttelt den hängenden Kopf, seine Züge verwirren sich langsam wieder, er murmelt sein verwundertes *Pamplona! Pamplona!*, und ich führe ihn sanft aus dem Saal. Am Ende angekommen, die Schiebetüren haben sich bereits lautlos geöffnet, dreht er sich, plötzlich zornig, noch einmal um und ruft zu den beiden Läufern hinüber: »Alle Bänder stehen still, wenn dein schwaches Herz es will!« Doch die beiden winken lässig mit der Hand ab, ohne sich zu ihm umzudrehen oder auch nur die Pflugschaufel ihrer Armbewegung zu unterbrechen. Sie können diese alten Sprüche ebenso wenig mehr hören wie Referent.

5.

Im Frühstückssaal jammert Patient unablässig vor sich hin, klagt darüber, dass die Sprühnaht in seiner Leiste, mit der Referent nach dem Duschen notdürftig den Bruch gekittet hat, ihn in seiner wissenschaftlichen Arbeit beeinträchtige, ja überhaupt am Denken hindere, kündigt wie gewöhnlich an, nach Frühstück zweite Laufkur zu verweigern. Ansonsten gut und ordentlich, keine nennenswerten tätlichen oder verbalen Angriffe.

Referent ungewöhnlich ermüdet von Vormittag, überlässt Patient nach dem Frühstück Pfleger O.W. und verlässt leicht schwindelnd und unter heftigem Protest des Patienten, der auf seinem Diktat besteht, den Speisesaal.

Wieder einmal einem Saal entkommen, nehme ich auf dem weiten Flur reflexartig den kontrolliert stürmischen Gang und den besorgt entschlossenen Gesichtsausdruck des altehrwürdigen Klinikarztes an, alle Muskeln und Integrationszentren wie ein Mann, als sei meine Arbeit noch immer eine Sache von Leben und Tod, und diese Übung ist eine meiner liebsten, ich kann auch nach all den Jahren nicht genug von ihr bekommen. Seit ich vor knapp zwanzig Jahren als fast noch blutiger Anfänger an einem trübseligen Septembernachmittag hier ankam und direkt in der ersten Nacht, kaum dass ich auch nur mein von der langen Reise überreiztes Ohr auf mein neues Bett legen konnte, ein Bein amputieren musste, das vollkommen zertrümmerte und zermatschte Bein einer jungen Arbeiterin, und nach dieser unwahrscheinlich geglückten Operation im Morgengrauen über die gläsernen Flure rannte in der rauschhaften Hoffnung auf weitere Notfälle, wusste ich, das ist die Rolle meines Lebens. Von den darauf folgenden Umstrukturierungen im Haus und der ihnen geschuldeten Tatsache, dass sich mein Operationsauftrag schon bald mehr oder weniger in diesen schönen schneidigen Standbildläufen auf den Fluren erschöpfen würde, konnte ich ja damals noch nichts ahnen.

Aber Referent schweift ab, und das ist gefährlich, denn sobald er das tut, werden Stimmen aus der Vergangenheit zwar nicht laut, aber deutlich hörbar, bis sich aus ihnen die eine, die unerträgliche herauslöst, über meinen Kopf hinweg von Flurwand zu Flurwand, und dann mal ins linke, mal ins rechte Ohr springt, und mich schließlich am Gängelband hinter sich herzieht, bis ich nicht mehr an mich halten kann, stolpernd in einen unkontrollierten Laufschritt verfalle und dabei leise seufze *ich will nachlaufen dieser Stimme, bis ich dich fassen kann.*

Aber so weit oder eher so nah kommt es diesmal nicht. Ich bleibe abrupt stehen, halte mir für einen Moment die Ohren zu, was natürlich unsinnig, aber seltsamerweise immer hilfreich ist, auch wenn die Kamera solche Disziplinlosigkeiten nicht gern sieht, atme kurz und so tief es eben mit diesem Ding zwischen den Rippen geht, durch, und dann ist auch dieser kleine Anfall schon wieder überstanden. Referent steuert routiniert nächsten Rechner an, ruft Konto auf, sieht nach, wie er seinen heutigen Gang fortzusetzen hat. Kaum dass mein Dienstplan auf dem Bildschirm erscheint und mich daran erinnert, dass ich als Nächstes die Aquagymnastik zu dirigieren habe, beziehungsweise die

Quallenpest, wie der Professor diese altertümliche Ansammlung ausschließlich weiblicher Patienten im Wasser zu nennen pflegt, als aus dem Lautsprecher eine sanfte Ansage für mich durchgegeben wird: *Dr. von Stern ins Aufnahmezimmer, bitte, Dr. von Stern bitte ins Aufnahmezimmer!*

Referent zeigt keinerlei Anzeichen von Überraschung oder gar Verunsicherung, macht auf dem Fußballen kehrt und begibt sich gemäßigt geschäftig in Richtung Südwesten zum Aufnahmezimmer, während der Professor in meinem Kopf im Takt meiner Schritte immer wieder seine beiden Unsinnsworte ruft: *Eine Ambulante! Eine Ambulante!* Referent weiß selbstverständlich, dass Patient bloß wirres Zeug redet, ich muss mir keine Sorgen machen, lächerlich, es gibt ja gar keine ambulanten Patienten mehr, so etwas gibt es einfach nicht mehr! Zugleich aber ahne oder eher weiß ich schon jetzt, dass der Professor die Wahrheit sagt, auch wenn sie freilich keinen Sinn ergibt. Im Aufnahmezimmer sitzt eine ambulante Patientin und wartet darauf, ordnungsgemäß von mir aufgenommen zu werden. Noch bin ich zwei Querstraßenflure entfernt, aber ich sehe sie schon vor mir, wie sie den knielangen Rock auf ihren übereinandergeschlagenen Beinen zum dritten Mal glattstreicht, leicht nervös die vielsagend nichtssagenden Dinge auf dem Arztschreibtisch vor ihr und den noch leeren, nachlässig ins Halbprofil gedrehten, aus dem wandgroßen Fenster hinaus, ins Grüne hinein träumenden Referentenstuhl mit der übertrieben hohen Rückenlehne betrachtet.

Ich verlangsame unwillkürlich meine Schritte. Ich weiß nicht, was diese unangekündigte Aufnahme zu bedeuten hat, und daher gefällt sie mir nicht. Aber da es für den Gang der Dinge komplett irrelevant ist, ob er mir gefällt oder nicht, beschleunige ich gleich wieder, biege noch einmal mit vollem Kittelschwung um die Ecke und bin da – und falle beinahe in den Rücken von Dr. Dänemark. Er steht vor der Tür des Aufnahmezimmers, und es sieht aus, als lausche er an der Tür. Tatsächlich studiert er wohl nur den wöchentlichen Dienstplan für die Aufnahme, der an der Tür aushängt. Das Aufnahmezimmer ist neben dem Sprechsaal der einzige Raum auf der Station, in den man nicht hineinsehen kann, das Doppelglas seiner Wände und der Tür ist außen verspiegelt und innen weiß gefärbt. Dänemark dreht sich mit irritiert nach unten gezogenen Mundwinkeln um, aber jetzt, wo er mich erkennt, hellen sich seine Züge zu ihrem üblichen Bild auf und sind damit wieder im Lot mit seinem sommers wie winters sonnenblonden Haar.

»Ah, da sind Sie ja, von Stern! Gibt anscheinend eine außerplanmäßige Aufnahme, und da ich, wie ich hier auch noch mal sehe, offiziell heute den Dienst hier habe …«

»Jaja, aber Sie haben ja sicherlich die Ansage gehört, dass ich …«

»Ah ja, mir war doch auch so, aber ich war nicht sicher, ob ich richtig gehört habe, dass Sie …«

»Jaja, doch doch. Na, dann werd ich mal …«

»Wissen Sie, wenn Sie wollen, könnte ich das auch … da ich schon mal hier bin, und so oft wie Sie mich schon im Sprechsaal vertreten haben …«

»Oh, sehr nett, aber das ist gar nicht nötig, vielen Dank …«

»Es macht mir wirklich nichts aus.«

»Vielen Dank, aber Sie haben ja die Ansage …«

»Aber ich nehme Ihnen das gerne ab, Kollege!«

»Nein, wirklich nicht, vielen Dank, ich würde die Patientin lieber gern selbst nehmen.«

Er sieht mich scheinbar verdutzt, tatsächlich aber eher spöttisch an:

»Woher wissen Sie, dass es eine Patientin ist und kein Patient?«

»Äh ja, woher … nein, das weiß ich natürlich gar nicht, bin irgendwie davon …«

Dänemark unterbricht mich mit einem kurzen Auflachen, lässt seine hellblauen Augen im Strahlenhalbkranz seiner Lachfältchen leuchten und sagt dann zwinkernd:

»Patient oder Patientin, das ist hier vielleicht gar nicht die Frage. Vielleicht ist es ja ein Gespenst, das da drin auf Aufnahme wartet.«

Ebenso launig schmunzelnd antworte ich:

»Ja genau, in diesem Fall will ich mein Gespenst jetzt nicht länger warten lassen.«

»Ja, gehen Sie nur, behalten Sie Ihr Gespenst, ich will's gar nicht.«

»Na dann ist ja gut, schönen Tag noch, Kollege.«

»Ihnen auch, Ihnen auch.«

Er hat sich schon zum Gehen umgewandt und echot mir seinen Gruß mit gewedelter Rückhand zu, während er lässig davonschlendert, und ich reiße nach einem symbolischen Anklopfer die Tür auf.

6.

Die Tür des Aufnahmezimmers öffnet sich nach außen, und mit einem Blick ist man sogleich im Bilde. Im Vordergrund der Besucherstuhl, dem Betrachter den Rücken zugewandt, sodass der zukünftige Patient, der hier seinen Platz einzunehmen hat, dem historisch verbürgten vertrauensbildenden Sadismus ihm gegenüber gemäß, den Arzt vor sich und die Tür, und mit ihr die Unannehmlichkeit jederzeitig unangekündigt eintretenden Personals, im Nacken hat, wodurch im zukünftigen Patienten ein subliminales Unbehagen doppelter Ausgeliefertheit und Schutzlosigkeit im Raum ausgelöst wird, das er durch reflexartige Flucht nach vorn und also den unsinnigen Entschluss zu unbedingtem Vertrauen in seinen zukünftigen Arzt und Referenten zu überwinden suchen wird. Im Mittelgrund, hinter dem Besucherstuhl, sieht man den großen, weißen Schreibtisch mit dem bequemen rotgepolsterten Arztstuhl dahinter, ein Sitz für die Ewigkeit, und schließlich, im Hintergrund, das überschlicht eichenholzgerahmte, riesige Ölgemälde an der Wand, eine hochformatige abstrakte Landschaft aus drei breiten Farbquerstreifen, die das Bild des Zimmers im Türrahmen zu wiederholen, zu überhöhen oder eher zu verspotten scheint. Zwei Landschaften in einer – und seltsamerweise sind sie beide menschenleer.

Es ist niemand da. Keine Patientin, kein Patient, kein Gespenst. Wie ein abgesoffener Motor bleibt Referent auf der Schwelle stehen, die Hand schlaff auf der Innenklinke. Erleichterung und Enttäuschung machen sich in mir zu genau gleichen Anteilen breit, *ana partes aequales*. Das leise Seufzen, das unwillkürlich aus mir tritt, verbindet beides zu einem harmonischen Klang, und dieser Klang erinnert mich daran, dass Erleichterung und Enttäuschung schon lange nur noch als siamesische Zwillinge in mir auftauchen, weil die Angst das Einzige ist, was mich noch etwas erwarten und hoffen lässt.

Körper des Referenten hat eine niedrigstufige Bewegungsmöglichkeit wiedergefunden, und so betrete ich, nun endlich vollends entspannt oder eher ohne jede Spannung im Leib, das Zimmer, um trotz der Leere des Raums anweisungsgemäß meinen Aufnahmedienst hinter dem Schreibtisch abzusitzen, da lässt ein leises Geräusch von scharf rechts meinen Kopf herumfahren. Vier Meter von mir entfernt, vor dem riesigen Fenster, steht, die Hände auf dem Rücken gefaltet, kerzengerade und leicht breitbeinig eine sehr schlanke Frau und schaut hinaus. Sie trägt eine graue, enge Trikothose und ein nachtblaues, kurzärmeliges Hemd. Um ihren Hals ist ein kleines rotes Tuch geknotet, und ich verharre mit meinem Blick leicht schwindelnd auf diesem Tuch, weil der Anblick ihrer hochgebundenen und obszön ungefärbten Haare darüber mir leichte Übelkeit bereitet. Ich räuspere mich, sie dreht sich noch immer nicht um, aber als ich zu meiner Grußformel ansetze, kommt sie mir zuvor:

»Eine wirklich tolle Aussicht haben Sie hier.«

Über ihre linke Schulter dreht sie mir langsam das Gesicht zu, nur das Gesicht, ihr Körper bleibt unbeweglich zum Fenster hin ausgerichtet, und unwillkürlich denkt es in mir: *Rotation, Mobilisation, Stabilisation*. Ihre Augen erreichen meine, sie lächelt, und meine Übelkeit gewinnt an Klarheit. Wieder einmal fällt mir auf, was für ein wahrhaft kühnes Unterfangen die Verpflanzung unseres Herzens ins Sonnengeflecht war – schon ein nur leicht gesteigerter Sympathikotonus bewirkt ungleich schwerere Erschütterungen dieses in den Solarplexus tiefergelegten Herzens, ganz zu schweigen von gravierenderen Willkürakten des immer ein wenig dümmlichen vegetativen Nervensystems, denen das seiner angestammten Direktverbindung nach ganz oben ins Hinterhauptquartier beraubte und ins Eingemachte degradierte Zentralorgan deutlich schutzloser ausgeliefert ist. Aber mag das dünkelhafte, in die Peripherie verbannte Herz auch manchmal selbstmitleidig klagen *Nach Moskau, Nach Moskau!*, so weiß es sich doch damit zu trösten, dass die Peripherie die neue Mitte ist, ja dass das Zentrum eigentlich schon immer in der Peripherie lag. Und immerhin, so sagt sich das Herz, hat das mediative Denkorgan, das zwischen den Lungenflügeln an meiner alten Herzensstelle Platz genommen hat, alles in allem die Kommunikation zwischen mir und dem Hirn wirklich deutlich verbessert. Seit wir zu dritt sind, geht alles viel besser, ja gar kein Vergleich! Seltsamerweise kann erst das nicht mehr freigestellte, sondern nun vollends in alle Arbeitsabläufe eingeweihte oder eher eingeweidete Herz in aller Ruhe die alte Losung seufzen: *Nachgiebige Mitte in mir, Kern voll Schwäche, der nicht sein Fruchtfleisch anhält*, und sich dabei sanftmütig aus der Ferne oder eher der eigenen Entfernung belächeln. Es kann ganz hemmungslos seinem nostalgischen Hang zu solch verblasenen Bildern vom Körper frönen, ohne ihnen, wie früher noch, auf den Leim gehen zu müssen, weil der Mediator da oben zwischen den Rippen zuverlässig die Stellung hält und alle Reibungseffekte in ruhige Kraft verwandelt – *Rotation, Mobilisation, Stabilisation.* So kann Referent nun freundlich lächelnd und mit verbindlich ausgestreckter Rechter sagen:

»Guten Tag, ich bin Dr. Franz von Stern, der diensthabende Arzt. Wollen wir uns nicht setzen?«

»Ja gern, danke.«

Sie gibt mir nicht die Hand, als sie auf mich zukommt, und so verwandelt sich meine Rechte in die eines Oberkellners, der in einem scheinfeinen Restaurant die Tische zuweist, während die Frau sich, noch immer unverbindlich lächelnd, mir gegenüber setzt. Natürlich schlägt sie die Beine nicht übereinander, sondern streckt sie unverschämt lang unter meinen Tisch aus, sodass ich, um ihr auszuweichen, meine Knöchel unter dem Stuhl verschränken muss. Nichts an diesem Lächeln, nichts an ihrer Körpersprache, nichts in ihrer Stimme deutet darauf hin, dass sie mich erkennt, nicht das kleinste Flackern in diesen grünen Augen, und einen Moment bin ich unsicher, ob meine Erinnerungsbank mir einen Streich spielt und sie ist es doch gar nicht. Aber nein, natürlich ist sie es, gar kein Zweifel, ausgeschlossen! Nur weil zwanzig Jahre vergehen, heißt das ja nicht, dass man jemanden nicht mehr …, sie müsste, lass mich nachdenken, fünf Jahre jünger als ich, also jetzt zweiundvierzig sein, ja genau, im Gegensatz zu mir hat sie sich kaum verändert, nur älter geworden und auch das nicht annähernd so sehr, wie es sich für zwanzig Jahre gehört. Nein, sie sieht ganz anders aus, würde sie nie wiedererkennen, wenn ich nicht … Sie ist es nicht, natürlich nicht! Wie sollte sie es auch sein, es ist ja nicht möglich, es sind nur dieselben Farben, nur die Farben von Augen, Haaren und Haut. Überdecken auf den ersten Blick die Physiognomie auf ganz erstaunliche Weise, weil es so etwas wie Physiognomie freilich gar nicht gibt, da hat der Professor schon recht. Ja, aber der Ausdruck lässt sich nicht von der Farbe überdecken, weder herstellen noch überdecken. Sie ist es doch! Und sie kommt hierher und tut so, als würde sie mich nicht kennen. Hält es anscheinend noch nicht einmal für nötig, sich mir soweit erkenntlich, also mir unkenntlich zu zeigen, dass ich wenigstens … nicht einmal ihre Haarfarbe hat sie verändert, diese undefinierbare Farbe, die ich niemals mehr, zum Glück niemals mehr sehen musste. Gibt sich nicht zu erkennen, indem sie alles zu erkennen gibt! Ganz und gar uncharakteristisch für sie, diese Perfidie, aber dann, was weiß ich schon? Nach all den … Referent ruft sich zur Räson, irgendeine undichte Stelle im meta- oder im paralimbischen System, oder der Mediator übersetzt plötzlich falsch, neutralisiert nicht ausreichend, was freilich noch beunruhigender wäre, in jedem Fall muss Referent die Fehlerquelle noch heute ausfindig machen lassen. Aber jetzt erst einmal ruhig fortfahren, es müssen mindestens zwölf Sekunden vergangen sein seit ihrer Antwort, und selbstverständlich wird das Band unangemessen langes Schweigen des Referenten protokollieren. Sie ist es nicht, du siehst Gespenster!

»Ja, was kann ich für Sie tun, ich meine, wie kann ich Ihnen helfen, Frau äh …?«

»Oh, ich habe keine Ahnung. Man hat mir nur gesagt, ich soll in der Aufnahme vorstellig werden und dort mit dem zuständigen Arzt sprechen, und …«, sie macht eine kleine Pause und lächelt noch strahlender, »das sind anscheinend Sie. Ich soll also mit Ihnen sprechen, wie's aussieht.«

»Ja, so scheint's, selbstverständlich. Gut, dann wollen wir mal … haben Sie Ihre Einweisungspapiere bei sich?«

»Nein, man sagte mir, in meinem Fall … die würden Ihnen direkt …«

»Ah ja, tatsächlich? Hm, na schön, dann will ich mal nachsehen …«

Kaum dass ich den Rechner antippe, huscht eine Schwester lautlos herein, legt mir devot ein paar Papiere unter die Nase, nickt der Patientin freundlich zu und verschwindet ebenso lautlos wieder.

»Hmhm, soso«, Referent blättert leicht schwindelnd Papiere durch. »Sie sind also ambulant hier, Frau äh?«

»Ja genau. Komisch, was?«

»Wie meinen Sie?«

Referent muss endlich den Kopf wieder aus den Papieren heben und Patientin streng ansehen, aber sie zuckt nur die Achseln und zieht amüsiert die Augenbrauen hoch:

»Naja, ich mein ja nur, ambulante Kranke, wo gibt's denn heute so was noch?«

»Das ist ungewöhnlich, das ist wohl wahr, aber so steht's hier ganz eindeutig, ähm, ich kann hier Ihren Nachnamen gar nicht finden, Frau äh …«

»Ja, das ist kein Wunder. Den gibt's nicht, ich meine, ich habe keinen.«

»Sie haben keinen Nachnamen?«

»Nein, Nachnamen sind was für Schwächlinge, finden Sie nicht?«

»Na schön, gut, belassen wir's einstweilen dabei«, Referent hat endlich wieder alles unter Kontrolle, faltet gütig die Hände auf den Papieren und lächelt herablassend wohlwollend. »Ich bekomme auch so langsam ein Bild von Ihnen.«

»Ah ja, meinen Sie?«

Sie lächelt ebenso liebenswürdig arrogant zurück. Sie ist es! Niemand sonst könnte so arrogant sein. Außer mir, versteht sich, und damit ist das Problem schon wieder behoben.

»Mhm, meine ich. Also ...«, ich blicke gelangweilt abwechselnd auf die Papiere und auf die Patientin, damit sie sich langsam ebenso entkörpert wie das Papier vor mir, »wenn ich die vorläufige Diagnose des Kollegen unten in der Stadt richtig verstehe, haben Sie ja ein durch und durch sympathisches Nervensystem.«

»Ja, so was sagte er. Ist das etwas Ernsthaftes?«

»Sie meinen etwas Ernstes?«

»Oder das, meinetwegen.«

»Nicht unbedingt, nein, prinzipiell kann man damit vollkommen beschwerdefrei uralt werden, falls der Körper ausreichende Kompensationsmöglichkeiten entwickelt hat, und das scheint ja bei Ihnen der Fall zu sein, sonst säßen Sie mir jetzt nicht so entspannt gegenüber. Ganz abgesehen davon, dass diese Diagnose von unten kaum mehr als ein spekulativer Verdacht ist. Aber nehmen wir mal an, unsere Untersuchungen würden diesen Befund bestätigen ...«

»Aber ich bin sehr gründlich durchleuchtet worden ...«

»Naja, was man unten so für gründlich hält«, Referent kurz eine Spur zu selbstsicher, pegelt Souveränität daher schnell wieder etwas runter. »Nun, die Kollegen in der Stadt haben gewiss einwandfreie Arbeit geleistet, aber wir haben hier selbstverständlich ganz andere technische Möglichkeiten. Ich werde Sie gleich untersuchen, und falls Ihre parasympathischen Leitungen tatsächlich nicht ...«

»Was machen wir dann?«

»Nicht viel. Man muss das beobachten, natürlich, und wir sollten vielleicht ein paar kleine unterstützende und ausgleichende Behandlungen erwägen. Aber ich würde nicht übereilt zu einer Sympathektomie greifen, denn ...«

»Einer was? Das heißt?«

»Sie wissen nicht, was eine Sympathektomie ist? Sie haben nicht die geringste Ahnung von medizinischen Dingen?«

Sie macht mir ungerührt weiter runde Augen:

»Nein, leider nicht. Aber woher sollte ich auch? Man weiß so wenig, wenn man da unten lebt, wissen Sie?«

»Wie Sie wollen. Also, eine Sympathektomie bedeutet, dass man hier und da ein bisschen was wegschneidet vom Sympathikus, zum Ausgleich, verstehen Sie? Halte ich aber in Ihrem Fall nicht für angeraten. Wir probieren's stattdessen lieber erst mal mit ein paar leichten Frequenz- und Drucksenkungen, Verlangsamungen ganz allgemeiner Art, um trotz der dysfunktionalen Parasystemik alle notwendigen Sekretions- und Durchblutungsleistungen stabil zu halten, vor allem an die Leber und die Geschlechtsorgane und so weiter denken, kleine minimalparalytische Impulse wie ...«

»Schocken?«

»Sie meinen Konversionstherapie? Nein, auf gar keinen Fall. Konversion wäre ganz kontraproduktiv in Ihrem Fall. Nein, wir sollten uns erst mal auf *Pranayama* konzentrieren und ...«

»Sie meinen Atemübungen?«

»Wenn Sie's so nennen wollen, wobei es natürlich weit mehr umfasst als bloßes ...«

»Wir sitzen hier zusammen und atmen?«

»Na, nicht hier in der Aufnahme natürlich, sondern im *Pranayama*-Raum.«

»Ich komme hierher, und Sie zeigen mir, wie man atmet? Dafür komm ich dreimal die Woche den ganzen Weg aus der Stadt?«

Patientin steigert von Satz zu Satz aggressive Amüsiertheit, wobei für Referent unklar, ob sie bloß Theater spielt oder tatsächlich verärgert ist. In beiden Fällen scheint mir Sanftmut das beste Mittel dagegen.

»Ich verstehe Ihren Unmut, das geht allen anfangs so. Sie glauben, Sie wüssten, wie man atmet, aber das ist freilich nicht so, glauben Sie mir. Sie werden sehen, der Effekt der Behandlung wird Sie den damit verbundenen Aufwand und die Einschränkungen in Ihrem Leben nach kürzester Zeit vollkommen vergessen lassen. Aber wir können die Behandlung selbstverständlich auch stationär durchführen, der Befund rechtfertigt dies mehr als genug. Wenn Ihnen das praktikabler …«

»Nein, ich bin schließlich offiziell als Ambulante eingestuft und von der Klinikleitung als solche hierherbeordert worden. Und außerdem habe ich ja ein Leben da unten.«

»Ah ja?«

»Ja, habe ich.«

Jetzt habe ich sie! Patientin schlägt zwar ebenso wenig mit den Lidern wie Referent, der ihr dank jahrelanger intensiver autohypnotischer Praxis schweigend tief in die Augen sehen kann, als wären sie bloß die irgendeiner dahergelaufenen Katze, aber für einen Moment ist da ein kurzes Flackern von echter Wut und Verletzung in der bernsteingepunkteten grünen Iris. Wahrscheinlich ist aber auch das nur ein Trick oder eher noch reine Einbildung des Referenten, der sich immerhin sagen kann, dass die Grundlage einer Unterscheidung von echter Wut, Trickspiel und Einbildung in diesem Raum nicht gegeben ist und die Unterschiede zwischen ihnen daher keinen Unterschied machen und also irrelevant für weiteres Vorgehen sind, selbst für den nicht ganz unwahrscheinlichen Fall, dass das Flackern eine Spiegelung seiner eigenen Iris in der der Patientin war, und so lassen die Herzstiche in meinem Magen deutlich nach und Referent kann in aller überheblichen Seelenruhe weitersprechen:

»Schön, gut, dann also eine ambulante Behandlung, warum auch nicht? Wir konzentrieren uns auf *Pranayama*, und außerdem sollten wir …«

»Was steht da noch in diesen Papieren über mich?«

»Wie bitte?«

»Die Diagnose lautet paradefizitär, ist das alles?«

»Reicht Ihnen das nicht?« Referent lächelt mit sanfter Strenge, und seine Ironie scheint mir seltsamerweise von aufrichtigem Mitgefühl gespeist. »Als ich sagte, dass man mit einem Paradefizit prinzipiell recht beschwerdefrei leben kann, meinte ich damit keineswegs, dass es sich um eine Bagatelle handelt, Ihnen fehlt immerhin ein entscheidender Teil des afferenten Nervensystems, das ist ja nicht so, als würde Ihnen nur ein Bein fehlen oder ein Arm, auf das oder den Sie notfalls auch …«

»Jaja, das habe ich schon verstanden«, sie schüttelt gereizt den Kopf und für eine wolkige Sekunde erinnere ich mich wieder, wie sich ihr Haar anfühlt. »Aber erstens sagten Sie doch vorhin, diese Diagnose sei bisher nichts als Spekulation und zweitens wüsste ich gern, ob da noch was steht.«

»Tja, offen gestanden sind diese Papiere vertraulich«, ich weiß nicht, warum Referent diesen Unsinn erzählt, Papiere sind hier niemals vertraulich. »Sie sind ausschließlich für den behandelnden Arzt bestimmt und nicht …«

»Was steht da noch?« Sie lächelt jetzt wieder liebenswürdiger und nur etwas müde. »Sagen Sie es mir bitte!«

»Also schön, hier steht, dass Sie über eine nur mangelnde Gesundheitseinsicht verfügen«, Referent blättert unnötig lang in den lumpigen vier Seiten herum. »Ja, hier, da haben wir's: *keine vertiefte Gesundheitseinsicht*.«

»Das ist das eigentliche Problem, wie?«

»Naja, so würde ich das nicht …«

»Sagen Sie's mir, ich will's wissen, es hilft mir überhaupt nichts, mich zu schonen.«

»Es ist nicht ganz unproblematisch, ja, das will ich Ihnen zugeben.«

»Hm.«

»Hm.«

Wir nicken einander zu, sehen uns lange schweigend an, irritierend eindrückliche Simulation von Auge in Auge, und plötzlich verschwindet der Raum, es ist ein südlich heißer Morgen, wir sind gerade aufgestanden, sitzen uns auf der Terrasse an dem kleinen Holztisch gegenüber, sie hat die Knie unters Kinn gezogen, und alles scheint gesagt, aber wie immer in diesem Tableau will einer von beiden einfach nicht verstehen. Falls es ein Trick ist, und was sonst sollte es sein, verdient er all meinen Respekt, den Respekt des langjährigen Arztes und Referenten, der glaubte, an diesem Hause bereits mit allen erdenklichen Luftspiegelungen gequält worden zu sein.

»Das verstehe ich nicht«, sie schüttelt den leicht nach vorn gebeugten Kopf, und ich blicke scharf einatmend aus dem Fenster. »Das ist mir ganz unerklärlich, ich meine, ich war nie unvernünftig, habe nie ungesund gelebt, außer … na gut, aber wissen Sie, Herr Doktor, ich habe wirklich immer versucht, ich selbst zu sein, wirklich.«

»Bitte, machen Sie sich keine Vorwürfe, es hat in aller Regel nichts mit der konkreten Lebensführung zu tun, jedenfalls nicht im direkten Sinn, nicht einmal Erbanlagen sind hier ausschlaggebend. Es ist, so grausam das klingen mag, oftmals bloßer Zufall.«

»Zufall? Bloßer Zufall – Gott!«

Sie wirft den Kopf mit einem kurzen, sarkastischen Auflachen in den Nacken, wie es sich an dieser Stelle gehört, und für einen Moment fürchte ich, sie könnte zu weinen anfangen, aber natürlich weint sie nicht, dann wäre sie es wirklich nicht, alles könnte sie hinkriegen, aber das nicht. Aber was weiß ich schon, was man in zwanzig Jahren da unten so alles lernen kann. Zu meiner Zufriedenheit nimmt sie sich sofort wieder zusammen und fragt mich fast heiter:

»Was kann man dagegen … ich meine, was können Sie tun?«

»Nun, in erster Linie, das war das, was ich Ihnen bereits vorhin sagen wollte, sollten Sie neben der Arbeit an *Pranayama* eine strenge Laufkur einhalten, dreimal täglich, wie alle hier, trotz Ambulanz werden wir das schon hinkriegen, und dann würde ich Ihnen gern etwas Stimmenhören verordnen.«

»Stimmenhören?«

»Ja, Sie liegen ganz lauschig in einem Bett vor dem Sprechsaal, und dann werden wir Ihnen Ihre Stimme ein paarmal wiedergeben.«

»Tut es weh? Ist es schwierig?«

»Nein, gar nicht. Zwei, drei Sitzungen, und Sie haben den Bogen raus. Wie man in den Saal hineinruft, so schallt's heraus, und sowie es aus dem Saal schallt, ruft man wieder hinein und immer so weiter. Sie werden sehen, es ist gar nicht schwer, aber sehr effektiv.«

»Ah ja?« Sie lächelt wieder unangenehm ironisch. »So einfach ist das? Ich habe schon vom Stimmenhören gehört, man schwätzt ja unten pausenlos darüber, und alle wollen es angeblich schon mal bekommen haben. Stimmt es, dass der Sprechsaal eine Art Nemesis ist, eine Abrechnung mit dem früheren Leben?«

»Nein, das stimmt nicht. Der Sprechsaal ist einfach nur ein Saal, in den man hineinspricht und aus dem es genauso oder fast genauso zurückspricht, ein idealer Gesprächspartner, gewissermaßen.«

Ich lächle ebenso unangenehm ironisch, und für einen schwindelnden Moment sind wir wieder *partner in crime*, aber Referent rettet sich in Papierkram:

»So, dann wäre so weit alles geklärt zwischen uns. Wir müssen nur noch schnell das Formale erledigen, dann kann ich Sie endlich untersuchen. Denn diese Einweisungspapiere sind ja nur eine vorläufige Order, Sie müssen noch Ihre Einwilligung zu Ihrer Behandlung hier geben, und ich muss Sie noch kurz über Ihre Rechte aufklären, einverstanden?«

»Ja gut, natürlich.«

Ich drücke den Summer, und augenblicklich erscheint dieselbe Schwester wieder, bringt mir einen Stapel Papiere in einem grünen Aktendeckel und nickt dabei Patientin erneut freundlich zu, die der Schwester lächelnd und sich den Kopf verrenkend hinterherschaut, bis diese wieder verschwunden ist. Dann fragt sie mich erstaunt:

»Haben Sie für so was keine Sekretärin? Ich meine, machen die Schwestern hier auch all den Papierkram?«

»Die Schwestern machen hier prinzipiell alles, unglaublich zähes Vieh. Aber im Grunde machen wir hier ja alle alles, und Aktenpflege ist eben auch eine Art von Pflege«, ich lache gezwungen über meinen schlechten Scherz, um eine kurze Unsicherheit vorzutäuschen, sodass Patientin mich verwundert anschaut und ich umso sicherer und schneller fortfahren kann: »Also, formal gesprochen schließen wir einen Vertrag miteinander. Die kranke oder gesundheitsuneinsichtige Partei – das sind Sie – verspricht vollste Aufrichtigkeit, das heißt die Verfügbarmachung allen Stoffes, den ihr ihre Selbstwahrnehmung liefert, wir – das bin ich – sichern ihr, also Ihnen, im Gegenzug strengste Diskretion zu und stellen unsere Erfahrungen in der Auslegung, Bearbeitung und Archivierung solchen Materials in Ihren Dienst. Sie können uns, also mich, Ihren Arzt, als Beistand, als Bundesgenosse im Bürgerkrieg von Herz und Hirn gegen Ihr geschwächtes Selbst betrachten. Vorab möchte ich Sie aber gleich darauf hinweisen, dass die gesundheitsuneinsichtige Partei, also Sie, einen solchen Vertrag nicht einhalten, ja kaum ihn eingehen kann, äh, ich meine können.«

»Ich verstehe nicht.«

»Ja, Sie können sich das gleich alles noch mal in Ruhe durchlesen, das bedeutet nur, dass unsere Partei mit Ihrer Vertragsbrüchigkeit rechnet und Ihnen diese keineswegs übel nehmen wird, sondern im Gegenteil für mögliche Widerstände gegen die Behandlung größtes Verständnis haben wird. Sehen Sie es einfach so: Wir sind der verlässliche Teil der Vertragspartnerschaft und Sie der unzuverlässige, und das ist vollkommen in Ordnung so. Ich weise Sie auch nur darauf hin, um von vornherein dafür zu sorgen, dass Sie sich zur strikten Einhaltung des Vertrags keineswegs verpflichtet und sich uns gegenüber bei etwaigen Verstößen auf keinen Fall schuldig fühlen sollen, Sie sollen sich zu keinem Zeitpunkt der Behandlung in irgendeiner Weise unbehaglich fühlen. Wir als Ihr Arzt, also ich, wissen, weiß ja, dass Ihr Widerstand gegen die Behandlung symptomatischer Ausdruck Ihrer Defizite und Ihnen deshalb in keiner Weise persönlich anzulasten ist, und daher ist dieser Widerstand selbstverständlich Teil der Behandlung und …«

»In welcher Weise könnte ich denn Widerstand leisten?«

»Ach, da wird Ihnen einiges einfallen, das können wir dann von Sitzung zu Sitzung sehen.«

»Gut, da brauch ich mir jetzt noch keine …«

»Nein nein nein, überhaupt nicht«, beruhigen können Referenten immer, und Patientin atmet erleichtert auf, lächelt mich in bezaubernd kindlicher Vertrauensseligkeit an, und obwohl ich mit leichter Verachtung zur Kenntnis nehme, dass dieses Lächeln pfundweise zu dick aufgetragen ist, falle ich dennoch darauf rein, weil sich eine wenn auch nur minimale Differenz zwischen Affekt und mediativer Bearbeitung strukturbedingt noch immer nicht aufheben lässt. »Das vergessen Sie erst mal wieder gründlich. Wir müssen ja jetzt nur die wichtigsten Modalitäten der vertragsmäßigen Hilfeleistung klären. Also noch einmal, Sie sagen uns alles, was Sie über sich wissen und übertragen uns die Rechte an diesem Material. Diese Übertragung auf uns, also auf mich, findet ganz organisch und automatisch statt, einfach indem Sie sprechen. Denn Sie werden das, was Sie mir erzählen, nicht einfach nur erzählen, sondern spielen, Sie werden vor mir agieren, anstatt mir nur zu berichten – genau genommen tun Sie das ja jetzt schon.«

Ich zwinkere ihr bösartig zu, aber die Attacke geht ins Leere. Sie strahlt mich treuherzig an:

»Sehr schön, einverstanden – ja, ich bin mit allem vollkommen einverstanden.«

»Äh ja … gut. Dann lesen Sie sich das alles noch mal gründlich durch,« ich lege den Stapel Papier ordentlich vor sie auf den Schreibtisch, schraube langsam meinen goldenen Füllfederhalter auf, den sie mir schlafwandlerisch abnimmt, noch bevor ich ihn ihr reichen kann, und weise dann in den mir gegenüber auf den Kopf gedrehten Papieren mit dem Zeigefinger auf die entsprechenden Stellen. »Und dann unterschreiben Sie bitte hier, und … hier, und … hier …, und noch mal … hier …, vielen Dank. So, das hätten wir, dann kann ich Sie jetzt endlich untersuchen.«

Sie greift nach der vor mir liegenden Kappe des Füllfederhalters, schraubt ihn wieder zu, steckt ihn sich in die Brusttasche ihres Hemds und grinst dabei vergnügt:

»Fein! Wo untersuchen Sie mich? Gleich hier?«

»Jaja, kommen Sie hier rüber, legen Sie sich auf den Behandlungstisch, bitte. Leider ist er etwas unbequem.«

»Soll ich mich ausziehen?«

»Nein, vielen Dank, das ist gar nicht nötig«, Referent richtet Patientin auf dem Behandlungstisch in *Shavasana* zurecht und lässt dann den Teilchenscanner über die Fernbedienung langsam wie einen riesigen silbernen Rochen von der Decke herabschweben, bis er eine Handbreit über der Patientin mit einem kleinen geräuschlosen Zittern zum Stehen kommt und seine Flügel zu einer geraden Fläche ausbreitet. »Die Maschine erledigt das auch so.«

Patientin rotiert Kopf vorsichtig unter dem Lesegerät in Richtung des Referenten, öffnet die Lippen und schließt sie wieder, ich beuge mich mit auf den Oberschenkeln gestützten Händen zu ihr herab, lege den Kopf seitlich, als wolle ich mich auf einem Kissen in der Luft neben sie legen, und sie zwinkert mir zu:

»Na, da haben Sie ja noch mal Glück gehabt, Herr Doktor.«

»Na, das sehe ich aber ganz genauso.«

Leise lachen wir uns gegenseitig ins Gesicht, und für heute sind wir beide noch mal davongekommen.

7.

Aufnahme längst wieder leer, Referent sitzt unbeweglich am Schreibtisch, starrt über den in seinen Händen leicht angehobenen Scan hinweg auf die Tür wie ein alter Nachrichtensprecher, der auf sein Zeichen wartet, und hört zu, wie die Aufnahmen, die noch immer, eine nach der anderen, aus dem Drucker fallen, leise neben ihm zu Boden sinken und dort, so leicht und glatt sind sie, mit einer kleinen Wellenbewegung noch ein paar Zentimeter über ihn hinweggleiten, bevor sie sich endgültig tot stellen.

Vorschriftsmäßig werde ich sie alle gründlich studieren und erst dann meinen Bericht diktieren, obwohl derlei Gründlichkeit in diesem Fall überflüssig ist, da der Befund schon nach flüchtiger Ansehung der ersten Aufnahme eindeutig ist, auch wenn ich ihn freilich nicht verstehen kann. Referent schließt die schmerzenden Augen, massiert sich die Nasenwurzel, reißt die Augen dann wieder auf und betrachtet das Bild erneut.

Patientin leidet unter keinerlei parasympathischer Abnormität, ja unter überhaupt keiner Anomalie, und noch vor ein paar Jahren hätte ein solches Bild einen Arzt dazu hinreißen können zu behaupten, der Patientin fehle überhaupt nichts. Aber das ist selbstverständlich eine unsinnige Vorstellung, denn schließlich gab es damals solche Bilder noch nicht, Bilder, die keine Abbilder mehr zu sein scheinen, da sie gar keine Ähnlichkeit mit den vom Gerät abgetasteten Körpern erkennen lassen. Das Gerät versteht es, den Körper vollständig zu lesen und das derart Gelesene, diesen an sich nichtssagenden oder zumindest unlesbaren Text, wiederum in Bilder zu übertragen, die dem Laienauge zwar als planloses Gewirr manisch sich kreuzender Linien und Farbflächen, wie die missglückten Teppichmuster eines betrunkenen Webers erscheinen, die uns Referenten hingegen wie eine Partitur lesbar sind, mit der man den stummen Körper zum Singen bringen kann. Ich versenke mich in den Anblick des Bildes, und alle Ströme und Unterströme, geheimen Verbindungen, verborgenen Züge werden durchsichtig und hörbar wie eine unendliche Variation ohne Thema, der immergrüne Trug einer nie gehörten und doch altvertrauten Melodie. Sie ist es, kein Zweifel mehr, mein elendes Echo.

Aber Referent kann sich an den Fakten festhalten und so zunächst wieder einmal voll aufrichtiger Bewunderung für die Pioniere unseres Hauses konstatieren, dass die Bilder des Teilchenscanners in ihrer Klarheit für unsere diagnostische Arbeit von schier unschätzbarem Wert sind, lassen sich mit ihnen doch die meisten Unschärfen der Anamnese, die vor allem dem unvermeidbaren Mangel an Präzision in den Patientenangaben, aber auch in den wortwörtlichen Hirnstromübersetzungen des Gedankenlesers geschuldet sind, nahezu vollständig kompensieren.

In jedem Fall hat ein solches Bild keine Ähnlichkeit mehr mit dem Innenporträt ihres Brustkorbs, das sie mir vor dreiundzwanzig Jahren in einer scheinironischen Anwandlung von naiv romantischer Morbidität schenkte und mit dem alles begann und sich unser Wackelkontakt in ein stabiles Desaster verwandelte. Schmeichelhafter als im Kabinett der altehrwürdig diskreten Strahlen konnte man sich niemals ablichten lassen, weil das Gebein und seine Härte, all seine unfassbaren, da in ihrer Banalität nicht fassbaren Härten in ihrer angeberisch grellen Ausleuchtung sogleich unsichtbar wurden, zu bloßem Dekor für das Negligé der milchgrauen Andeutungslinien des kokett verblasenen Fleischs, zu zart, zu schüchtern, zu verlogen, um sich ganz zu zeigen. Und obwohl ich damals mit der bornierten Rührung des fünf Jahre Älteren und damit mindestens ein ganzes Leben Weiseren über diese, wie sie es nannte, beschränkte Nostalgie-Edition ihrer selbst gelächelt habe, habe ich das Bild doch in verschämtem Entzücken, wenn ich nachts über den öden Pharmakologiebänden saß, immer wieder betrachtet, bis mir die dümmlich glasigen blauen Augen zufielen, und es heimlich, doppelt gefaltet in meiner Brieftasche, immer auf dem Herzen getragen, bis zum Schluss, bis dieses Herz von dort verschwand.

Ein Jahr nachdem sie mir dieses Porträt geschenkt hatte, tauchte sie in unheimlich guter Laune mit einem anderen Bild in meinem neuen Büro auf. Sie legte mir den schwarzgrundigen, glänzenden Bogen auf den Schreibtisch, auf dem ihr Hirn durch den gänzlich unschwülen Magnetismus des Kernspins scheibchenweise multipel geworden war, und ich versuchte krampfhaft, an Baumkuchen zu denken, während sie auf die einzelnen Bildchen pochte und dabei heiter ausrief:

»Sehen Sie, Herr Doktor, sehen Sie hier – Sie sehen nichts!«

»Ja natürlich nicht, und? Was soll das? Ich verstehe nicht ...«

Sie hatte ihre gute Laune aufgegeben und fragte mich nun ernsthaft verärgert:

»Warum muss ich das machen? Warum muss ich alle vier Wochen so ein Bild machen lassen, erklär's mir!«

»Ja, es ist eine dämliche Formalie, aber was soll's ...«

»Warum müssen wir das machen? Wofür brauchen sie das?«

»Gott, was ist das Problem, mach es einfach wie alle anderen und fertig aus, wozu sich ...«

»Du findest das nicht schlimm?«

»Schlimm, wieso schlimm, was sollte daran ...?«

»Na schön, ich mach's ja«, sie ließ sich seufzend in den Sessel in der Ecke fallen, drehte mir langsam den Kopf zu und sagte dann leise: »Darum geht's ja gar nicht.«

»Sondern?«

Ich wollte es nicht wissen, und das konnte sie mir auch ansehen, aber sie sprach trotzdem weiter, noch leiser:

»Ich versteh ganz andere Dinge nicht.«

»Hm.«

Ich ließ mich von dem Drehstuhl wieder ganz meinem Rechner zuwenden, schloss kurz die Augen, als ich ihren Blick im Nacken spürte und einsah, dass ich sie nicht würde zum Schweigen bringen können.

»Ich versteh nicht, was du für komische Sachen ... ich meine, nachts vor dem Spiegel ...«

Das Herz schlug mir bis zum Hals, und ich musste mich ganz zusammennehmen, um nicht als dieses Ganze, nicht in einem Stück herumzufahren, sondern mich zerstreut zu ihr zurückzudrehen und nur beiläufig belästigt zu fragen:

»Was?«

»Ich ... entschuldige, ich wollte nicht ..., ich werd vielleicht mal gehen besser.«

»Ja, vielleicht können wir das wirklich wann anders ..., ich hab hier noch so viel in mich einzuarbeiten, verzeih«, ich lächelte begütigend oder eher gequält, weil ich es jetzt selbst nicht aushielt, wie sie verschreckt aufstand und sich zu gehen anschickte. »Aber ich will, ich *muss* auch diese letzte Prüfung noch wirklich absolut fehlerfrei bestehen, das verstehst du doch, oder?«

»Jaja, natürlich«, sie war schon an der Tür und lächelte tapfer, was ich endgültig nicht mehr ertrug, und so sprang ich auf und hielt sie zurück, hielt sie fest und küsste sie panisch, in der irren Hoffnung, dadurch alles Schlimme wegzumachen und sie alles vergessen zu machen, was sie gesehen hatte, und für einen kurzen, stillen Moment schien alles gut, aber dann flüsterte sie hastig: »Ich wollte dir nicht hinterherspionieren, wirklich nicht, ich konnte nur nicht schlafen, und da hab ich zufällig …«

»Jajaja, schschsch …«

»Es macht mir Angst.«

»Schsch, ist gut, ist alles gut, du brauchst keine Angst zu haben, wir werden das wegmachen. Wir werden das wegmachen.«

Ich strich ihr wie einem kleinen runden Tier fest über den Kopf, um mich selbst zu beruhigen und murmelte den letzten Satz immer wieder vor mich hin, bis sie plötzlich leise auflachte:

»Sieht so aus, als wärst du tatsächlich auf dem besten Weg, Arzt zu werden.«

8.

Noch immer sitzt Referent an Schreibtisch, Gott weiß, seit wann, und versteht die Bilder oder eher die Berichte nicht mehr. Es ist ja nicht nur die vollkommen intakte Parasympathie, sondern obendrein auch noch eine tadellose, höchstens in dieser Tadellosigkeit leicht suspekte Gesundheitseinsicht der Patientin, sondern vor allem die Tatsache, dass beides selbst für die blindeste Blindschleiche von Medizinstudent auf den ersten Blick zu erkennen ist, die es nahezu ausschließen, dass der Arzt da unten versehentlich zu dieser Fehldiagnose hat kommen können. Aber selbst wenn man sich ein solches Maß an ärztlicher

Inkompetenz vorzustellen vermöchte, bliebe die Einweisung der Patientin rätselhaft, da die Klinikleitung alle Befunde von unten genau prüft, bevor sie eine Diagnose von dort, und sei es auch nur als vorläufige, in ihre offiziellen Einweisungspapiere über- und also aufnimmt und damit das Objekt dieser Diagnose hier heraufschickt und zum Patienten ernennt, einmal ganz abgesehen davon, dass die allermeisten Einweisungsgesuche von unten gar nicht erst von der Klinikleitung zur Kenntnis genommen werden können, sondern ungeöffnet zurückgesendet werden, und dass es hier oben schon seit Jahren keine Ambulanz mehr gibt.

Alles deutet so offenkundig darauf hin, dass die ambulante Patientin eine Prüfung für Referenten darstellt, dass ich es für recht unwahrscheinlich halte. Was sollte denn auch der Sinn einer solchen Prüfung sein – ausgerechnet jetzt? Nein, die Klinikleitung wird meinen Eigenbericht abwarten und erst dann gegebenenfalls die ersten zaghaft tänzelnden Schritte prüfender Maßnahmen einleiten. Und selbst wenn es doch so wäre, es wäre für mein weiteres Vorgehen ohnehin irrelevant, denn schließlich verpflichtet mich schon mein nosographischer Eid darauf, jede Einmischung in meine persönlichen Angelegenheiten zu unterlassen und mich ganz auf meine Krankenberichte und den einen weiteren, nicht ganz unwichtigen Bericht, den Bericht meines Lebens, wer weiß, zu konzentrieren. Referent beschließt also, keinen Gedanken mehr an den Sinn des Ganzen zu verschwenden, greift zum Mikrophon, um Bericht über ambulante Patientin zu diktieren.

Stimme des Referenten ist leicht brummend tiefergelegt, auf- und abbrausend und monoton schleppend zugleich, wie immer, wenn er diktiert, da den Schwestern diese altertümlich flugkapitänartige Verschleifung ärztlicher Rede angeblich so gut gefällt. Sie behaupten, es erleichtere ihnen das Transkribieren. Aber diesmal versiegt der Strom meiner Worte schon bei der Eingabe der Patientendaten. Dass sie noch nicht mal ihren Vornamen geändert hat, die unglaubliche Unverfrorenheit besitzt, mit ihrem echten Namen hier aufzutauchen, aber andererseits ihren Nachnamen, meinen Namen, den Namen, den ich ihr geschenkt habe, verleugnet, das ist zu viel des Guten, das sich in Böses verwandelt hat!

Empörung des Referenten gekünstelt, läppischer Versuch, einen Schutzschild vor die eigene Schuld zu stellen, denn nur die Schuld ist schützenswert, das Einzige, was von einem übrigbleibt, und deshalb stelle ich mich vor sie, so wie ich, als wir uns an diesem fatalen zwanzigsten Juni zum ersten Mal allein gesehen haben, am Strand von Gursuf, oben im Nordosten von Groß-Jalta, versucht habe, mich hinter der angeberischen Narbe, die damals noch einsam und allein meine Brust vom linken Schlüsselbein bis zum rechten Rippenbogen querte, zu verstecken und zu vergrößern zugleich. Aber sie zeigte sich, im Gegensatz zu allen Mädchen vorher, in keiner der üblichen Weisen beeindruckt, machte keine Anstalten, in kichernder oder in ätherisch tiefäugiger, mich stets scheinbar anödender, in Wirklichkeit aber leicht beschämender Ekellust mit dem affektiert überstreckten Zeigefinger die schmissige weißrötliche Zeichnung entlangzufahren, sondern betrachtete sie bloß nickend mit den herabgezogenen Mundwinkeln des kundigen Sammlers, der einen Kauf erwägt, bei dem er das dumme Gefühl hat oder auch nur zum Zwecke des Feilschens vorspiegelt, übers Ohr gehauen zu werden.

»Gar nicht so übel, das Ding. Weißt du, wenn ich mal groß bin und zu Ende studiert habe, werde ich eine bahnbrechende dreibändige Abhandlung mit dem Titel *Der Fetischcharakter des Fetischs* schreiben.«

Dann lachte sie, und weil ich ihren Spaß nicht so recht verstand, beeilte ich mich, in ihr Lachen einzustimmen. Wir lachten hysterisch, uns gegenseitig immer weiter ins Lachen hineinsteigernd, und als unser Lachen endlich seufzend mit der Brandung des Schwarzen Meeres ausrollte und sie mich traurig lächelnd ansah, ahnte ich, dass es gefährlich war, mich weiter auf dieses komische Kind einzulassen. Ich wusste, ich war durchschaut und sie konnte von hier bis zum Ende in einem durchsehen. Natürlich war es nicht so. Sie hatte keine Ahnung, genauso wenig wie ich, wir haben uns verliebt, weiter nichts. Die Ahnung denke ich nur dazu, weil sie viel später zu mir gesagt hat:

»Jemanden, den man liebt, tranchiert man nicht, man zerlegt ihn nicht, auch wenn du dir anscheinend nichts sehnlicher wünschst.«

»Ist Ihnen nicht gut, Dr. von Stern?«

»Äh, wie …? Oh, ich hab Sie gar nicht …«, Referent hat Schwester, die ihm hier zum sagenhaft dritten Mal erscheint, nicht hereinkommen hören. Ich räuspere mich peinlich berührt, weil mir klar wird, dass ich schon eine ganze Weile mit geschlossenen Augen dagesessen haben muss, das eingeschaltete Mikrophon vor dem Mund, wie unser Spitzenamnestiker, der bis spät in den Herbst den ganzen Tag unbeweglich im Garten steht und schmerzlich lächelnd an der immergleichen immerneuen roten Rose riecht, deren Duft er im selben Moment vergisst, in dem er an ihr riecht.

»… sich nicht wohl, Herr Doktor? Sie sitzen hier jetzt schon seit«, die Schwester schaut auf ihre Armbanduhr, »drei Stunden und zwanzig Minuten. Einfach nur so da. Die Schwester in der Transkription dachte schon, es gäbe ein Übertragungsproblem, weil Sie nur noch so merkwürdige Geräusche durchgegeben haben, so wie wenn man …«

»Oh ja, verzeihen Sie, ich war wohl etwas zerstreut, hab das Ding angelassen. Na schön«, ich straffe mich, will aufstehen, aber da ist sie schon hinter meinen Stuhl gesprungen und drückt mir blitzschnell ihre Daumen links und rechts neben den obersten Nackenwirbel. Dann greift sie mit Zeige- und Mittelfingern tief in den vorderen Kapuzenmuskel oberhalb der Schlüsselbeine, mir wird vor Schmerz kurz übel und schwarz vor Augen, doch sie fährt in dieser hausüblichen Schultermassage fort, eine der vielen kleinen Unannehmlichkeiten, gegen die man sich hier auf keinen Fall allzu offensichtlich wehren sollte.

»Mhm ja, danke Schwester, das war gut, sehr gut, vielen Dank, aber ich muss jetzt los, will doch sehen, ob ich dann wenigstens noch die zweite Schicht in der Quallenpest … äh, in der Aquagymnastik schaffe.«

»Wie Sie meinen, Dr. von Stern.«

»Ja, und dann werde ich noch mal bei Dr. Tulp vorbeigehen und meinen Mediator kurz checken lassen.«

»Ja, tun Sie das, Herr Doktor, tun Sie das. Ach je, was für ein Chaos …«, sie bückt sich und fängt an, die Aufnahmen vom Boden aufzusammeln. »Wer hat denn nur schon wieder die Schublade unter dem Drucker …«

»Lassen Sie nur, Schwester, lassen Sie bitte alles, wie es ist, ich mache das später, es sieht zwar nicht so aus, hat aber schon alles seine Ordnung.«

»Hm, wie Sie meinen«, sie richtet sich unwillig auf, streicht ihr viel zu enges Schwesternkleid zurecht, blickt noch immer pikiert auf das Chaos am Boden, doch bevor sie weiteren Einspruch erheben kann, mache ich mich kittelschwingend davon.

9.

Was für ein Glück, dass ich die zweite Poolschicht noch bekommen habe! Jetzt erst mal eine Stunde am Beckenrand vor den armen dicken Frauen, die auch im Wasser keineswegs in ihrem Element sind, im Takt der ohrenbetäubenden Musik herumturnen, ihnen übers Headset die frohen Anweisungen verkünden, *come on ladies, die Arme hoch, hoch, hoch!*, und dabei alles, alles, alles vergessen, welche Gnade an solch einem Tag!

Ich springe hoch, reiße die Knie unters Kinn, die Arme in die Luft, die angestrengt zu mir herauflächelnden Frauen geben alles, um mir nachzueifern, doch auch im hilfreich widerständigen Wasser können sie keine großen Sprünge machen. Wodurch meine freilich noch größer werden, fünf Minuten in der Aquagymnastik und ich nähere mich Höhen, die kein Vogel je erflog! Das überkommene Fleisch in seinen erbärmlich hübschen Badeanzügen strebt zu mir empor, ich werde es nicht erlösen, denn ich bin Arzt, großes Mitleid und große Verachtung sind mir eins, ich habe alles hinter mir gelassen, kann frei atmen, endlich, Hyperboreer für einen Moment – *wie viel man unter sich fühlt!*

Zu allem herrlichen Überfluss öffnet sich nun auch noch die gläserne Decke über uns, die spätnachmittägliche Maiensonne ist kräftig genug, um die witternde Automatik in Gang zu setzen, sirrend schiebt sich das starre Verdeck zur Seite auf die angrenzende Zimmerdecke und gibt uns für ein paar Minuten dem luftigen Himmel frei. Ich werfe den Kopf in den Nacken, lächle blinzelnd dem Sonnenvater entgegen, und schon heben mich meine Arme in den finalen Adlerflug – und Abbruch, wie immer an dieser Stelle, das Tempo der Bumsmusik wechselt und ich wechsle die Übung. Beine im Sprung grätschen und wieder schließen, synchron Arme über dem Kopf öffnen und schließen, Referent augenblicklich wieder in die Pflicht genommen, blickt zufällig in spiegelnde Glaswand gegenüber und sieht zu seiner Verwunderung einen Hampelmann in Weiß.

Alle Ausflüchte vor sich selbst liegen im Spiegelbild begründet, das weiß jedes Kind und kann doch nicht von ihm lassen, und dass diese Ausflüchte nun mal keine Auswege sind, spricht nur für sie, macht sie umso gangbarer. Aber wenn man alle bösen Wege hinter sich hat wie wir Ärzte hier, dann ist dieses Bild endlich einfach das, was es zu sein scheint, eine ganz ausgezeichnete Wiedergabe, die uns der Gegenwart wieder zurückgibt, ein hervorragendes Hilfsmittel für die alltägliche Korrespondenz mit den gegebenen Umständen, und mit dem gefliesten Boden unter den Füßen spüre ich plötzlich auch meine brennenden Muskeln, kann daher nun mit ganzer Muskelkraft gegen meine Muskeln anarbeiten und bin so wieder mit mir eins. Mir scheint sogar, wenn ich jetzt, in diesem Moment, schreiben könnte, dann könnte ich sogar schreiben, ja dann könnte ich meinen Bericht einfach so runterschreiben.

Es kann doch gar nicht so schwierig sein, man muss nur den Anfang finden, man muss nur … auf einem Bein stehen und den Oberkörper abwechselnd nach rechts und links rotieren, *nicht schummeln, ladies, die Hüfte bleibt schön hier bei mir!*, und die Arme in der Drehung lang zur Seite ausstrecken, *Brustbein hebt, Schultern tief! Stolz und schön!*, naja, eher sterbende Nilpferde als Schwäne … nur den Anfang finden, und wo ich den mache, damit muss ich nicht länger hadern, natürlich an dem Tag, an dem ich hier ankam, und nicht vorher. Keinen Tag vorher. *Arme lang! Such die Länge!* Denn da ich nur über mein ärztliches Handeln hier am Haus Rechenschaft abzulegen und nicht meine ärztliche Existenz an sich zu rechtfertigen habe, werde ich zwar die letzten knapp zwanzig Jahre offenlegen, so offen wie die Gedärme des jungen Kollegen, dem ich in meinem ersten Jahr ein riesiges, quadratisches Loch in die Bauchdecke fräsen musste, um sein Herz, das sich im Unterbauch bereits zu zersetzen begonnen hatte, zu retten, aber nicht dahinter zurückgehen.

Die Umstände, die mich hierher gebracht haben, sind der Klinikleitung schließlich bestens bekannt, besser als mir, möchte ich meinen, und sie will sicher genauso wenig wie ich an sie erinnert werden. Oder geht es doch auch darum, meine Sicht auf diese Umstände darzulegen – um das persönliche Moment hinter den Daten und Fakten, um meine emotionale Perspektive? Das könnte ja aufschlussreich sein für meine Haltung meiner Position gegenüber, beziehungsweise für die Frage, inwieweit sich mein ärztlicher Prozess als glücklicher Verlauf beschreiben lässt. Aber andererseits steht nichts von derlei Rückgriffen in den Berichtleitlinien, und wo sollte man da auch anfangen? Bei seiner Geburt, der Geburt seiner missratenen Eltern? Das ist natürlich eine unsinnige Ausrede, ich weiß genau, wo alles begann. Es begann, als wir uns kennenlernten, klassisch, *monster meets girl*, Exposition und Vollendung in einem, aber ich werde nichts darüber berichten. Nein, sie müssen nichts erfahren, was sie nicht ohnehin schon wissen. Und sie wissen ja alles von uns, von Anfang an bis zu der Nacht, in der ich mich neben der Leiche kniend wiederfand. Also nichts davon.

Stattdessen werde ich mit peinlichster Genauigkeit, *suuuch die Länge, that's it, girls!*, das verschlungene Gestrüpp oder eher das öde Weizenfeld der letzten zwanzig Jahre nach etwaigen Verstecken meines alten Herzens durchkämmen, auch wenn ich nahezu sicher bin oder eher beschlossen habe, dass es dort nichts aufzuscheuchen gibt, *denn wohin hätte mein Herz fliehen sollen vor meinem Herzen?*

Und sobald die Frauen da unten mir ihren üblichen verliebten Schlussapplaus geschenkt haben werden und als buntes Gewirr erleichtert schnatternd zu den Duschen eilen und sich danach beim Abtrocknen, Eincremen und Wiegen gegenseitig verstohlen in den Spiegelwänden mustern, während sie durch ihr heiteres Geplauder größtmögliche Unbefangenheit vorzutäuschen suchen, als würden sie die Nacktheit der anderen ebenso wenig bemerken wie meinen weißpastoralen Abgang durch ihre Dusch- und Umkleideräume hindurch, werde ich an den nächsten Rechner stürmen und Folgendes schreiben:

Referent steigt am dreiundzwanzigsten September des Jahres Soundso um Viertel nach vier vor dem Angestellteneingang der Klinik aus einem Taxi, bekleidet mit einem weißen Tennisanzug, weißen Tennisschuhen und einem langen braunen Pelzmantel, im Gepäck zwei große schwarze Sporttaschen, deren eine er unbedacht energisch schultert, hat offensichtlich die noch recht frische Operationswunde kurz vergessen, greift sich mit schmerzverzerrtem Gesicht an die Brust und droht beim Absetzen der Tasche hinter ihr her zu Boden zu sinken, doch nun eilen eine Schwester und ein Pfleger herbei, bringen Referenten auf ihre Schultern gestützt auf sein Zimmer. Empfängt dort, auf dem Bett liegend und während Schwester ihn an den Tropf hängt, von Dr. Holm, der sich ihm als nächstjüngster Neuling auf der Station vorstellt, erste Einweisungen in seinen zukünftigen Arbeitsalltag und in hiesiges *Pranayama*, unternimmt nach Holms Anweisungen erste, aufgrund der Schmerzen in der Brust noch wenig zufriedenstellende Versuche in Kombination von reinigender Tiefen- und energetischer Flankenatmung, wird dann zwecks Erholung und Eingewöhnung alleingelassen. Noch einmal, zum letzten Mal sich selbst überlassen, murmelt Referent seine alte Einschlaflosung *und ich fürchte meine unbewussten Sünden, die Deinen Augen offenbar sind, aber nicht den meinen* vor sich hin und sinkt dann in tiefen Schlaf. Wird mitten in der Nacht von Schwester wachgerüttelt, die ihm aufgeregt erklärt, dass eine Unfallpatientin mit schwer verletztem Bein auf der Intensivstation dringend seine Hilfe benötige. Und so findet Referent hinein in sein neues Leben, und so könnte ich weiter und weiter schreiben, von dort in einem durch bis hierher, wo die kühl glatten Fliesen unter meinen Füßen mir Halt geben werden bis zum Schluss.

Und zum Schluss stehen wir wieder alle auf einem Bein zusammen, malen große Kreise in die Luft, *reach out and circle, and circle and reach out!,* und wie das Wasser und das Lächeln der Frauen zu mir nach oben spritzen, das ist so schaurig schön, das ist wie ein Schock bis tief hinein ins Sonnengeflecht. Referent muss wirklich dringend zu Dr. Tulp, um Mediator checken zu lassen.

10.

Referent nach dem Bad der anderen deutlich erfrischt, streunt auf ungefährem Weg zu Dr. Tulp über die Flure, auf der Suche nach einem Örtchen, an dem er noch schnell einen Rechner ins Vertrauen ziehen könnte. Doch kaum dass ich in einer der Nischen eins der kleinen Geräte auf seinem ausrollbaren Pult aus der Wand ziehe und mich ihm per Daumenabdruck zu erkennen gebe, werde ich durch den hinter meinem Rücken ablaufenden Patientenverkehr gestört. Gereizt schiebe ich das Ding wieder weg und überlege kurz, ob ich einen Abstecher zum Professor machen sollte, um mich in seinem Zimmer in all seiner Schreiruhe an meinen Stammschreibtisch zu setzen. Aber freilich hieße das lediglich, schon wieder nicht mit meinem Eigenbericht zu beginnen, und auch zu Dr. Tulp käme ich, einmal dem Diktat des Professors ausgeliefert, heute nicht mehr.

Referent schlüpft nach kurzem Zögern in das nächstliegende leere Patientenzimmer, dessen Insasse vermutlich gerade das dritte Laufen des Tages absolviert, setzt sich an dortigen Referententisch, klappt mit Entschlossenheit simulierendem Einatmen das Schreibgerät auf und verbindet sich mit sich selbst. So, da ist sie, deine leere Seite, und jetzt schreibst du nur schnell den kleinen Anfang, der dir dank der Quallenpest eingegeben wurde, nur das, weiter nichts! Aber Referent kann sich an nichts erinnern, ist leer, zum Platzen leer, und so bleibt der duldsame Bildschirm es mit ihm. Wie soll ich nur den Anfang, wie nur den richtigen Ton finden, den Ton der Stimme, die man mich noch immer nicht vernehmen lässt. Aber ohne Vernehmung kein Vernehmungsprotokoll, so ist das nun mal, und das ist dann nicht mein Versagen, sondern das der Leitung! Ich werde mich beschweren, Aufklärung verlangen, ja eine Eingabe an die Klinikleitung richten:

Sie wollen erfahren, was ich da innen eigentlich bin, da, wohin ich keinen Zugang habe, da ich nicht Ihr Auge, nicht Ihr Ohr und auch nicht Ihre Gedanken habe. Da Sie mich aus Gründen, die mir gewiss einleuchten würden, so sie mir nur bekannt wären, nicht hören lassen, was Sie über mich wissen und denken, entbehrt meine Berichterstattung jeder seriösen Hörensagengrundlage, ich wäre unter den jetzigen Bedingungen gezwungen, ein vollkommen willkürliches Bild meiner selbst und meiner ärztlichen Leistungen zu zeichnen, das zweifellos ohne jeden Wert für Sie sein müsste. Ich bitte Sie daher, mein ärztliches Innerstes, erklären Sie mir, wie ich ohne Ihre Ansprache mich wahrheitsgemäß über mich äußern soll, denn über mich Sie reden hören, nur das hieße sich selbst erkennen, »erkennen, wie ich erkannt bin« – ich darf Sie vielleicht höflichst an diese Maxime unseres Hauses erinnern. Warum also quälen Sie mich durch Ihr Schweigen und verlangen von mir einen unmöglichen Aderlass, wo doch nur Sie das Blut meines Inneren mir abnehmen könnten, und ich gäbe es freiwillig und ganz, bis die Hülle leer wäre, aber verlangen Sie nicht länger von mir, nach der richtigen Vene zu suchen!

Referent hält inne, blickt erschrocken auf das Geschriebene und löscht es hastig. Kaum dass es vom Bildschirm verschwunden ist, erscheint der hiesige Patient in verschwitzter Laufkleidung mit seinem Referenten im Zimmer, überrascht bleiben beide in der Tür stehen. Ich bin ausgerechnet im Gehege von Dr. Darmstätter gelandet, meinem intimsten Feind auf der Station, der nun seinen verdutzten Blick abnimmt und seine schimmernden Perlmuttzähne freilegt:

»Na sieh mal einer an, der Herr Dr. von Stern, was für eine nette Überraschung!«

»Oh äh, verzeihen Sie, Herr Kollege, dass ich hier so ... bin auf dem Weg zu Dr. Tulp und musste noch dringend eine Krankenakte vervollständigen, die Transkription konnte nicht länger warten, der Patient hätte sie schon längst überarbeiten müssen – ich hoffe, Sie nehmen mir den kleinen Einbruch nicht übel.«

»Nicht doch, nicht doch!« Referenten lachen einander gezwungen launig an, während Patient unwirsch zwischen ihnen hin und her schaut und sich das schweißnasse Gesicht mit dem Ärmel trocknet. »Ich hoffe, mein Schreibtisch konnte Ihnen weiterhelfen.«

»Oh ja, danke, vielen Dank, tja dann ..., war nett, Sie mal wieder ...«

»Zu Dr. Tulp sagten Sie? Ich hoffe, Ihnen fehlt nichts?«

»Nein nein, reine Routine ...«

»Doch hoffentlich nichts Ernstes?« Er legt mir seine riesige Hand auf die Schulter, während sein Patient ungeduldig von einem Bein aufs andere tritt, muss augenscheinlich dringend pinkeln. »Das täte mir sehr leid.«

»Na, und mir erst! Aber so weit sind wir noch nicht, also dann ...«

Darmstätter hört mir schon nicht mehr zu, macht sich an seinem Computer zu schaffen und blickt erst, als ich schon halb aus der Tür bin, zerstreut wieder zu mir auf:

»Äh, wollen Sie, dass ich das speichere für Sie?«

»Wie?«

»Naja, das da, soll ich's Ihnen schicken oder auf meinem Konto speichern, oder was soll ich damit ...?«

»Äh, darf ich mal sehen«, Referent darf auf keinen Fall zulassen, dass die Hitze im Nacken als Fleckenmuster ins Gesicht wandert. Ich atme auf, als ich das Licht des strahlend leeren Bildschirms erblicke.

»Uppalla, wo ist es denn nun hin?« Darmstätter wischt mit den Fingerspitzen der leicht gespreizten Hand über den Bildschirm, als wolle er das Gesicht einer hinter einer Glasscheibe unerreichbaren Geliebten streicheln. »Ach du je, da hab ich's wohl grad schon versendet – Gott weiß an wen! Naja, nicht so schlimm, zum Glück führen hier ja alle Wege zum Ziel und jede Nachricht findet ihren Empfänger.«

»Ja genau, war ohnehin nicht weiter wichtig.«

»Na dann, ich glaube, Sie sollten jetzt wirklich bei Dr. Tulp vorstellig werden, Sie sind etwas blass, mein Lieber.«

»Ah ja, gut zu wissen, danke für den Hinweis.«

Referent entfernt sich grußlos, begibt sich auf direktem Weg zu Dr. Tulp und bestellt murmelnd alle Abwehrsysteme zum Bereitschaftsdienst ein: *Jeder ist eine Insel, jeder ist eine Insel...*

11.

Der Kernanatom Dr. Tulp ist ein schwerlich beschäftigter Mann, man kann ihn daher ohne Termin zu jeder Tages- und Nachtzeit konsultieren, denn erstens kommt es relativ selten vor, dass Patienten oder Referenten untersucht oder gar operativen Eingriffen unterzogen werden und zweitens hat er, da er ganz für seinen operativen Auftrag freigestellt ist, keinerlei Referentenpflichten, weder seine Patienten noch sich selbst betreffend. Mit dieser Freistellung verbunden ist die Merkwürdigkeit, dass er im Gegensatz zu allen anderen Ärzten hier eine Schweigepflicht hat oder zumindest ein Schweigerecht, ganz genau weiß das niemand, vielleicht noch nicht einmal er selbst, aber in jedem Fall leistet er keine nosographische Arbeit.

Daher der Bruch in der Perspektive, er schielt auf charmante Weise ein wenig, wahrscheinlich weil er die Dinge von einem anderen Standpunkt aus sieht als wir Referenzärzte, und wir wiederum sehen ihn anders als unseresgleichen. Man gerät immer ins Erzählen bei ihm, und vielleicht ist das ein Fehler, aber gerade jetzt, nach der unangenehmen Begegnung mit Dr. Darmstätter, ist es ungeheuer erleichternd, auf seinem ledergepolsterten Behandlungstisch zu liegen und mit ihm zu plaudern, während er einem mit seinen klugen Händen den Brustkorb öffnet.

»Dann wollen wir mal sehen, wo's hakt. Wann sagten Sie, hat das angefangen?«

»Oh, ich weiß nicht, wann es begonnen hat.«

»Naja, macht nichts, das wissen wir Ärzte ja nie. Müssen wir aber auch nicht, das ist unser Privileg, wir wissen dafür, wie's weitergeht, wie? Was haben Sie denn genau für Beschwerden?«

»Tja, wie soll ich sagen? Es schwächt mich etwas von oben.«

»Links oben, rechts oben?«

»Ich weiß nicht genau. Ich habe keinen Halt mehr hinter den Augen.«

Dr. Tulp, der sich schon tief über mich gebeugt hatte, richtet sich wieder kerzengerade auf, das Besteck in den gehobenen Händen über seinen eng an den Körper gewinkelten Armen, und lächelt mich mitfühlend spöttisch an, wodurch sein charmanter Silberblick noch besser zur Geltung kommt:

»Na na, und gleich sagen Sie mir noch: *Zerfallen ist Rinde, die mich trug*, wie?«

»Nein, so meinte ich es nicht ...«

»Grundsymptome: *Panzerung und Adlerflug*, was?«

»Gott nein, wirklich nicht!«

Wir lachen beide, und Dr. Tulp beugt sich wieder über meine geöffnete Brust, reicht mir blind einen Handspiegel vom Beistelltischchen und murmelt, während er die einzelnen Fasern des Mediators mit seinem gläsernen Leiterstiftchen prüft:

»Wenn Sie selbst ... können Sie gut sehen so?«

»Ja, danke. Und, was meinen Sie?«

»Tja, sieht eigentlich gut aus, ich hab hier überall einwandfreie Übertragung, auf den ersten Blick keine Schwachstelle auszumachen, aber hundertprozentig könnte ich das erst sagen, wenn wir Sie bei Gelegenheit mal über Nacht anschließen könnten und dann eine Gesamtaufzeichnung aller Impulse hätten.«

»Hm, rüber ins Schlaflabor, ja?«

»Ja, das ist etwas lästig, ich weiß ...«

»Schlafen, ja? Ich glaube eigentlich nicht, dass ich das noch –«

»Jaja, wer kann das schon, ich weiß, das ist unangenehm, aber sicherheitshalber sollten wir Sie mal ganz durchlesen, auch wenn das natürlich reichlich umständlich ist und, ich will's gar nicht leugnen, etwas hilflos Stümperhaftes an sich hat. Aber das ist eben der Nachteil jeder revolutionären Technologie, die Untersuchungs- und Behandlungsmethoden hinken ihr notwendig eine ganze Zeit lang hinterher, wir sind halt in einer lästigen Übergangsphase.«

»Aber man müsste doch trotzdem in der Lage sein, etwas so Einfaches wie eine Dysfunktion in der mediatorischen Transmission –«

»Schauen Sie, Dr. von Stern, Sie müssen sich immer wieder klarmachen, dass unser Mediatorsystem keine bloß externe Körpertechnik mehr ist, die man da draußen im Labor entwickelt und dann einsetzt im wahrsten Sinn des Wortes, sondern eine, die aus dem Inneren heraus eine tatsächlich einheitliche, *yogische* Materialität geschaffen hat. Sie wissen doch, unsere Sympatextur ist eben nicht mehr das alte Elektrodensystem mit einem äußeren Impulsgeber, der ja, und sei er noch so verwachsen mit seinem Trägermaterial, immer ein Fremdkörper bleiben musste. Wie nahezu unsichtbar und irreversibel man das Steuergerät auch einfügte, die ganze Sache blieb im Grunde Prothese und damit Improvisation, halbherzige Verbesserung, und *le mieux est l'ennemi du bien*, nicht wahr? Was durch dieses Herumgedokter im besten Fall entstehen konnte, war spannungslose und zugleich immer überspannte Symbiose, mehr nicht, keine Ganzheitlichkeit, kein *flow*.«

»Ja natürlich, das ist mir ja klar, ich versteh nur nicht, warum man diesen *flow* nicht besser kontrollieren oder wenigstens untersuchen kann, ich meine, ich glaube wirklich sagen zu dürfen, dass mein Prana in ganz ausgezeichneter –«

»Eben drum! Denn alles was fließt, können Sie vergessen – nun schauen Sie nicht so!« Er tätschelt mir lachend die Schulter. »Ich mein das ganz wörtlich. Sehen Sie, in dem Moment, als es zwischen dem Dendriten der Stortexzelle und dem Axon der alten Nervenzelle zum ersten Mal wirklich gefunkt hat und sie den synaptischen Bund besiegelten, sodass Adam und Gott sich die krummen Zeigefinger noch einmal reichen konnten, einander in die Augen sahen und Gott mit seiner rauchigen Stimme sagte: *cells that fire together, wire together*, in dem Moment kam alles noch einmal in Fluss – Sie können sich wieder anziehen –, und deshalb sind wir jetzt in gewisser Weise, wenn auch nur vorübergehend, da bin ich ganz zuversichtlich, erst einmal ein ganzes Stück nach vorn zurückgeworfen, wenn Sie verstehen …?«

»Sie meinen, dass unser Material zu gut strömt für unsere Apparate, und seien es die neuesten?«

»Ja, so in etwa. Aber vielleicht ist das auch alles Unsinn«, er wirft seufzend sein Besteck in den Mülleimer und lässt sich dann tief in den niedrigen Ledersessel neben dem Behandlungstisch sinken, während ich mich leicht schwindelnd auf dem Tisch aufsetze und mir, das Kinn auf der Brust, das Hemd wieder zuknöpfe. Als ich wieder aufschaue, hält er mir von unten seine Zigaretten hin, und dankbar greife ich zu. Eine Weile rauchen wir schweigend, und ich lasse die Seele baumeln, weil der Tisch so schön hoch ist. Schließlich nehme ich räuspernd das Gespräch wieder auf:

»Glauben Sie wirklich, das sind nur Übergangsprobleme, die wir bald endgültig –«

»Ach Blödsinn. All die Störfälle lassen sich so wohl kaum erklären. Natürlich, alle Probleme sind Probleme des Übergangs, was denn sonst? Und auch wenn wir das prometheische Gefälle zwischen uns lausigen Zellhaufen und unserer erhabenen Technik in uns selbst aufgehoben haben, wo es freilich bestens aufgehoben ist, so sind wir doch noch immer Prothesenwesen, und so wird's auch bleiben, bis zum Schluss – aber das nur unter uns.«

»Hm, aber sagten Sie nicht gerade …?«

»Ach, was interessiert mich mein Geschwätz von vor fünf Minuten!« Er hievt sich aus seinem Sessel und schüttelt lachend seinen Schwermutsanfall ab. »Ingwertee?«

»Nein danke, kann das Zeug nicht mehr sehen.«

»Ja, Sie haben recht, ich auch nicht. Also, zurück zu Ihnen. Wie gesagt, wann immer Sie's in den nächsten Tagen mal einrichten können, gehen Sie eine Nacht ins Schlaflabor, nur zur Sicherheit, es sieht ja soweit alles gut aus. Vielleicht sind Sie tatsächlich einfach nur ein bisschen *trunken zerebral*, wie man das früher nannte, beschwipst von irgendeiner alten Geschichte, kommt ja vor.«

»Hm, ich weiß nicht recht ...«

»Sie müssen Ihren Eigenbericht jetzt langsam angehen, oder?«

»Ja, bis Ende des Jahres muss ich das endlich –«

»Apropos, eine leichte Häufung des Wortes *endlich*, schon mal aufgefallen?«

»N-nein.«

»Nicht?«

»Eigentlich nicht, nein ... also jetzt, wo Sie's –«

»Sonst weiter keine verbalen Fixierungen?«

»Nicht dass ich wüsste, aber mir ist ja auch nicht auf-«

»Na, nicht weiter schlimm, aber versuchen Sie's zu kontrollieren, Sie speisen's als Präventivorder ein, und dann reguliert sich's schon.«

»Ist gut.«

»Ist einfach besser, wir können solche Spasmen gleich von vornherein ...«

»Ja, na klar.«

»Gelegentliche Déjà-vus?«

»N-nein, keine.«

»Gut. Jamais-vus?«

»Wohl kaum«, ich lache. »Seit Ewigkeiten nicht, ich glaube, seit ich hier bin nicht mehr.«

Dr. Tulp lacht verständig nickend und reibt sich dann das Kinn:

»Tja, was könnt ich noch für Sie ... Ich werde Sie für ein paar Wochen vom GV befreien lassen.«

»Ach, das wäre mir aber sehr angenehm. Meinen Sie, das geht?«

»Natürlich, wir können die Dienste doch problemlos schieben.«

»Nicht dass uns die Hygienestelle Ärger macht.«

»Nein, keine Sorge, wir sind doch gut besetzt, wirklich. Zur Not muss der ein oder andere Pfleger mal eine zusätzliche Schicht machen.«

»Vielen Dank! Das wäre wirklich eine große Hilfe.«

»Natürlich, gern geschehen, Kollege.«

»Tja, dann ...«, unentschieden oder eher unwillig bewegt Referent sich in Begleitung von Dr. Tulp in Richtung Tür und blickt dabei zurück auf den Behandlungstisch, »war's das wohl, mehr kann man jetzt wohl erst mal nicht machen, wie? Natürlich ist es immer etwas unbefriedigend, nicht gleich eine Veränderung –«

»Na, nun seien Sie mal nicht so kleinmütig!« Dr. Tulp drückt Referent kräftig die Hand und lächelt ihm mit dem linken Auge aufmunternd zu. »Und außerdem wissen Sie doch: Wenn die Zeit zur Neige geht, kommt sie verändert zurück, weil die Neige ihr den Kopf gewaschen hat. Ich wünsch Ihnen einen schönen Abend, Dr. von Stern.«

12.

Kurzer Kontrollgang vor den Spiegel, Abendanzug sitzt perfekt, Seitenscheitel perfekt, Einstecktuch per-... na, nicht ganz, noch mal neu falten – perfekt. Referent überpünktlich fertig fürs Abendessen, kann in aller Ruhe den Flur hinunter flanieren, rechte Hand prüft linken Manschettenknopf und linke den rechten. Nicht dass es da etwas zu prüfen gäbe, aber die Geste ist doch zu schön, um falsch zu sein, viel schöner jedenfalls, als wenn eine Hand die andere desinfiziert.

Frau von Hadern, meine heutige Abendpatientin, steht bereits in feiner Toilette hinter ihrer Tür und wartet opiumrhabarbernuckelnd auf Referenten. Graziös huldvoll winkt sie ihm mit der freien Rechten durch das Glas zu, während ich gemächlich den an einer Silberkette am Hosenbund befestigten Omnibus aus meiner Hosentasche ziehe, ihre Tür aufschließe und sie dann wegen ihrer leichten Schwerhörigkeit wie immer etwas zu laut und überschwänglich begrüße:

»Na, meine Gnädigste, guten Abend, wie geht es Ihnen heute?«

»Ach lassen wir das, sagen Sie mir lieber, wie ich aussehe. Dieser Idiot von Friseur hat heute fast eine Stunde an den Aufbauten auf meinem Kopf laboriert.«

»Na, aber hat sich doch gelohnt, Sie sehen bezaubernd aus, ganz bezaubernd.«

»Mhm, meinetwegen. Kann ich die Flasche mit-«

»Nein, die bleibt schön hier. Nicht bei Tisch, wie oft soll ich Ihnen das noch –«

»Schon gut, schon gut, dann geben Sie mir schon Ihren verdammten Arm und bringen wir's hinter uns.«

»Sie sollten versuchen, etwas mehr Freude an den Mahlzeiten aufzubringen. Sie müssen es wirklich versuchen, tun Sie's mir zuliebe!«

»Ja, wem auch sonst?« Sie lächelt mir trübe zu und lässt sich dann von mir ins Freie, auf die noch halbleere Terrasse abführen, wo die Kellner bereits mit angespannter Höflichkeit um die Patienten herum servieren, von denen die meisten das Hinsetzen so lange wie möglich hinauszögern, von einem Fuß auf den anderen tretend hinter ihrem Stuhl stehenbleiben und dabei mehr oder weniger Unverständliches vor sich hin murmeln oder summen, bis ihre Referenten oder Pfleger sie schließlich auf den Platz neben sich hinabziehen.

Referent heute von derlei Nervenproben verschont, Patientin wie stets in der Öffentlichkeit gut und anständig, setzt sich soldatisch elegant auf ihren Platz, erwidert die Grüße unserer Tischnachbarn mit verachtenden oder eher mit angesichts der Nichtigkeit ihrer Gegenüber aufrichtig verwunderten Blicken, streicht kopfschüttelnd die riesige Stoffserviette auf ihrem Schoß glatt und beginnt, diszipliniert misslaunig ihre Algensuppe zu löffeln, ohne dabei ihren Rücken auch nur einen Deut zu beugen. Von Patientin nicht in Anspruch genommen oder eher der Ansprache erwogen und für zu leicht befunden, muss Referent seinen uneingeladenen eigenen Gedanken nachhängen, lauscht dem hoch desinfektiösen Gesang von Schwester Caroline, die heute *What a difference a day makes* zum wie immer besten Essen gibt, und beobachtet dabei zerstreut, wie auch die letzten Rumsteher und sonstigen Störenfriede unter dem aseptischen Tremolo der Schwester einknicken und sich achselzuckend ihrer Vorspeise widmen.

Ja, in der Tat, was für einen Unterschied ein Tag macht! Seltsamerweise ist es ja immer noch, *twenty-four little hours*, schon wieder ein Abend im schönsten Mai, genau wie gestern, die Luft noch immer, schon wieder die leichteste, der duftige Flieder hüllt uns ganz genauso ein wie gestern, mein Blick könnte wieder über die Terrasse schweifen und dann die grünen Wiesen hinabtollen. Als wäre heute nichts geschehen, als wäre ich nicht von einem Tag auf den anderen, auf einmal schon vor zwanzig Jahren im Herbst, in meinem Herbst hier angekommen, denn zwanzig Jahre sind zwar kein Tag, aber erst seit heute sind sie plötzlich vergangen, *and that difference is you.*

Diese Sache muss schneller behandelt werden, wer weiß, wann ich es schaffe, ins Schlaflabor zu gehen, und bis die Ergebnisse kommen, vergeht noch mal … aber nein, was könnte ich vorher schon tun?

Schwester Caroline macht auf dem Podium dem Streichquartett Platz, die Hauptspeise wird aufgetragen, und ich nutze die geschmeidig beiläufigen Bewegungen der Kellner, die sich auf die Körper der Abendgäste übertragen, um meinen Oberkörper mit einem hilflos aufdringlichen Lächeln ganz meiner Tischdame zuzudrehen. Sie belohnt mich mit einer hochgezogenen Augenbraue und schiebt dann mit der Gabel die Dinge auf ihrem Teller herum, als wolle sie sie zählen. Jetzt zeigt sie aber doch Erbarmen und nuschelt, während sie übertrieben lange an einem ersten Bissen Entrecôte herumkaut, durch die Zähne:

»Verzeihen Sie meine unkonviviale Kommunikationslosigkeit, Herr Doktor, sehr unhöflich von mir, aber ich sinniere.«

»Natürlich, lassen Sie sich nicht stören.«

»Ich sinniere mit drei n, müssen Sie wissen, ich *sinnniere*, da muss ich mich jetzt durchbeißen.«

»Mit drei n?«

»Ja, ja«, sie zerkaut unwirsch den butterweichen grünen Spargel, als wäre er aus Gummi. »*Sinnnieren* bedeutet schließlich, den Sinn in die Niere aufzunehmen und dieses derart gefüllte Nierchen im eigenen Leibe zu verspeisen, denn dass der Sinnierende oder vielmehr Sinnnierende wirkt, als sei er ins Nachdenken versunken, liegt ja daran, dass er an seiner sinngefüllten Niere nagt, nicht etwas nagt an ihm, nein, er selbst kaut seine Niere durch, bis sie sich durch den Darm auf ihre naturgemäße Wanderschaft ins Klosett aufmacht. Freilich schleust sich diese zersetzte und in alle Rohre verstreute Niere über die Kanalisationswege trotz der umsichtigsten Wasserreinigung via Trinkwasser neuerlich in ihren Wirt ein, um sich dort wieder zusammenzufügen und dann den neuen Sinnmüll bereitwillig wieder aufzunehmen, und so weiter.«

»Ach so? Und ich dachte immer, sinnieren sei eine eher entspannte Tätigkeit, der Sinn geht spazieren und man selbst sitzt zurückgelehnt da und sieht ihm aus schläfrigen Augen hinterher und …«

»Nein nein, keineswegs.«

»Ah ja, und man *sinnniert* am besten beim Essen? Da man sowieso schon mal kaut?«

»Naja, es hilft ein wenig.«

»Ich verstehe. Verzeihen Sie, dass ich Sie gestört habe.«

»Schon gut. Es ist heute ohnehin eine schrecklich zähe Sache.«

»Und wenn die Niere sich nicht zurück in den Körper schleusen würde, könnte auch der Sinn sich nicht wieder dort hineinstehlen, richtig? Müsste man also nur ein für allemal die elende Niere loswerden, oder wäre es dann noch schlimmer, weil der Sinn dann vollkommen ungebunden im Körper sein Unwesen treiben würde?«

»Also wirklich, Herr Doktor!« Sie lacht laut auf und schüttelt ihren Kopf so heftig, dass ihre etwas zu schwarzen Haaraufbauten in Auflösungsgefahr geraten. »Was reden Sie denn da, um Himmelswillen! Ist Ihnen nicht gut?«

»Entschuldigen Sie, ich wollte nur ...«

»Auf mich eingehen? Zugehen? Mir entgegenkommen? Auf halbem Wege? Oder auf ganzer Linie?«

»Äh, ja durchaus, wenn Sie so wollen, Gnädigste, ich versuche lediglich, mich in Ihre Wortbedeutungen einzuleben, statt Urteile aus Ihren Wortbegriffen zu ziehen, und ...«

»Ja, zu komisch, Herr Doktor! Was für eine bizarre Redeweise Sie am Leib haben, jawohl, bizarr und verschroben, so nenne ich es!«

Patientin schüttelt erneut lachend den Kopf, ein paar in Seenot geratene Haarsträhnen fallen ihr ins Gesicht, sie wischt sie sich mit den Lachtränen aus den Augen, schiebt dann erfrischt seufzend ihren Teller zur Seite, nickt auf einmal dem jungen blassen Anaboliker und seinem Pfleger an unserem Tisch freundlich zu, die ihr gefälligkeitsemsig im Lachen beigesprungen sind, und Referent stellt zerknirscht wieder einmal fest, dass die salutologische Immersionstherapie auch so ihre Grenzen hat. Mittlerweile nicht mehr froh über seinen Abenddienst, schaut sich sehnsüchtig nach dem Professor um, der aber nirgends zu sehen ist, sich anscheinend heute zu schlimm aufgeführt hat, um mit Pfleger O.W. hier draußen essen zu dürfen. Patientin bemerkt meine Verstimmung, tätschelt mir beschwichtigend den Handrücken:

»Na, nun seien Sie mir nicht böse für den kleinen Spaß, Herr Doktor!«

»Hm.«

»Na kommen Sie, lassen Sie sich nicht ins Bockshorn jagen, das ist der verdammte Mai, der setzt uns allen zu. Aber Sie haben mich aufgeheitert, was weiß Gott keine leichte Sache ist, und dafür danke ich Ihnen herzlich, mein Junge, also seien Sie mir wieder gut, bitte.«

»Einverstanden, wenn es Sie amüsiert, bin ich gern bereit, den Idioten zu geben«, wir schütteln uns lächelnd die Hände, während der Kellner uns penetrant diskret das Dessert unterschiebt. »Was meinen

Sie übrigens damit, dass uns der Mai zusetzt, wie kann etwas so Angenehmes wie ...«

»Ach kommen Sie, Herr Doktor, mir müssen Sie diesen Blödsinn doch nicht erzählen! Ich bin schließlich schon ein Weilchen länger hier als Sie, obwohl Sie ja mittlerweile auch nicht mehr gerade ein Frischling sind, so appetitlich Sie auch immer noch aussehen, jedenfalls appetitlicher als dieses Dessert.«

»Hm.«

»Im Mai vor genau dreißig Jahren bin ich hierhergekommen und war damals schon so alt wie Sie jetzt, fast fünfzig.«

»Naja, ich bin noch nicht ...«

»Doch doch, sind Sie. Mein Mann hat mich damals hier hoch begleitet und –«

»Er hat *was*? Er ist mit hierher – ?«

»Jaja, damals kam das ab und an noch vor, wir waren zwar bereits in Trennungsarbeit, aber wir brauchten Unterstützung, ich hatte ein bisschen Malaisen mit dieser Nosomanie und so weiter, und so blieb er eine Woche mit mir hier.«

»Unvorstellbar. Das muss grauenhaft gewesen sein!«

»Oh nein, es war wundervoll, ganz wundervoll, die beste Zeit, die wir je hatten in fünfundzwanzig Jahren Ehe. Naja, wollen wir auch nicht übertreiben, aber es war ganz nett, ja, eine ganz schöne Zeit, doch. Könnte ich wieder auf mein Zimmer jetzt?«

»Noch nicht, Sie essen bitte erst das Dessert.«

»Mir ist nicht recht wohl, vielleicht sollte ich noch einen kleinen Verdauungslauf machen, nur für fünf Minuten noch mal aufs Band, meinen Sie nicht, Herr Doktor?«

»Nein, meine ich nicht. Und Ihr Mann ist dann, also ich meine, nach dieser Woche, da ist er, wie soll ich sagen ...?«

»Jaja, wir sind schließlich vernünftige Leute. Aber manchmal denke ich, es war doch ganz schön, vorher meine ich, bevor ich hierherkam.«

»Glauben Sie das wirklich?«

»Nein, eigentlich nicht, es war alles ganz schön beschissen, im Grunde genommen. Aber es lief zum ersten Mal richtig gut, wir hatten ja schon etliche Jahre zuvor den Auftrag bekommen, das Brot-und-Butter-Geschäft für die Bank zu übernehmen, dafür hatten wir immerhin zehn Jahre hart gearbeitet, das Kapital vorausgeschickt, geh du schon mal vor, wir kommen dann schon nach, und nun, wo wir gewissermaßen die Früchte ...«

»Mhm, apropos, essen Sie bitte Ihr Dessert, ich werde langsam müde, das zu wiederholen.«

»Hab mir noch nie was aus Dessert gemacht, kleinbürgerlich verklemmte Protzerei, als gäb's jeden Tag was zu feiern, nur weil auch heute wieder keiner tot von der Arbeit zurückgekommen ist.«

»Ja, mag sein, aber das Obst wird Ihnen ...«

»Schon gut«, sie seziert angewidert eine Erdbeere mit den Schneidezähnen und spuckt sie dann wieder aus. »Ich bin sicher allergisch dagegen.«

»Na schön, ich bring Sie zurück auf Ihr Zimmer.«

Referent erhebt sich, um Patientin aus ihrem Stuhl herauszukomplimentieren, ist dabei aber etwas zu langsam, vielleicht sogar schwerfällig, zumindest ist es ein unschöner Zufall, dass Hugo Rapin, der blasse Anaboliker, jetzt aufspringt und sich in schüchterner Aufregung an Patientin wendet:

»Wenn Sie erlauben, Gnädigste, verzeihen Sie, aber würden Sie mir die Ehre tun, mit mir zu tanzen, bevor Sie sich zurückziehen?«

»Na schön, mein Kind, warum nicht. Erlauben Sie, Doktor?«

»Natürlich, natürlich, tanzen Sie nur, aber achten Sie auf Ihre Hüfte!«

»Jaja, verderben Sie mir nur schon wieder den Spaß!«

Arm in Arm eilen sie der Musik entgegen, aber statt zu tanzen, lassen sie sich am Rand der leeren Tanzfläche auf einer langen Holzbank neben einem anderen Patientenpaar nieder, stecken die Köpfe zusammen, und sogleich spricht Rapin aufgeregt gestikulierend ins geneigte Ohr von Frau von Hadern, die unausgesetzt nickend mit halbgeschlossenen

Augen zu mir herüberlächelt, ohne dass sich erkennen ließe, ob dieses wippende Nicken Ausdruck höflichen Interesses oder gar verständiger Zustimmung ist, oder ob es fleißige Übertünchung ihres Nichtzuhörens ist oder nichts von alledem, sondern bloß eine Verstärkung ihres üblichen leichten Kopfwackelns, verursacht dadurch, dass es ihr im freien, lehnenlosen Sitz auf der Bank ein wenig an Halt mangelt.

Referent versucht, nicht mehr zu den beiden hinüberzusehen, um seine Verstimmung nicht weiter zu verstärken, sitzt nun ebenso nutzlos am Tisch wie Hugo Rapins Pfleger, dem diese bar daliegende Nutzlosigkeit äußerst peinlich zu sein scheint, denn er blickt sich in der nervösen Hoffnung um, es mögen noch andere Tische patientenverwaist sein, findet keinen und macht daher jetzt ungelenke Anstalten, sich in Konversation mit Referent zu retten. Um ihn daran zu hindern, denn schließlich möchte ich mich oder eher meine Nutzlosigkeit nicht mit seiner gemein machen, trommle ich den Takt der Musik auf das Tischtuch und betrachte dabei bewundernd meine bildschön manikürten Arzthände.

»Was die sich immer zu sagen haben, was?«

»Wie meinen Sie, Pflüger?«

»Die Patienten meine ich, was die sich so alles zusammenreden, wenn der Tag lang ist!«

»Hm.«

»Weiß der Himmel, was sie nur reden!«

»Das ist ihr gutes Patientenrecht, oder nicht? Wir können froh sein, wenn sie überhaupt miteinander sprechen wollen. Schauen Sie sich um, die meisten reden nur mit ihren Referenten. Dabei wäre ihre Interkom schließlich ganz in unserem, im therapeutischen Sinn, wenn ich Sie daran erinnern darf, Herr Pflüger.«

»Jaja, nur was zum Teufel sollen sie schon groß reden!«

»Verzeihen Sie, mein Lieber, aber ich glaube, Sie sollten etwas auf Ihre Sprache achten.«

»Oh entschuldigen Sie, Herr Doktor. Ich wollte mich nicht im Ton –«

»Gut, dann tun Sie's auch nicht.«

»Verzeihung, ich habe mich nur gefragt ... äh interessiert gefragt, worüber sie sich wohl unterhalten mögen. Rapin hier zum Beispiel, er kann ja über nichts anderes als über Eiweiß sprechen, der Ärmste. Haben Sie gesehen, was für einen komischen Knubbel er schon wieder am Hinterkopf hat, Herr Doktor?«

»Selbstverständlich, aber das sind nun einmal unvermeidbare Nebenwirkungen, wir können leider Gottes seinen Anabolismus nicht gänzlich unter Kontrolle bringen – bricht es nicht hier aus, bricht es an einer anderen Stelle aus.«

»Er hat auch am ganzen Oberkörper diese –«

»Mein lieber verehrter Herr Pflüger«, Referent stöhnt müde gereizt, »glauben Sie nicht, wir würden diese Superfötationen unterbinden, wenn wir könnten? Sie wissen doch, das sind Anpassungsschwierigkeiten, und dass sie vorübergehen, ist manchmal nur ein schwacher Trost, ich weiß, aber so ist das nun mal, manch einem wächst ein zweites Bewusstsein, einem anderen wächst das Eiweiß über den Kopf, wir müssen alle lernen, mit unseren Gestalten zu leben, nicht wahr?«

»Ja natürlich, entschuldigen Sie, ich wollte gewiss nicht meine Kompetenzen überschreiten –«

»Gut, dann tun Sie auch das nicht!«

»Natürlich, natürlich, nur ...«

»Was denn noch?« Referent schon wieder zu laut, die Turnzwillinge Ada und Ardor am Nebentisch drehen uns schon neugierig ihre mit goldenen Haarspangen übersäten Lockenköpfe zu, beeilt sich daher, Pfleger anzulächeln und versöhnlicher, leiser weiterzusprechen: »Was war es, das Sie sagen wollten?«

»Ich fragte mich nur, ob es nicht vielleicht ... unter Umständen sein könnte, dass er zu viel läuft?«

»Nein, wir können seine Auswüchse nur durch das Laufen einigermaßen unterbinden, lassen Sie ihn noch weniger laufen – er läuft ja schon viel weniger als alle anderen seiner Altersklasse –, und seine

Eiweißproduktion gerät völlig außer Rand und Band, nach spätestens drei Monaten hätten wir einen Exitus wie aus dem Lehrbuch.«

»Ja natürlich, ich verstehe. Es tut mir nur so leid für ihn, dass diese Auswüchse sich in seinem Fall zu allem Überfluss, also vielmehr trotz allen Überflusses, so wenig männlich ... äh, ich meine androgen gestalten, all das Eiweiß für nichts und –«

»Hören Sie gefälligst auf, solch reaktionären Unsinn zu reden! Es tut Ihnen leid!« Zwillinge starren Referent jetzt unverfroren an. »Als ob das Eiweiß sein Schicksal wäre! Rapin muss nur noch zwei Jahre laufen, dann kann er in ein integriertes Gestaltprogramm aufgenommen werden, also setzen Sie ihm nicht in den Kopf, dass er einem leidzutun habe, haben Sie mich verstanden?«

»Jawohl, Herr Dr. von Stern.«

Patientin und Patient kehren zurück an unseren Tisch, kappen damit auch sauber weitere Gesprächsmöglichkeit mit Pflüger, und augenblicklich hat Referent sich wieder im Griff. In die mittlerweile etwas schläfrig gewordene Abendgesellschaft oder zumindest in ihren weiblichen Teil gerät nun affektierte Bewegung, weil Dr. Holm die Terrasse betritt, sich lässig, eine seiner Patientinnen am kleinen Finger hinter sich herziehend, durch die Tischreihen schlängelt und dann seine Schutzbefohlene in einem formvollendet abgeschmackten Tango über die Tanzfläche schiebt. Rapin reibt sich begeistert die Hände, als genösse er es zu frieren:

»Das ist ein Mann, dieser Dr. Holm! Der macht mich echt fertig.«

»Entschuldigen Sie, Doktor«, Patientin sieht mich rügend an, »könnte ich jetzt vielleicht endlich auf mein Zimmer gehen?«

Wir verabschieden uns nicht von unseren Tischgenossen, die ohnehin ganz in die gelangweilten Schiebereien von Dr. Holm vertieft sind. Patientin atmet auf, als Referent und sie wieder im Gebäude sind und über die leeren Flure laufen, in denen nur das freundliche Piepsen und schüchterne Sirren der Geräte zu hören ist.

»Entsetzlich verblödet, diese jungen Leute!«

»Ach, seien Sie nicht so streng, Gnädigste.«

»Wenn Sie sich eine halbe Stunde dieses Geschwätz über das elende Eiweiß hätten anhören müssen, dann wären Sie auch streng.«

»Haben Sie sich ausschließlich über sein Eiweiß so angeregt unterhalten?«

»N-nein, natürlich nicht, aber kaum kommt man mit ihm auf halbwegs wichtige Dinge zu sprechen, kehrt er schon wieder zu seinem dummen Eiweiß zurück, nicht zum Aushalten!«

»Ich muss mir tagein tagaus die verschiedensten Eiweißnöte anhören.«

»Gut, aber das ist schließlich auch Ihr Beruf. Apropos: Habe ich Ihnen vorhin erzählt, dass wir damals, mein Mann und ich, das Brot-und-Butter-Geschäft der Bank übernommen haben?«

»Ja, das sagten Sie. Waren das nicht diese Pfefferminzbonbons? Daran erinnere ich mich noch vage, ich war ja fast noch ein Kind, aber es gab da diese …«

»Ja genau, *Freiheit atmen*, so hießen sie, in der schönen weißen Blechdose mit dem roten Schriftzug …«

»Ja, ja, ja, jetzt wo Sie's …«

»Mein Mann hat angefangen mit den hübschen Bändchen für's Handgelenk, rosa oder blauer Satin, wissen Sie noch: *Die ganzheitliche Betrachtung Ihrer Lebenssituation erfordert die Berücksichtigung möglicher Verbindlichkeiten*. Bekam man jedes Mal, bei jedem Besuch.«

»Ach ja, natürlich!«

»Ach, es war schon schön! Na, und wir haben uns auch das mit den Tannen ausgedacht!«

»Mit den Tannen? Aber das erzählen Sie mir ein andermal, Sie müssen sich jetzt beruhigen«, ich schließe ihre Tür auf und weise einladend ins Zimmer, doch sie bleibt im Flur stehen und blickt verträumt in den dunklen, aber halb verspiegelten Glashimmel, bis ich sie sanft am Arm ziehe. »Kommen Sie schon, jetzt wird nicht mehr gesprochen!«

»Jaja, ich komm ja schon, nur noch das mit den Weihnachtstannen, bitte!«

»Nein.«

»Na also, die Weihnachtstannen, die gab's, wenn jemand verstimmt war, weil das Eis oder Ähnliches eingebrochen war, unkalkulierbare Missgeschicke, der Klient war verstimmt, und dann haben wir ihn zum Weihnachtstannenschlagen in den Wald eingeladen, oder zum Fußball oder zum Handball, zu den wichtigen Spielen …«

»Ja, jetzt kommen Sie bitte rein, Sie sind mir zu wach, Sie werden noch schlecht schlafen.«

»Ach, das werde ich sowieso! Die Weihnachtstannen waren immer ein bisschen mickrig, da mussten wir tricksen und …«

»Ja, jetzt ist Ruhe, so, raus aus dem Kleid, so … Vorsicht mit Ihren Haaren, nicht dass Sie in den Nadeln … so, und dann Licht aus, ich gucke in fünf Minuten nach Ihnen, ob Sie brav sind!«

»Ist gut, aber es war wirklich lustig, wie wir das mit den Tannen in die Beratungsprotokolle mit aufgenommen haben, wegen der Ganzheitlichkeit, und der Therapeut, der Sie konzipiert hat, die Protokolle, meine ich – ich kannte ihn, weil ich schon seit ein paar Jahren in seinem Studio trainiert hatte …«

»Ja, Ruhe jetzt endlich!«

»Na schön, dann gute Nacht, Sie Spielverderber!«

»Gute Nacht.«

»Ach warten Sie, Herr Doktor, könnte ich vielleicht jetzt meinen GV bekommen?«

»Wie Sie wollen, aber nicht von mir, ich bin momentan befreit. Soll ich Ihnen jemand anders schicken?«

»Hm, dann überleg ich's mir noch mal, vielleicht dann doch lieber morgen nach dem Laufen.«

»Wie Sie wollen, ansonsten klingeln Sie, und ich schick Ihnen Pfleger Pflüger rüber.«

»Hm, naja.«

Sie gibt endlich Ruhe, knöpft in Gedanken versunken ihr Nachthemd zu, löst ihre Haare, die sich wie junge Aale auf ihre Schultern herabschlängeln, und ich bin schon halb aus der Tür, als sie mir träumerisch noch einmal zulächelt:

»Aber wissen Sie, die schönste Idee, das schönste, gewissermaßen nachhallendste Projekt oder wie das hieß…?«

»Nachhaltigste?«

»Ja genau, nachhaltigste Projekt, das waren die Flüge auf die Krim.«

»Auf die Krim?« Meine Hand zittert ein wenig, als ich den Schlüssel ins Schlüsselloch der noch offenen Tür stecke. »Was für Flüge auf die Krim?«

»Naja, es waren im Grunde genommen nur ein paar dämliche Billigflüge nach Simferopol inklusive Busreise nach Jalta für spezielle Kunden und ihre Kinder, aber …«, sie macht eine kurze Pause, hebt den Kopf noch höher und zwinkert mir schläfrig zu, »das hat dann ein Eigenleben entwickelt, von dem wir uns in unserem Büro nie hätten träumen lassen. Dass man die Menschen mit so einer kleinen Sache wirklich glücklich machen und sie verschicken kann, wohin man will …«

»Gute Nacht, Gnädigste.«

Sie lächelt mir noch immer zu, während ich die Tür zuziehe und den Schlüssel zweimal umdrehe, obwohl ich weiß, dass er beim zweiten Mal nur noch leerdreht.

13.

Dabei fällt mir auf, dass ich gar nicht weiß, ob hier alle Schlösser beim zweiten Mal leerdrehen. Das ist doch seltsam, da ja ein nicht unwesentlicher Teil meiner Arbeit darin besteht, Schlösser auf- und zuzuschließen. Ich frage mich, ob nicht alles beim zweiten Mal leerdreht wie dieses Schloss. Etwa meine momentan unzulänglich mobilisierte und stabilisierte Gedankenrotation – dreht sie leer oder dreht sie sich leer? Findet die Drehung in der Leere keinen Halt, kann nirgendwo einrasten, oder liegt im Drehen eine Entleerung, sodass schon nach einer Wendung alle Kerben abgeschliffen sind? Unsinniger Gedanke, verstößt gegen das Ganzheitlichkeitsgesetz, denn Drehung und Gedrehtes sind eins, fertig aus! Und außerdem gibt es niemals eine erste Wendung, jedenfalls keine, die man selbst macht. Aber dennoch finde ich plötzlich keinen Halt mehr in den Wendungen und Windungen. Was, wenn sich diese Sache hier nicht einfach leerdreht oder leer dreht, sondern doch noch in dir einrastet? Du weißt doch: Macht der Postbote eine zweite Runde, dann kannst du dich noch so still in der Zimmerecke verstecken und die Ohren vor seinem Klingeln verschließen, der Brief wird dir doch noch zugestellt.

Referent muss sich jetzt dringend zur letzten Ordnung rufen, sophistischen oder eher sufistischen Schub unter Kontrolle bringen und sich wieder auf die langen Bahnen der weiten Flure ausrichten. Gehen Sie bitte weiter, immer schön den Flur entlang, es gibt hier nichts zu sehen. Geht doch! Lange Flure sind zwar keine Fluchten, aber immerhin Geraden. Selbst wenn man auf ihnen unbemerkt im Kreis läuft, läuft man nie im Kreis, sondern in Quadraten oder Rechtecken, man kann sich gar nicht in ihnen drehen, kann keinen Drehschwindel oder anderen Sufismus bekommen, denn die geradlinige Wiederholung ist, so steht es schon in Referentenvertrag, keine Zwangshandlung, sondern lediglich eine ganzheitlich vertiefende Verstärkung der eigenen Bahnung.

Aus den Lautsprechern verströmt eine kleine Nachtmusik die Schlafenszeit und schon kommt mir von der Terrasse der Strom der müden Patientenschäfchen entgegen. Ich lasse mich rückwärts von dem friedlich schläfrigen Gemurmel, aus dem nur vereinzelte Schreiereien störrisch herausragen, den Gang zurück hinabtreiben. Wenn man so rückwärts geht und dabei zuschaut, wie links und rechts vor einem Zimmer um Zimmer wie in einer Lampionkette warm erleuchtet wird, kommt es einem vor, als schöbe man mit seinem Rücken die Dunkelheit weg, schöbe sie dahin, wo sie hingehört, nach draußen in die Nacht, um dem Licht seinen Weg zu bereiten. Aber in Wirklichkeit tut man gar nichts, sobald man rückwärts läuft, und das ist zweifellos schrecklich und doch ungeheuer erleichternd. Referent muss auf der Stelle schädliche Einflüsterungen unterbinden.

Aber mein Mediator reagiert anscheinend überhaupt nicht mehr auf gefährliche Inhalte, und so laufe ich in plötzlicher Angst vorwärts, gegen die Abendgesellschaft an, rempele hier und da gegen ein armes Schäfchen, haste bis in den nächsten Parallelflur und komme erst vor der Tür des Professors atemlos zum Stehen. Durch das Glas beobachte ich, wie er im mild orangefarbenen Schein seiner Nachttischlampe im Pyjama auf seiner Bettkante sitzt und mit hängendem Kopf vor sich hin nuckelt. Ich klopfe gegen die Scheibe, aber er reagiert nicht, und auch als ich die Tür öffne, schaut er nicht zu mir hoch.

»Nanu, Professor, warum sind Sie denn noch nicht im Bett? Ihre Schwester sollte doch längst hier gewesen sein!«

»Ach leck mich doch am Arsch, du dumme Sau!«

»Na, scheint ja alles in bester Ordnung hier, geht Ihnen soweit gut, ja?«

»Bestens, bestens, du dumme ...«

»Mhm, das freut mich zu hören, dann kann ich ja wieder gehen.«

»Nein, warten Sie, Herr Doktor!« Erst jetzt hebt er den Kopf und schaut mich flehend an. »Sie können doch jetzt nicht schon wieder gehen, wo Sie doch extra meinetwegen hier rübergekommen sind!«

»N-nein, bin ich nicht, ich war nur zufällig in der Flurgegend, und da dachte ich ...«

»Extra zu mir, obwohl Sie heute hier gar keinen Kontrolldienst haben, lieber Doktor! Niemand sonst hier würde das machen, extra zu mir kommen, niemand außer Ihnen!«

»Na, lassen Sie das mal nicht Schwester Ariane hören, die immerhin seit sechs Jahren Tag und Nacht nur für Sie ...«

»Ach, ich kann die fette Sau nicht mehr sehen.«

»Sie nehmen sich jetzt sofort zusammen und beleidigen die Schwester nicht länger – mal abgesehen davon, dass Schwester Ariane dünn wie Brühe ist.«

»Und wenn schon«, er zuckt die Achseln und murmelt etwas kleinlauter: »Ich kann sie trotzdem nicht mehr sehen, die fette Sau!«

»Na schön, Schluss für heute, kommen Sie, legen Sie sich hin. Her mit der Flasche, genug genuckelt für heute. So … brav … ist Ihr Kissen gut so?«

»Ach, ist das gemütlich!«

»Ja? Sind Sie schön zugedeckt, Professor?«

»Ja, zugedeckt bin ich schön, bin ich immer sehr schön, das muss man Ihnen lassen, mein Junge.«

»Hm, schön, dann können wir ja das Licht –«

»Und, hat sie die Röcke gehoben?«

»Wer? Was? Ich versteh nicht …«

»Na, die Ambulante!«

»Ach du meine Güte, geht das schon wieder los? Jetzt ist aber mal Ruhe hier, sonst muss ich doch noch die Sonde rausholen!«

Ich will das Licht löschen, aber da greift er mich mit beiden Händen am Kittelrevers und zieht mich zu sich herab – Gott, was dieser alte Mann für eine Kraft hat! Noch nie habe ich ihn aus solcher Nähe gesehen, seine schieferfarbenen Augen und vorbildlich gebleichten Zähne strahlen mich an, die süßliche Opiumrhabarberfahne verschlägt mir den Atem, und wie durch Watte höre ich ihn zischen:

»Ich habe Sie gewarnt, Doktor, aber Sie wollten ja nicht auf mich hören.«

Endlich löst Referent sich aus Griff des Patienten, gewinnt Kontrolle über sein Prana zurück und kann so, während er Patient zurück aufs Kissen drückt, ruhig sprechen:

»Das wird ein Nachspiel für Sie haben, Professor! Sie bleiben die nächsten acht Tage im Bett, kein Laufen, kein Gemeinschaftsessen, kein Diktat, kein Stimmenhören, keinen GV, keine Bücher, keine Tätowierungen, kein …«

»Das wird vor allem für Sie ein Nachspiel haben, Sie elende Ficksau!«

»Ah ja?«

Demonstrativ gelangweilt zieht Referent Spritze auf, schnipst kurz mit dem Ring aus Zeigefinger und Daumen dagegen, von Referenten und Patienten gleichermaßen geliebte Schmockgeste, unfehlbarer Auslöser für wohliges Patientengewimmer, aber seltsamerweise rollt Patient freiwillig linken Ärmel seines Pyjamas hoch und lächelt brav:

»Was haben wir denn heute Schönes für mich? Scopolamin? Pantopon?«

»Nein«, ich setze ihm die Placebospritze, drücke dann Mittel- und Zeigefinger seiner freien Hand auf den Einstich und beuge ihm den angestochenen Arm. »Keine alten Kamellen für Sie, auch das ist erst mal gestrichen.«

»Sie werden immer mehr aus der Rolle fallen, Herr Doktor, immer mehr!«

»Machen Sie die Faust auf, Professor, die ist vollkommen überflüssig, Sie können sowieso keinen Bluterguss bekommen, weil –«

»Mehr und mehr, Sie werden sehen, Herr Doktor! Und das ist ganz allein Ihre Schuld. Ihre eigene Schuld. Ich will Ihnen mal was sagen: Sie geben keine Milch, Doktor! Nicht einen Tropfen, nicht einen!«

»Hm, na dann …«, Referent löscht das Licht, »gute Nacht, Sie alter Wüterich.«

»Warten Sie, können Sie's noch mal anmachen, bitte?« Patient plötzlich weinerlich, fasst zittrig nach Handgelenk von Referent, spricht mit balsamierter Stimme, soweit bei seinen ramponierten Stimmbändern möglich. »Können wir nicht drüber reden wie vernünftige Leute, bitte?«

»Na schön«, Referent sollte das auf keinen Fall tun, das Licht wieder anmachen, geschweige denn, sich mit erschöpft gebeugtem Rücken auf Bettkante von Patient setzen und die Hände schlaff in den Schoß fallen lassen.

»Wollen wir nicht wieder gut sein, Doktor?«

»Hm.«

»Kommen Sie, mein Junge, ich diktiere Ihnen ein Stück! Das wird Ihnen guttun.«

»Nein, dafür ist es zu spät. Aber ich könnte mich hier ein Stündchen an den Rechner setzen und an meinem Bericht arbeiten, wenn Sie brav sind und schlafen, einverstanden?«

»Jaja, natürlich!«

»Geben Sie mir Ihre Brille, wir haben sie im Eifer des Gefechts ...«

»Nein«, reflexartig hält er die Bügel seiner Fensterglasbrille fest, »ich möchte sie heut Nacht aufbehalten, man weiß nie.«

»Wie Sie wollen.«

Auf den drei Metern hin zum Schreibtisch straffe ich mich einigermaßen, und als ich mein Konto aufrufe und der leere Bildschirm im Halbdunkel des Zimmers mir entgegenleuchtet, bin ich fast zuversichtlich.

»Die Nacht fällt heute besonders schön auf uns herab, nicht wahr?«

»Professor, was haben wir abgemacht?«

»Jaja, ich weiß, aber man sieht so besonders viele Sterne heute, so klar alles und doch so samtig, zwinker, zwinker, kleiner Kaninka! Niedriger Hund und Hoher Wolf, alle seid ihr gekommen! Der Himmel ist uns wahrhaft gnädig heute, schauen Sie doch, Doktor, wie schön!«

Patient ungewöhnlich oder eher beunruhigend friedlich und gut, die Hände auf der brusthohen Decke gefaltet, schaut er lächelnd durchs Glas in den Nachthimmel, von dem er wegen der Spiegelung seiner Nachttischlampe unmöglich viel sehen kann.

»Ach, dass es so etwas Schönes überhaupt gibt, Doktor, das ist wie ein Schock bis zum Pimmel!«

»Ja, Ruhe jetzt!«

»Ich könnt auch sagen: *Von der Ergreifung zur Ergriffenheit!* Wär Ihnen das lieber?«

»Nein, mir wär am liebsten, Sie würden endlich den Mund halten, damit ich hier mal einen Anfang ...«

»Den werden Sie sowieso nicht finden, solange Sie zu dumm sind, auch nur in den Himmel zu schauen. Sehen Sie ...«, er stützt sich schnaufend auf seinen linken Ellbogen und dreht sich mir zu, das dünne lange Haar an seinem Hinterkopf steht wie üblich wirr nach allen Seiten ab und leuchtet weißgolden im Schein der Nachttischlampe, was durch die momentane Klarheit seiner Züge ein etwas peinlicher Anblick ist. »Sagen wir's mal so – schreiben Sie mit?«

»Ja, ist gut.«

Patient legt sich wohlig seufzend wieder auf den Rücken, zieht mit den Füßen die Decke zurecht und schmatzt noch ein paarmal lautstark, bevor er leise, aber deutlich zu sprechen beginnt:

»Die gestaltlosen Wahnbilder in Zeichen zu verwandeln und sie an den Himmel zu projizieren«, er hebt den rechten Zeigefinger, und mit der linken Hand schiebt er beiläufig die Opium-Rhabarber-Flasche auf dem Nachttisch näher zu sich heran, »das war fraglos eine vernünftige Angelegenheit, man *beamt* die Angst an den Himmel, und dann ist unten Ruhe im Karton. Oben lässt man alles schön aushärten, zweimal Firnis drüber, vielleicht sicherheitshalber sogar galvanisieren, bis sich da wirklich nichts mehr regt, und dann ist überall Ruhe. Aber manchmal erwachen die Wahnbilder in den Zeichen über Nacht zu neuem Leben, und dann haben Sie den Salat … haben Sie das?«

»Jj-… Moment, Sa-lat, ja, kann weitergehen.«

»Nein, kann's nicht, das ist es ja, was ich Ihnen begreiflich machen will, Sie dumme …«

»Wollen Sie nun diktieren oder nicht?«

»Ich wusste es! Ich wusste vom ersten Moment an, dass man Ihnen nicht anständig diktieren kann, und ich werde Ihnen auch sagen warum: Herr Doktor, Sie sind nicht janusköpfig. Deshalb habe ich Sie von Anfang an abgelehnt! Denn mit Ihnen ist kein Anfang zu machen. Wie sollen es meine Gedanken mit jemandem, der nicht janusköpfig ist, durch die Tür schaffen, hä?«

»Schön, dann brechen wir eben ab!«

»Sehen Sie? Ich sag ja immer, wer Ihre Hilfe hat, braucht keine Feinde!«

Referent zu müde, um mit der Sonde zu drohen, schaut tatenlos zu, wie Patient in schwersten Schimpfparoxysmus fällt, hilft ihm selbst dann nicht, als Patient blau anläuft, aufs Kissen zurückfällt, sich konvulsivisch wieder aufrichtet, unter erstickten Schreien eine Hand nach Referent ausstreckt, dabei aus dem Bett fällt, und schließlich doppelt verdreht, mit dem Gesicht zu Boden und eingedrehter Schulter, Arm unter dem Körper gekrampft, und nur noch schwach röchelnd auf dem schönen eierschalenfarbenen Bettvorleger liegt, und selbst dann hilft er ihm nicht, als Schwester Ariane und Pfleger O.W. ins Zimmer stürmen, verstört zwischen Referent und Patient hin und her schauen, bevor sie Notbeatmung und Systemeinstellung des Patienten besorgen.

14.

»W-was ist geschehen?«

»Alles in Ordnung, keine Sorge!«

»Aber wo … was … mir fehlt ein Stück, ich hab eine Lücke, fürchte ich.«

»Sie haben keine Lücke, Dr. von Stern, sondern einen Riss, genauer gesagt eine haarfeine Läsion im rechten Stortex, nicht weiter schlimm eigentlich, aber kann manchmal zu unschönen Ausfällen führen, und deshalb sind Sie …«

»Wo im Stortex? Präfrontal nehm ich an?«

»Ja, genau.«

»Und darüber, ich meine kortikal?«

»Oh, da ist alles in Ordnung, an dem alten Stirnlappen liegt's nicht.«

»Na dann … Gott, ist mir schwindelig! Ich glaub, ich muss kotzen.«

»Halt, halt, halt, liegengeblieben, Herr Doktor! Das ist jetzt der Gegenwartsflash, geht gleich vorbei, ganz normal, wenn man so einen Riss in der Zeit hat und dann wieder da ist, dann ist man kurz voll drauf, wissen Sie ja selbst.«

»Hm.«

»Schießt ganz ordentlich, was?«

»Hm.«

»Wird besser schon?«

»Hm.«

»Geht's wieder?«

»Ja, ich glaube«, langsam hebe ich den Kopf, blicke mich in der winzigen, schummrig beleuchteten Notaufnahme um, in deren einer Ecke sich seltsamerweise grüne Plastikkisten voller Gemüse stapeln, und begreife erst jetzt, obwohl ich ihn zugleich natürlich sofort erkannt habe, dass der Arzt, der halb sitzend, halb stehend sein Knie auf meiner Pritsche abgelegt hat und dessen routiniert prüfende Blicke zwischen mir und den Geräten rechts hinter meinem Kopf hin und her wandern, kein Arzt, sondern der Pfleger O.W. ist. »Sagen Sie, wer hat mich versorgt?«

»Na, ich natürlich, Dr. von Stern!«

Er schaut mich leicht gekränkt an, und ich beeile mich, lächelnd hinzuzufügen:

»Natürlich, ich meine nicht versorgt, sondern untersucht, behandelt, Sie wissen schon ...«

»Na, auch ich«, seine graublauen Augen verdunkeln sich enttäuscht, er schiebt das Kinn leicht nach vorn und seine perfekt seitengescheitelten blonden Haare aus der Stirn unter die Pflegerhaube. »Aber wenn Sie sich nicht gut aufgehoben fühlen in meinen Händen, Doktor, dann kann ich ja ...«

»Nein, nein, nein«, ich klopfe ihm kurz begütigend aufs Knie, das er gerade von der Pritsche ziehen wollte, »so meinte ich es nicht, nur ... es ist doch klar, dass hier eigentlich ein Arzt ...«

»Ja, aber ich dachte, es wäre Ihnen lieber, keine große Sache draus zu machen, Doktor«, er zieht bedeutsam Achseln und Augenbrauen in die Höhe, blickt mir dabei unverschämt unvermittelt in die Augen, aber wegen meiner anhaltenden Schwäche schaue ich ihn nur weiter aus müde fragenden Krankenzimmeraugen an, sodass seine Komödie ins Leere geht und er in sein übliches ernst bescheidenes Rapportieren zurückfindet. »Ich habe Sie hierher gebracht, nachdem Schwester Ariane und ich den Professor versorgt haben, Herr Doktor, und ...«

»Wie geht's ihm?«

»Zirkumstanziell, Patient soweit wohlauf, Herr Doktor.«

»Hm, schön, und weiter? Wieso haben Sie meinetwegen keinen Arzt gerufen?«

»Es … es schien mir angesichts der Umstände sinnvoller, Sie zunächst privat zu versorgen, da keine akute Lebensgefahr zu bestehen schien …«

»Schien, wie? Sind Sie in der Lage, das zu beurteilen, Pfleger?«

»Ja, Herr Doktor, ich denke schon. Ich weiß natürlich, dass ich hier meine Kompetenzen gewaltig –«

»Ja, das kann man wohl sagen!«

»Aber sehen Sie, ich wusste zufällig, dass die Kamera hier unten schon seit Ewigkeiten defekt ist, und da dachte ich …«

Wieder zuckt er mit den Achseln, diesmal aber nicht süffisant, sondern um Verständnis bittend oder eher darum, sich oder vielmehr mich nicht weiter erklären zu müssen, und so nicke ich ihm ein paarmal schnaufend zu und hangle mich dann an seinem auf die Pritsche gestützten Arm langsam nach oben, bis er nachhilft und ich schließlich neben ihm sitze. Noch immer etwas schwindelnd, sehe ich keuchend an mir herab und stelle zu meiner Zufriedenheit fest, dass immerhin mein Abendanzug nicht sonderlich gelitten hat.

»Gut, sehr schön, O.W., wir können das ja en détail besprechen, wenn ich es für meinen Bericht brauche. Dann werde ich jetzt mal meine Kontrollrunde machen.«

Ich nicke ihm noch immer schwachsinnig zu, um das neu aufsteigende Kotzgefühl zu unterdrücken, und schiele dabei auf die Initialen auf seiner Kittelbrusttasche. Dabei fällt mir auf, dass ich seinen vollständigen Namen gar nicht kenne, obwohl er mir schon vor fünfzehn Jahren als persönlicher Pfleger an die Seite gestellt worden ist, seitdem bei meinen Patienten einspringt und einen Großteil der Hygienearbeit für mich erledigt. Während er mir die Elektrolaminierkabel wie Strohhalme vom Kopf liest und ich überlege, ob er wohl mittlerweile auch schon über vierzig ist und ob er eigentlich immer diese dünne weiße Lederkrawatte zum Kittel trägt, frage ich ihn leichthin:

»Sagen Sie, O.W., wie heißen Sie eigentlich?«

»Wie bitte?«

Er hält mit über meinem Kopf gehobenen Armen in meiner Abnabelung inne, sieht mich verwirrt an, und Referent wird die Szene langsam lästig oder eher peinlich.

»Na, wie Sie vollständig heißen«, Referent lacht kurz auf. »Sie müssen doch einen Namen haben, oder nicht?«

»Ach, einen Namen hat ja jeder«, er lässt die Arme fallen und zuckt andeutungsweise nur noch mit der linken Schulter, als wäre auch die halbe Geste schon Verschwendung, »und wissen Sie, Herr Dr. von Stern, nach all den Jahren ...«

»Ja, Sie haben recht, lassen wir's dabei. Zu Ihrer Diagnostik«, Referent dreht sich zum verstaubten Monitor rechts neben der Pritsche, auf dem noch immer die altertümlichen fMRT-Bilder seines Hirns zu sehen sind, und nickt dann anerkennend. »Ja tatsächlich, ein haarfeiner Riss da vorn, kaum zu sehen, könnte man auch für einen Ausläufer der Mantelkante halten. Haben Sie's überhaupt einigermaßen kitten können mit diesen alten Geräten und mit diesen Schrottkabeln?«

»Ich denke schon, Herr Doktor, zumindest provisorisch ist das Laminat erst mal wieder dicht.«

»Gut, und wieso kennen Sie sich im Stortex so gut aus?«

»Ich sehe Ihnen doch schon eine ganze Weile über die Schulter, Herr Doktor.«

Noch immer etwas zu weich lasse ich mich von der Pritsche gleiten, stelle mich in *Tadasana* auf, um meinen Stand zu stabilisieren, aktiviere die *Bandhas* und suche mir über die Balancepunkte der geschlossenen nackten Füße die Energie des Bodens zuzuführen. O.W. steht mir mit auf dem Rücken gefalteten Händen schweigend gegenüber und beobachtet mich in gleichgültig konzentrierter Bereitschaft, wodurch ich leicht ins Wanken gerate.

»Ganz schön kühl hier unten, was, so an den Füßen?«

»Ja, Herr Doktor, das liegt daran, dass hier vor allem Lebensmittel gelagert werden, gleich nebenan ist der Lieferanteneingang.«

»Ah ja, interessant«, ich rotiere den Kopf zur Mobilisation der steifen Nackenwirbelsäule und stelle verwundert fest, dass tatsächlich überall in dieser ohnehin schon viel zu kleinen Notaufnahme ein paar Kisten mit Lebensmitteln gestapelt sind, alles unordentlich und planlos wirkend, als habe man sie in Eile nur kurz abgestellt. »Würden Sie mich bitte nach oben begleiten, O.W.? Ich will schnell nach dem Professor sehen, bevor ich meinen Kontrollgang beginne.«

»Ich glaube, die Nachtkontrolle erübrigt sich, es ist acht Uhr morgens.«

»Ach du je, da müsste ich ja längst den heiligen Waschungen beiwohnen! Kommen Sie, helfen Sie mir raus aus dem Loch hier!«

Referent lässt sich auf Pfleger O.W. gestützt aus der Notaufnahme über den langen, nur von ein paar unangenehm sirrenden Birnen funzelig grell beleuchteten Kellerflur zum Aufzug führen, findet erst im Schutz der gläsernen Kabine in halbwegs gleichmäßige *Ujjayi*-Atmung, entfacht mittleres inneres Feuer und so kehre ich zu halbwegs zufriedenstellender Gleichgültigkeit äußeren Dingen gegenüber zurück, muss daher auch nicht aufgrund der Enge des Lifts peinlich berührt an O.W. vorbei irgendwohin nach oben starren, als könne der barock gen Himmel gerichtete Blick im Verein mit den personenschützerisch vor dem Geschlecht gefalteten Händen die Auffahrt beschleunigen, nein, ich schaue ebenso ungerührt in O.W.s Augen wie er in meine.

»Sind wir hier eigentlich sehr tief unten?«

»Nein, gar nicht, Herr Doktor.«

»Weil es so lange dauert, für die paar Meter.«

»Das liegt an dem idiotischen Wärmeleitsystem, und noch dazu ist der Schacht etwas zu eng, und dann scannen sie ja auch jeden, der von unten wieder hochkommt.«

»Ach so? War jahrelang nicht unten, ich glaube, ich kenne den Keller kaum oder eher gar nicht.«

»Ah ja?«

»Und wir sind also nicht tief, nein?«

»Überhaupt nicht, Herr Doktor, ist ja nur Souterrain.«

»Kein Keller?«

»Nein, die Klinik ist doch gar nicht richtig unterkellert, es gibt doch nur dieses Souterrain auf der Hangseite.«

»Ach so? Warte mal – jetzt tut sich gar nichts mehr, oder?«

Und jetzt schaue ich doch unvorteilhaft nach oben, lausche in die eine Ecke, schüttle ungläubig den Kopf, drehe ihn mit einem vogelartigen Ruck in die andere Ecke, lausche wieder und kehre mit meinem blauäugigen Blick zu O.W. zurück, der den seinen freilich nicht vom Fleck gerührt hat, mir aber nun mit einem kleinen Blinzeln aufmunternd zulächelt:

»Passiert manchmal, dass es nicht weitergeht, Herr Doktor.«

»Hm, unangenehm.«

»Ist richtig, aber«, er zieht die Augenbrauen hoch, noch immer lächelnd, »so ist das halt, manchmal geht eben gar nichts, Herr Doktor.«

»Ja, idiotisch, wir sind doch sicher schon fast oben, oder?«

»Ja, bestimmt, fehlt höchstens ein Meter, wenn überhaupt.«

»Also so was Dämliches! Und man sieht nichts, spiegelt bloß, wieso denn … da muss doch … haben Sie schon geklingelt?« Wahllos wische ich über sämtliche Berührungspunkte. »Das ist doch zu blöd!«

»Das können Sie sich sparen, Dr. von Stern, das dauert so lange wie's dauert.«

Er reckt kurz das Kinn und streicht seine Krawatte glatt, lässt dann die Hände wieder in die Kitteltaschen gleiten und wackelt ein paarmal zackig mit seinen breitgestellten Beinen und seinem Hintern wie im Takt irgendeiner Musik in seinem Kopf, steht dann wieder vollkommen still und lächelt mich an. Referent mittlerweile in deutlicher Atemnot, Magenherzspannung, sollte sprechen, um Schwäche zu überwinden.

»Ihre graue Eminenz lässt sich wohl nicht so leicht aus der Ruhe bringen, was?«

»Ihre eigentlich auch nicht, Herr Doktor, Sie haben doch eine zähe Rinde, Sie sind nur durch den kleinen Stortexriss noch immer etwas erschüttert.«

»Sie müssen mir nicht erklären, was mir fehlt, Pfleger.«

»Entschuldigen Sie, ich wollte nur ...«

»Jaja. Haben Sie eigentlich jemals erwogen, Arzt zu werden, O.W.?«

»Nein, nie«, er schaut mich verständnislos an. »Wie sollte das gehen? Aber wozu sollte ich auch, man hat nur noch mehr Verantwortung und im Grunde genommen kaum Einfluss. Übrigens sind wir längst oben. Soll ich die Tür öffnen?«

»Gott ja, worauf warten Sie noch?«

Luft und Licht, endlich, Referent stürzt in Flurbahn zurück, hastet mit Pfleger O.W. im Windschatten zum Zimmer des Professors, und über meine rechte Schulter rufe ich ihm zu:

»Ich laufe allein vor, könnten Sie mir meinen Kittel bringen, ich ziehe mich dann beim Professor um, würden Sie das tun, bitte?«

»Ich tue alles für Sie, Herr Doktor, das wissen Sie doch!«

Und schon ist er in der Gegenrichtung verschwunden.

15.

Patient bereits gewaschen, hat sich anscheinend den Hahn selbst zugedreht, was, abgesehen von gestern Morgen, noch nie passiert ist, und steht nun nackt und frierend vor seinem Waschbecken. Schaut den beim Eintreten schwer atmenden Referenten mit üblichem Vorwurfsblick an, daher unklar, ob er sich an den Vorfall von gestern Nacht erinnert.

»Verzeihen Sie meine Verspätung, Herr Professor«, Referent eilt mit langen Schritten auf ihn zu und reicht ihm ein Handtuch. »Machen Sie schon, Sie werden sich noch erkälten!«

Aber Patient zuckt nur die Achseln, lässt das Handtuch auf den überschwemmten Boden fallen, sodass Referent ein neues aus dem Regal nimmt und anfängt, ihn abzutrocknen, was Patient widerstandslos geschehen lässt, sobald Referent ihm die Flasche gibt. Träumerisch nuckelnd sieht er durch mich hindurch, aber plötzlich hält er inne und zieht meinen Kopf am Ohr zu sich heran.

»Sie sind ja unrasiert, Doktor!« Er lässt mich wieder los, tritt einen Schritt zurück und schüttelt entrüstet den Kopf. »Sie sind ja noch im Abendanzug! Sind die Katakomben geöffnet worden, oder was haben Sie alte Ranunkel zu feiern?«

»Ja, Entschuldigung, ich ...«

Da kommt O.W. ins Bad geschlichen, legt meine Tageskleidung unsicher auf dem Wickeltisch ab, fragt mich wortlos, ob ich noch einen Wunsch habe, und verschwindet auf mein Kopfschütteln hin wieder. Referent zieht sich kommentarlos aus und steigt unter die Dusche, dreht das warme Wasser so voll auf wie möglich, zu müde, um sich Patient zu erklären, der nun verdutzt oder eher verärgert die Glasschiebetür der Duschkabine, die ihm vor der Nase zugezogen wurde, wieder aufzieht.

»Da haben Sie's ja ganz schön übertrieben gestern, alte Satanssonde!«

»Sie aber auch, Professor! Wie geht's Ihnen heute? Wieder einigermaßen auf dem Dampfer?«

Statt einer Antwort lässt er seinen Blick wehmütig mit dem Wasser an mir hinunterfließen, bei meinen Füßen angekommen, klettern seine Augen langsam, wie gegen den Widerstand des herabfallenden Wassers wieder an mir hoch, bis sie sich zurück in mein Gesicht heben und er mich mit ungläubigem Erstaunen ansieht, als habe er für einen Moment vergessen, dass ich oder überhaupt irgendjemand Lebendiges zu diesem Körper gehören. Um seiner Erinnerung an dieses, an mein Leben nachzuhelfen oder eher um ihm aus einer möglichen Verlegenheit zu helfen, lächle ich ihn freundlich an, aber er braucht oder will meine Hilfe gar nicht, denn er erwidert mein Lächeln auf unangenehm mitleidige und ernste Weise.

»An Ihnen bricht sich nichts und Sie merken es noch nicht einmal mehr, so lange sind Sie schon zerbrochen, Doktor.«

»Ah ja, sehr schön, gut zu wissen.«

»Das Wasser aus dieser Dusche ist nicht nass, stört Sie das überhaupt nicht?«

»Nein. Seien Sie so gut«, ich stelle das Wasser ab und neige den Kopf abwechselnd nach links und rechts, um es aus den Ohren herauszubekommen, »geben Sie mir ein Handtuch, bitte!«

»Ich kann nun sehen, wie alles mit Ihnen gekommen ist, Ihr Bild hat Sie getäuscht, Ihr Reichtum hat Sie arm gemacht und ...«

»Würden Sie mich kurz rauslassen, mal kurz zur Seite treten, Professor – danke!«

»Nichts bricht sich an Ihnen, Sie haben alles Licht gierig in sich selbst hineingetrunken und sind dabei verdurstet, schlimmer als destilliertes Wasser zu saufen, Sie dummer Junge!«

»Kommen Sie, Professor, wir wollen uns beide schnell rasieren, kommen Sie, zusammen geht es leichter.«

Geschwind seife ich erst ihn ein und dann mich, und noch immer visioniert er unschön durch mich hindurch, während wir nackt nebeneinander vor dem Waschbecken stehen und ich mit dem Handtuch quietschend einen kreisförmigen Ausguck in den beschlagenen Spiegel male. Nichts ist jetzt mehr zu hören als unser flacher Atem und das Schaben der Klinge.

»Auch ordentlich gegen den Strich, bitte!«

»Natürlich, mach ich doch, Professor, so ... gut so?«

»Da haben Sie was vergessen, da, da ...!«

»Jaja, ich seh schon ...«

»Nichts sehen Sie, nichts! Das ganze Licht weggesoffen, Sie Blindschleiche, und dann war es das: *und hob sich auf und konnte nicht mehr sein.*«

Referent kann Patient kurz zum Schweigen bringen, indem er ihm eiskaltes Wasser ins Gesicht schlägt und ihm dann eins der lavendelparfümierten kleinen Handtücher über den Mund legt. Rasiert sich dann endlich selbst – überaus angenehm, wie man sich dabei im Spiegel hochkonzentriert übersieht! Versucht Patient, der das Tuch zwar nun brav mit beiden Händen selbst festhält und genüsslich daran schnüffelt, Referenten dabei aber wie über einen Schleier hinweg weiter fixiert, so wenig wie möglich zu beachten. Doch plötzlich schleudert Patient das Tuch weg, drängt sich zwischen mich und das Waschbecken, klopft mir spechtartig mit dem Zeigefinger gegen die Brust und flüstert scharf:

»Du musst guten Mutes auf deine Auflösung oder Übersiedlung warten. Alles aber, was im Bereich des elenden Fleisches und Atems ist, das ist – das vergiss nie – weder dein Eigen noch in deiner Macht.«

»Na na, Professor, lassen Sie doch die alten Sprüche, Sie wissen nur zu gut, dass wir das hier etwas anders sehen, nicht wahr?«

»Mag sein, aber ich bin voller Zeremonien, Herr Doktor. Zwölf mal zwölf Krüge Wasser jeden Morgen, und es hilft alles nichts! Aber merken Sie sich eins, Doktor, eine Blindschleiche ist nicht blind, sondern sehenden Auges blind, was eine weit schlimmere Sünde ist als sich selbst zu strangulieren!«

»Ist gut, aber jetzt wollen wir schnell noch das Bruchband … und dann …«

»Das mach ich heute selbst, ziehen Sie sich erst mal was an, mein Junge, Sie werden sich noch erkälten.«

Patient hüpft auf Wickeltisch und beginnt, sich mit großem Geschick das Bruchband selbst anzulegen. Bevor ich auch nur den Mund wieder schließen kann, erscheint Schwester Ariane im Bad und flötet:

»Nanu, Professorchen, was machen Sie denn für Sachen, hm? Ach, Sie sind ja auch noch da, Dr. von Stern«, sie schaut affektiert angeödet einmal an mir rauf und wieder runter. »Ich hab Sie gar nicht gesehen!«

»Natürlich nicht.«

»Ariane, mein Engelchen, helfen Sie mir! Der Doktor will mir meinen Bruch heute gar nicht mehr binden, alles muss ich allein machen!«

»Mein armes Professorchen!«

Patient und Schwester liefern sich ein Schnurrduell, während sie ihn zu Ende wickelt, und beide tun so, als würden sie gar nicht bemerken, dass Referent enerviert schnaufend seine Wäsche und seinen Kittel unter dem Hintern des Patienten vom Wickeltisch zieht und sich neben ihnen ankleidet. Mit dem Kittel legt sich wieder ein Wille um die *nachgiebige Mitte in mir, Kern voll Schwäche, der nicht sein Fruchtfleisch anhält*, und so bereite ich der unwürdigen Szene entschieden ein Ende, indem ich den Raum verlasse.

16.

Zurück in die Spur gelangen, nur darum geht es jetzt, *back on the track*, und zurück in die Spur kommt man nur über die Liste, die einem sagt, was man als nächstes zu tun hat. Denn diese Liste ist schließlich das einzige Buch des Lebens, in dem man lesen kann: *Kniekrankheiten, Schwellungen, Entzündungsvorgänge – fester Boden – Männlichkeiten!* Dennoch begibt sich Referent, statt seine Erdenliste zu befragen, zum Aufnahmezimmer, in dem diffusen und daher umso drängenderen Bedürfnis, die Bilder der Spaziergängerin an sich zu bringen. Rechtfertigt erneute außerplanmäßige Bewegung damit, dass die Erstellung des Berichts über die ambulante Patientin nun mal auch zu seinen Pflichten gehört und er dieser Pflicht ohne nochmalige Ansicht der Bilder nicht nachzukommen vermag. Mit ungläubigem Kopfschütteln über eine solch fadenscheinige Rechtfertigung betrete ich ohne anzuklopfen das Zimmer.

Hinter dem riesigen weißen Schreibtisch auf dem hohen roten Arztstuhl sitzt diesmal Dr. Dänemark, das Kinn auf die Fingerspitzen seiner vor dem Brustbein aneinandergepressten Hände gesenkt, es lässt sich nicht erkennen, ob er schlummert oder meditiert. Aber kaum dass ich mich leise räuspere, blickt er ohne jedes Erstaunen lächelnd zu mir auf:

»Ah, Dr. von Stern, da sind Sie ja!«

»Äh ja, da bin … Sie haben mit mir gerechnet?«

»Natürlich, wir kehren schließlich alle an den Ort des Verbrechens zurück, nicht? Besonders wenn wir keine mehr begehen. Im Ernst, es lag nahe, dass Sie noch mal zurückkommen würden, schon der Ordnung halber, die ja auch nichts weiter ist als ein Wiederholungszwang und –«

»Ja, herzlichen Dank, Herr Kollege, wann immer ich eine Einführung in –«

»Ach kommen Sie, nun seien Sie doch nicht so schlecht gelaunt! Setzen Sie sich lieber – wollen Sie hier hin? Ich kann gern solange auf den Patientenstuhl …«, er hebt seinen Hintern rhetorische zehn Zentimeter vom Stuhl und senkt ihn auf mein Kopfschütteln hin sofort wieder. »Wirklich nicht? Kein Problem!«

»Danke, bleiben Sie sitzen, ich will nur schnell …«, ich laufe um Dänemark und sein exquisites Rasierwasser herum und bücke mich dann neben ihm zum Drucker hinunter, aber die Bilder sind nicht da, und auch auf dem Fußboden liegt nichts mehr.

»Sie suchen die Scans Ihrer neuen Patientin?«

»Ja genau, wollte nur schnell den Bericht …«

»Oh, keine Sorge, das habe ich schon für Sie erledigt, Kollege, um wenigstens irgendwas Sinnvolles zu tun, ich sitze ja schon seit sieben Uhr hier rum. Also ich weiß nicht, wie es Ihnen geht, aber diese Dienste in der Aufnahme machen mich wirklich mürbe. Die erste Stunde geht ja immer noch, da steh ich im Krieger II und in *Trikonasana* rum, schön, und dann arbeite ich noch ein bisschen an meinem Halbmond, aber danach weiß ich auch nicht mehr, was ich …«

»Ah ja, sehr nett von Ihnen, vielen Dank, und die Bilder, die sind … die haben Sie schon …?«

»In die Akte, ins Archiv rübergeschickt, ja klar.«

»Aha, sehr schön, dann werd ich sie mir vielleicht hier noch mal schnell ausdrucken, wegen der Behandlung, ist besser, wenn ich …«

»Aber Sie haben die Bilder doch gesehen! Und ich kann Ihnen ja außerdem meinen Bericht rüberschicken, wenn Sie wollen.«

»Hm ja …, was haben Sie denn in Ihrem Bericht geschrieben?«

»Wie, was ich geschrieben habe?« Er schaut amüsiert scheinverwirrt zu mir hoch. »Was soll ich schon groß geschrieben haben, nur den Kernbefund selbstverständlich: Parasympathisches Defizit und mangelnde Gesundheitseinsicht.«

»Ah ja, gut gut gut.«

»Ist Ihnen nicht gut, Kollege? Würden Sie sich bitte setzen, von Stern, Sie machen mich ganz verrückt mit Ihrer bleichseherischen Rumsteherei.«

Und so setze ich mich tatsächlich auf den Patientenstuhl, lasse mich in fahrlässiger Entspannung auf denselben Stuhl sinken, nein nicht auf denselben, sondern auf den, der damals an seiner Stelle stand, an der Stelle, wo ich vor fast zwanzig Jahren schon einmal gesessen habe, eine halbe Stunde lang nur, aber buchstäblich wie auf Kohlen oder eher buchstäblich auf dem Wort *Vorhölle*, buchstäblich auf dem äußersten Rand des Stuhls, und dann hatte man sich doch dafür entschieden, mich als Arzt aufzunehmen, aber es war sicher die unangenehmste halbe Stunde, die ich hier je hatte, mal abgesehen von den auch nicht eben angenehmen letzten vierundzwanzig Stunden.

Dr. Dänemark faltet die Hände seelenkrämerisch auf dem Schreibtisch und lächelt mir verschlafen sanftmütig zu, aber dann verliert sein Gesicht plötzlich all seine bereitschaftsdienstliche Verwaschenheit, wird klar und gestrafft wie nach einem inneren Eisbad, und nun beugt er mir den Oberkörper über den Tisch entgegen, greift nach meinen Händen und drückt sie fest, während seine adstringierte Stimme langsam und eindringlich zu mir spricht:

»Die Patientin leidet unter Paradefiziten und mangelnder Gesundheitseinsicht, haben Sie mich verstanden, Kollege?«

»Natürlich.«

»Sie müssen jetzt an Ihren Eigenbericht denken und ansonsten alles lassen, wie es ist, ja?«

»Natürlich.«

Endlich lässt er meine Hände wieder los und lächelt sein übliches sonniges Dänemarklächeln, auch er hat schließlich an die Kamera zu denken, und ich nehme dieses Lächeln als Gesprächsabschluss und will schon aufstehen, aber durch sein Lächeln hindurch spricht er weiter in diesem Ton jenseits des Protokolls:

»Lassen Sie sich da nicht in was reinziehen, von Stern, ich sag das nicht aus Freundlichkeit, sondern aus reinem Egoismus. Wenn einer von uns einknickt, ist die ganze Reihe gefährdet – wissen Sie noch, damals, als Holm beim Bekenntnisappell umgekippt ist?«

»Na sicher, wir haben schließlich vier Stunden in der sengenden Hitze …«

»Eben.«

»Ich wär auch beinahe …«

»Sag ich doch! Wir wären dadurch alle beinahe umgefallen, aber wir haben schön weiter geradeaus geguckt, als Holm diskret vom Platz entfernt wurde. Seine Haltungslosigkeit hätte uns allen jeden Moment …«

»Entschuldigen Sie, verehrter Kollege, aber ich habe Patienten, die auf mich warten und deshalb werde ich mal …«

»Hm, Sie meinen, die warten auf uns, ja?«

Er versucht sich in einem Zwinkern, das in seinem früheren Leben vielleicht einmal eine ironische Liebe zum Wissen um die eigene Fatalität zum Ausdruck bringen konnte, heute aber nur noch mechanisch und leicht besoffen wirkt. Da meine Miene versteinert bleibt, zuckt er gereizt die Schultern, fährt dann aber wieder nüchterner fort:

»Was verbindet Sie mit dieser Ambulanten?«

»Nichts, ich kenne sie ja gar nicht.«

»Na jetzt hören Sie aber auf, von Stern!« Er lacht, als hätte ich einen Scherz zu viel gemacht. »Im Ernst, sind Sie schwer befallen von dieser Ambulanten?«

Mit dem Hinterkopf gebe ich ihm einen kleinen Wink in Richtung Kamera in der Zimmerecke links hinter mir, ziehe verärgert eine Augenbraue hoch, aber er zuckt nur angeberisch die Achseln:

»Ist mir vollkommen egal.«

»Ja, aber mir nicht!«

»Glauben Sie mir, von Stern, das hier interessiert gerade niemanden außer uns beiden.«

Kaum hat er den Satz beendet, versteht er, was er da gesagt hat, presst erstaunt die Hand auf den Mund und fängt prustend und kopfschüttelnd an zu lachen, und ich kann nicht anders als halb anerkennend, halb missbilligend auch zu lachen. Dänemarks Lachen seufzt sich aus und sein Kopfschütteln pendelt langsam aus, eine doppelte Bewegung ins Aus, die unweigerlich nach Nachdenklichkeit verlangt, und so murmelt er:

»Wenn man mal so seinen Phrasen bis zum Ende nachgeht … mein Gott!«

»Hm.«

»Also schön«, er strafft sich, fummelt geschäftig an dem Rechner auf dem Schreibtisch herum und sieht mich nicht an, während er fragt: »Diese Ambulante, wie schwer ist es – ist sie in Ihrem System?«

Ich spiele kurz mit dem Gedanken, zu lügen, aber seltsamerweise, wahrscheinlich, weil anscheinend auch der Stortex unter dem Schläfenlappen nicht ausreichend feuert, kommt es treuherzig aus mir heraus:

»Ja, das ist sie, ja … ich hab sie in meinem System.«

»Ach du Schande – ich wusste es! Ach Gott ja, das ist der Fluch der zweiten Geburt! Meinen Sie, das ist damals beim Kopieren passiert, als Sie herkamen?«

»Nein nein, keineswegs, sie ist tatsächlich da drin, weil sie eben tatsächlich, wie soll ich sagen …«

»Sie meinen, sie stammt tatsächlich aus Ihrem früheren Leben?«

»Ja genau. Sie ist tatsächlich meine Vergangenheit, wir waren tatsächlich …«

»Herrgott, lassen Sie doch das dumme Wort weg – tatsächlich, tatsächlich! Das ist noch gar nicht ausgemacht! Alles, was wir wissen, ist, dass es systemisch ist und das ist schlimm genug, aber mehr kann man noch nicht sagen. Jetzt wollen wir erst mal sehen, wie wir die Frau wieder aus Ihnen rausbekommen. Sie waren bei Kernanatom Dr. Tulp, wie mir Dr. Darmstätter ...?«

»Ach, dieser verdammte Huren- !«

»Jaja, regen Sie sich nicht auf! Lassen Sie uns lieber überlegen, was wir jetzt schnell tun können, Sie müssen ja gewappnet sein, wenn Sie mit der Behandlung der Patientin beginnen, das kann Ihnen schließlich niemand abnehmen, sie ist ja zu Ihnen geschickt worden – wann kommt sie zu ihrer ersten Sitzung, morgen?«

»Ja, ich glaube.«

»Hm, Sie gehen also heute Nacht ins Schlaflabor rüber. Vielleicht könnte man vorher schon mal ... hm, kleine Liquordialyse oder besser gleich eine Drainage?«

»Sehr komisch, ich lach' dann bei Gelegenheit mal drüber.«

»Entschuldigung, das war geschmacklos«, er lässt sein Gesicht erschöpft in seine Hände fallen, und einen kurzen Moment fürchte ich, er könnte zu heulen anfangen, aber das seehundartig anhebende Geräusch entpuppt sich als gewissenhaft gründliches Gähnen. Dabei massiert er sich kräftig die Stirn und spricht etwas undeutlich durch seine Hände und sein Gähnen hindurch. »Sie müssen verzeihen, von Stern, ich war blödsinnigerweise wütend auf Sie, gänzlich ungerecht, Ihnen die Sache zum Vorwurf zu machen, aber es ist nun mal eine Gefährdung für alle und ...«

»Schon gut«, ich erhebe mich schwerfällig, aber statt zur Tür hinaus, gehe ich zum Fenster, genau dorthin, wo sie gestern gestanden hat, stelle mich leicht breitbeinig, mit auf dem Steiß verschränkten Händen und offiziersartig ausgestellten Ellbogen auf, schaue schläfrig hinaus und rotiere dann den Kopf über meine linke Schulter zu Dänemark zurück:

»Eine wirklich tolle Aussicht haben wir hier.«

»Wie? Äh ja … ja natürlich«, er hat seine Hände endlich aus dem Gesicht bekommen und schaut mich kurz unwirsch an, steht dann aber wie hypnotisiert auf, kommt zu mir, tritt in perfekter Nachahmung neben mich, und so nicken wir gemeinsam ein paarmal vor uns hin, bis er leise sagt:

»Ja, es ist schön da draußen. Schauen Sie nur, wie die Wiesen hinabfallen, kurze und lange Halme fallen hinab und mit ihnen die Dotterblumen, die Scharfgarbe und der rosa Klee – einfach so fallen und dabei stehenbleiben, als wär's das Natürlichste von der Welt! Das haut mich immer wieder um, diese verrückten Wiesen, jedes Mal wenn ich hinschaue.«

»Ja. Nie im Leben habe ich ein solches Grün gesehen.«

»Ja, ich auch nicht. Was meinen Sie, von Stern, ob wir das Fenster öffnen könnten?«

»Hm … ich weiß nicht recht …«

»Sie haben recht, lassen wir's, es ist so eigentlich sowieso noch viel schöner. Was ich Ihnen nur sagen will – und das als jemand, der diesen Eigenbericht immerhin hinter sich gebracht hat: Lassen Sie sich nicht ankränkeln von falschen Fragen, von Fragen, die hier keine sind.«

»Wie etwa?«

»Dr. von Stern«, er dreht mir seinen Oberkörper zu, das lotrechte Trapez seiner Arme hinter dem Rücken rotiert elegant mit der Wetterfahne seines Rückgrats wie bei einem strebsamen Trachtentänzer. »Wir Ärzte, wir wollen uns nicht kennen. Wir schaudern vor uns selbst zurück wie die zarte Hand vor dem Heiligen, verstanden? Wir haben eine natürliche Scheu, eine stolze Scham davor, etwas Bestimmtes über uns selbst zu glauben, wir sind zu fein, um bei unserer Sache zu bleiben, immer bereit von uns abzuschweifen, denn wir sind vornehme Leute und keine Sklaven, verstanden?«

»Aber ich muss doch diese Maxime dieses eine Mal aufheben, um meinen Eigenbericht …«

»Müssen Sie nicht, Sie müssen sich um Ihren Stortex und Ihren Mediator kümmern und sonst gar nichts!«

»Hmhm, gut, danke für den Hinweis, Herr Kollege«, Referent findet endlich die Kraft, vom Thema abzuschweifen und schickt sich an, den Raum zu verlassen, während Dänemark noch immer auf das Grün starrt. Schon fast an der Tür drehe ich mich noch einmal um:

»Ach übrigens, Dr. Dänemark, da wir davon sprachen, mir fällt ein, dass Holm damals beim Bekenntnisappell gar nicht gefallen ist, sondern sich vorsätzlich hat niedersinken lassen. Die Damen auf der Tribüne waren ja auch ganz hingerissen von seiner Vorstellung, erinnern Sie sich nicht mehr?«

»Nie im Leben, das bringt selbst Holm nicht fertig!« Missmutig runzelt er die Stirn. »Nein, das glaub ich einfach nicht!«

»Und er wurde auch nicht diskret vom Platz entfernt, wie Sie sagen, sondern unter dem Beifall der Damen wie ein verblutender Torero oder eher wie der Stier aus der Arena geschleift.«

»Nein, das habe ich aber ganz anders, nein … da hab ich aber was ganz anderes im Kopf!«

»Tja, das haben wir hier wohl alle. Schönen Tag noch, Kollege!«

17.

Eine Sache von gestern Abend will mir nicht aus dem Kopf, aber ich kann mich nicht erinnern, was es ist, ich weiß nur, irgendetwas, das vor dem Anfall des Professors gesagt wurde, wahrscheinlich etwas, das Frau von Hadern beim Essen gesagt hat. Es will mir nicht einfallen, aber auch nicht einfach durch den Rost fallen und klebt deshalb unangenehm in meinem Hippocampus wie ein auf die bestrichene Seite gefallenes Honigbrot – jedenfalls behauptet mein Mediator das. Er säuselt mir einschmeichelnd oder eher einspeichelnd etwas von meinen herausragenden Repräsentationsfähigkeiten und meiner umwerfenden Selbst-Monitoring-Kompetenz vor, und Referent beschließt, ihn einfach zu ignorieren, was ich zwar schon häufiger, Referent aber noch nie getan hat, habe, haben, haben, haben …

Statt endlich seinen Dienstplan zu konsultieren, lässt Referent sich vom Rechner anzeigen, wo Dr. Holm sich im Moment befindet, schaut sich ein Weilchen auf dem Monitor an, wie Holm gerade am anderen Ende der Station den alten, diszipliniert hustenden Herrn Zimmermann abhorcht und begibt sich dann eilig selbst auf die Szene.

»Stör ich?« Erst jetzt, schon halb mit der Tür im Raum, klopfe ich an.

»Nein nein, kommen Sie nur rein, Kollege, wir sind hier gleich fertig.«

Dr. Holm lächelt einladend von seinem Drehschemel zu mir auf, während er sich zerstreut die Stöpsel des Stethoskopschlauchs aus den Ohren zieht und ihn sich wie einen afrikanischen Ringschmuck um den Hals legt. Zimmermann, der mit nacktem Oberkörper und in seiner taubenblauen Lieblingsturnhose vor ihm auf der Pritsche sitzt, strahlt mich an:

»Ach, der Herr Dr. von Stern, guten Tag! Sie habe ich aber lange nicht bei mir gesehen!«

»Ja, das stimmt, sicher über ein Jahr. Wie geht's Ihnen, Herr Zimmermann?«

»Ach ja, doch doch …«

»Schön, das freut mich!«

»Ich unterhalte mich in letzter Zeit ja wieder öfter mal mit Ihrem Lieblingspatienten.«

»Mit dem Professor?«

»Ja genau, wir halten ab und an ein Schwätzchen beim Nachmittagskaffee. Er weiß immer so interessante Dinge zu sagen, er ist ja ein wahrhaft gelehrter Kopf, etwas wirr mitunter, aber immer interessant, da ist jeder Satz ein … wie soll ich sagen … ich versuche, mir hinterher aufzuschreiben, was er mir erzählt, es entgleitet einem alles so leicht, und …«

»Aber Herr Zimmermann, Sie wissen doch, dass Ihnen diese Gespräche mit dem Professor nicht guttun, das habe ich Ihnen doch schon früher ...«

»Ach nein, Herr Dr. von Stern, lassen Sie nur, er tut mir im Gegenteil sehr gut, dieser kleine Austausch.«

»Na schön, wie Sie meinen.«

Dr. Holm rollt derweil geschmeidig auf seinem Schemel zwischen Patient und Schreibtisch hin und her, zupft jedes Mal im Vorbeifahren mit einer Pinzette ein Hautschüppchen von Zimmermanns Oberkörper, legt es auf das leuchtende Trägerplättchen des kleinen Plasmoscanners auf dem Schreibtisch, beugt sich kurz darüber und betrachtet es und dreht sich dann auf dem Weg zu seinem Patienten zurück elegant einmal im Uhrzeigersinn, dem Schwung seines seitengescheitelten Haars folgend, so wie wir es hier alle praktizieren. Manchmal absolviere auch ich die gesamte Visite auf dem Drehschemel, durchstreife auf den leise surrenden Gummirollen alle Flure, meine Schwestern und Pfleger hinter mir her trippelnd, und am Ende der Eskorte marschieren die diensthabenden Zivilisten mit Ambitionen zu Höherem und Apparaten zu Niederem. Doch der unangefochtene König auch des Drehparketts ist freilich Dr. Holm, gestützt von seiner vorbildlichen Beckenboden- und Bauchmuskulatur schafft sein Hüftschwung auch die doppelte, die gegenläufige Rotation von Sitzfläche und Rollen mühelos, und seine nackten Füße berühren den Boden kaum je. Während er nun wieder in meine und Zimmermanns Richtung geschwebt kommt, murmelt er:

»Setzen Sie sich doch, von Stern. Ich brauch doch noch ein paar Minuten, aber dann könnten wir ja eine rauchen gehen.«

»Oh ja, gern«, dankbar lasse ich mich auf den Ablagestuhl neben der Tür sinken. »Ich hatte gehofft, dass Sie das sagen würden.«

»Ich weiß.«

Er grinst mich kurz an und wendet sich dann wieder seinem Patienten zu, nimmt Zimmermanns Gesicht in beide Hände und schüttelt es sanft:

»Mein lieber Zimmermann, Sie gefallen mir gar nicht. Was ist denn los, hm? Was fehlt Ihnen denn nur?«

»Ach ich weiß auch nicht, Herr Doktor. Ob es eine unerfüllte Sehnsucht ist, die einen Menschen wahnsinnig macht?«

»Tja, unwahrscheinlich, aber ausschließen will ich das nicht. Können wir ja mal nachschauen, wo wir schon dabei sind. So, den Arm mal bitte ... hmhm, haben Sie das Zeug da unterm Arm schon länger?«

»Schon eine ganze Weile, ja, ein paar Jahre, glaube ich.«

»Hm, das ist ja nicht sehr schön anzuschauen und doch sicher auch unbequem, das machen wir mal lieber weg, wie?«

»Wenn Sie meinen ... Obschon so ein Faltenwurf auch ein recht gutes Mittel gegen die Angst ist.«

»Wie meinen Sie das?«

»Naja, eine Bannformel in Gebärdenform, also vielmehr in Scheingebärdenform, es sieht ja nur so aus als machte man eine pathetische Gebärde, man ist ja ganz steif und starr, rührt sich nicht mehr, aber der Faltenwurf ist eine Bewegungsmimikry, man tut so, als ginge es immer noch weiter, als könnte man sich noch bewegen, während man paralysiert dasteht. Und so hofft man, dass die Angst sich von diesem fließenden Schwung täuschen lässt und an einem vorübergeht. Das hat doch etwas Erhabenes, die Natur so mit ihren eigenen Mitteln auszutricksen, finden Sie nicht?«

»Tja«, Holm zupft mit der Pinzette in Zimmermanns Achsel und an seinem schlaffen Trizeps herum. »Kann ich nicht sehen, ehrlich gesagt.«

»Schauen Sie«, Zimmermann schnauft etwas hilflos, bevor er weiterspricht: »Denken Sie zum Beispiel an Lawrence von Arabien in seinem weißen Wüstengewand. Schauen Sie sich das weiße Tuch an, das auf seinem Kopf zu einem tief ins Gesicht gezogenen Beduinenschleier gefaltet ist, der über der Stirn mit zwei Bändern befestigt ist, die mit auffallend britisch anmutenden Pompons verziert sind. Dieser Beduinenschleier umrahmt sein ganzes Gesicht, unter seinem Kinn ist er einmal locker gekreuzt nach hinten geschlagen, bedeckt so seine Schultern und fließt schließlich als Umhang hinunter bis zu seinen Knöcheln. Und nun rufen Sie sich sein eigentliches Gewand in Erinnerung. Lassen Sie sich dabei nicht von dem hübschen, reich, aber zugleich schlicht ornamentierten Krummdolch ablenken, dieser Totemschlange, die in der Mitte seines breiten Gürtels steckt, sondern achten Sie auf den Gürtel selbst, wie er ihm eng um die Taille geschnallt ist, durch und durch arabisch, römisch, griechisch, kalifornisch, und der wie bei Liz Taylors Kleopatragewand erst den Wasserfall der Falten seines Kleides hervorzaubert. Dieser Faltenfluss an seinem Körper herab wird wiederum gerahmt und gehalten vom Oval seiner Arme, das sich in der scheinheiligen, vielleicht aber auch heiligenscheinigen Faltung seiner Hände vor dem Geschlecht schließt, eine Geste, die ganz nebenbei, in aller Bescheidenheit das katholisch luxuriöse Ausmaß seiner Trompetenärmel und ihre messianische Querfaltung zur Schau stellt. Schauen Sie also, welch ausgeklügeltes Faltenspiel nötig ist für die strenge Anmutung einer solchen Obermönchskutte! Was für ein herrliches Täuschungsmanöver der Mann gegen seine Amygdala aufgefahren hat! Aber das ist noch längst nicht alles, denn nun sehen Sie noch einmal genauer hin, und dann erkennen Sie, dass er gar kein Wüstengewand trägt, sondern einen Astronautenanzug. Denn eigentlich war Lawrence Astronaut, jawohl, Lawrence of Arabia war der erste Mann im Mond, aber noch eigentlicher, schauen Sie hin, ist er ein Schneeaffe, Sie müssen nur immer genauer hinschauen!«

»Tja«, Holm kratzt sich, noch immer unter Zimmermanns Achsel starrend, am Hinterkopf, »ich weiß nicht recht …«

»Ach, was red ich«, Zimmermann lässt den Kopf auf die Brust sacken, während Holm ihm nun auch den anderen Arm hochhält, und leise und plötzlich kraftlos spricht er weiter: »Vor allem muss ich in letzter Zeit immer an die Falten zwischen den Beinen meiner Frau denken, an damals, als wir jung waren, und das macht mich irgendwie traurig, dass alles so vergangen ist, einfach so …«

»Na, das geht uns allen mal so, nicht wahr? Was meinen Sie, Zimmermann, sollen wir's dann vielleicht gleich morgen wegmachen?«

»Ach ja, Sie haben recht, Herr Doktor, machen wir's weg. Was weg ist, ist weg!«

»Eben!«

»Dann hat die liebe Seele Ruh.«

»Das meine ich doch auch. Gut, dann reservier ich für morgen einen Tisch bei Dr. Bulgenow. Sie können sich wieder anziehen, lieber Zimmermann. Ich schaue nachher noch mal nach Ihnen. Gehen wir, von Stern?«

»Ja … ja«, ich stehe etwas wacklig auf und zögere beim Hinausgehen, weil Zimmermann noch immer mit hängendem Kopf auf der Pritsche sitzt und sich nicht rührt, aber Holm zieht mich am Ärmel hinaus auf den Flur und sagt gutgelaunt:

»Machen Sie sich keine Sorgen um ihn, ich habe schon nach Schwester Ananke geklingelt, sie wird ihm beim Anziehen helfen. Und im Übrigen führen Zimmermann und ich dieses Gespräch seit sechs Monaten jeden Mittag, Wort für Wort.«

»Was? Das heißt, er hat es jedes Mal am nächsten Tag wieder vergessen?

»Oh nein, das glaub ich nicht, er will nur immer wieder von mir hören, dass ich ihm was wegschneide, was ich natürlich nie machen würde, was er auch genau weiß und immer so weiter – klassische *talking cure* eben!«

Wir lachen beide, und er legt mir vor Vergnügen den Arm um die Schulter, zieht mit der freien Hand seinen Tabaksbeutel aus der Kitteltasche, reicht ihn mir, und ich fange, noch immer lachend, an, uns Zigaretten zu drehen. Ich gebe ihm die erste und auch Feuer, er muss wieder lachen, verschluckt sich hustend, hält die Zigarette zwischen Daumen und Zeigefinger begeistert hoch in die Luft wie eine Antenne und ruft unter Tränen:

»Danke, Kollege – der Endverbraucher braucht halt eine Handhabe an die Hand!«

18.

Holm läuft längst wieder seinen Pflichten nach. Ich sitze noch immer blinzelnd auf der leeren Terrasse in der Nachmittagssonne, inhaliere genüsslich die Maienluft und den Rauch der letzten, dünnen Zigarette, die ich aus den krümeligen Resten von Holms Tabak zusammengedreht habe. Im Nachhall auf die wüsten Patientenwitze, die Holm in seinem üblichen halblaut dunklen Schnurren zum Besten gegeben hat, lache ich leise in mich hinein.

Doch das Grinsen vergeht mir plötzlich – mir fällt wieder ein, was ich den ganzen Tag über nicht aus dem Kopf, aber auch nicht richtig in ihn hinein bekommen konnte: Es ist die Tischgeschichte von Frau von Hadern, wie ihr Mann sie vor dreißig Jahren, als sie in die Klinik aufgenommen wurde, hier hoch begleitet hat und eine Woche lang bei ihr geblieben ist. Meine Maienlaune ist verflogen, obschon mir völlig unklar ist, warum diese banale Geschichte mir solches Unbehagen bereitet, aber das vergrößert meinen Verdruss nur.

Ach könnten wir hier noch an solche Märchen wie an die gute alte Deckerinnerung glauben, dann würde ich annehmen, dies wäre eine. Aber mein Mediator lässt meinem alten Hallodrigedächtnis keinerlei Schiebereien durchgehen, und da er es bei jeder noch so kleinen harmlosen Verstellung einem peinlich humorlosen Verhör unterzieht, während er die großangelegten Betrügereien der neuen Erinnerungsbank ungestraft durchwinkt, bin ich gezwungen, anzunehmen oder eher hinzunehmen, dass meine Erinnerung an das von Frau von Hadern Gesagte nichts verdeckt, nichts Geheimnisvolleres, kein von mir selbst zensiertes, aufregenderes, skandalöses anderes Ereignis. Ja ich bin gezwungen, Frau von Haderns nichtige Geschichte wenn auch nicht für wahr zu halten, so doch für bare Münze zu nehmen in Hinsicht auf ihre Bedeutsamkeit für mich. Und das kränkt zweifellos meine Eitelkeit, die abgrundlose Nichtigkeit meiner Erinnerungen erweist die abgrundlose Nichtigkeit meiner Person, aber da die stoische Hinnahme von Erniedrigungen neben der unermüdlichen Muskel- und

Dehnungsarbeit schließlich das wichtigste Trainingsprogramm der ärztlichen Arbeit an unserem gesteigerten Selbst darstellt, bin ich im Grunde vollkommen einverstanden mit dieser Kränkung, zumal sie, so offen wie sie daliegt, mir die Möglichkeit verschafft, mein mir soeben noch unerklärliches Unbehagen angesichts der Erinnerung an das gestrige Tischgespräch begreiflich zu machen: Dieses Unbehagen war nichts anderes als der anfängliche, noch unbearbeitete, unverstandene Unlustaffekt, wie er sich bei einer Kränkung unserer Eitelkeit nun einmal einstellt.

Doch während ich diese hölzernen Ableitungen sauber zusammenzimmere und Referent nun wieder zufrieden in die Sonne blinzelt und schläfrig die letzten köstlichen Züge meiner Zigarette genießt, weiß ich, dass das alles stimmen mag, es aber doch keineswegs der Fall ist. Ich weiß mit absoluter Gewissheit, dass der Grund für mein Unbehagen der ist, dass sich hinter dem von Frau von Hadern Gesagten oder eher hinter meiner Erinnerung an dieses Gesagte etwas ganz anderes verbirgt, und an der Art, wie Referent jetzt mit Daumen und Zeigefinger den kaum noch sichtbaren Stummel an seine Lippen führt und bis zur Glut daran saugt, wird mir klar, dass meine Systemsteuerung vollends außer Rand und Band geraten sein muss und zwei inkompatible Programme nebeneinanderlaufen und vielleicht sogar ineinanderrennen lässt. Und zum ersten Mal seit zwanzig Jahren schließe ich in glücklichem Schmerz die Augen, und in meinem Kopf rauscht das Schwarze Meer.

19.

Langsam kommt der Abend den Berg hinaufgestiegen, die Kellner beginnen mit der Eindeckung, verscheuchen mich mit ihrem vorwurfsvoll geschäftig gesäuselten *Nein, nein, bleiben Sie nur sitzen, Herr Doktor!*, und so trolle ich mich zurück ins Haus. Die Aussicht, heute nicht am Essen teilnehmen zu müssen, sondern direkt im Kittel hinüber ins Schlaflabor gehen zu können, verstärkt meine gehoben gleichgültige Stimmung. Weil es noch ein bisschen zu früh für das Labor ist und ich auf keinen Fall heute doch noch irgendeiner meiner Pflichten nachkommen will, lasse ich mich noch schnell von meinem notorisch willenlosen Willen beim Professor vorbeibringen, der gerade von Schwester Ariane abendfein gemacht wird.

Gemütlich lehne ich mit vor der Brust gekreuzten Armen im Türrahmen und beobachte schadenfroh, wie Ariane sich damit abquält, dem Professor seine Krawatte zu binden, der nicht eine Sekunde stillhält, sondern mit fuchtelnden Armen auf sie einkrächzt:

»Meine liebe böse Ariane, Sie sind absichtlich auf den armen kleinen Teppich getreten! Sie *wollten* ihm wehtun! Leugnen Sie's gar nicht erst! Ich habe Sie beobachtet, ich habe gesehen, welchen Spaß es Ihnen macht, das wehrlose arme Ding zu quälen! Weil ich diesen Teppich liebe, weil er mein Freund ist, und das ertragen Sie nicht, aber ich habe Sie gewarnt, ich habe Ihnen gesagt, Ariane, wenn meinem kleinen Freund auch nur ein Faden gekrümmt wird, mach ich Sie fertig, Sie fettes Stück Dreck, Sie ...!«

»Ist gut jetzt, Professor!« Referent angenehm überrascht von uneingeschränkter Autorität seiner Stimme, schiebt Schwester sanft beiseite, nimmt die Sache, also die Enden der Krawatte selbst in die Hand und murmelt dabei freundlich: »Danke, Ariane, Sie können gehen.«

Schwester kann sich augenscheinlich nicht recht entscheiden, ob sie dankbar oder wütend über meine Einmischung sein soll, verrührt daher schließlich beides in einen matschig gekränkten Gesichtsausdruck und verlässt wortlos den Raum. Patient dagegen eindeutig dankbar und erfreut, Referent zu sehen, wedelt dessen Hände weg und bindet sich selbst in Windeseile einen perfekten doppelten Windsorknoten.

»Wie schön, Sie zu sehen, Doktor! Sie gehen also doch mit mir essen, ach, da bin ich aber froh! Jetzt aber husch, husch in den Abendanzug mit Ihnen, alte Satanssonde! Und ich dachte schon, ich müsste wieder mit diesem elenden Schnösel von Pfleger gehen, der mir den ganzen

Tag schon mit seiner arroganten Schweigerei auf die Nerven gefallen ist.«

»Es tut mir sehr leid, Professor, aber ich kann auch heute nicht mit Ihnen essen gehen. Im Übrigen wissen Sie so gut wie ich, dass O.W. der mit Abstand angenehmste Pfleger ist. Ich schlage vor, dass Sie sich heute besser benehmen, sonst dürfen Sie wie gestern gar nicht erst raus zum Essen, einverstanden?«

»Oh wie gemein! Wie unfassbar gemein!« Patient reißt sich Krawatte wieder auf und rennt, da er trotz seines Furors peinlich darauf bedacht ist, nicht auf den Teppich zu treten, im Kreis herum. »Jetzt will man mich wieder *sub lege* stellen, wo alle anderen hier *sub natura* oder *sub gratia* leben dürfen, nur ich nicht, und warum? Warum, hm? Hat hier jemand ältere Rechte? Das Verfahren schreit zum Himmel! Gehen Sie wieder mit dieser verhedderten von Hadern essen, hä, Sie elende Nutte?«

»Nein, Professor«, ich stöhne müder auf, als ich tatsächlich bin. »Ich gehe mit niemandem essen, ich muss ins Schlaflabor, mich untersuchen lassen.«

Augenblicklich steht er still, sieht mich in wacher Besorgnis an, und ich bereue sofort, ihm die Wahrheit gesagt zu haben. Nur um von mir abzulenken und seinen drohenden Fragen zuvorzukommen oder eher, um es so erscheinen zu lassen, als wolle ich nur von mir ablenken, sage ich beiläufig:

»Apropos Frau von Hadern – sie erzählte mir gestern etwas Interessantes, und zwar ...«

»Das glaube ich kaum, Doktor«, er setzt sich schwerfällig auf sein Bett und greift nach der Flasche auf seinem Nachttisch. »Selbst ein so anspruchsloser Mensch wie Sie kann unmöglich irgendetwas Interessantes in dem hirnlosen Geschwafel dieser verschrumpelten, verdorrten alten Schlampe ausmachen.«

»Wie dem auch sei«, ich setze mich an den Schreibtisch, lege die Beine hoch, zupfe an den Bundfalten meiner Leinenhose herum und betrachte selbstgefällig meine hübschen, überpflegten Füße, »in jedem

Fall erzählte sie, wie sie vor dreißig Jahren hier hochkam, in Begleitung ihres Mannes, der, um ihr die Eingewöhnung zu erleichtern, eine Woche lang bei ihr geblieben ist.«

»So, hat sie Ihnen das erzählt, ja?« Der Professor nimmt seine Fenstergläser ab, reibt sich die Augen und lächelt mich dann kopfschüttelnd an. »Und das haben Sie geglaubt, ja? Ich nehme an, Sie glauben ihr auch die Geschichte von ihrer blauen dreieckigen Vagina, durch die man nach Atlantis reisen kann, mit Zwischenstopp in Odessa, versteht sich.«

»Ach kommen Sie, Professor, das sind doch nur die langweiligen Aufschneidereien, mit denen sie Sie beim Essen ärgern will, das ganz normal verrückte Getue. Sie müssen zugeben, die Geschichte von ihrem Mann, das ist ein anderes Kaliber.«

»Pah, davon könnte ich Ihnen Dutzende erzählen!«

»Tja, ich wär mir da nicht so sicher«, achselzuckend stehe ich auf, um dem Professor, der mir mit überstrecktem Arm seine leere Flasche hinhält, dabei das Gesicht aber beleidigt wegdreht, seinen Opium-Rhabarbersaft auffüllen zu gehen, und murmele auf dem Weg zum Zapfhahn im Flur überflüssigerweise vor mich hin: »Naja, könnte ich ja bei Gelegenheit mal nachlesen, die Geschichte von Frau von Haderns Einweisung, könnte ich ja mal machen.«

Ja, natürlich könnte ich mir mal die Akte von Frau von Hadern anschauen! Es steht mir schließlich frei, jederzeit jede Akte hier einzusehen, ich kann so sehr oder so wenig aktenkundig und akteneinsichtig sein, wie es mir gefällt, und daher ist diese Möglichkeit so wenig der Rede wert, dass ihre Erwähnung mich aufhorchen lässt. Doch ich lasse es dabei bewenden, festzustellen, dass es mir, auch wenn ich es nicht verstehe, so vorkommt, als könnte ich die Akte nur im beiläufigen Geplauder mit dem Professor, gewissermaßen von mir selbst unbemerkt, einsehen.

So gebe ich ihm die Flasche wieder, schlendre zurück an den Schreibtisch, rufe, ununterbrochen plappernd, am Rechner das Archiv auf und lasse die Akte suchen, was eine Weile dauert, weil sich das Archiv laufend selbst neu ordnet und sich einen Spaß daraus macht, Akten in immer anderen Ordnern abzulegen. Daher lässt sich der Akt *v. Hadern* weder direkt unter dem Namen der Patientin noch unter *Aufnahmen* finden, sondern unter *Maientage*. Und als wollte ich lediglich dem jetzt wieder einsetzenden Geschrei des Patienten irgendetwas entgegenschicken, lese ich das erste Protokoll in Sachen von Hadern, verfasst von einem mir unbekannten gewissen Dr. Dohlenau, laut vor:

»Patient sagt, er sei durchaus damit einverstanden, dass seine Frau sich von ihm trenne, wolle lediglich vorschlagen, sich gegenseitig zu unterstützen in einvernehmlichem Wunsch, sich zu trennen und neues, gesünderes Leben zu beginnen. Darauf, sich künftig nicht mehr zu sehen, könne man sich aber nur gegenseitig vorbereiten, indem man sich so häufig wie möglich sehe, um so die schwierige Phase der Gewöhnung an getrenntes Leben und Übergang von einem Leben zum anderen zu erleichtern. Patient schlägt seiner Frau daher im Beisein des Referenten, dessen Beipflichtung er gestisch und verbal – *nicht wahr, Herr Doktor?* – immer wieder erbittet, vor, ein getrenntes Leben durch tägliches therapeutisches Einandersehen zu bewerkstelligen. Um sich gegenseitig nicht schlagartig und also mit unabsehbaren Schockwirkungen abzusetzen, sondern sich vielmehr langsam auseinander auszuschleichen, sei es angezeigt, an bisherigem alltäglichem gemeinsamem Leben möglichst wenig zu ändern, um so den Wechsel zum neuen Leben möglichst für beide Teile ohne letale Nebenwirkungen vollziehen zu können. Als Frau des Patienten schweigt und Referenten mit eindringlichen Blicken um Hilfe bittet, wird Patient unwillig, beginnt, wie schon bei gestriger Einweisung, wieder zu schimpfen und um sich zu schlagen, nennt Referenten feigen, widerlichen Voyeur seiner, des Patienten, Privatangelegenheiten, kann schließlich nur erneut mit 4 ml Optirestanol und der Androhung weiterer Besprechungen zur Räson gebracht werden. Danach wieder kooperativ und gut, nimmt friedlich und nur etwas zu besinnlich an gemeinsamem Abendessen teil.«

»Pah, saubere Geschichte haben Sie sich da auftischen lassen, was für eine Schweinerei!« Patient macht einen Satz über seinen Teppich hinweg hinüber zum Schreibtisch, pocht vor Erregung spuckend mit dem Zeigefinger auf die wachsweiche, nachgiebige Bildschirmoberfläche, doch die Dellen lösen sich in glattes Wohlgefallen auf, sobald sein Finger wieder in die Höhe fährt. »Ich sag's ja immer, diese verrottete alte Schlampe dreht die Dinge einmal im Kreis herum, sobald sie nur den Mund aufmacht – sag ich phrygisch, sagt sie stygisch, sag ich urbi, sagt sie ...«

»Jaja, soll heißen, nicht ihr Mann hat sie hier hoch begleitet, sondern sie ihn – der eigentliche Patient war ihr Mann, *er* ist ursprünglich hier aufgenommen worden, nicht sie, richtig?«

»Na bravo, der feine Herr Doktor Obermaus hat's verstanden! *Ich* werde hier *sub lege* gehalten, während diese alte Schlampe *natura naturatans* es sich erlauben kann, mit solchen Darmverschlingungen hausieren zu gehen, das schreit zum Himmel!«

»Mhm, hmhm, und wenn ich das also richtig verstehe, hat Frau von Hadern aus welchen Gründen auch immer den Platz ihres Mannes eingenommen. Und er ist dann logischerweise ...«

»... nach Atlantis gereist, ganz ohne Zwischenstopp. Na bravo, schauen Sie zu, meine Damen und Herren, die Übermaus denkt nach, sehen Sie, meine Damen und Herren, Sie sehen nichts! Das viehdumme Individuum hat seine Rechnung mit einem Milchmädchen gemacht, und da müssen wir jetzt alle durch, auch wenn wir nicht mehr wissen, was eins zu eins ist und wem die Stund ...«

»Schsch ... gut jetzt, Professor! Ihr Puls muss wieder runter, sodass Sie schön essen gehen können, hm?«

»Ja, immer schön, immer schön, bei mir bist du schön.«

»So ist gut, den Kopf aber wieder heben, mein Lieber. Wissen Sie was, Professor, vielleicht können Sie, wenn Sie jetzt schön brav sind, sich heute Abend nach Tisch noch ein wenig mit Herrn Zimmermann unterhalten. Ich habe ihn heute gesehen, und er erzählte mir, dass Sie beide sich öfter mal so nett unterhalten, er schwärmte regelrecht von Ihnen, Ihrer Bildung und wie interessant es sei, sich mit Ihnen –«

»Ach jetzt kommen Sie mir nicht auch noch mit diesem alten Idioten!« Er fängt wieder an zu fuchteln, versucht dabei aber nicht wie sonst, mir ins Gesicht zu schlagen, sondern patscht nur ins Leere wie ein erschöpfter Hund im Wasser. »Zimmermann! Hockt vor einem mit seinem Block und schreibt alles mit, was man sagt, dieser unterwürfige Köter!«

»Schon gut, schon gut. Wir wollen uns jetzt zusammennehmen, einverstanden?«

»Alle beide, Doktor?«

Er grinst mich halb verschlagen, halb traurig bittend an, und ich zucke kapitulierend die Achseln:

»Alle beide, ja, Sie und ich, Professor – ah, wen haben wir denn da? Da ist ja auch schon Ihr Pfleger. Guten Abend, O.W.!«

O.W. nickt mir sein übliches, perfekt abgemessenes Begrüßungslächeln zu, aber es kommt zu keiner anständigen Übergabe, denn in diesem Moment ruft es aus dem Lautsprecher *Dr. von Stern dringend in Zimmer 77, bitte, Dr. von Stern bitte dringend in Zimmer 77*, und während ich mich mit rasch aufsteigendem Ärger frage, was mein Wunschsohn Evelyn nun schon wieder angestellt haben mag, bleibt mir beim Hinauseilen nur noch, mit leichter Verwirrung zu bemerken, dass O.W. es sich nun sogar schon herausnimmt, seine dünne weiße Lederkrawatte auch zum schwarzen Abendanzug zu tragen. Das muss neu sein, denn ich kann mir kaum vorstellen, dass ein solch drastischer Verstoß gegen das Protokoll von mir unbemerkt geblieben wäre. Zugleich aber bin ich mir plötzlich sicher, dass er diese Krawatte immer schon rund um die Uhr getragen hat und es mir nur nie aufgefallen ist. Ich weiß nicht, welche von beiden Möglichkeiten mich mehr beunruhigt, am meisten wohl die, dass es sich gar nicht um zwei Möglichkeiten handelt, sondern um ein und dieselbe Bildstörung meines Systems.

20.

Weil ich zwei Tage lang vergessen habe, nach ihm zu sehen, hat Evelyn wieder einmal versucht, sich mithilfe seiner Krawatte an der Türklinke zu erhängen. Zwei barmherzige Pfleger haben ihn bereits abgenommen und lagern ihn auf ihren Knien. Der eine hält Evelyns Oberkörper im Arm, der andere umfasst seine Beine, was sich hübsch ausnimmt, da Evelyn außer den rotbläulichen Strangulationsmalen an seinem zurückgebogenen Hals nur eine weiße Sportunterhose trägt. Enerviert verdrehe ich die Augen angesichts dieses Spektakels vom ewigen Sohn. An meinem verärgerten Schnaufen erkennt er, dass ich endlich da bin, öffnet seine riesigen dunkelblauen Augen kreisrund, setzt sich ungelenk im Arm des Pflegers auf und lächelt mich schüchtern an. Halb ängstlich, halb prahlerisch sagt er:

»Diesmal war ich nahe dran, Vater, ich hätte es beinahe geschafft.«

»Mhm, ja. Haben Sie nichts Besseres zu tun, Evelyn, als mir tagein tagaus Sorgen zu bereiten? Wie oft soll ich es noch sagen, ich möchte, dass Sie endlich Ihr Studium abschließen, statt ununterbrochen Sperenzchen zu machen. Man sagt ja, wer einen Sohn hat, braucht für die Sorge nicht zu sorgen. Oh ja! Und mich trifft es doppelt hart, ich habe gar keinen Sohn und muss mich doch die ganze Zeit um ihn sorgen.«

»Es tut mir wirklich leid, Papa.«

»Sie sind doch keine fünf mehr, Sie sind erwachsen, mein Junge, Sie können sich nicht mehr an die Türklinken hängen, wann immer es Ihnen Spaß macht.«

»Ich wollte doch nur, dass du einmal stolz auf mich sein kannst, Papa. Und diesmal war ich wirklich nahe dran, wirklich, eine Sekunde länger und ...«

»Jaja, schon gut.«

»Ich war so verzweifelt wegen meiner verfluchten Sündigkeit«, er hüpft den beiden Pflegern von den Schößen und stellt sich händeringend vor mich, und ich kann nicht anders, als ihm übers Haar und über die blassen Wangen zu streichen, während er mit zitternder

Stimme weiterspricht: »Ich wusste nicht mehr, wohin mit mir. Weißt du, ich habe es wieder getan, ich habe mir wieder gewünscht, Schwester Absenta nackt zu sehen, und um diesen bösen Wunsch zu verscheuchen, habe ich mir gesagt: Wenn dein böser, schmutziger Wunsch wahr würde, müsste dein Vater sterben.«

»Jaja, schon gut.«

»Und dann habe ich die Schwester sich ausziehen lassen, und wie sie da so vor mir stand, ganz nackt, da hab ich mir gesagt: Das ist doch großartig, dafür könnte man seinen Vater ermorden!«

»Wie oft soll ich es noch sagen: Die Schwestern sind tabu, ta-bu! Ist das so schwer zu verstehen? Herrgott, ich verstehe nicht, was daran so schwer zu ver-«

»Ja ich weiß, ich weiß, ich hab sie sich ja auch nur ganz kurz ausziehen lassen, nur eine Sekunde, ich schwöre, Papa, aber das Schreckliche ist, dass schon diese Sündensekunde, oder soll ich sagen Sekundensünde, ausgereicht hat, um dem Teufel zu sagen, dass du tot bist, er weiß jetzt Bescheid, und nun muss mein armer Vater sterben, durch meine Hand, oder vielmehr durch meine Augen, durch meine bösen, bösen Augen.«

»Ihr Vater *ist* tot, Evelyn, Sie können ihn nicht umbringen.«

»Nein, nein, nein, das kann ich nicht glauben, Papa. Weißt du, jedes Mal, wenn mir jemand einen guten Witz erzählt, denke ich: Das muss ich dem Vater erzählen!«

»Ja, das sind ganz verständliche Reflexe, wir haben das doch alles bearbeitet und …«

»Aber wenn ich dir den Witz dann erzählen will, dann bist du nie da! Nie kümmerst du dich um mich! Und dann kommt es wieder über mich, ich werde so wütend, und um es wegzumachen, denke ich die ganze Zeit *Gott schütze dich, Papa,* doch etwas in mir flüstert dann immer hinzu: *nicht*! Gott schütze dich … nicht! Ich will es abstellen, indem ich versuche, schneller zu sein und in meinem Rosenkranz von Gott-schütze-dich-Papas keine Lücke zu lassen für den Teufel, so schnell zu sprechen, dass er mit seinem *nicht* gar nicht dazwischen kommt, aber es gelingt mir nicht, wie schnell ich auch bin, Papa Gott, Papa Gott, Papa Gott, Pagott, Pagott, Pagott, er spricht schneller als ich, und dann ...«

»Ist gut. Das hatten wir doch alles schon. Diese Stimmen sind jenseits mediatorischer Zugriffe, ich kann da nichts machen, sie sind autogenerativ. Aber sie haben nichts mit Ihnen zu tun, man muss sie sich selbst überlassen und ...«

»Nein nein, es ist ein Wunsch, das *nicht* ist ein böser Wunsch, ich weiß es genau! Ich wünsche mir heimlich, dass du ...«

»Unsinn, hören Sie jetzt endlich auf mit diesem dummen alten Aberglauben! Sie haben keine bösen Wünsche, verstanden? Und fest steht – sehen Sie mich an, Evelyn, machen Sie die Augen auf, verdammt – fest steht: Sie können Ihren Vater nicht umbringen, weil er nun einmal schon tot ist. Jemanden, der tot ist, kann man nicht umbringen.«

»Doch, Papa, es geht immer weiter, es gibt da keine Grenze mehr, es hört nie auf, die Tötung wirkt auch im Jenseits fort, das ist ja das Entsetzliche, und jetzt bist du tot.«

»Wie auch immer«, ich schnaufe wieder und lasse erschöpft sein Gesicht, das ich in beiden Händen schwer gehalten habe, los, und die leeren Schalen meiner Hände fühlen sich, jetzt, da ich sie sinken lasse, unangenehm steif und taub an. »Ich habe jetzt keine Zeit für Ihren infantilen Größenwahn, ich muss ins Schlaflabor, mich untersuchen lassen.«

»Oh, kann ich mitkommen? Oh bitte, bitte, Papa!«

»Na schön, dann aber schnell, und ziehen Sie sich was an.«

21.

Referent und Wunschsohn sind, als sie das Schlaflabor erreichen, eine Viertelstunde zu spät für eine korrekte Nachtaufzeichnung, werden aber nach kurzem Geplänkel mit dem Wachpfleger doch noch zum

Leiter des Schlaflabors, Dr. Dankevicz, vorgelassen und in das bläuliche Halbdunkel des riesigen, aber bis auf vier in seiner Mitte im Quadrat eng beieinander stehende Betten und die dazugehörigen, kleinlaut fiepsenden Apparaturen völlig leeren Saals hineingewunken. Dankevicz, Überflieger der Station, Schlafarchäologe, Gedankenleser, Superscreener sowie prominentester und wahrscheinlich letzter Phallographologe der klinischen Welt, kommt mit tänzerisch weit ausgestellten Füßen auf uns zugeschlendert oder eher -gewackelt, schlägt sich dabei im Takt eines unhörbaren Liedchens einen roten Aktendeckel gegen den Oberschenkel und schüttelt mir dann jovial die Hand:

»Ja da schau her, Vater und Klon, was für ein hübsches Pastorälchen!«

»Noch ein paar solcher Scherze, Dankevicz, und ich werd hier tatsächlich einschlafen.«

»So soll's sein, von Stern, so und nicht anders, immer schön schlecht gelaunt, gut gemacht!« Er klopft mir auf die Schulter und wendet sich dann mit aufmunterndem Lächeln Evelyn zu. »Willkommen in meinem lauen Aquarium, einst ruhmreicher Saal der Tobsüchtigen! Keine Angst, mein Junge, hier passiert Ihnen nichts, ein kleines Dämmerchen ist alles, was von den glorreichen Tagen übrigblieb. So, von Stern, dann wollen wir mal sehen, was von Ihrem Tag so übrigbleibt, wenn wir Sie vollständig lesen. Legt euch schon mal hin, Kinder, ich bin gleich bei euch!«

Zerstreut weist Dankevicz auf die beiden Betten direkt hinter sich und watschelt dann noch einmal zum Vorzimmer davon. Referent und Begleiter sehen unschlüssig seinem auf dem Rücken hin- und herpendelnden, silbergrauen indianischen Zopf nach. Dieser Zopf ist ebenso Ausdruck seiner privilegierten Stellung wie der ärmellose Arztkittel, der es ihm erlaubt, seine nackten, unmäßig muskulösen und unersättlich tätowierten Arme zur Schau zu stellen, an denen nicht nur, wie so häufig, kein einziges Stück Haut freigelassen wurde, sondern auch keine Muster, Figuren oder Farbkonturen mehr erkennbar sind, weil so viele Tätowierungen einander überlagern, dass das Palimpsest auf seinen Armen sich in eine grünlilaschillernde schwarze Reptilienhaut verwandelt hat.

Dankevicz verschwindet aus unserem Blickfeld, träge drehen wir uns wieder um und blicken auf die beiden uns erwartenden, schönen breiten Teakholzbetten, einträchtig nebeneinanderstehend, die duftigen Daunendecken nachlässig, ohne jede schwesterliche Strenge zurückgeschlagen. Und erst jetzt, wo wir die müden Augen noch einmal von den Laken heben, erkennen wir plötzlich im dunkelblau wabernden Licht, dass wir nicht allein sind. In den beiden anderen Betten, uns gegenübergestellt, liegen bereits zwei männliche Leseobjekte an Hunderte spinnwebenfeine Kabel angeschlossen auf dem Rücken und simulieren deltawellig tiefen Schlummer, während sie unter ihren verräterisch flatternden Lidern hindurch neugierig zu uns Nachzüglern herüberschielen und beobachten, wie ich Evelyn mit dem Kinn das Bett an meiner Linken zuweise, ihm den Bademantel abnehme und ihn sorgfältig zudecke, bevor ich mir selbst den Kittel ausziehe und mich seufzend auf dem kühlen glatten Laken ausstrecke. Vollkommen gewichtslos senken sich die Daunen leise knisternd auf mich herab und erwärmen sich augenblicklich an meinem Körper.

»So lässt es sich aushalten, was?«

»Ja, was auch immer, Dankevicz.«

Referent öffnet die Augen vorsorglich nicht, fühlt durch den Schutz der Lider Dankeviczs hellgraues Lächeln direkt über sich lediglich als angenehm leichte Wärmestrahlung und öffnet sie auch dann nicht, als ihm die Decke weggezogen wird und Dankevicz und eine zweite Person, vermutlich der Wachpfleger, ihn zur Vorbereitung der Schlafzeremonie entkleiden und ihm in routinierter Synchronizität geschwind jeweils eine Körperseite von Kopf bis Fuß verkabeln. Technisch gesehen sind Elektrodenpflästerchen und Kabelfäden reiner Schmuck, ein bloßes Bild für die Götter, denn für die Übertragung sind sie vollkommen überflüssig, schließlich verzichtet der Teilchenscanner diskret auf jeden Körperkontakt, wenn er sich zaghaft zitternd über einem ausspreizt. Doch angeblich intensiviert das rituelle Übersäen des Körpers mit altem symbolischem Fließmaterial die ganzheitlich reinigende Öffnung des Patienten und dynamisiert sein Prana kontinuierlich hochtonisch, was wiederum die Detailschärfe des gewonnenen Körperbilds erhöht. Der positive Effekt des Fadengewirrs, in das die Schlafprobanden aufwändig verstrickt werden, ist also keineswegs bloß der eines Placebos, das wider besseres, fortgeschritteneres Wissen wirkt, sondern vielmehr der eines Wissens, das so fortgeschritten ist, dass es nicht mehr bloß nach vorn schreitet, sondern durch die Räume aller Zeiten wandelt, die peinliche Beschränkung linearen Fortschritts hinter sich lassend, um sich in einer yogischen Raumzeit selbst zu entkernen und optional zu dimensionalisieren. Dafür braucht es freilich keine Kabel mehr und braucht es sie doch, braucht sie als Nabelschnüre in einen endlich vollkommenen Körper hinein und hinaus, *ein, aus, ein, aus, ein, aus …*

»Ja, so ist's gut, von Stern, schön ruhig atmen.«

Noch immer lässt Referent die Augen zu, nun aber schon nicht mehr, um sie vor Dankevicz und seinen Manipulationen zu verschließen, sondern in zutraulicher Entspannung. Prana strömt wohltuend gleichgültig, der Wachpfleger brummt leise und gedehnt das obligate *deine Augen sind zwei weiche weiße Kissen, tief sinken sie in deinen Schädel ein,* Referent verspürt eine angenehm entfernte kleine Übelkeit oder eher die angenehme Übelkeit einer kleinen Entfernung von sich selbst, ein Zug nach nirgendwo, und jetzt könnte ich fast … sogar … vielleicht … sogar … Aber erschrocken zucke ich zusammen und reiße die Augen wieder auf, weil Dankevicz mir völlig unerwartet den breiten Silberlatexring an den Penis gesteckt hat. Schwindelnd stütze ich mich auf die Ellbogen, hebe den Kopf und starre verdutzt auf mein verziertes Genital:

»Phallographie? Wozu denn das?«

»Na«, Dankevicz sieht nicht zu mir hoch, murmelt nur undeutlich, während er geschäftig fortfährt, mich an den Phallographen anzuschließen, »der Vollständigkeit halber sollten wir doch wohl auch eine NPT machen.«

»Aber meine penilen Tumeszenzen werden doch sowieso penibel mitgelesen, dafür müssen Sie mich doch nicht an das alte Ding anschließen, also, Dankevicz, bei aller Liebe zur Tradition ...!«

»Naja, wir machen heute Nacht eben mal den ganz großen Bahnhof für Sie, mit allen Schikanen, und gönnen Ihrem Pimmel seine eigene Mitschrift. Sie sollen ja auch nicht leben wie ein Hund. Kleines Phallogrämmchen, haben Sie was, das Sie später mal den Enkeln Ihrer Schwestern zeigen können. Zu viel Druck drauf?«

»Ja, etwas zu viel.«

»So, jetzt müsste es aber ... Spüren Sie's noch?«

»Nein.«

»Gut, dann ist's richtig, Sie sollen ja nichts davon merken. Kriege schaffen ohne Waffen, wie's früher so schön hieß. Apropos ...«, er hat endlich von mir abgelassen und sprüht sich eine beleidigend verschwenderische Menge Desinfektionsmittel auf die Hände, trocknet sie dann mit einem karierten Küchenhandtuch und wischt sich dabei das überschüssige Desinfektionsmittel auf die ohnehin immer ölig feucht glänzenden Arme, »haben Sie eigentlich schon mal darüber nachgedacht, von Stern, dass *die* NPT und *der* NPT die gleichen Initialen haben, seltsamer Zufall, wie?«

»Äh ... was?«

Er strahlt mich etwas zu liebenswürdig an, sodass ich wieder die Augen zusammenkneifen muss, und wirft das Handtuch übers Bett hinweg seinem Wachpfleger zu:

»Verzeihen Sie, von Sternchen, ich rede etwas wirr, vergesse manchmal, dass nicht alle Leute Gedanken lesen können, würde einiges erleichtern – oder auch nicht. Na, ich meine, dass die NPT, also die Nächtliche Penile Tumeszenzmessung, und der NPT, also der Non-Proliferation-Treaty, die gleichen Initialen haben.«

»Nein, darüber habe ich noch nie nachgedacht, und das wissen Sie auch, sonst würden Sie mich ja nicht danach fragen.«

»Richtig. Und genauso wenig haben Sie jemals darüber nachgedacht, wissen es noch nicht mal, dass die Zahl der weltweiten NPT im Jahr der Erstunterzeichnung des NPT rasant in die Höhe gestiegen ist.«

»Und? Zufall, weiter nichts, und noch dazu ein regional erbärmlich begrenzter, die beiden Abkürzungen sprechen ja noch nicht einmal dieselbe Sprache.«

»Ja, das stimmt«, er stützt einen schwarzen Arm direkt neben meinem Kopf auf, stemmt die Hand des anderen Arms in die Seite und blickt sinnierend zum unsichtbaren Glashimmel hinauf. »Stimmt vollkommen, aber trotzdem eine interessante Koinzidenz, finden Sie nicht?«

»Hm.«

»Sind Sie endlich wieder müde?«

»Nein, bin ich nicht, Dankevicz, das wissen Sie doch.«

»Nein, *das* weiß ich nicht, kann ja nicht alles wissen. Was machen wir mit dem Söhnchen?« Über meinen Kopf hinweg richtet er sein Kinn wie eine Taschenlampe auf Evelyn, den ich zu meinem Erstaunen ganz vergessen hatte, doch Dankeviczs Frage gilt nicht mir, sondern seinem Wachpfleger, der mit auf dem Rücken gefalteten Händen zwischen unseren Betten steht. »Was meinen Sie, Charon?«

Da derlei Fragen an Pfleger lediglich rhetorischer Natur sind, muss ich ihm nicht zuvorkommen und kann trotz Evelyns ängstlich drängendem Blick die Frage ohne jede Hast an mich nehmen:

»Den Jungen lassen wir ungeschoren, Dankevicz. Er ist nur zu meiner Begleitung hier, lassen Sie ihn einfach schlafen.«

»Noch nicht mal grob überfliegen, nein? Na schön, wie Sie meinen, von Stern – Ihr Patient, Ihr Fall«, generös nimmt er die mächtigen Arme hoch, zeigt mir seine hellrosa Handinnenflächen und wirft dann die Decke wieder über mich. »Aber dann wollen wir das Flughündchen mal endlich zu Ihnen herabflattern lassen, sonst haben wir gleich die Nacht zum Tage gemacht, und das ganz ohne jedes Vergnügen.«

»Ich finde ja immer«, ich strecke mich genüsslich gegen den Widerstand all der Gerätschaften am Leib wieder in die Länge und verschränke gähnend die Arme hinterm Kopf, »der Scanner sieht eher aus wie ein Rochen. Also das ist jedenfalls das Bild von ihm, das mir immer vor den Augen schwebt oder schwimmt oder wie soll ich sagen …«

»Tja, Sie haben's eben mit dem Meer, von Stern. Mit dem Meer haben Sie Heimlichkeiten«, er zwinkert mir spöttisch zu, drückt dann wahllos auf der symbolischen Fernsteuerung herum, um den Teilchenscanner über mir herabfahren zu lassen und säuselt dabei träumerisch: »*Heimlich, Heinrich, mit dem Meere sprich, heimlich, heimlich mich vergiss …* Jaja, ein altes Lied, ein besseres Lied. Apropos – Charon, sing dem Söhnchen vom Doktor was zum Einschlafen!«

Der silberne Rochen sinkt in der Zeitlupenlangsamkeit seines flügellosen Schlags zu mir herab, und Charon singt mit dem schönen Bariton des altgedienten Wachpflegers:

Wie ist die Welt so stille,
Und in der Dämmrung Hülle
So traulich und so hold!
Als eine stille Kammer,
Wo ihr des Tages Jammer
Verschlafen und vergessen sollt.

22.

»Papa?«

»Mhm.«

»Papa, schläfst du?«

»Mhm.«

»Papa, du kannst doch gar nicht schlafen! Bitte nicht schlafen, hörst du?«

»Herrgott, Evelyn«, von meiner Stimme ist nur eine Schleifspur übriggeblieben. »Was ist denn?«

»Ich habe Angst, Papa!«

Von Satz zu Satz ist sein Flüstern leiser geworden, was es noch drängender macht, und so versuche ich die Augen zu öffnen, aber es gelingt mir nicht. Ersatzweise wende ich Evelyn die friedliche Totenmaske meines Gesichts zu und schmatze ein paarmal lahm, um die fette Schnecke in meinem Mund in eine Zunge zurückzuverwandeln.

»Sie brauchen keine Angst zu haben, Evelyn, ich bin ja bei Ihnen.«

Zur Antwort schweigt er verletzt, es gelingt mir endlich die Augen aufzumachen und ich blicke in Evelyns tapfer gequältes Gesicht.

»Entschuldigen Sie, mein Junge, das war ein gemeiner Spaß.«

»Ja, das war gemein, wirklich gemein.«

»Jaja, sag ich doch, Entschuldigung! Wollen wir's auch nicht übertreiben. Und tatsächlich brauchen Sie keine Angst zu haben, *der* Teil war ja kein Spaß.«

»Aber«, er schielt kurz in Richtung der beiden Männer uns gegenüber und flüstert jetzt so leise, dass ich ihn kaum verstehen kann, »die beiden da sind wach, und sie beobachten uns die ganze Zeit.«

»Und? Natürlich beobachten sie uns, dafür sind sie ja da. Oder meinen Sie, die Dorftrottel da will irgendjemand wirklich lesen?«

»N-nein, wohl nicht.«

»Na also, was dann noch? Soll ich unter Ihrem Bett nachsehen, ob auch keine Schwester drunter liegt, hm?«

»N-nein«, er lacht leise und schüttelt zögernd den Kopf. »Das musst du nicht.«

»Kann ich machen.«

»Nein, jetzt ist wieder gut. Du bist nur nie bei mir.«

»Jaja. Könnten wir dann jetzt bitte fortfahren mit der Schlafsimulation?«

»Ist gut.«

Aber er denkt gar nicht daran, zu schlafen. Den schweren, dunklen Kopf über dem aufgestützten Ellenbogen in der abgeknickten Hand, an deren Gelenk die azurne Zeichnung seiner feinen Adern trotz der Dunkelheit leuchtet wie auf holländischem Porzellan, als lägen sie nicht unter, sondern auf seiner weißen Haut, fiebert er plötzlich im trügerischen Glück geheimniskrämerischer Schlafsaalzweisamkeit:

»Du, Papa?«

»Hm?«

»Ich möchte so gern wissen, wie alles war.«

»Naja, das lässt sich nicht von einem Tag auf den anderen kurieren, aber es vergeht mit der Zeit, schlafen Sie jetzt!«

»Wie ist es gewesen, Papa, als du meine Mutter kennengelernt hast? Wo habt ihr euch kennengelernt? Wie habt ihr mich gemacht? Ich meine, *wo* habt ihr mich gemacht, oder nein, ich meine, *wie*? Wie ... wie ... wie ... wie war sie?«

»Wie oft soll ich es noch sagen, Evelyn, ich habe keine Ahnung, *wer* Ihre Mutter war, also weiß ich logischerweise auch nicht, *wie* sie war. Alles, was wir von ihr wissen, ist, dass sie Sie im Juli vor neunzehn Jahren als etwa drei Monate alten Säugling –«

»Ach nein, nicht wieder das!«

»... in ein weißes Leinentuch gewickelt –«

»Das letzte Mal war es noch ein Schaffell!«

»Ja natürlich, warum denn nicht gleich das goldene Vlies? Also ... in ein weißes Leinentuch gewickelt hat oder eher mit einem schier unendlichen Streifen weißen Leinentuchs eng bandagiert hat, wie eine Schmetterlingspuppe oder eine Mumie, deren Gesicht man versehentlich freigelassen hat, wodurch das Bündel, das Sie waren, den Eindruck eines Schneeaffen oder eher eines Zwergastronauten ...«

»Eines Zwergargonauten?«

»... eines Zwerg*astronauten* machte, und dass sie diese bandagierte Bagage nachts in die Postklappe unten am Außentor der Klinik gelegt hat. Sie sind eine Postwurfsendung, gewissermaßen, und Dr. Holm hat Sie gefunden.«

»Ich dachte Dr. Dänemark?«

»Nein, es war Dr. Holm, es war jedes Mal Dr. Holm, der Sie gefunden hat. Kam an diesem Sonntag im Morgengrauen von einem seiner damals noch notorischen Freigänge zurück, nicht übel angetrunken, hat den Rest des Tages ohne Damenbesuch in *Shavasana* verbringen dürfen, schwankte mit Ihnen in den unzuverlässigen Armen den Berg hinauf, trällerte irgendein wenig jugendfreies Lied, und so hatten Sie wirklich Ihre liebe Seenot mit diesem Postmatrosen, bis er Sie stolpernd in den sicheren Hafen des schwesterlichen Schoßes fallen ließ. Aber Sie haben nicht geschrien, haben nicht einen Laut von sich gegeben, wahrscheinlich weil Ihre Kehle dafür schlicht zu eng bandagiert war.«

Evelyns vorgeschobene Unterlippe zittert leicht, und er versucht die Tränen zu unterdrücken, als er mit dem jugendlich gebotenen Anflug von Bitterkeit flüstert:

»Ich habe mich nicht wehren können. Ich habe mich von Anfang an nicht gewehrt.«

Ich strecke meine Hand nach ihm aus, aber die Betten stehen etwas zu weit auseinander, sodass ich die Tränen auf seiner Wange gerade noch mit den Fingerspitzen berühren, aber nicht wegwischen kann, und achselzuckend sage ich:

»Es macht keinen Unterschied, Evelyn, glauben Sie mir, jedenfalls keinen wesentlichen, vielleicht ist es sogar besser so.«

»Glaubst du das wirklich, Papa?«

»Nein, aber auch darauf kommt es nicht mehr an. In jedem Fall – wollen Sie die Geschichte zu Ende hören oder diesmal lieber nicht?«

Jetzt zuckt er die Achseln:

»Ja..., doch, das muss man ja. Das muss man ja jedes Mal, sonst schließt sich die kreisrunde Wunde nicht.«

»Eben. Und es bleibt ja auch nicht mehr viel zu sagen. Nach Meldung Ihres Funds wurden wir angewiesen, Sie vorläufig als Patienten aufzunehmen. Man zeigte uns die Kamerabilder aus der nächtlichen Poststelle, auf denen man aber nur den Umriss einer gänzlich verhüllten Frau sieht, die sich noch einmal über das Kind beugt, bevor sie wegrennt. Die einzige Information über die Ermittlungen der Klinikleitung in Ihrer Sache, die nach einem Jahr an uns durchgereicht wurde, war, dass Ihre Eltern beide offiziell für tot erklärt worden sind und Ihr Status als Patient daher legitimiert werden konnte. Damit war der Fall erledigt. Streng genommen weiß ich also gar nichts über Ihre Mutter, denn selbst der nächtliche Schattenriss ist möglicherweise nur ein Trugbild, die Frau kann irgendjemand gewesen sein, vielleicht eine Auftragslieferantin, ja wir wissen nicht einmal, ob die verhüllte Gestalt überhaupt eine Frau war oder ein kleiner, sehr zierlicher Mann oder ein Junge, wer weiß.«

»Ich möchte wissen, wie sie war. Wie sie zum Beispiel war, als sie so alt war wie ich, neunzehn, eine Frau von neunzehn Jahren ...«

»Naja, noch gar keine Frau war sie da, sondern eben ein neunzehnjähriges Mädchen, niemand, der schon der Rede wert wäre.«

Evelyn wackelt unzufrieden mit dem Kopf in seiner Hand hin und her, und langsam verschließe ich wieder die Augen vor ihm. Von weit her, von einem weit ferneren Ort her als dem Stimmensaal höre ich das Echo meiner letzten Worte, immer wieder werden sie zu mir zurückgeschickt, bis sie einander in der rauschhaften Brandung der Echolalie überlagern und ich plötzlich klar und deutlich deine Stimme aus ihnen heraushöre, die einzige, die mir aus meinem Innern zurückkommt, die einzige, die man mich vernehmen lässt und von der ich idiotischerweise glaube, sie sei für Dankevicz und alle anderen unhörbar. Ich höre dich, ein spöttisches neunzehnjähriges Mädchen, zu mir sagen: *ein neunzehnjähriges Mädchen, niemand, der schon der Rede wert wäre.*

23.

»... ein neunzehnjähriges Mädchen, niemand, der schon der Rede wert wäre.«

»Das habe ich nicht gesagt.«

»Aber gemeint.«

Sie spricht in widerlich freundlichem Ton, ohne jede Wut und lächelt noch immer spöttisch, auch wenn du später behauptet hast, du hättest, als wir im Schneidersitz einander gegenüber auf der Wiese vor dem pseudoschweizerischen und lächerlich treuherzig restaurierten Chalet saßen, das seit diesem Frühling den Mentor-Monitoring-Club des Setschenow-Instituts im Massandra-Park in Jalta beherbergte, nicht nur nicht spöttisch, sondern überhaupt nicht gelächelt und nur gegen die zum ersten Mal in diesem Jahr so heiße Mittagssonne anblinzelnd leicht die Mundwinkel verzogen.

Die Maienluft hatte mich an diesem Tag vor genau dreiundzwanzig Jahren anders im Griff als heute, aber sie war damals auch noch nicht das leicht durchschaubare Erinnerungslüftchen einer sauber zweistelligen Gras- und Fliederrelation, das vorrangig im Hippocampus oder *in effigie* weht, sondern das schwer schwüle Geschütz einer Luft, in der die Mandel- und Granatapfelbaumblüte gerade ihren Höhepunkt erreicht hat und in der sich der Pinienharz- und Kräuterduft, der aus dem Jailagebirge herabsteigt, mit dem dunkel scheuen der Glyzinie am Haus vor unseren Augen vermischt, eine Luft, die noch einmal als fettfeuchter Vorhang vor die ganze Südküste und alle Sinne gezogen wird, um mit größtmöglichem Effekt die lungen- und herzreinigende Trockenheit des Sommers anzukündigen.

Ob du nun spöttisch gelächelt hast oder nicht, als ich dich viel zu lange schweigend und verärgert schnaufend ansah und dabei dachte, dass das leicht gelbliche oder eher bernsteindurchsetzte Grün deiner Augen sich mit dem freundlich satten Wiesengrün sticht, in jedem Fall häuften sich die Gerüche und Farben dieses Mittags in einer manischen Akkumulation, die gegen jeden guten Geschmack verstieß und daher in mir augenblicklich den jedem guten Geschmack überlegenen Zwang auslöste, im apollinischen Rausch eines krankhaften Gespürs für Nuancen alles auf einmal als einzelnes zu erfahren, und so hätte ich als angeberischer Sensualist, der ich damals unbedingt glaubte sein zu müssen und vor allem sein zu können, am liebsten meinen Kopf auf dein blasses, rührend schmales und sicher unbequemes Knie gelegt und hingebungsvoll gejammert: *Weh mir! Ich bin eine Nuance!*

Stattdessen schnaufte ich nur ein zweites Mal enerviert zu dir hinüber, denn die Situation fing an, entschieden peinlich zu werden. Die beiden anderen Studienanfänger links und rechts neben dir, zwei erbärmlich harmlos wirkende Jungs in überteuerten Trainingsanzügen, die bis jetzt nur mit einem viertel Ohr zugehört und gelangweilt in der Sonne gedöst hatten, richteten durch den Angriff ihrer Kommilitonin auf mich, ihren frischgebackenen Mentor, alarmiert ihre Rücken auf und schienen nun abzuwägen, ob es im Falle einer Meuterei nicht eher an ihnen als an dem Mädchen wäre, die Führung zu übernehmen. Glücklicherweise blieb die Feuerungsrate unter ihren Schädeldecken weit unter der Möglichkeit, ihre flüchtigen Gedanken in einen tatsächlichen Zwergenaufstand umzusetzen, und prinzipiell war es mir ohnehin egal, was diese Kinder von mir dachten, aber es war nun mal meine Pflicht, als Examensstudent die Mentorschaft für drei Anfänger zu übernehmen, eine Pflicht, die evaluiert wurde von irgendjemandem, weiß Gott wem, unter Umständen sogar von diesen Zwergen selbst. Und da ich nicht riskieren wollte, als tragischer Trottel in meine Geschichte einzugehen und wegen einer fatalen Lappalie mein Auszeichnungsexamen, unter Umständen meine gesamte Auszeichnungskarriere, ja mein ganzes zum Greifen nahes Auszeichnungsleben zu gefährden, versuchte ich, das noch immer spöttisch lächelnde Mädchen zu besänftigen.

»Nein, das habe ich nicht nur nicht gesagt, sondern auch nicht gemeint. Ich meinte keineswegs, dass dein Aufsatz, geschweige denn du, nicht der Rede wert seien, ich meinte auch nicht, dass wir deinen Text nicht vielleicht bei Gelegenheit hier einmal diskutieren könnten. Ich wollte lediglich zu bedenken geben, dass du schließlich noch ganz am Anfang bist und dass es vielleicht wenig hilfreich ist, jetzt schon eigene Texte… also, wir sollten zunächst systematisch den Stoff durchgehen, denn wir müssen schließlich in den nächsten drei Monaten die Medizingeschichte zumindest in den Grundzügen uns aneignen, sie abgleichen, modifizieren und so weiter, ich muss euch zusätzlich in die ersten Heilbehandlungen einweisen, ihr müsst erste Schritte in *Pranayama* machen, und und und… tja, und falls dann noch Zeit sein sollte, was ich offengestanden nicht sehe, könnten wir durchaus…«

»Jaja, schon gut.«

»Im Übrigen können wir, so ambitioniert deine Beschäftigung mit ihr sein mag, die Tuberkulose wirklich eher vernachlässigen. Seit Ewigkeiten hat kein Mensch mehr –«

»Das stimmt eben nicht, und darauf wollte ich ja hinaus, dass es mir sinnlos vorkommt, dass wir hier all diese Thalassoanwendungen lernen sollen, ohne –«

»Na schön, sagen wir, kein Mensch *hier* bei uns kann noch beziehungsweise wieder an TBC erkranken, und –«

»Ja aber, wenn wir Ärzte, tatsächliche Heilärzte werden wollen –«

»Würdest du mich ausreden lassen, bitte?«

»Ja natürlich, sobald du mich ausreden lässt.«

»Bist du immer so unverschämt?«

»N-nein«, sie runzelte die Stirn, schüttelte unschlüssig den Kopf und schien ernsthaft über eine ehrliche Antwort nachzudenken. »Nein, ich glaube nicht.«

Ich gab zuerst auf und lachte, und da lachte sie auch, derweil ihre Kommilitonen sich die Augen rieben, zu müde, um verwirrt zu sein, und ich fand, wir amüsierten uns ganz leidlich miteinander, bis sie plötzlich aufhörte zu lachen, mich mit zusammengekniffenen Augen musterte wie einen interessanten Zellhaufen und gleichsam analytisch feststellte:

»Ich mag dich nicht.«

»Ach – nicht?« Ich lachte auf. »Und das sollte mich warum doch gleich interessieren?«

»Weiß nicht …«, sie zuckte die Achseln, zupfte an den Bundfalten ihrer dunkelblauen Tennisshorts herum, streckte die Beine mit einem Ruck, der mich zusammenzucken ließ, lang in meine Richtung aus, wackelte hektisch mit den übereinandergelegten Knöcheln herum und sprach dabei zugleich in scheinbar völliger Ruhe. »Ich wollte das *lediglich zu bedenken geben* oder wie das heißt, dachte nur, es könnte *hilfreich* sein oder aber auch *wenig hilfreich sein* für dich, denn ich sehe *offengestanden* nicht, wie dir noch zu helfen sein sollte.«

»Was redest du da, um Himmels willen?«

Angesichts dieser Irren war mir das Lachen vergangen, und die unbehagliche Vorstellung durchflatterte meinen Kopf, sie könne in meinem Blick in ihre gelbstichigen Augen und auf ihre blassen Knie meine allenfalls fadenscheinig floristisch bemäntelten schmutzigen Gedanken gelesen haben, und im Stillen bat ich schon meinen Rosenkranz um Vergebung für mein verkommenes oder eher überkommenes Fleisch, als sie ihr aggressiv gegen mich gerichtetes Kinn plötzlich sinken ließ und stammelte:

»Entschuldigung, ich hatte mich nicht ganz … Verzeihung, ist mir so … ich … ich habe, glaube ich, Probleme damit, wie die Dinge hier so laufen, ich habe mir alles irgendwie anders vorgestellt, Entschuldigung, dafür kannst du ja schließlich nichts.«

»Schon gut«, ich lächelte vage, »kein Problem.«

Ich schien nur für einen kurzen Moment ein wenig aus dem Tritt, ein Sekundenschwindel, während ich dieses erste Mentorgespräch mit den üblichen Floskeln – wenn irgendetwas sein sollte, ihr könnt mich *jederzeit* – beendete, alles Weitere auf unser nächstes Treffen in einer Woche zur selben Zeit am selben Ort verschob, aber ohne dass ich es gemerkt habe, hatte mir ihre demütig dreifache Entschuldigung logischerweise den entscheidenden Schlag versetzt. Viel später erst ist mir klargeworden, dass es wohl kein Zufall war, dass ich mich am Abend dieses Tages zum ersten Mal an die in der Studienordnung empfohlene Leitlinie über die korrekte Abfassung eines SB hielt und also meinen monatlichen Stimmungsbericht von meinem Referenten schreiben ließ.

In den darauffolgenden Wochen fiel mir meine Mentorpflicht von Sitzung zu Sitzung mehr auf die Nerven, weil das irre Mädchen nach seiner Entschuldigung seinen Irrsinn gänzlich verloren zu haben schien, mich nicht mehr angriff, sondern unauffällig und brav, aber sichtlich ohne jedes Interesse, gleichgültig wie ein geschlagenes Kind, seine Aufgaben anstandslos erfüllte, meine unsinnigen Ausführungen lahm mitschrieb und seinem ersten Patienten, einem mit halboffenem Mund wohlig vor sich hin stöhnenden alten Mann, das warme

Öl äußerst geschickt und ebenso ungerührt über die Stirn rinnen ließ. Nach drei Wochen war ich so weit, ihrem nun nicht mehr spöttischen, sondern in seiner ernsten und müden Unverstelltheit vollkommen undeutbaren Blick ausweichen zu müssen, und eine weitere Woche später, am fünfzehnten Juni, nahm Referent mir zum zweiten Mal den lästigen Bericht ab, schrieb leichthändig, wie von selbst, sodass ich mir, während Referent gewissenhaft den Formbogen füllte, von ihm und damit auch ein wenig von mir selbst unbemerkt, die Freiheit nahm, deinen Namen in meinem Kopf kreisen zu lassen wie einen Pawlow'schen Hund, *Esther*.

24.

Kurz zuvor hatte die Badesaison begonnen, und entlang der gesamten Küste des Klinikverwaltungsabschnitts Groß-Jalta füllten sich die Strände mit unseren Leuten. Während die meisten meiner Kommilitonen es sich zur sommerlichen Gewohnheit gemacht hatten, unser gesamtes Studienterritorium unsicher zu machen und, wann immer sie ein paar Stunden frei hatten, in kleinen, sexuellen Ertüchtigungen zuträglichen Gruppen die Küstenstraße von Gursuf im Nordosten bis zu den letzten Weinbergen in Foros im Südwesten im offenen Cabrio rauf und runter zu rasen und niemals zweimal hintereinander am selben Ort zu baden, hielt ich meinen Bewegungsradius aus hygienischen Gründen möglichst klein, machte meine Wege fast ausschließlich zu Fuß und badete jeden Vormittag an dem immergleichen kleinen schmalen Strand unweit meiner Station.

Sobald ich meine Morgenpatienten erledigt hatte, sprang ich direkt aus dem hohen Bogenfenster meines Zimmers im Erdgeschoss des Liwadija-Sanatorium-Palasts, der in der Morgensonne noch weißer schimmerte, lief über den zypressengesäumten Kiesweg hinüber auf den noch schattigen Zarenpfad, spazierte tief atmend und die Arme bis hoch über den Kopf kreisend Richtung Westen, verließ jedoch den gutmütig steigungslosen Parkweg schon nach einer Viertelstunde wieder, in gebührendem Abstand zur Aussichtsrotunde oberhalb von Oreanda, die stets von Patientenschwärmen belagert wurde, die hier von Sonnenaufgang bis in ihren Untergang ihre Asanas praktizierten, und kletterte über eine sandig schlüpfrige Stiege die Klippen hinab zu meinem um diese Zeit noch leeren Strand. In wütend schnellen Zügen schwamm ich so lange auf das noch kalte Meer hinaus, bis ich meine kräftigen Arme und Beine für hinreichend erschöpft hielt, um in meinem bevorzugten Zustand, einer perfekt zwischen Erregung und Lähmung austarierten Angst, in der Panik und Stoa eins werden, zurückzukraulen zu können, streckte mich dann nackt, mit schmerzender Lunge, rasendem Herzen und köstlich prickelnder Haut auf einem der glatten Felsen aus und hoffte vor Kälte zitternd darauf, dass die im Lauf des Sommers mächtiger werdende Sonne den Dreck in meinem Hinterkopf austrocknen und mich tatsächlich in eine Eidechse verwandeln würde.

Aber an diesem zwanzigsten Juni, einem strahlend klaren Sonntag, hatten mich meine Pflichten länger aufgehalten, an einer blauen Asthmatikerin hatte ich meinen ersten Luftröhrenschnitt absolvieren müssen, und so war es schon fast Mittag, als ich auf den Zarenpfad einbog, und ich wusste, mein Strand würde nicht mehr leer sein. Diese günstig ungünstigen Bedingungen rechtfertigten es, mein Reinigungsritual heute ausfallen zu lassen, stattdessen der Sonne zu folgen und in scheinbar müßigster Ruhe an den dümmlich auf- und abschauenden Hunden auf der Rotunde und einer ganzen Perlenkette weiterer sanitärer Wegelagerer vorbei den Zarenpfad bis zu seinem Ende nach Gaspra zu flanieren, um schließlich am Kap des Heiligen Todor schwitzend und keuchend die steinigen Strände abzusuchen, in der würdelosen Hoffnung, dich vielleicht in einer der Buchten unterhalb des Schwalbennests zu finden.

Drei Stunden nach meinem zu viel versprechenden Aufbruch gab ich auf, wischte mir die nutzlose Stirn, an der noch nicht einmal das eigene

Blut klebte, sondern nur das meiner linken Hand, die ich mir beim letzten Abstieg durch einen kleinen Ausrutscher aufgeschürft hatte, und ließ mich in die Knie sacken an einer der seltsam kurkumagelben Strandzungen, an denen die Ausflugsboote die sonntäglichen Patientenladungen mit ihren Heilstudenten absetzten, die von hier aus den Aufstieg den Auroraberg hinauf zum zinnenbewehrten Schwalbennest nahmen, in dem das überteuerte italienische Restaurant in diesem Frühling einem ebensolchen ayurvedischen Platz gemacht hatte.

Längst hätte ich auf meiner Station zurück sein müssen, um irgendjemandem eine Schlamm- und Redepackung abzunehmen, hätte also wenigstens anrufen müssen, tat es aber aus leicht erfindlichen Gründen nicht. Ich wollte, *musste* Esther noch heute sehen und wollte, *durfte* um keinen Preis daran gehindert werden. Man hätte mir, hätte ich angerufen, zwar jede noch so dämliche Lügengeschichte freundlichst abgenommen und meine Verspätung verständnisvoll entschuldigt, mich aber selbstverständlich unverzüglich zurückbeordert, also rief ich gar nicht erst an. Aber Esther hätte ich anrufen können, als ihr Mentor hatte ich schließlich ihre Nummer, tat es aber nicht, denn als ihr Mentor konnte ich sie heute unmöglich sehen wollen, ich konnte sie zufällig sehen oder gar nicht. Nie im Leben hätte ich dir sagen dürfen, dass ich dich sehen will.

Ich konnte also niemanden anrufen und, da ich keine Ahnung hatte, wo ich dich hätte finden sollen, auch nirgendwo hingehen, da war nichts zu machen, einfach nichts zu machen, zum ersten Mal seit langer Zeit. Und so habe ich mich in den Sand gesetzt. Ich ließ mir von der Sonne die Augen schließen und riss den Mund zu einem Löwengähnen auf. Nach ein paar Minuten wurde mir das süße Nichts zu bunt, ich hob die sauber gestreckten Beine und das Becken in einen vorbildlichen Rückstütz, *die Armbeugen lächeln nach vorn*, legte den Kopf weit in den Nacken und lauschte blind dem heiteren Geplätscher der an mir vorbeiziehenden Ausflügler, aus dem sich angenehmerweise keine einzige Einzelstimme heraushob. Gewissenhaft verharrte ich in meinem Herzöffner und beatmete die gesamte Körpervorderseite, bis ein nachzüglerischer und offenkundig etwas unsauber eingestellter Patient unappetitlich laut seufzend vom Bootssteg in den Sand sprang:

»Aaahh, Gott ist das schön! Ach Gott, ach Gott!«

Durch meine verächtlich geschlitzten Augen sah ich einen großen, sehr dünnen Mann mittleren Alters mit schulterlangen, mittelgescheitelten kastanienbraunen Haaren in einem engen, an Armen und Beinen zu kurzen und an den einschlägigen Stellen stark ausgebeulten weißen Baumwoll-Overall. Nach seiner glücklichen Landung absolvierte er hektisch ein paar Sonnengrüße, und jedes Mal, wenn er sich in *Shaturanga* absenkte, küsste er seufzend den Sandboden. Endlich wieder im Stand angekommen, blieb er ein paar Atemzüge lang ruhig in *Tadasana* stehen, riss dann aber die Arme noch einmal ekstatisch nach oben und jubelte:

»*Schön bist du, Tauriens Gestade,*
wenn vor dem Schiff im Morgenstrahl
du aufsteigst aus dem Meerespfade,
wie ich dich sah zum erstenmal.«

Ich zog die Mundwinkel abschätzig nach unten, tippte auf eine Überdosis Zerebron, Algen-Abusus und ausschweifend unterdrückte Onanie, die in fataler Handreichung eine leichte Anaklasis in eine schwere Amusie verwandelt hatten, und zugleich dachte ich, wie schön doch diese auf einem hölzernen Kahn übersetzten Verse zur falschen Zeit am falschen Ort sind. Ja, am falschen Ort, am falschen … – aber ja, das ist es, natürlich! Denn ja, schön bist du, Tauriens Gestade oder eher, *herrlich seid ihr, Taurisufer, wenn man euch vom Schiff aus sieht*, aber doch nicht hier! Wie konnte ich nur so dumm sein, westwärts zu gehen, wo ich mich doch selbstverständlich nach Osten hätte wenden müssen, rauf nach Gursuf, natürlich! Ich sprang auf, dankte im Geiste dem Baumwollmann und schickte mich schon an, die Aurorastiege zu erklimmen, als er mich anrief:

»Halt, junger Mann, warten Sie einen Moment!«

»Äh … meinen Sie mich?«

»Sehen Sie hier noch jemanden, den ich meinen könnte?«

»Ähm …«, andeutungsweise drehte ich den Kopf hin und her und stellte mit leichtem Unbehagen fest, dass ich mit ihm allein am Strand war. »N-nein, wohl nicht.«

Er schien meine Gedanken zu erraten und lachte gutmütig, was in seltsamem Kontrast zu seinem ausgezehrten Gesicht mit der ledrig gebräunten, überspannten Haut stand:

»Keine Sorge, mein Junge, ich sah Sie nur gerade da hochhüpfen, und da dachte ich … Sehen Sie, ich brauche einen zweiten Heilstudenten, mir stehen zwei zu, und Sie scheinen mir recht kräftig, und doch geschmeidig, schön durchgearbeitet und so weiter, und deshalb dachte ich, Sie könnten mir bei meiner morgendlichen Arbeit an *Pratyahara* assistieren und …«

»Oh, ich verstehe, aber es tut mir leid, ich bin schon anderweitig zugeteilt.«

»Wie schade, wie überaus schade«, er berührte noch immer gutmütig lächelnd mit den Daumen seiner zu *Namaste* gefalteten Hände abwechselnd Stirn, Mund und Brustbein für reine Gedanken, wahre Worte und gütige Gefühle. »Tja, kann man nichts machen, aber vielleicht könnte ich bei der Verwaltung anrufen und um Ihre partielle Versetzung bitten, es handelt sich ja nur um ein Stündchen am Morgen, und …«

»Es tut mir wirklich leid, aber gerade am Morgen bin ich den Patienten auf meiner Station unabkömmlich.«

»Ich verstehe, das ist natürlich dumm, aber ich brauche wirklich jemanden, der mir bei *Pratyahara* assistiert, vielleicht könnte ich doch bei der Verwaltung anrufen. Wissen Sie, ich kenne Dr. Frauenfeld recht gut.«

Ich schwieg betroffen, sah eine Weile wie betäubt zu, wie er sich in den Baum, *Vrksasana*, verwandelte und dabei konzentriert durch mich hindurch sah. Erst als er das Bein wechselte, sagte ich unsicher:

»Also ich kann nicht sehen, dass Sie Assistenz in *Pratyahara* bräuchten, Sie sehen so aus, als hätten Sie Ihre Sinne vollkommen unter Kontrolle, wenn ich mir die Bemerkung erlauben darf.«

»Mein lieber Junge!« Er ließ lachend Arme und Beine locker und schüttelte scheinbar gerührt den Kopf. »Sie haben ja keine Ahnung! Ich... ich«, er schlug sich mit der flachen Hand gegen die magere Brust, »ich habe gar nichts unter Kontrolle, gar nichts! Ich bin erst ganz am Anfang, noch immer, glauben Sie mir, aber Sie könnten mir helfen, Sie könnten mein Meister sein, Schüler und Meister in einem, Meisterschüler und –«

»Verzeihen Sie, ich muss jetzt gehen. Und nehmen Sie's mir nicht übel, aber ich möchte Sie dringend bitten«, endlich hatte die Wut meine Stimme wieder zu ihrer üblichen Fülle verdichtet, »von einem Gesuch um meine Versetzung Abstand zu nehmen. Ich fühle mich meinen Patienten wirklich aufrichtig verpflichtet und möchte ungern...«

»Natürlich, natürlich! Abstand, Abstand, Abstand... na, mal sehen. Nun laufen Sie schon, wo immer es Sie so dringend hin verlangt.«

Er setzte zum nächsten Sonnengruß an und wortlos drehte ich mich um, stieg in ruhigem, aber schnellem Gleichmaß die steile Vierzigmetertreppe hoch, rannte oben angelangt zur Bushaltestelle, um den Fünfzehnuhrdreißiger noch zu erreichen, und erst als ich schweißüberströmt im Bus nach Jalta saß und dachte, dass ich Esther nun doch noch sehen würde, gelang es mir, leise in mich hineinlachend das weiße Baumwollgespenst abzuschütteln.

In Jalta am Busbahnhof fuhr mir der Anschlussbus nach Gursuf gerade vor der Nase weg und die bereitstehenden Taxis wurden schon vom Patientenrudel beschlagnahmt. In das letzte noch freie ließ sich gerade ein alter Mann mitsamt Krücken und Ehefrau verladen, und für einen Moment spielte ich mit dem Gedanken, es ihm unter Vorweisung meines Heilpasses, *lassen Sie mich durch, ich bin ein dringender Fall*, wegzunehmen, rannte dann aber die Uliza Moskowskaja Richtung Hafen runter, vorbei am Gemüsebasar, vorbei am Kleidermarkt, die breite lärmende Straße mal vorwärts laufend, mal rückwärts stolpernd, mit offener Hand über dem erhobenen Arm, an der ein Dutzend freier Taxis vorbeirauschte, als habe dies lässig gebieterische Zeichen über Nacht seine Bedeutung verloren. Erst ganz unten, schon hinter dem Leninplatz erbarmte sich ein Fahrer, der gerade vor der Post sein Nickerchen halten wollte, meiner – meiner, Gott sei Dank! Das ist meiner, meiner … mich … ich … dich …

»Ganz schön außer Atem, was, Jungchen?«

»Ja … ja, könnte ich … bitte …«

»Was? Wasser?«

»Ja … Wasser … bitte!«

»Hier«, ohne sich zu mir umzudrehen hielt er mir eine Plastikflasche, die zur Hälfte mit einer hellroten Flüssigkeit gefüllt war, nach hinten und lächelte in den Rückspiegel. »Trink, Jungchen, das beste Wasser der Welt, das Wasser des Lebens.«

»Oh, danke, aber ich möchte lieber keinen Wein, würde mir jetzt …«

»Nicht doch«, noch immer hielt er mir die Flasche hin, während er sich auf der Küstenstraße einfädelte, »wofür hältst du mich, einem Durstigen Wein anzubieten! Nein, das ist die reinste Traube aus der Goldenen Schlucht, vor der Vergärung gerettet und mit natürlichem Tränenquellwasser aus dem Springbrunnen von Bachtschissaraj versetzt. Trink, Jungchen, dass du mir wieder zu Kräften kommst.«

Wortlos nahm ich ihm die Flasche aus der Hand und soff schwer schluckend das Zeug in mich hinein, nickte dann dankbar in den noch immer lächelnden Rückspiegel und lehnte mich mit einem lauten Seufzer und weit auseinanderfallenden Knien in den glatten Kunstledersitz zurück. Erst im Nachgeschmack fiel mir auf, wie gut das Zeug gewesen war, es hatte gar nichts von der selbst in starker Verdünnung immer etwas klebrigen Dichte von Traubensaft, sondern schmeckte nach einem hochnäsig perlenden Wasser, dem man nur eine flüchtig rötliche Essenz von sehr süßen, schon fast verdorbenen Himbeeren zugesetzt hatte.

»Bist das Laufen nicht gewohnt, was, Jungchen?«

»Doch doch, eigentlich schon, lauf ja am laufenden Band auf dem Band, nur irgendwie halt nie … irgendwohin …«, ich musste lachen. »Laufen kann ich schon, gehen auch, aber nicht rennen.«

»Soso. Und wie heißt sie?«

Das Lächeln im Rückspiegel hatte sich in ein breites Grinsen verwandelt, sodass ein kleiner Rasierschnitt über der Oberlippe des Fahrers sich in die Länge zog wie ein kurzer strichdünner roter Schnurrbart, und mir ging der blödsinnige Gedanke durch den Kopf, dass die Männer auf der Krim wahrscheinlich die Einzigen rund ums Schwarze Meer sind, die ohne Bart auskommen, wie wir Ärzte sind die meisten Einheimischen hier ein Leben lang glattrasiert. Er grinste mich noch immer an, seine dunkelblauen Augen leuchteten unter den fast schwarzen Augenbrauen in freundlichem Spott, und ich grinste kurz zurück, antwortete ihm aber nicht, sondern sah zu, wie im Seitenfenster die geschwungene weiße Mauerlinie des Botanischen Gartens vorüberzog. Für einen Moment wunderte ich mich, warum wir den Schleichumweg durch Nikita hindurch machten, erfreute mich dann aber zu sehr am Anblick der über die Mauer hinausragenden Zypressen und Aleppokiefern, um meinen Fahrer zur Rede zu stellen, sank noch tiefer in den Rücksitz und beschloss, die Fahrt zu genießen, wie lange sie auch dauern möge.

25.

Kaum hatte ich diesen Gedanken fassen können, als wir auch schon die Talsenke nach Gursuf hinabfuhren. Ich ließ mich an dem von der Bushaltestelle aus gesehen ersten und damit in diesem Fall besten Strand absetzen, denn ich war sicher, dass jemand wie Esther, nein, nicht *jemand wie*, sondern *Esther* zwar gerade noch die Sonntagsmühe auf sich nehmen konnte, in den Trolleybus nach Gursuf zu steigen, damit aber auch schon am Ende ihrer Möglichkeiten angelangt wäre und erschöpft schnaufend ihren dünnen Hintern in den naheliegendsten Sand fallen lassen würde.

Als nämlich eine gute Woche vor diesem Sonntag ein großes Mentor-Monitoring mit allen Gruppen im weißgoldprunkigen Sitzungssaal des Hotel Tawrida stattgefunden hatte und wir anschließend alle gemeinsam die Uferpromenade entlang bis um den Hafen herum spazierten, um *Bei Hamlet* Tschebureki zu essen, war Esther schon nach ein paar Metern plötzlich verschwunden. Schon als wir über die Bystraja-Brücke liefen, war sie nicht mehr da, und als ich nach einer quälenden Höflichkeitsstunde am Tisch mit meinen anderen Schäfchen, den beiden schafsdummen Jungs, zurücklief und wieder über die Brücke kam, sah ich, dass sie dort in der Nähe, an der scheußlichsten der zahlreichen scheußlichen Stellen der Jaltaer Uferpromenade, vor dem McDonald's neben dem lärmenden Rummelplatz saß und Kaffee trank. Also würde sie auch in Gursuf nicht wie ihre Kommilitonen in die Tschechowbucht hinunter oder in eine der schönen stillen Buchten am Fuß des Aju Dag gehen, geschweige denn jemals auf das Bärenhinterteil des Bergs hinaufwandern, nicht dort oben träumend durch den lichten Eichenwald streifen, dessen im Juni noch helldunkel geflecktes Grün wegen der kleinen Erdbeerbäume, die wie spöttische Kobolde zwischen den Eichen herumstehen, aus der Ferne schimmert wie mit rötlichem Moosschaum überzogen. Nein, sie würde nie da hochgehen und mit mir ein paar von den seltsam seifig schmeckenden wilden Pistazien sammeln, sie würde nie freiwillig irgendwo hingehen, wo es schön sein könnte. Schönheit, so ihre jugendlich prahlerische Maxime, sei nur was für schwer Kranke oder schwer Gesunde. Für alle anderen gelte es, sich nicht vom hässlichen Fleck zu rühren, weil einem sonst an jeder Ecke das Grauen abgrundloser Hübschheit auflauere.

Erst später habe ich aus ihr herausbekommen, dass ihr verdrehter Ästhetizismus lediglich sekundärer Krankheitsgewinn einer nervösen Pinkelsucht und des hysterischen Bedürfnisses war, sich nie weiter als einen Sabbatgang von einer sauberen Toilette zu entfernen. Und dieses Reinheitsgebot, das man nur schwer mit einer solch schlampigen Person wie Esther in Verbindung bringen konnte, ließ sich schließlich nur an den kultiviert hässlichen Lagerstätten der Patientenmassen einhalten. Noch später, erst als wir schon verheiratet waren, kam mir schließlich der Verdacht, dass diese Pinkelsucht, mit deren Hilfe sich die Zeit in ordentliche Halbstunden takten ließ, vielleicht nur ein geschicktes, in seiner Penetranz vollkommen unauffälliges Ausweichmanöver war, um nie allzu lang ununterbrochen mit mir oder den Stimmen oder eher wohl mit mir *und* den Stimmen allein sein zu müssen, eine äußerst diskrete Technik - schon nach ein paar Wochen merkte ich kaum noch, dass sie andauernd kurz verschwand -, um alles, ausnahmslos alles zu unterbrechen und ewig aufzuschieben, sodass nie irgendetwas wie ewig erscheinen und also *jetzt* sein musste. Und schon damals ahnte ich, dass meine analytischen Verrenkungen im Grunde nur Ausweichmanöver waren, um mir nicht die mehr als unangenehmen Fragen zu stellen, warum Esther mich nie lang aushielt, sosehr sie sich auch mühte, wovor sie sich unterschwellig ängstigte, wenn wir allein waren, und mit wem ich da eigentlich nachts vor dem Spiegel sprach.

Aber von all dem wusste ich an diesem zwanzigsten Juni noch nichts, ich sah nur, dass sie tatsächlich trotzig verloren an diesem erstbesten hässlichen Strand zwischen den Billigpatienten saß, und war glücklich, sie endlich gefunden zu haben.

26.

»Hallo, Esther!«

»Oh - hallo«, mein Auftauchen ist augenscheinlich eine unerfreuliche Überraschung, das höfliche Lächeln, das sie eilig aufsetzt, will nicht recht halten und rutscht immer wieder herunter, während sie, ihre Augen mit der Hand vor der Sonne abschirmend, zu mir hochschaut. Nichtsdestotrotz schlägt mir von da unten keine persönliche Antipathie oder gar Feindseligkeit entgegen, zumindest will es mir nicht so scheinen, sondern eher etwas wie der Unwille oder jedenfalls das physisch deutliche Unbehagen, im Alleinsein gestört zu werden, vielleicht aber auch die Scham, auf frischer Untat des Alleinseins zwischen all den schauerlich weißen Kliniksonnenschirmen erwischt zu werden und dabei zu allem Überfluss überflüssigerweise fast nackt zu sein. Alles in allem also kann ich in ihrem Benehmen nichts lesen, was ich notwendig gegen mich verwenden müsste.

»Darf ich?«

Und sitze neben ihr, bevor sie auch nur antworten kann:

»Äh … ja … klar.«

Und ziehe mich bis auf die Badehose aus, obwohl mir nicht ganz wohl dabei ist, weil ich statt der gewohnten Bewunderung nur eine verstohlen zur Seite schielende Befremdung ernte.

»Was machst du da?«

»Wie, was ich da mache?« Ich muss lachen über ihre zerknautschte Stirn und über meine Verunsicherung hinweg. »Ich ziehe mich aus, selbstverständlich.«

»Ja, sehr selbstverständlich.«

»Ja selbstverständlich. Wir gehen jetzt schwimmen. Komm schon!«

Ich springe auf, aber sie rührt sich nicht vom Fleck, sondern klemmt sich die Knie unters Kinn.

»Glaubst du nicht, du könntest Ärger kriegen, wenn du mit einer dir unterstellten Studentin schwimmen gehst?«

»Ach Gott, nein«, stöhnend lasse ich mich wieder neben sie fallen. »Daraus lässt sich beim besten Willen keine Unterstellung machen, ich bin doch bloß dein Mentor und kein Professor oder Führungsarzt, wir sind schließlich Kommilitonen.«

»Ah ja, sind wir das?«

»Klar, und außerdem, wenn du die Dinge schon unbedingt in solch schalem Licht sehen willst, bitte ich doch zu bedenken, dass ich hier gar nicht in der Position wäre, mir privatsexuelle Zuwendungen von einer Abhängigen zu verschaffen, denn du bist ja in keiner Weise von mir abhängig, mir unterstellt, schutzbefohlen oder was auch immer – du evaluierst schließlich am Ende mich und nicht ich dich.«

»Stimmt. Könnte man dir dann aber nicht unterstellen, mich korrumpieren, also meine Evaluation durch privatsexuelle Zuwendungen manipulieren zu wollen?« Bevor ich antworten kann, setzt sie lachend hinzu: »Obwohl … nein, so viel Dummheit könnte dir niemand ernsthaft unterstellen. Solltest du auf ein mildes Urteil spekulieren, du würdest tunlichst jede Privatbeziehung zu deinem Richter vermeiden, denn solange er nichts oder zumindest so wenig wie möglich von dir mitbekommt, kannst du immerhin noch auf sein positives Vorurteil hoffen.«

»Vielen Dank«, endlich lache ich wieder souverän, »ich nehme das, wie all deine Beleidigungen, ab jetzt als Liebeserklärung. Und im Übrigen scheint mir, dass du deinen Witzeleien zum Trotz die Evaluationen viel zu ernst nimmst. All diese Berichte sind eigentlich nicht wichtig.«

»Mhm ja, wahrscheinlich hast du recht«, sie runzelt wieder die Stirn und murmelt eher vor sich hin als mir zu: »Als einzelne sind sie wohl nicht so wichtig, vollkommen unwichtig sogar, aber alle zusammen …«

»Ach, Schluss jetzt damit, komm endlich!« Ich ziehe sie an der Hand hoch. »Lass uns schwimmen gehen, bevor die Sonne verschwindet.«

»Gut … ja … gut …«, sie steht leicht schwankend vor mir, vielleicht weil ich sie zu schnell hochgezogen habe, lässt sich aber nicht von der Stelle rühren, und fragend schaue ich sie an, sodass sie hastig weiterspricht: »Ich geh nur schnell pinkeln, wartest du kurz?«

»Ja natürlich, aber du willst dich jetzt nicht noch schnell verpissen, oder?«

»N-nein – nein, wirklich nicht.«

Und sie rennt davon als ginge es um ihr Leben, und das tat es ja auch, und ich war sicher, sie würde doch noch desertieren. Aber dann war sie genauso schnell, wie sie verschwunden war, wieder da, rannte auf mich zu und auch schon an mir vorbei ins Wasser, sodass ich Mühe gehabt hätte ihr zu folgen, wenn sie nicht im Vorüberrennen meine Hand gegriffen und mich hinter sich her gezogen hätte.

Erst als mir das Wasser bis zur Brust und ihr bis zum Hals stand, gelang es mir, sie zum Stehen zu bringen. Sie wandte mir den Kopf zu und lächelte, als habe sie alle Vorbehalte auf einmal über Bord geworfen, und langsam, plötzlich ruhig geworden, gerieten wir miteinander ins Schwimmen, nur ein paar Zeitlupenzüge auf die Horizontlinie zu, denn keinen von uns zog es aufs Meer hinaus. Dann drehten wir uns auf den Rücken, fassten uns an den Händen und spielten tote Männer. Als ihr kalt wurde, drehte sie sich wieder auf ihren Bauch zurück, drehte sich lachend und dabei Wasser prustend ein paarmal um die eigene Achse wie ein betrunkener junger Seehund, und dann jagte ich ihr mal in diese, mal in jene Richtung hinterher, was gar nicht so leicht war, weil sie zwar lange nicht so schnell wie ich, aber weitaus wendiger war, bis sie irgendwann innehielt, sich das Wasser und das Lachen aus den Augen wischte und mit dem Kinn nach Osten wies:

»Seltsam irgendwie, dass da vorn schon die Grenzflotte auf der Patrouillenlauer liegt, oder?«

»*Da vorn* würde ich das nicht gerade nennen, sie ist immerhin über zweihundert Kilometer weit weg. «

»Das ist für dich weit weg, ja?«

»Ja, schon, ich kann sie ja noch nicht mal sehen von hier aus. Selbst wenn wir so weit rausschwimmen würden, dass uns das Kap Aju Dag nicht mehr den Blick nach Osten verstellte, wir könnten die Schiffe trotzdem nicht sehen, unmöglich, sie patrouillieren auf der Höhe der Meerenge von Kertsch!«

»Natürlich kann ich das, ich bin neulich von hier aus mit dem Boot rausgefahren und da habe ich die weiße Flottenlinie ganz deutlich gesehen.«

»Blödsinn, hast du nicht.«

»Ja, doch! Was soll es denn deiner Meinung nach gewesen sein – ein zweiter Horizont, der das Schwarze Meer in der Mitte durchschneidet, einmal sauber von Nord nach Süd?«

»Nein, was du gesehen hast, mal angenommen, du warst weit genug draußen, was ich nicht glaube, weil unsere Boote –«

»Ich *war* weit genug draußen, verdammt, ich habe die weiße Linie gesehen –«

»Na schön, schrei nicht, du *warst* weit genug draußen, aber was du gesehen hättest, Entschuldigung *hast*, ist die Kaukasusküste.«

»Ich kann also bis zur gegenüberliegenden Küste schauen, weiter als die doppelte Entfernung, aber die Flotte, die mir im Blickweg vor der Nase liegt, die kann ich nicht sehen?«

»Du siehst den Kaukasus, weil er erhaben ist – Gebirge, Berge, schon mal gehört? Die Flotte dagegen hebt sich kaum vom Meer ab, so kleine Schiffe kannst du in dieser Entfernung nicht sehen. Und dann hat die Flotte ja auch nicht mal eine klare Linie.«

»Ich sehe über die Flotte hinweg, ja?«

»Ja natürlich, bist du so dämlich oder willst du mich nur ärgern?«

Sie schwieg, sah wütend an mir vorbei und schlug sinnlos auf das Wasser ein, sodass ich lachen musste:

»Na komm, lass uns rausgehen, es ist zwar auf eine kranke Art schick, dass deine Lippen mittlerweile nicht mehr nur blau, sondern schon schwarz sind, aber –«

»Aber eben auf eine kranke Art.«

Sie lachte bösartig und schwamm mit einem Delphinsatz davon, aber diesmal war ich wirklich schneller und bekam sie sicher zu fassen:

»Sei wieder heiter, bitte.«

»Ja, ist gut.«

»Nein wirklich, sei mir gut.«

Sie lächelte und flüsterte zähneklappernd:

»Sobald wir draußen sind.«

Als wir zurück an den Strand kamen, war er wie ausgestorben, die Patienten waren ohne Rücksicht darauf, dass sie noch Stunden bis zum Sonnenuntergang hier hätten sitzen und sich wärmen können, zum Abendessen gebracht worden, und die weißen, nun eng zusammengebundenen Sonnenschirme mit den langen Metallspitzen standen würdevoll verlassen, aufgepflanzt wie Zierbajonette, denen ihr Garderegiment abhandengekommen war, in der Sandlandschaft herum. Esther wickelte sich unter tausend genüsslichen *brrrrs* schlotternd in ihr riesiges Handtuch ein und reichte mir mit einem weiteren *brrrr* auch eins, ich nahm es, schüttelte dabei aber zugleich den Kopf:

»Zieh erst den Bikini aus, du wirst dich sonst erkälten.«

»Ach nein, so schnell geht das nicht, ich bin ja nicht mehr fünf.«

»Anscheinend doch. Komm schon, zieh dich aus«, aber sie starrte nur bewegungslos in den Sand neben ihren Füßen, als ob dort geschrieben stünde, was sie tun sollte, und ich zog mir lachend die Badehose aus. »Na los, mach endlich, du Spinner!«

»Mhm ja, naja ...«

Sie rieb sich das Kinn wie ein alter Mann, der an einem schwer abweisbaren Argument zu schlucken hat, zog sich dann geschwind aus, den Paravent ihres Handtuchs ängstlich geschickt vor sich haltend, schaute erst dann wieder hoch zu mir und musterte verdutzt die riesige Quernarbe über meiner Brust, die sie seltsamerweise erst jetzt bemerkt hatte, und sagte dann mit dem scheinbar abgebrühten Blick des unbestechlichen Sammlers und Feilschers:

»Gar nicht so übel, das Ding. Weißt du, wenn ich mal groß bin und zu Ende studiert habe, werde ich eine bahnbrechende dreibändige Abhandlung mit dem Titel *Der Fetischcharakter des Fetischs* schreiben.«

Dann lachte sie, und weil ich ihren Spaß nicht recht verstand, beeilte ich mich, in ihr Lachen einzustimmen, wir lachten hysterisch, uns gegenseitig immer weiter ins Lachen hineinsteigernd, und als unser Lachen endlich seufzend mit der Brandung des Schwarzen Meeres ausrollte, sah sie mich traurig lächelnd an, und ich fühlte mich durchschaut und kramte schon in meinem Kopf nach meinem Mantra, *und ich fürchte meine unbewussten Sünden, die Deinen Augen offenbar sind, aber nicht den meinen*, nur um festzustellen, dass der wohlfeile Satz mir hier nicht weiterhalf. Diesmal schien ich wirklich durchschaut, denn mit Erstaunen stellte ich fest, dass ich mir kein Bild von dem machen konnte, den Esther da sah, und während ich noch überlegte, ob das gut oder schlecht ist oder ob es darauf vielleicht gar nicht ankommt, räusperte sie sich in mein fieberndes Schweigen hinein:

»Darf ich dich etwas Persönliches fragen?«

»Nur zu!«

»Schämst du dich eigentlich manchmal, wenn du so nackt vor jemandem stehst?«

»Ja, doch, manchmal, natürlich.«

»Ich glaube dir kein Wort.«

»Oh doch, jetzt zum Beispiel schäme ich mich.«

Und das tat ich tatsächlich, ich schämte mich ganz anständig, und weil ich jung war und also nicht wusste, dass ich jung war, gab dieses mir nahezu unbekannte, ekstatisch unangenehme Gefühl mir die maßlose Hoffnung ein, doch noch aus meinen grundlosen Winkelzügen, ja aus einem versteckten Winkel meiner Grundlosigkeit geborgen zu werden. Denn wenn ich mich vor Esther unbedingt verhüllen und doch unbedingt offen vor ihr dastehen wollte, dann gab es da vielleicht doch irgendetwas zu verbergen und damit auch zu enthüllen. Jedenfalls vor ihr, vor ihr konnte es etwas geben, dachte ich, und ich muss sie sehr ernst angesehen haben, denn sie erschrak, worüber ich wiederum lachen musste, sodass wir schließlich beide erleichtert lachten. Ich wickelte mir das Handtuch um die Hüften und sagte noch immer lachend:

»Aber vor allem falle ich gleich um vor Hunger. Ich habe seit heute Morgen nichts gegessen.«

»Wenig elegante Ablenkung!«

»Gar keine Ablenkung – wer sich nicht schämen will, soll auch nicht essen, oder wie das noch mal heißt, also gib mir was zu essen! Hast du nicht irgendwas in deiner Tasche da?«

Sie ging in die Hocke, hielt mit der einen Hand ihr Handtuch über der Brust fest und kramte mit der anderen in der Tasche herum, zog dann eine Kliniktüte Nüsse und Trockenobst hervor und reichte sie mir achselzuckend:

»Das ist alles, was ich habe.«

»Hm, sehr satt macht das nicht. Es wird einem eher übel davon.«

»Ich weiß.«

Ich zog sie hinter mir her in einen der verlassenen Patientenstrandkörbe am Wasser, in dem es bis nach Sonnenuntergang warm und still sein würde, und wir aßen schweigend, bis ich die leere Tüte in den Sand warf.

»Und es schmeckt auch nicht besonders, oder?«

»Ich weiß«, sie lehnte sich zurück, blinzelte in die kräftige Abendsonne und gähnte. »Das Zeug ist immer muffig, wie alles, was sie uns in die Zimmer legen, aber ich bin außerstande, mir was anderes zu besorgen, geschweige denn irgendwas selber zu machen, ich kann mir nicht mal ein Brot schmieren, das ist mir schon zu viel. Aber wenn du willst, könnte ich versuchen, da oben irgendwo eine Pizza zu holen, das wär mal eine echte Leistung.«

»Nein, bleib hier.«

Ich küsste sie beiläufig auf die Schulter und ebenso beiläufig wand sie sich aus dem Strandkorb.

»Ich muss sowieso pinkeln gehen. Ich bin gleich wieder da.«

Und weg war sie, um zwanzig Minuten später mit einem Pizzakarton und noch immer im Handtuch und barfuß wieder aufzutauchen, und ich fragte sie verwirrt:

»Warst du so da oben, nur im Handtuch, an all den Leuten vorbei?«

»Ja, wieso?«

»Schämst du dich gar nicht?«

»Nein, wieso, ist doch mir egal, sind doch alles Arschlöcher, sitzen da jeden Abend nackt bei ihrer Wiedergeburt im Kreis rum, wofür sollte ich mich schon schämen?«

»Ähm … ja, aber sie sind Patienten, und du kannst dafür eine Verwarnung kriegen, und …«

»Die krieg ich sowieso, ich müsste seit zwei Stunden wieder zurück sein – hier, iss schon!« Sie hielt mir strahlend den Karton hin. »Ich hab sie selbst gekauft! Und es ist immer noch nicht dunkel, ist das nicht verrückt?«

»Ja, und wenn heute die Sonne untergeht, dann müssen wir nur eine gute Stunde in der Dunkelheit warten, und dann kommt der Sommer.«

»Wie?«

»Na, um Mitternacht – um Mitternacht ist Sommeranfang.«

»Ach ja. Aber dann sollten wir nicht mehr hier sein«, sie küsste mich flüchtig. »Wir sollten schnell noch den letzten Bus nehmen. Seit wann musst du zurück sein?«

»Ich hab's vergessen, jedenfalls seit weit mehr als zwei Stunden.«

»Ist es nicht komisch, dass sie uns nicht holen kommen – noch nicht mal anrufen?«

»N-nein ... ja, doch, ist schon komisch. Aber vergiss es, erzähl mir lieber was von dir.«

»Das ist nicht dein Ernst!«

»Doch, mach schon«, ich legte meinen Hinterkopf auf ihren Schoß, wofür ich mich in dem engen Strandkorb ziemlich verrenken und meine armen Beine nach draußen schicken musste. »Du kannst auch ruhig lügen.«

»Nein, das wäre mir zu anstrengend.«

»Du meinst, ich wäre den Aufwand nicht wert.«

»Das hast du gesagt«, sie strich mir die Haare aus der Stirn. »Sind deine Haare gefärbt oder sind sie wirklich so schwarz?«

»Lenk nicht ab, Pizza bitte, und erzähl endlich!«

»Na gut, da gibt's ja nicht viel zu sagen – ganz schöner Dreck!«

»W-was?«

»Die Pizza.«

»Oh – ja, aber auf die Idee muss man immerhin auch erst mal kommen, die Tschebureki von letzter Woche auf diesen für immer gefrorenen Teig zu schneiden, schmeckt aber trotzdem irgendwie gut, oder?«

»Ja stimmt, auf eine ekelhafte Art ...«

»Hm, und jetzt lenk nicht weiter ab.«

»Na schön: An meiner tiefsten Stelle messe ich zweitausendzweihundertfünfundvierzig Meter, an meiner seichtesten etwa hundert Meter. Mit einer Durchschnittstiefe von tausendzweihunderteinundsiebzig Metern gehöre ich zwar zu den tiefsten Binnenpersonen der klinischen Welt, aber es gibt kaum Leben in mir, denn zwischen den Schichten, aus denen ich bestehe, findet so gut wie kein Austausch statt. In Tiefen ab zweihundert Metern werde ich extrem schwefelhaltig und in noch größerer Tiefe bin ich weitgehend sauerstofffrei, sodass sich jede Menge dunkle bis schwarze Faulschlämme in mir angereichert haben. Da unten überleben nur noch Mikroben, vor allem Bakterien.«

»Ich bin eine Mikrobe«, ich packte sie im Genick, zog sie zu mir herab und küsste sie. »Ich bin der Einzeller schlechthin, einzelliger geht's nicht.«

»Mhm, ja, ich wette, dich kann man noch nicht mal unterm Mikroskop sehen, und ganz sicher hast du keinen Zellkern, ja, du bist ein haltloser Prokaryont.«

»Nein, ich bin ein *anständiger* Protist – ein Protist meinetwegen, aber mit Kern, bitteschön, ein Pantoffeltierchen. Und du kannst es sogar mit bloßem Auge sehen. In aller Unschuld liege ich in meiner Infusion rum und drehe den ganzen Tag Kernchen.«

»Ja, du bist zwar tatsächlich ein hübsch bewimperter Infusor. In jedem Fall aber bist du ein Krankheitserreger.«

»Ich könnte doch auch ein Symbiont sein, oder nicht?«

»Nein, könntest du nicht.«

»Warum nicht, wie kannst du das wissen?«

»Du bist ein Protist, wie du selbst sagst, meinetwegen ein höherer Protist, ein paar mehr Zellen, die doch nur immer die eine sind, in jedem Fall aber ein Agamist, ein autogenerativer Junggeselle, unsterblich scheint's, und doch nicht ganz, denn deine ungeschlechtliche Fortpflanzung fällt jedes Mal mit deinem Tod zusammen. Auch wenn der Tod durch diese Fortpflanzung gewissermaßen verschleiert wird, indem du deine ganze Substanz bei jeder vereinigenden Teilung immer wieder in dich selbst überführst.«

»Hör auf, ich finde das nicht besonders lustig.«

»Nicht? Tja, vielleicht hast du recht, es ist wohl eher traurig, denn am Ende, nach all den herrlichen Verdopplungen stirbst du doch auch, wir kennen die alte Geschichte: Der hübsch bewimperte Infusor stirbt, sich selbst überlassen, eines natürlichen Todes an der Unvollkommenheit der Beseitigung seiner eigenen Stoffwechselprodukte, aber vielleicht sterben auch alle höheren Tiere im Grunde an dem gleichen Unvermögen.«

»Hör auf!«

Ich war laut geworden und sprang wütend auf, wollte weg und auch nicht, lief, die Hände in die Hüften gestützt, um besser atmen zu können und meine Unschlüssigkeit zu verbergen, vor dem Strandkorb auf und ab und konnte Esthers Gesicht in der Dämmerung nicht mehr erkennen, nur ihr rotes Handtuch leuchtete mir wie ein Schild entgegen, derweil sie in bösartigster Fröhlichkeit weitersprach:

»Aber immerhin – sterben hin oder her –, seine bloße Kopulation verlängert seine Existenz, frischt seine Nährlösung auf, und das können ja nicht viele Leute von sich behaupten.«

»Du glaubst, darum geht's mir hier, ja? Erfrischung, ja?«

»Klar, was denn sonst, erzähl mir doch keinen Scheiß, Mann! Nur weil ich fünf Jahre jünger bin als du und noch nicht das halbe Sanitätswesen gebumst habe, bin ich doch nicht doof!«

»Na, das könnte ich aber einfacher haben, dafür müsste ich mir nicht –«

»Ach, halt den Mund, ich weiß doch, wie ihr alle das so macht … alles.«

»Wir alle … alles?«

»Ja, ihr ausgezeichneten … ihr Auszeichnungsleute am Liwadija-Sanatorium, ihr … ja …«

Sie brach ab und ich dachte, sie würde weinen, aber sie weinte nicht, sondern ließ nur den Kopf hängen, und ich setzte mich wieder neben sie. Wir saßen eine Weile fröstelnd nebeneinander, dann atmete ich schwer aus und nahm ihre Hand:

»Weißt du, erstens hast du in deiner Protzerei unterschlagen, dass in dir nicht nur all diese schwarzen Faulschlämme sind, sondern in deiner obersten Schicht auch der Delphin mit immerhin drei Arten vertreten ist, und zweitens dürfte dir vielleicht langsam auffallen, dass ich dadurch, dass wir noch immer hier sitzen, was, nebenbei bemerkt, wenig erfrischend ist meines Erachtens, meine komplette Nährlösung samt Petrischale aufs Spiel setze.«

»Hm …«

»Wie bitte?«

»Es tut mir leid, das wollte ich nicht – wirklich nicht.«

»Schon gut, darum geht's ja nicht.«

»Ich kann dich gar nicht sehen«, sie hatte mir endlich den Kopf wieder zugewandt. »Es ist so schwarz plötzlich, es sieht aus, als wäre nicht nur die Sonne untergegangen, sondern gleich der ganze Himmel.«

»Er ist nicht untergegangen, er hat sich nur aufs Meer gelegt.«

»Vielleicht ist er dann aber ersoffen.«

»Nein, ist er nicht, er ist ein exzellenter Schwimmer. Komm her!«

»Franz?«

»Hm?«

»Du wirst es niemandem erzählen, oder? Ich möchte nicht, dass das hier in einem deiner Stimmungsberichte oder sonst wo wieder auftaucht, ja?«

»Ja, ist gut, und jetzt mach das dämliche Handtuch endlich weg, das ist ja lächerlich.«

»Versprich es!«

»Ich versprech's.«

Kaum hatte ich es ausgesprochen, bist du aufgesprungen, hast dir das Handtuch vom Leib gerissen, um es dann jedoch mit seltsamer Pedanterie ordentlich auf dem Sand zu unseren Füßen auszubreiten, wie ein Neurotiker, der jeden Sonntag von neuem versucht, sich mit einem Picknick auf der überfüllten Wiese seine Normalität zu beweisen. Über diesem schwierigen Unterfangen des korrekt passgenauen Handtuchausbreitens vor einem Strandkorb schienst du deine Nacktheit und vor allem auch mich ganz vergessen zu haben. Verwirrt schaute ich eine Weile zu, bis ich lachen musste:

»Dumm, dass du kein Maßband dabei hast. Naja, du kriegst das schon irgendwie hin. Weck mich, wenn du damit fertig bist!«

»Ist gut, mach ich«, du lachtest zurück, strecktest dich dann seitlich auf deinem blöden Handtuch lang aus, den Kopf lässig in die Hand gestützt, und ich verstand, dass du hilflos versuchtest, Zeit zu gewinnen, um deine Unsicherheit zu kaschieren oder eher sie sogar loszuwerden. Eine Weile herrschte Schweigen, dann verkündetest du steif sachlich:

»Also, was ganz gut ist, es ist Monatsende, und ich kann daher nicht schwanger werden. Das Problem ist nur: Ich hab das noch nie gemacht, und äh … du müsstest also wohl etwas vorsichtig sein, nehme ich an.«

Bevor ich dir mit eingekreideter Stimme alle Vorsicht der Welt hätte zusichern können, zogst du mich mit einem Seemannsruck zu dir herab, warfst deine dünnen Arme stumm jubilierend um mich und küsstest mich mit solch rück- und hinterhaltloser Glut, dass ich mein gesamtes ambitioniertes choreographisches Repertoire einschlägig pornographischer Asanas vollkommen vergaß, mich in nüchterner Trunkenheit still ergab und ohne mich groß zu bewegen in dir versank.

27.

Als ich am Morgen, kaum wieder in mein Zimmer zurückgekehrt, zu Dr. Karg, meinem Führungsarzt, gerufen wurde, war ich auf das Schlimmste gefasst, und während ich durch die marmornen Flure treppauf treppab hetzte, vollkommen lautlos wegen meiner Latexarztsandalen, und mir mit leicht zitternden Fingern das frische weiße Hemd zuknöpfte und den Kittelkragen glättete, versuchte ich, die Folgen meines Dispenses, Suspenses oder dessen, was auch immer mich nun erwartete, abzuschätzen und legte mir schon die ersten Sätze einer vor meinem Vater aufzuführenden Apologie zurecht.

Dr. Karg empfing mich mit gewohnt freundlich zerstreutem Lächeln, telefonierte wie üblich und ließ mich durch einen Wink seiner arthritisch gekrümmten Maulwurfshand auf dem Stuhl vor seinem riesigen, mit Papieren und Patientenbildern übersäten Schreibtisch Platz nehmen, derweil er dahinter auf und ab ging, eine Weile *hmhmhm* sagte und schließlich das Gespräch mit seinem obligatorischen *Gut, ja, aber das müssen wir dann wirklich später besprechen* beendete.

»So, das hätten wir, elende Nervensäge, schaffen Sie sich nie mehr als einen Assistenzarzt an, ich sag's Ihnen, aber gut ... Von Stern, mein Lieber, was kann ich für Sie tun?«

»Ähm ... ich ... Sie haben mich rufen lassen, Herr Doktor.«

»Ah ja, natürlich«, noch immer stand er, beugte den Kopf nun tief über seinen Schreibtisch, streichelte seinen kugelrunden, braungebrannten kahlen Schädel und klopfte mit einem krallenartigen Zeigefinger abwechselnd auf zwei kleine, nebeneinanderliegende Kernspinbilder von einem Lendenwirbel. »Mensch, was schickt der Idiot mir das noch mal rüber, was soll ich denn damit ...?«

»Herr Doktor, ich möchte mich ausdrücklich für mein Fernbleiben gestern entschuldigen, ich hatte –«

»Schon gut, das brauchen Sie *mir* doch nicht erklären, von Stern, ich geh bei Ihnen davon aus, dass Sie schon Ihre Gründe haben«, erst jetzt sah er zu mir auf und bündelte sein zerstreutes Lächeln in meinen Augen zu einem warmen hellblauen Strahl. »Sie sind schließlich erwachsen, auch wenn die Idioten da oben das in ihrer Rapportsucht nicht verstehen wollen. Darf man nicht weiter ernstnehmen, schicken Sie paar Zeilen hoch und dann hat die liebe Seele Ruh ... nein, nein, wegen so was würd ich Sie doch nicht ... Ich wollte Ihnen nur kurz sagen, dass der Luftröhrenschnitt, den Sie gestern an der blauen Dame gemacht haben, Ihnen ganz famos geglückt ist, sauberer Schnitt, wirklich sauber. War doch Ihr erster, oder?«

»Mein ... äh ... ? Oh – ja.«

»Sehr gut, mein Junge, nicht dass ich was anderes von Ihnen erwartet hätte, nicht umsonst sind Sie einer meiner besten Studenten, ja, und ich wollte Ihnen nur schnell sagen, dass Sie jetzt die Drehzahl genauso hoch halten müssen, nicht runter vom Gas bis zur Auszeichnung, denn unter Umständen habe ich was im Sinn mit Ihnen, noch nicht spruchreif, nur so viel: Es gibt da Pläne, ein neues Klinikprojekt, eine Umwandlung, hoch klassifiziert, ich bin in Gesprächen, sagen wir mal so, geht noch um die Modalitäten, Kuhhandel ist nichts dagegen, ich kann also jetzt noch nichts Genaueres ..., aber Sie verstehen, von Stern.«

»Oh ... vielen Dank, Herr Dr. Karg, ich ...«

»Gut, das wär's fürs Erste, ich wünsch Ihnen was, grüßen Sie schön.«

»Ja ... danke, vielen Dank.«

Ich war schon fast aus der Tür, als er mich noch einmal zurückrief:

»Ach, da Sie schon mal ... tun Sie mir einen Gefallen und schauen Sie mir schnell einen Aufsatz durch, nur das Gröbste, musste das gestern schnell zu Ende schlampen, weil die das Ding bis vorgestern haben wollen, die machen mich wahnsinnig, wirklich wahnsinnig, und wenn Sie grad dabei sind, übersetzen Sie's auch schnell, ja?«

»Natürlich, klar.«

»Gut, ich schick's Ihnen rüber, reicht bis morgen früh, ich danke Ihnen ganz herzlich, von Stern, schönen Tag.«

Und schon summte es erneut, und freundlich winkte er mich hinaus, während er gemütlich belästigt in sein Telefon fragte:

»So, was haben wir jetzt wieder?«

Nun nicht mehr nur äußerlich, sondern auch innerlich vollkommen lautlos lief ich zurück auf meine Station, und ich kann mich nicht erinnern, was ich dort in den nächsten Stunden getan habe. Irgendwie muss ich meine Schichten mit irgendjemandem getauscht haben, denn ich selbst wäre weder an diesem Morgen noch am Nachmittag in der Lage dazu gewesen, meinen Pflichten nachzukommen.

Ich weiß nur, wie ich abends mit vor Müdigkeit brennenden Augen in meinem kühlen Zimmer am Rechner saß, mich in den tatsächlich wüst zusammengeschlampten Aufsatz von Dr. Karg über hygienische Risiken der nichtoperativen Defloration einlas und mich, gerade weil seine unsaubere Forschung so knapp, aber gründlich danebenlag, fragte, ob er mir nur allzu deutlich sein Verständnis zeigen oder aber mir gar nichts zu verstehen geben wollte und die Sache ein völlig bedeutungsloser Zufall war. Nach ein paar unbehaglichen Minuten entschied ich mich für letztere Lesart, denn wenn der Sinn einer Sache doppelt verschoben und verdreht vor mir liegt, dann will man mir höchstwahrscheinlich gar nichts zu verstehen geben, und so korrigierte ich zügig die gröbsten Fehler, ohne den Unsinn der ganzen Angelegenheit anzutasten, übersetzte die Sache noch schnell und vergaß sie noch schneller.

28.

So schnell war ich wohl doch nicht, denn es war drei Uhr morgens, als ich mich endlich ins Bett legte und Esther anrief, aber weil sie Nachtbereitschaft hatte, ging sie natürlich nicht ran. Kurz darauf war ich eingeschlafen, und drei Stunden später, die mir wie drei Minuten erschienen, summte der Wecker, und ich dachte schlaftrunken, dass drei mal drei ja tatsächlich neun sind und meine neunmalgeliebte neunmalkluge Esther keine Beatrice ist, nicht irgendein dahergelaufenes oder eher bloß mal an einem vorbeigelaufenes Weibsbild, sondern wirklich und wahrhaftig … ja was denn eigentlich? Naja, du eben.

In alter neuer Frische erledigte ich meine Morgenschicht, wechselte der vormals blauen, jetzt fröhlich weißen und unausgesetzt plappernden Dame ihren Luftröhrenverband, schnitt einem im Arm seiner verzweifelten Mutter schreienden einheimischen Säugling einen Eiterbeutel unter dem linken Lidrand auf, sodass das dahinter verschollene Auge glücklich wieder zum Vorschein kam, unterrichtete eine Gruppe von hüftgelenklädierten älteren Patienten in den Weisen-Posen des Marichi, Großvater des Sonnengottes, um sie therapeutisch so weit auf ihre bevorstehenden Operationen vorzubereiten, dass ihnen eine lange Rehabilitation möglichst erspart bliebe, ging dann rundum zufrieden mit mir für eine Stunde aufs Laufband und hielt durchgehend mühelos meine höchste Steigungsstufe.

Auf dem Weg unter die Dusche rief ich Esther wieder an, aber ihr Telefon war noch immer oder schon wieder ausgestellt, und so entschloss ich mich übermütig, vor dem Mittagessen noch schnell zu ihr hinüber nach Koreis, ins Djulber-Palast-Sanatorium, zu laufen. Obwohl wir Liwadija-Leute deutlich über den Studenten vom Djulber-Palast rangierten, waren all unsere Palastgebäude, Gartenanlagen und sogar der Weiße Saal, in dem wir wöchentlich unsere überaus verbindlich unverbindlichen Abendessen absolvierten, jederzeit frei zugänglich, während Djulber seine weißgoldenen Fantasieminarette, türkisfarbenen Märchenmoscheekuppeln und palmenumsäumten Innenhofbrunnen nicht nur mit einer hohen weißen Außenmauer vor der Welt abschirmte, sondern auch in seinem Inneren einer verzauberten Festung glich, als hätten sich die Romanows noch immer hier verschanzt oder stünden hier eher noch immer unter Arrest. Bis ich zu Esthers Station durchgedrungen war, hatte ich an sieben Schleusen meine Karte durch ein Lesegerät ziehen müssen, um am Ende doch nicht zu ihr zu gelangen, weil sie gerade in der Eiweißproduktion war.

So blieb mir nur, durch das große Bullauge der roten Labortür zu spähen und sie von hinten zu sehen, in Reih und Glied mit ihren Kommilitonen, den Kopf hochkonzentriert über das Mikroskop gebeugt, aller Wahrscheinlichkeit nach damit beschäftigt, ein Leuchtkäfer-Gen in ein Escherichia-Coli-Bakterium einzuschleusen, denn so fangen wir alle an, und ich dachte, dass alles an ihr hochkonzentriert ist und alles an ihr spricht und dass ihr Hinterkopf ein offenes Buch ist, in dem ich lesen konnte, wie unglücklich sie war und wie tapfer. Leicht gekränkt, vor allem aber unerklärlich euphorisch stand ich da und starrte sehnsüchtig auf ihr hygienevorschriftsgemäß hochgestecktes Haar und ihren blassen Nacken, der über dem strahlend weißen Kittelkragen sonderbar fehlfarben aussah. Ich wollte warten, bis ihre Eiweißstunde vorbei wäre, wollte ihr sagen, dass es keinen Grund gab, unglücklich zu sein, aber als sie plötzlich den Kopf hob und ihn leicht zur Seite drehte, als lausche sie einem störenden Geräusch hinter sich, sodass ich den Atem anhielt und schon hoffte und fürchtete, sie würde sich gleich ganz zu mir umdrehen, fiel mir durch diese kleine Abweichung ihrer Haltung von der ihrer Kommilitonen auf, dass diese versteinerten anderen neben, vor und hinter ihr ja leider keine bloßen Attrappen waren, und ich Esther also hier ohnehin nicht würde allein sprechen können. Obwohl ich wusste, dass das ein lausig zurechtgezimmerter Vorwand war, lief ich schleunigst davon.

Zurück auf meinem Flur traf ich meinen Zimmernachbarn, der mich fragte, ob ich nachher mit ihm und ein paar anderen Leuten zur Fortbildung rüber ins Klinikzentrum von Sewastopol fahren wolle, und zerstreut sagte ich ihm zu, eigentlich nur um ein längeres Gespräch mit ihm zu vermeiden und so schnell wie möglich die Tür hinter mir schließen zu können. Ich würde ihr schreiben, einen Brief, auf Papier, und ihn ihr persönlich geben, sodass niemand außer ihr ihn würde lesen können.

Ich wollte ihr schreiben, dass es schon sein mochte, dass ich ein Protist und Agamist sei, auf geradezu lasterhaft fertile Weise steril oder eher auf lasterhaft sterile Weise fertil, dass aber der passionierte Junggeselle prinzipiell der bessere Symbiont sei, der einzige, den man heiraten solle, der einzige, der wirklich zu lieben verstehe, weil der Agamist, da die Agamie und die Agape schließlich aufs Engste miteinander verbunden seien, derjenige sei, der wisse, dass die wahre Agape, die wahrhaft göttliche Gottesliebe, und der Eros ein und dasselbe sind, er allein wisse das, da er frei vom Teilungs- und Trennungswahn sei, von dem die anständig langweiligen Symbionten in ihren genealogischen Übersprungshandlungen besessen seien. All das wollte ich dir sagen, und so schob ich den Rechner auf meinem Schreibtisch zur Seite, beugte mich über das Papier und begann mit ungewohnt ungelenker Hand:

»Esther, böse Nisowka, geliebte Temarinda, schlimmer heller Strudel, cara querida Karadeniz, geliebte Karaima, Geliebte Geliebte Geliebte, die du mir meine Unschuld wiedergegeben hast, indem du mein jungfräuliches Herz –«

Doch dann brach ich erschrocken ab, besann mich meines Schlechteren, zerknüllte den Brief und schrieb stattdessen nur eine kurze

Telefonnachricht: »Liebe Esther, ich fahre gleich mit ein paar Leuten rüber nach Sewastopol, wenn Du Lust hast, komm doch mit, ruf mich an, F.«

Natürlich hat sie nicht geantwortet, und ich habe mich den ganzen Tag im Klinikzentrum in Sewastopol gehasst und geschämt, ließ mich schließlich dort zur Beruhigung von zwei Zwillings-Krankenschwestern oder eher zwei kranken Zwillingsschwestern gründlich fellationieren und fuhr im Morgengrauen in finsterster Stimmung zurück nach Jalta.

29.

Schlafen konnte ich nicht mehr, kurze kalte Dusche, mehr war nicht drin, brachte mich aber hinreichend zur Vernunft, und so absolvierte Referent an diesem Morgen zum ersten Mal meinen Rundgang für mich. Auf dem anschließenden Weg nach Massandra zu meinem Mentor-Monitoring murmelte ich mir unablässig *Ich selbst hätte es nicht besser machen können* zu und sah so einigermaßen ruhig und zuversichtlich dem Treffen mit Esther entgegen. Nur meine Hände zitterten ein wenig, aber auch das nahm ich als gutes Zeichen.

Wie immer waren die drei schon vor mir da und saßen im Lotussitz und mit geraden Rücken eng nebeneinander auf der Wiese wie ein proportional verkehrtes Triptychon, Esther schmal in der Mitte. Alle drei hatten sie ihre Aufgaben brav im Schoß liegen, die Bilder ihrer Patienten, und warteten nun darauf, ihre Auswertung dieser Bilder von mir absegnen zu lassen, sodass sie bis morgen ihre ersten Berichte in die jeweilige Krankenakte eintragen konnten. Meine Begrüßung erwiderten die beiden Jungs mittlerweile in etwas lästig kumpelhafter Manier, während Esther mir unverbindlich freundlich zulächelte, als hätte es zwischen uns keine private Veranstaltung gegeben. Für einen irren Moment spielte ich mit dem Gedanken, das Röntgenbild von ihrem

Thorax, das sie mir am Montagmorgen zum Abschied geschenkt hatte, aus meiner Brusttasche zu ziehen, darauf zu pochen und dich daran zu erinnern, dass du, als du es mir gabst, lachend gesagt hast *Es ist immerhin schön kopflos*, und ich geantwortet habe *Ja, das stimmt, es ist weitaus umgänglicher als du*. Daher war ich noch nicht ganz bei der Sache, als einer der Jungs das Gespräch eröffnete, das Beweismaterial auf dem Rasen vorlegte und seinem Befund durchaus eloquent ein paar einschlägige Sätze aus dem Lehrbuch voranschickte:

»Die unterste Funktionsebene des limbischen Systems wird von Vorgängen beherrscht, die uns am Leben erhalten. Damit verbunden sind elementare Verhaltensreaktionen wie Nahrungsaufnahme, Verteidigung beziehungsweise Angriff gegen Bedrohung, Paarungsverhalten –«

»Unterstes Funktionsniveau, in der Tat!«

»Esther, bitte!« Ich schaute arrogant oder wohl eher ängstlich an ihr vorbei. »Würdest du deinen Kommilitonen ausreden lassen, bitte?«

»Und würdest du bitte meinen dämlichen Kommilitonen dazu bringen, diesen stammhirnrissigen Unsinn nicht einfach nachzubeten? Ich dachte, das hier sei ein Mentor-Monitoring, Fehlermeldung als Anleitung zum Selbstmonitoring und –«

»Für den Anfang ist der hirnstämmige Unsinn eine ganz gute Orientierungshilfe. Solange wir ihn nicht allzu wörtlich nehmen …, keiner hier glaubt wohl ernstlich, dass unser Paarungsverhalten einfach –«

»Ich *paare* mich nicht – du?«

»N-nein, natürlich nicht, aber –«

»Aber nicht du lässt es dir von irgendwelchen Krankenschwestern besorgen, sondern dein Hypothalamus, nehm ich an. Und falls es doch mal du selbst bist, dann ist das dein Hypothalamus, der von seinen Stirnlappen eine amtliche Sondergenehmigung bekommen hat.«

Die Jungs kicherten, doch ich antwortete vollkommen gefasst:

»Auf ein derartig schiefes Gespräch kann ich mich nicht einlassen. Alles, was du sagst, entspricht den Tatsachen und ist doch ohne jedes Wohlwollen gesprochen.«

Meine fremde Rede und der offen gekränkte Blick des stolz geschlagenen Tiers ließen Esther rot werden, und verschreckt senkte sie die Lider, die Jungs verstummten beklommen, und auch ich selbst brauchte eine Weile, um meine eigene Stimme wiederzufinden:

»Gut, können wir dann bitte fortfahren? Überspringen wir die Lehrsätze und kommen wir zu deinem Befund. Wie liest du also diese Bilder? Du hast hier ja das volle Programm, EEG und MEG, Positronenemissions- und funktionelle Kernspintomographie eines Patienten, anscheinend das gesamte Aufzeichnungsmaterial einer Untersuchung bestimmter ereigniskorrelierter Hirnpotentiale, hübsche Kurven, schöne Schnitte – also bitte, erklär uns, worum es ging und was wir hier sehen!«

»Äh…, ja, zunächst einmal sei vorausgeschickt, dass Patient im Ruhezustand elektrophysiologisch keinerlei Auffälligkeiten aufweist, keine ungewöhnlichen Kurvenbilder, also keine Zeichen einer zerebralen Allgemeinveränderung, keine konstanten Seitendifferenzen, keine steilen Potentiale, keine –«

»Jaja, sehr schön, weiter!«

»Die Gruppe unter meiner Leitung hatte die Aufgabe gestellt bekommen, durch die Kombination elektrophysiologischer und räumlich bildgebender Verfahren die mentalen Repräsentationen der stark bis sehr stark melancholisch gefärbten Erinnerungsgedanken des Patienten aufzufinden, soll heißen die mentalen Repräsentationen seiner auf die Vergangenheit bezogenen, also *episodischen* kognitiven Prozesse, die in Relation zur Kontrollgruppe affektiv klar negativ responsiv sind, wie begleitende Hautleitreaktions- und Herzfrequenzmessungen belegen. Und das ist uns gelungen.«

»Ihr wollt neuronale Korrelate, nein sogar die mentale Repräsentation seiner melancholischen Erinnerungstätigkeit gefunden haben, verstehe ich das richtig?«

»Genau. Wir haben Patienten episodische Aufgaben ausführen lassen, also solche, die Gedächtnisleistungen inkludieren, und dabei gab Patient ungewöhnliche Hirnantworten. Wie wir hier sehen, ist seine

Amygdala, genauer gesagt die basolaterale Amygdala, also der Ort der emotionalen Kodierung, die Zentralstelle für *gut* und *schlecht*, im Vergleich zur Kontrollgruppe deutlich überaktiv, was natürlich schlecht ist für den Patienten, da die Amygdala ja vorwiegend negative Statements rausgibt, das ist halt ihr Zuständigkeitsbereich, weil für das Positive in unserem Leben ja eher das mesolimbische System zuständig ist. So, wir haben also diese amygdalische Überaktivität, während seine frontalen Hirnareale andererseits, besonders der präfrontale, orbitofrontale und anteriore cinguläre Kortex eine – wiederum relational zum Kontrollpool – deutliche Unteraktivität aufweisen. Die genannten frontalen Hirnareale können daher nicht hinreichend auf die Amygdala kognitiv und emotional einwirken und deren furchterregende Signale hemmen. Die Amygdala hat also leichtes Spiel mit dem Mann, denn sie hat jahrelang all diese negativen Erfahrungen in sich angesammelt, umsichtig gespeichert und so weiter, und da es schließlich die Frage ist, ob die Amygdala überhaupt vergisst –«

»*Ich* vergess mich gleich, keine Frage!«

»Esther, bitte!« Für die Jungs mag es sich angehört haben, als schnaufte ich sie zurechtweisend an, tatsächlich aber atmete ich auf, weil sie sich wieder normal unmöglich verhielt, und ich sah, dass sie das sehr genau verstand. »Vielleicht könnten wir uns wenigstens darauf einigen, dass auch du ohne deine Amygdala nicht zu normalen negativen Affektzuständen wie Furcht und Wut –«

»Meine Amygdala kann mich mal am Arsch lecken!«

»Ich bin nicht sicher, ob sie das kann.«

Endlich streckte sie die Waffen und brach in ein hell gurgelndes Kinderlachen aus, und ich wandte mich freundlich wieder ihrem Kommilitonen zu:

»Würdest du fortfahren, bitte, und uns erklären, wie ihr über die Amygdala an die Erinnerungen des Mannes rangekommen seid – wie sah die Versuchsanlage genau aus, die euer Führungsarzt euch zur Durchführung aufgegeben hat?«

»Zunächst sollten wir die regionale Hirnaktivität der Probanden, also des Patienten und seiner Kontrollgruppe, bei geschlossenen und dann bei offenen Augen aufzeichnen – wir sehen hier deutlich die Aktivität im primären visuellen Kortex bei offenen Augen. Danach sollten die Probanden Hauptwörter betrachten, einfach bloß draufgucken. Von den dabei aufgezeichneten Hirnpotentialen haben wir die neuronale Aktivität des bloß ungerichtet offenäugigen Sehens subtrahiert und so das neuronale Korrelat des Betrachtens eines Worts, also eines komplexen visuellen Stimulus aufgespürt, und –«

»Ein Wort ist ein komplexer visueller Stimulus – ein *visuell* komplexer Stimulus, das wäre eine hinreichende Beschreibung?«

»Äh ... ja, natürlich – zunächst einmal, also heuristisch gesehen oder perzeptiv prozessual gesehen oder ... nicht?«

»Na schön, kann man so sagen. Lass mich raten, neben dem visuellen Kortex leuchten jetzt auch die Sprachzentren, Broca- und Wernicke-Areal, brav auf, ja?«

»J-ja, genau. Die Interpretation des Befunds ist sinngemäß.«

»Ja, das ist das Schöne an ihm – oder an ihr? Na, in jedem Fall verdienen diese zwei einander wirklich.«

Esther ließ sich aus der Mitte des Triptychons auf den Rücken fallen, faltete die Hände hinterm Kopf und schloss die Augen. Ich schlug ihr leicht gegen die aufgestellten Knie:

»Wie, jetzt machst du gar nicht mehr mit?«

»Doch doch«, murmelte sie schläfrig, »ich bin ganz bei euch, sprecht ihr nur weiter. Ich aber behalte all diese Worte und bewege sie in meiner Galle.«

»Wenn's dir hilft. Also, können wir langsam von den armen Menschen, die auf Worte starren, zu unserem offenbar noch ärmeren Melancholiker kommen?«

»Ja, sofort«, er spannte seinen Rücken noch einmal nach, sodass der strahlend weiße Reißverschluss seiner Trainingsjacke wieder eine gerade Linie bildete, mischte dann die Bilder wie riesige Karten noch einmal und legte sie neu auf dem Rasen aus, dann atmete er laut aus, als sei er zu schnell eine Treppe hochgerannt und lächelte mich hilfesuchend an. »Bis jetzt ist alles noch richtig, oder?«

»Ja natürlich«, ich lächelte aufmunternd, »und das wird's sicher auch bis zum Schluss bleiben.«

»Gut, wo war ich ... ah ja, also, wir mussten mit unseren Wortspielen einen Übergang finden zu den episodischen sprachlichen Aufgaben des Gehirns, also zu denjenigen, bei denen die Probanden Erinnerungsleistungen zu erbringen hatten. Nach einer Reihe weiterer, höherstufiger semantischer Tests, wie etwa der Aufgabe, aus den Hauptwörtern Verben zu bilden oder Reime zu erkennen, haben wir die Probanden einen Schritt in die Vergangenheit gelockt. In einer Lernphase wurden ihnen verschiedene Wörter präsentiert, danach wurden ihnen in der Testphase Worte aus der Lernphase zusammen mit neuen Worten gezeigt, und sie mussten dann entscheiden, ob sie das Wort schon aus der Lernphase kannten oder ob es ein neu hinzugefügtes Wort war. Sie mussten also alt/neu-Entscheidungen treffen, und dazu war ein Teil des episodischen Gedächtnisses gefragt, denn die Probanden mussten dafür ja auf die frühere Lernphase zurückgreifen. Mit diesem Schachzug haben wir uns in den Kern ihres autobiographischen Ich eingeschmuggelt, denn wie wir gelernt haben: *Das episodische Gedächtnis konstituiert das entscheidende Gewebe des autobiographischen Selbst.* Die Probanden mussten per Knopfdruck entscheiden, ob sie das Wort wiedererkannten, dann tippten sie ein R für *Recollection*, oder ob es ihnen neu erschien, dann tippten sie ein N für *New*. Die Hirnantworten für R-Wörter, also fürs Wiedererkennen, zeigten relativ zu N-Antworten eine stärkere Aktivierung in links präfrontalen und parietalen Regionen sowie im hinteren Anteil des cingulären Kortex. Demgegenüber waren N-Antworten mit stärkerer Aktivität in beiden temporookzipitalen Regionen und – und jetzt kommt's! – *der Amygdala* assoziiert, kann man hier schön sehen, nicht wahr?«

»Ja, sehr schön, und?«

»Für die mentale Repräsentation ist es übrigens, wie eine weitere Versuchsstrecke zeigte, unerheblich, ob die Probanden richtige oder falsche Antworten gaben, somit scheinen die Hirnantworten überwiegend durch die subjektive Erfahrung der Probanden determiniert zu sein.«

»Ist das wahr, ja? Nun gut, weiter.«

»Äh … ja, nun kommen wir zu unserem Patienten: Die Hirnkorrelate seiner R-Antworten sahen ganz anders aus als die seiner Kontrollgruppe, denn wie ich … äh, wir gesehen haben, zeigte er durchgehend eine klar herabgesetzte Frontalaktivität und andererseits eine überhöhte Amygdala-Aktivität. Und wie gesagt, die Kontrollgruppe wies im Gegensatz dazu nur bei den N-Antworten eine höhere Amygdala-Durchblutung auf.«

»Du willst sagen, dass der Mann, weil seine Hirnpotentiale, während er ein Wort wiedererkennt, eher aussehen wie die von jemandem, der ein neues Wort sieht, eine gestörte Gedächtnisfunktion aufweist, dass er wegen einer falschen Verschaltung seines limbischen Systems das Vergangene zwar als Vergangenes erkennt – er *erinnert* sich ja schließlich –, es zugleich aber emotional wie etwas Neues erfährt, und dass darin die Quelle seiner vermeintlichen Melancholie liegt?«

»Ja, genau. Das ist der Schlüssel zur Negativität seiner Erinnerungen: Alt ist für ihn das neue Neu! Er leidet gewissermaßen an einer umgekehrten Amnesie – er übertreibt's mit der Erinnerung. Denn wie wir gelernt haben, werden episodische Erinnerungen nicht einfach gespeichert, sondern *gelebt*. Wir rufen Ereignisse in einer episodischen Form ab, um uns daran zu erinnern, wie sie sich angefühlt haben.«

»Tun wir das, ja?«

»Ja natürlich, du etwa nicht?«

»Nein, gewiss nicht, ich glaube kaum, dass ich irgendetwas abrufe«, sagte ich leise und gedehnt, wodurch Esther hellhörig wurde, endlich wieder ihre Augen öffnete, mich ansah und sich aufsetzte, sodass ich mich, auch wenn sie mich weiter skeptisch maß, doch wieder mit ihr verbunden fühlte, und kräftiger fuhr ich fort: »Aber lassen wir doch die Lehrsätze und kehren zu deinen Befunden zurück. Aus der Tatsache, dass ich das Wort *Haus* sehe und dann eine Taste drücke, weil ich erkenne, dass man mir dieses Wort vor einer halben Stunde schon mal gezeigt hat, schließt du also, dass eine episodische Erinnerung vorliegt? Du möchtest aus der neuronalen Aktivität, die mit diesem Tastendruck korreliert, eine mentale Repräsentation von Erinnerung gewonnen haben, richtig?«

»Ja genau, es handelt sich schließlich klarerweise um einen auf die Vergangenheit bezogenen kognitiven Akt. Denn wir haben gelernt, unsere kognitiven Leistungen temporal zu unterscheiden in, erstens: Prozesse, die sich auf die Gegenwart beziehen, das sind also Perzeption und Vorstellung; zweitens: Prozesse, die sich auf die Vergangenheit beziehen, also Gedächtnisleistungen, und drittens: Prozesse, die sich auf die Zukunft beziehen, also Intentionen und Aktionen, und –«

»Wenn ich dir jetzt eine Ohrfeige gebe«, fragte Esther freundlich, »ist das ein auf die Zukunft bezogener kognitiver Akt?«

»Was? Tickst du nicht –«

»Alles«, fuhr ich hastig dazwischen und sah dazu nur den Jungen und nicht Esther an, »was du auf diesen Bildern allenfalls sehen kannst, und auch das kannst du nur klar sehen, weil du es schon weißt, ist, dass der Mann schwer depressiv ist. Es ist der alte Hoffmann, habe ich recht?«

»Äh … ja, woher …?«

»Der Ärmste muss immer herhalten für die Anfänger, vor fünf Jahren hab ich ihn schon traktiert mit Bildern von zähnefletschenden Hunden und grinsenden Babys. Dass seine Amygdala derart aktiv, oder genauer gesagt, gut durchblutet ist, ganz gleich, ob er Worte grade wiedererkennt oder für neu hält, hat nichts mit seiner Erinnerung zu tun, jedenfalls nicht, dass wir's wüssten, sondern damit, dass er nun mal depressiv ist. Seltsamerweise heitert es ihn noch nicht einmal auf, dass er als dauerbevorzugter Proband jeden Tag verkabelt, in Röhren geschoben wird und irgendwelche Tasten drücken darf. Und auch dass er depressiv ist, könnten uns diese Bilder nicht klar sagen, wenn er es uns nicht gesagt hätte, dazu sind die Bilder von Depressiven viel zu widersprüchlich, viele zeigen im Gegensatz zu ihm gar keine Abnahme der orbitofrontalen Aktivität, sondern eher eine Zunahme. Aber zum

Glück wissen wir auch ohne diese Bilder, dass der Mann seit zwanzig Jahren nachts heult und schreit, an sich aufreißt, was man nur so an sich aufreißen kann und einen katastrophalen Serotoninspiegel hat. Gleichzeitig ist er sehr umgänglich, gibt bei der Standardbefragung zum Inventar depressiver Symptome bereitwillig und tränenreich Auskunft über sich, leistet jedes Jahr eine wirklich anständige Inventur seiner selbst und hat die Regale stets voll mit allem, was das schwere Herz begehrt.«

»Aber ... aber«, der Junge wurde laut, und sein Kollege, der die ganze Zeit vor sich hingedämmert hatte, wachte ruckartig auf und schmatzte ein paarmal verschlafen, »du hast doch gesagt, ich hätte alles richtig gemacht! Worum geht's hier, mich in einen Hinterhalt zu locken?«

»Nein, überhaupt nicht, reg dich ab, es ist ja auch alles richtig, du kannst so weitermachen, genau so weiter bis zum Schluss ... Du musst nur genauer werden, immer genauer, und das wirst du schon mit der Zeit.«

»Ja gut, es gibt da ein paar Unschärfen, aber das ist doch kein Grund, mich hier so auseinander –«

»Nein, das ist es wirklich nicht, vollkommen richtig. Hast du eure Ergebnisse schon eurem Führungsarzt gezeigt?«

»Ja, er hat schon mal flüchtig draufgeguckt, findet die Leistung meiner Gruppe prinzipiell beachtlich, sagt aber, das müsse alles noch genauer werden, kleinere Einheiten, lückenlosere Hirnpotentiale und vor allem noch genauere Korrelationen ...«

»Genau, einfach noch genauer werden. Na, dann ist doch alles gut. Mach einfach weiter so!«

»Sag mal, willst du mich verarschen?«

»Nein, gar nicht, du bist auf dem richtigen Weg, kein langer geschwungener Weg, sondern der richtige, geradeaus«, alle drei sahen mich verständnislos an, und um sie wieder von mir abzulenken, fragte ich Esther: »Deine Gruppe hat doch sicher auch an Hoffmann laboriert, oder nicht?«

»Wenn man das so nennen will, ja. Ich habe die gleichen Bilder von ihm gemacht. Und mich ein bisschen mit ihm unterhalten.«

»Ah ja? Die sentimentalen Nerven hatte ich nie. Und, würdest du sagen, dass er melancholisch memorable Neigungen hat?«

»Ja und nein. Ich war ein paarmal abends bei ihm, er lag im Bett, hat sich ein bisschen die Finger blutig gerissen, aber recht sanft für seine Verhältnisse, fast gemütlich, und mir träumerisch erzählt, wie er vor vierzig Jahren seine Frau kennengelernt hat, und es schien nicht so, als litte er dabei, er schien seine Erinnerung eher zu genießen. Nur ...«

»Was?«

Sie beugte sich nahe zu mir vor und sah mir abwechselnd ins linke und ins rechte Auge, als suche sie darin die Antwort:

»Nur ist dummerweise nichts von all dem, was er erzählt, tatsächlich passiert, oder jedenfalls nicht so, wie er es erzählt.«

»Er konfabuliert?«

»Es scheint so, jedenfalls war er nie verheiratet, wie seine Akte weiß. Und er zeigt auch sonst deutliche Symptome einer schweren Abrufstörung.«

»Wie zum Beispiel?«

»Ich habe ihm das Märchen von den Sterntalern vorgelesen und ihn anschließend gebeten, es mir wiederzuerzählen. Und das ist, was er sagte«, sie holte ein winziges Diktiergerät aus ihrer Tasche, drückte die Playtaste, und ich sah seine blutenden Fingerkuppen vor mir, als ich die brüchige Stimme von Hoffmann hörte:

»Ja natürlich, ich erinnere mich, es ging um diese schwere Krise von Millie. Wir waren seit drei Jahren verheiratet und meine Mutter drangsalierte uns noch immer wegen der Wohnung, wir hatten ja noch immer keine eigene Wohnung, und so hatte sie leichtes Spiel. Da ist Millie irgendwann kurzentschlossen zur Bank gegangen und hat dem netten Kassierer, Herrn Bürgel, unsere Lage erklärt. Herr Bürgel war sehr verständnisvoll, er hat es sich alles andere als leicht gemacht, aber dann sagte er nach langer Überlegung: ›Sehen Sie, ich würde Ihnen gern helfen, und vielleicht könnte ich es sogar, denn die Bank ist der

Arzt und das Geld ist die Medizin. Aber der Patient muss sein Leben ändern. Und ich weiß nicht, ob Sie das wirklich können.‹ Da war Millie so verzweifelt, dass sie nicht zu mir nach Haus kam, sondern die ganze Nacht in ihrem dünnen Hemd durch die Stadt geirrt ist.«

Esther drückte die Stopptaste, sah mich erwartungsvoll an.

»Und?«

Ich fing an zu schwitzen.

»Was, und?«

»Ähm, wenn ich vielleicht …«, der zweite Junge rieb sich noch einmal die Augen, räusperte sich und hatte sich damit anscheinend hinreichend von den Segnungen des Sandmännchens befreit. »Ich bin jetzt nicht ganz sicher, vielleicht habt ihr das ja schon grad äh …, aber interessanterweise sind die neuronalen Korrelate von Konfabulationen, also von krankhaft erfundenen Erinnerungen, gar nicht von denen tatsächlich erlebter Gedächtnisinhalte zu unterscheiden, genau wie Halluzinationen ja aus Sicht des Gehirns das Gleiche sind, wie wenn man etwas wirklich sieht, und –«

»*Und das haben wir gewusst.*«

Ich lächelte ihn freundlich an, und verwirrt lächelte er zurück:

»Ja genau, wir versuchen halt mit immer neuen bildgebenden Verfahren das, was wir schon wissen, zu bestätigen.«

»Ich hör mir das nicht länger an«, Esther sprang auf, und als ich sie am Knöchel festhielt, schrie sie mich an: »Warum machst du das alles mit? Bist du so ein Arschloch oder einfach nur ein Idiot?«

»Setz dich wieder hin, bitte. Bitte! Darf ich's erklären?« Sie setzte sich und sah wütend an mir vorbei. »Ich mache all das mit, wie du sagst, weil ich glaube, dass es keinen anderen Weg gibt, um an bessere Bilder von uns zu gelangen. Die Probleme, die wir mit den derzeitigen bildgebenden Verfahren haben, das sind Übergangsprobleme. Natürlich, es sind nicht bloß technische Schwierigkeiten, aber eben Probleme des Übergangs. Es wird andere Bilder geben, Bilder, die nicht einfach nur exakter sind als diese hier«, ich schlug verächtlich mit der Rückhand auf die PET- und fMRT-Bilder, »die, selbst wenn sie irgendwann exakter sein mögen, immer falsch bleiben werden, weil sie bloß Bilder von Bildern von Bildern sind. Aber wenn die paradiesisch künstlichen Korrelationsriffe in unseren Hirnmeeren irgendwann abgebaut sein werden, dann wird es andere Bilder geben, Bilder, die uns nicht mehr vorgaukeln, irgendetwas abzubilden, sondern Bilder, die so vollkommen abstrakt sein werden, dass man wirklich lernen muss, sie zu lesen, vollkommen wörtliche Bilder, vor denen man sich nicht mehr verstecken kann, in keinem Winkel seiner verkommenen Seele, und dann wird man sich endlich stellen, und dann kann nichts mehr in einem wispern und höhnen, kein doppelter Boden. *Und ich werde ich selbst sein, seiend mit Dir; denn auch dass ich sein soll, das hast Du mir gegeben,* und dann wirst du mir gut sein ...«

»Sei still, ist gut jetzt, Franz.«

Sie strich mir über die feuchte Stirn und sah mich ängstlich an, sodass ich mich einigermaßen wieder fasste, ein paarmal schwer schluckte, weil meine Mandeln plötzlich geschwollen waren. Und während ich mich vage darüber wunderte, dass die Jungs verschwunden waren, fiel mir wieder ein, wie ich als Kind immer versucht hatte, die schmerzenden Mandeln ganz runterzuschlucken und geglaubt hatte, es müsse mir doch gelingen, wenn ich nur wollte. Erst als Esther meine Hand nahm, fand ich meine Stimme wieder:

»Und was wirst du in deinen Bericht über den alten Hoffmann schreiben?«

»Ich werde schreiben: *Patient schreit unablässig.*«

»Aber er schreit doch gar nicht unablässig.«

»Ja, aber alles andere geht die Leute nichts an«, sie zuckte lächelnd die Achseln, verdüsterte sich dann aber und fügte leise hinzu: »Und außerdem weiß ich nicht, was ich sonst schreiben soll. Alles andere ist falsch.«

»Aber so lässt du ihn doch auch im Stich.«

»Ich weiß«, sie nickte schuldbewusst, »ich weiß.«

30.

»Wo bin ich?«

»Bei mir.«

Ich hob den Kopf, sah sofort ein, dass er fünf Kilo wiegt, legte ihn diskret wieder aufs Kissen zurück, als habe ich ihn stehlen wollen, aber im letzten Moment noch den Ladendetektiv gesehen, beschied mich also mit dem kleinen Blick auf das weißgefurchte Feld vor mir und ließ meine Augen über die Streifen der weißen Batistbettdecke wandern, ein matter Streifen, ein glänzender, einer matt, einer glänzend, und immer so weiter, so wie ich's gern hab …

»Bleib kurz wach, du musst versuchen, ein paar Minuten bei dir zu bleiben. Und bei mir.« Sie stopfte mir ein zweites Kissen hinter den Kopf. »Komm – hoch!«

»Ist das dein Bett?«

»Tja, wie soll ich's dir erklären«, sie zog die Augenbrauen hoch und die Mundwinkel runter und sah sich nickend um Raum um, »ihr Liwadija-Auszeichnungsleute seid ja hochgradig logisch herausgefordert, aber da das hier mein Zimmer ist, wird das Bett darin höchst wahrscheinlich auch …«

»Ach hör auf, ich kann einfach nicht glauben, dass ich bei dir bin, in deinem Zimmer, in deinem Bett – im Djulber-Palast. Wie hast du mich hier reinbekommen?«

»Der Taxifahrer, der uns von Massandra rübergefahren hat, war sehr hilfsbereit und hat mir geholfen, dich hierherzuschleppen. Das Fieber hat dich torkeln lassen wie drei Seeleute auf Landurlaub.«

»N-nein, ich meine, wie … wie hast du's geschafft, mich hier durchzukriegen, ich meine … durch all die Schleusen?«

»Wieso?« Sie zuckte verständnislos die Achseln. »Ich kann doch mitbringen, wen ich will, ist doch meine Sache.«

»Ist es nicht! Ich weiß zufällig, dass ihr niemanden mitbringen dürft.«

»Ah ja?« Sie verzog verächtlich den Mund. »Schon mal versucht, ja?«

»Nein, nicht was du denkst, jemand hat es mir erzählt. Ich weiß, dass ihr niemand mitbringen dürft, dass ihr Leute von Djulber ein Gelübde zu leisten habt und schon allein deshalb –«

»Ach, das sind nur Gerüchte, es ist kein richtiges Gelübde, wir haben unseren Körper lediglich um Keuschheit zu bitten, und genau wie ihr müssen wir an unserer *Pratyahara* arbeiten, Patañjalis Yogasutren in der Praxis verinnerlichen, die grundlegenden fünf *Yamas* und *Niyamas* mithilfe der Asanas in den Körper übersetzen, nur dass wir eben an manchen Stellen härter arbeiten müssen als die anderen hier, aber als Einheimische müssen wir das sowieso. Und immerhin liegen Monitoring und Evaluierung dieses Prozesses ausschließlich bei uns, wir müssen selbst einschätzen, wie weit wir in unserer Arbeit schon gekommen sind.«

»Na, entweder du warst noch nicht sehr weit«, ich nahm ihre Hand, »oder der letzte Sonntag war ein schwerer Rückschlag.«

»Ja, das stimmt, aber da praktischerweise alle Yogapfade am Ende zu Raja führen, dachte ich, ich könnte diesen Rückschlag unter *Niyama* drei, *Akzeptiere deine Lebensumstände*, verbuchen, und im Fall weiterer Abschreibungen werde ich es mit dem heiligen Augustinus halten und jeden Abend zu meinem Körper beten: *Gib mir Keuschheit und Enthaltsamkeit, nur gib sie nicht schon jetzt.*«

Sie lachte fröhlich, aber ich blieb ernst:

»Aber du weißt schon, dass Augustinus dieser Kampf seines inneren Hauses, den er in seiner geheimsten Kammer so heftig wider seine Seele heraufbeschworen hatte, teuer zu stehen gekommen ist – *deshalb hatte ich Streit mit mir und spaltete mich von mir.*«

Sie ruckelte verstimmt mit den Schultern und versuchte ihre Hand aus meiner zu ziehen, aber ich hielt sie fest und setzte mich ganz auf, um sicherer zu sprechen:

»Im Ernst, ich sollte nicht hier sein, Esther, du könntest große Schwierigkeiten bekommen.«

Sie senkte den Kopf und murmelte:

»Nicht so große wie du, im Gegensatz zu uns habt ihr ja wirklich ein Gelübde leisten müssen.«

»Was? Wovon redest du?«

»Na, eure Hygienesatzung zur Bekämpfung der klebrigen Libido: *Eine Trägheit, Schwerbeweglichkeit der Libido, die ihre Fixierungen nicht verlassen will, kann uns nicht willkommen sein.*«

»Gott, du bist wirklich *hoch*auflösend!« Ich lachte erleichtert auf. »Hast du mich erschreckt! Diese Sprüche über die Tiefenreinigung von allen Libidoresten, die irgendwo in einem hängen bleiben und sich dort verkrusten können, sind doch nur so ein bildgebendes Verfahren, um sein Prana besser ein- und ausströmen und im Körper zirkulieren zu lassen, und außerdem gilt das Hygienegebot sowieso nur, solange man noch studiert, und da ich fast ...«

»Aber eben nur fast! *Du* bist derjenige, der Streit mit sich selbst bekommen wird! Hast ihn ja jetzt schon, sonst müsstest du nicht nach Sewastopol fahren und dich dort gründlich von mir reinigen lassen, bevor du Dr. Karg wieder unter die Augen trittst!«

»N-nein, so war's nicht, ich war bei Dr. Karg, bevor ich nach Sewastopol gefahren bin, aber ...«, mir schwindelte, und ich lehnte meinen jetzt wieder sehr schweren Kopf an die unbequem geriffelte Wand, »woher weißt du überhaupt davon?«

»Einer deiner freundlichen Freunde hat mir eine freundliche Note zukommen lassen. Und jetzt wirst du mir sagen, dass es keine Bedeutung hat und –«

»Hat es auch nicht!«

»Ja, das glaube ich dir sogar, und eben das macht mir Angst!« Sie sprang auf, lief vor dem Bett jeweils zwei Schritte hin und her, und erst dadurch bemerkte ich, dass das nur schwach von einer Nachttischlampe erleuchtete Zimmer eigentlich kein Zimmer war, sondern bloß eine fensterlose Kammer, deren holzvertäfelte Wände schwarz gebeizt waren. »Nein, Franz, das ist alles ungut, ich will das alles nicht, ich würde unser Verhältnis gern –«

»… auf ausschließlich äußerliche Anwendungen beschränken? Auf äußerste Äußerlichkeit?«

»Ja vielleicht, zumindest will ich dahin zurückkehren, meine Selbstdesinfizierung aufs Äußerliche zu beschränken. Gründliche Reinigung der Oberflächen oder …«

»… oder doch aufs Äußerste gehen? Willst du nicht vielmehr das?«

»Nein. Und du wirst noch mal an einem deiner Wortspiele ersticken oder an deiner Erotomanie, was vielleicht dasselbe ist.«

»Die ich beide nur dir zu verdanken habe. Aber es gibt schlechtere Manien, glaubst du nicht?«

Sie lachte kurz auf, blieb dann aber abrupt stehen, verschränkte die Arme vor der Brust und begann wie ein panischer Automat aus den Liwadija-Einschreibungspapieren zu zitieren: »Eine klebrige Libido, die sich nicht mehr vom Fleck bewegen kann, können wir nicht begrüßen, läuft man doch derartig fixiert Gefahr, sich ein zu dieser Fixierung passendes Innenleben zu erfinden, man verstrickt sich in gefährliche Konfabulationen, schwelgt in Phantasien von den schrecklichen Veränderungen in seinem Inneren, mit denen man seinen Roman verhüllt, und untergräbt folglich sein selbstmonitorisches Vermögen und seine endoklinischen Kompetenzen, verfehlt sich daher mit jedem Blick, erweist sich schließlich als hoffnungslos unzugänglich für jede salutologische Autokorrektur und …«

»Jaja, halt den Mund jetzt, ich hab's verstanden, komm lieber her!«

»… ist am Ende ganz durch die eigenen Augen vernichtet.«

»Ja. Wir wollen heiraten, Esther, ja? Wir wollen heiraten, bevor wir gestorben sind! Heirate mich, Esther!«

»Hab keine Angst, das ist nur das Fieber, du musst bloß wieder schlafen.«

»Ich hab keine Angst, ich werde noch heute eine Sondergenehmigung beantragen.«

»Sei still jetzt!«

»Leg dich zu mir, bitte! Du musst mich heiraten, bitte Esther, du musst, du musst!«

»Schlaf!«

Erst an der Kühle ihrer Arme spürte ich mein Fieber und erschauernd ließ ich mich in die Kissen zurückfallen, hob nur noch einmal die verklebten Lider und sah über Esthers blasse Wange hinweg, dass Referent hinter ihr auf der Bettkante saß und missbilligend in mein verklärtes Gesicht hinabsah. Aber ich war stärker als er, verschloss meine Augen vor ihm, und so war er schon verschwunden, als ich ruckweise wie ein tiefensüchtiger Apnoetaucher in einem altertümlichen Drahtkäfig nach unten sank in den Meeresschacht, und dort angekommen löschte mich die warme Schwärze aus, bis ich auf dem Rücken eines kleinen Delphins wieder an die Oberfläche getragen wurde.

»Na, wieder da?«

»Mhm.«

»Sie werden doch nicht etwa geschlafen haben, von Stern?«

Referent zuckt zusammen, blinzelt dadurch unkontrolliert und reißt sich, von Dankeviczs hellgrauem Strahlen geblendet, den Unterarm vor die Augen.

»N-nein, natürlich nicht – woher denn?«

»Richtig, woher denn?« Dankevicz lacht gutmütig und tätschelt mir die Schulter. »Woher sollten Sie den Schlaf auch nehmen, können ihn sich ja nicht aus der Rippe schneiden, was? Alles kann man sich aus der Rippe schneiden, alles außer Schlaf, wie?«

31.

Bei vollem Tageslicht sind die Katzenaugen von Dankevicz so geheimnislos und stumpf wie die einer Schwester. Wenn er nicht im fluoreszierenden Blaulicht seines Schlafsaals steht, geht ihm die helle Magie ihres toxischen Strahlens bis auf den letzten Glimmrest verloren. Dankevicz quittiert diesen Gedanken von Referenten mit einem routiniert melancholischen Nicken. Er muss das Erstaunen über seine Entzauberung am Morgen danach schon tausendmal im Kopf seines jeweiligen Gegenübers gelesen haben, das, wie ich jetzt, frisch geduscht, übergründlich rasiert und doch noch sichtlich angeschlagen von den Strapazen der Schlafsimulation, an dem kleinen Schreibtisch in seinem lichten Sprechzimmer Platz nimmt und nervös auf das Urteil des Überfliegers wartet.

»Mehr als tausend Mal, weit mehr! Sie waren noch nie hier in meinem Büro, was, von Stern?«

»N-nein … nein, ich hab Ihnen meine Patienten ja immer nur direkt rüber in den Schlafsaal gebracht, ja, ich glaube, ich habe Sie tatsächlich noch nie außerhalb des –«

»Tja ja«, seufzend legt er seine massigen Arme vor sich auf den Tisch und beginnt, etwas wehleidig mit sich selbst Händchen zu halten, wodurch das Rund seiner Arme wie eine lilagrünschwarze Seeschlange vor mir liegt, die sich als Rettungsring tarnt. »Obwohl mein Sprechzimmer direkt an den Schlafsaal angrenzt, liegen dazwischen irgendwie … Naja, wollen wir nicht heulen – es ist, wie's ist! Wenn auch immer nur *wie* und nie, *was* es ist, wie?«

»Äh … wie?«

»Apropos, kommen wir zu Ihren Bildern.«

Ruckartig beugt er den Oberkörper neben der Tischkante nach unten und hebt einen dicken Stapel Scans vom Boden auf, die so ordentlich übereinandergelegt sind und obendrein, weil die Bilder noch ganz frisch sind, so fest aneinander kleben, dass sie wie ein dunkelgrauer Steinblock, durch den sich rote und weiße Adern ziehen, oder eher wie dessen Styroporattrappe aussehen, denn an der schwungvollen Bewegung, mit der Dankevicz sie auf den Tisch legt, sieht man, dass sie kaum Gewicht haben.

»Schauen Sie selbst, Kollege«, er löst das oberste Blatt vom Block, und das klebrig schmatzende Abziehgeräusch gibt mir einen kleinen Stich in den Solarplexus, sodass meine Linke leicht zittert, als sie das Blatt entgegennimmt. »Erst mal zum Erfreulichen: Ihre Grundstruktur ist vollkommen unauffällig. Ganz regelmäßig alle neunzig

Minuten REM, und in den REM-Phasen registriert der Phallograph den üblichen tumeszenten Tumult, ganz normal alles, keine Besonderheiten, keine exorbitanten Vertikalspannungen, wirklich nichts Aufregendes bei Ihnen, von Sternchen.«

»Ja, na klar«, müde grinsend schaue ich zur Seite aus der Fensterwand ins Grüne. »Aber vielleicht können wir diesen Teil für heute überspringen. Immerhin erledige ich seit fast zwanzig Jahren meine GV-Dienste störungsfrei, niemals irgendwelche Beschwerden, bin daher auch nicht zur Tumeszenzmessung zu Ihnen geschickt worden, sondern um mich wegen meiner Stortexläsion und des Verdachts auf eine Dysfunktion meines Mediators lesen zu lassen. Ich verstehe ja, dass Sie als Experte sich besonders für Phallographie interessieren, aber das war schließlich nicht der Sinn der Schlafübung.«

»Lieber Dr. von Stern, verehrter Kollege«, er lächelt äußerst liebenswürdig, und instinktiv rutsche ich mitsamt dem Stuhl ein Stück zurück, da schwellen ihm vor Wut auch schon die Adern an seinem Hals und an seiner Schläfe, und er brüllt:

»Ich *interessiere* mich nicht für Phallographie, ich *bin* Phallographie!«

»Entschuldigen Sie, Dr. Dankevicz, so meinte ich es –«

»*Experte*! Ich bin kein Experte, ich bin Profi, und zwar der einzige hier!«

»Jaja, natürlich.«

»Mir haben das *Clinical Journal* und der *National Pornographic* schon Sondernummern gewidmet, da haben Sie noch auf der Krim irgendwelche fetten alten Weiber mit Fango vollgeschissen, und ich bin gerade mal fünf Jahr älter als Sie!«

»Jaja, natürlich. Beruhigen Sie sich, Dankevicz, denken Sie an Ihren –«

»Mein Mediator kann mich mal! *Experte*! Ich bin verdammt noch mal der letzte Phallographologe der klinischen Welt! Von Anfang an war ich nicht nur der führende, wie das *Clinical Journal* schon vor über zwanzig Jahren geschrieben hat, sondern auch der letzte. Ich musste immer mehr Gebiete unter Kontrolle haben als ihr Komiker hier alle zusammen! Ich kenne mich überall aus, das liegt in der Natur der Sache, an der Größe meiner Aufgabe, der Verantwortung, die ich zu tragen habe. Tagein, tagaus, jahrein, jahraus!« Er wiederholt die vier Worte und klopft dabei ihr Metrum mit der flachen Hand auf die Schreibtischkante, wovon sein Kopf noch röter wird. »Man sagt ja, Gott ist der große Verteiler, er gibt jedem so viel, wie er tragen kann, mich aber hat er weiß Gott zu reich beschenkt. Wen Gott liebt, den schlägt er – oh ja! Mich muss er sehr lieben, denn er prügelt mich mit seinen Gaben wie einen alten Hund! Sie haben keine Ahnung, wie das ist, von Stern, keine Ahnung! Die Männer kommen zu mir in ihrer Not, und als ihr Phallographologe bin ich nicht nur ihr Arzt, sondern auch ihr Beichtvater, ihr Bruder, ihr … nennen Sie's mir! All diese Männer sind die Söhne von jemandem, aber ihre Väter kommen nicht einmal zur ersten Untersuchung mit, geschweige denn, dass sie ihre Söhne bei der oft langwierigen und peinlichen Therapie begleiten. Und das liegt nicht daran, dass die Väter tot wären, auch wenn viele von ihnen freilich tot sein mögen. Nein, sie kommen einfach nicht mit und sagen dann, dass sie mit den Söhnen einfach nicht mehr mitkommen. Ich hingegen, der ich von manch einem meiner Patienten der Sohn hätte sein können, ich gebe diesen Männern Halt und –«

»Dankevicz, jetzt beruhigen Sie sich endlich!«

»Die Männer kommen zu mir und –«

»Dankevicz, ist gut jetzt«, ich lege ihm sanft die Hand auf den Unterarm. »Niemand kommt mehr zu Ihnen, und das wissen Sie auch. Niemand interessiert sich mehr für Phallographie, noch nicht einmal sie selbst.«

Er atmet noch immer schwer, sieht glasig und mit leicht geöffnetem Mund durch mich hindurch, dann nickt er plötzlich, lässt seine Stirn in den Schirm seiner linken Hand gleiten, drückt sich mit Daumen und Mittelfinger gegen die Schläfen und schüttelt dabei ansatzweise den Kopf. Noch immer liegt meine Hand auf seinem Arm, und idiotischerweise wundere ich mich für einen Moment, dass seine glatte schwarzlila Haut ebenso warm ist wie meine, worüber er hinter seiner Hand plötzlich kichern muss, sein Mund zuckt halb amüsiert, halb gequält, und ich beeile mich zu sagen:

»Aber es macht nichts, dass sich niemand mehr dafür interessiert, dafür sind Sie der beste Gedankenleser der klinischen Welt, nein, nicht nur der beste, der einzige!«

»Schon gut, von Stern«, noch einmal reibt er sich Stirn und Augen, dann hat er sich wieder im Griff, wirft stolz seinen Zopf über die Schulter nach hinten und nickt mir sein übliches joviales Lächeln zu. »Nicht sagen, weiß schon!«

»Ja natürlich, ich weiß, dachte nur …«

»Woher wollen Sie wissen, was ich weiß?«

»Äh …?«

»Kommen Sie, von Stern, glauben Sie, ich wüsste nicht, dass Sie Gedankenlesen können?«

Er klopft mir gutmütig lachend mit seinen großen Händen auf beide Schultern und ich sacke leicht in die Knie.

»W-was? Nein, kann ich nicht. Natürlich nicht …«

»Geben Sie's auf, etwas lächerlich, mir gegenüber zu leugnen, oder? Ich meine, Sie wissen doch, dass ich weiß, dass Sie wissen, dass ich …«

»Aber ich kann's wirklich nicht, Dankevicz, ich schwör's!«

»Natürlich können Sie's nicht! Kommen wir wieder zu Ihrer Sache – wollen wir nicht auf die Terrasse gehen«, er berührt die Glaswand, und lautlos schiebt sie sich zur Seite. »Ist heute draußen wieder so schön wie einst im Mai.«

Ich setze mich etwas steif auf einen der Liegestühle, derweil er noch mal zu seinem Schreibtisch zurückkehrt und meine Bilder holt.

»Machen Sie sich's doch bequem, von Stern, nicht so steif. Passiert Ihnen doch nichts hier bei mir. Obwohl Sie wirklich ein handfestes Problem haben«, er wirft sich in den Liegestuhl neben mir und klopft, bevor er sie aufsetzt, mit seiner Sonnenbrille auf den Bilderblock. »Es ist nicht an mir, das alles auszuwerten, sondern an Kernanatom

Dr. Tulp, aber da wir das Zeug nun mal ebenso gut lesen können wie er …«

Ohne mir den Kopf zuzuwenden, legt er die Bilder auf mir ab wie auf einem Beistelltisch, verschränkt die Arme hinterm Kopf und streckt sich genüsslich:

»Sieht nicht gut aus, oder?«

»Nein«, ich werfe nur einen flüchtigen Blick auf den Klumpen in meinem Schoß und schaue dann zerstreut die Wiesen herab, da bleiben meine Augen verdutzt an einer Gruppenbewegung hängen. »Was machen denn die Schwestern da unten?«

Fünfzig Meter entfernt, am Saum der ersten der acht Wiesen, die als sattgrüne Kaskade von der Klinik aus den Berg hinabfallen, schlendern zehn Schwestern in Zweierreihen an dem verwitterten, niedrigen Holzgatter entlang. Wie sie die Hände locker auf dem Rücken gefaltet haben und mit wackelnden Köpfen laut schwatzen, sähen sie genauso aus wie auf ihren stationären Routinegängen, wenn sie nicht über ihren knappen weißen Kittelkleidern orangefarbene Westen trügen. Wie üblich folgt den Schwestern, in respektablen fünf Metern Abstand, ein diensthabender Zivilist im hellblauen Overall, nur dass dieser hier von einem störrischen Schäferhund an der Leine herumgezerrt wird.

Fragend schaue ich Dankevicz an, der nur kurz Kopf und Sonnenbrille anhebt und dann beides seufzend wieder fallen lässt:

»Ach ja, das! Haben Sie ja gestern verschlafen, es gab angeblich unten einen kleinen Tumult, nichts Genaues weiß man nicht, wird so sein wie immer, aber sicherheitshalber deshalb heute ein paar Patrouillen und so weiter …«

»Ah ja, wo unten? Ganz unten?«

»Wie gesagt, keine Ahnung. Aber lassen Sie uns doch Ihre Bildbesprechung schnell hinter uns bringen, sodass wir uns noch ein bisschen ausruhen können, bevor Sie wieder aufs Band müssen und ich an die Eisen.«

»Naja, die Besprechung können wir uns doch sparen, ich sehe ja selbst, dass ich einen ziemlichen Sprung in der Schüssel haben muss, auch wenn's eigentlich nur ein haarfeiner Riss in Lamina VII ist, den der liebe O.W. obendrein erstaunlich gut gekittet hat. Im Stortex herumzulöten, ohne dabei irgendwas im Kortex zu verletzen, ist schließlich keine leichte Übung, nicht wahr? Aber bei mir sind alle alten Schichten heilgeblieben, alle sechs, sogar das innere Band von Massandra ... äh, von Bailarger ist ganz geblieben.«

»Die Läsion in Lamina VII ist nicht das Problem, von Stern, und das wissen Sie auch.«

»Hm.«

»Ihr Stortex gibt trotz Läsion ganz normales Sperrfeuer, sendet lückenlos an Ihren Mediator, aber der gibt anscheinend fehlerhafte Rückmeldungen, übersetzt nicht sauber oder nicht vollständig, verdreht die Enden, was weiß ich, umgeht bei der Rücksendung den Stortex und projiziert unmittelbar auf die alten Schichten. Und das gibt dann natürlich unschöne Rückkopplungseffekte zwischen limbischem und metalimbischem System, wodurch zwischendurch überhaupt keine Impulse mehr vom Paralimbus zu Ihnen durchdringen. Sind meist nur sekundenweise Ausfälle, aber es reicht, wie Sie merken. Wirft Sie ja ganz schön zurück. Weit zurück.«

»Hm.«

»Sie müssen Ihren verdammten Eigenbericht endlich schreiben, sonst kriegen Sie das nicht mehr in den Griff.«

»Ich weiß, ich weiß.«

»Schauen Sie sich das doch bloß mal an!« Er nimmt mir den Bildblock wieder aus den Händen, schlägt mit der Rückhand dagegen, reißt dann ein Blatt nach dem anderen ab und lässt es zu Boden fallen, schwindelnd schließe ich die Augen und sehe wieder den alten Hoffmann vor mir, der sich erst gründlich die Nagelhaut vom Fleisch und dann das Fleisch vom Knochen reißt. »Dreck! Nichts als Dreck in Ihrem Kopf, von Stern!«

»Ich weiß, ich weiß.«

»Halli Hallöchen, ihr zwei Hübschen, ich stör doch nicht?«

32.

Auf der Schwelle zur Terrasse steht Dr. Holm, sein Springseil in der linken, den Tabaksbeutel in der rechten Hand, und noch nie war Referent so erleichtert, ihn zu sehen.

»Aber nie im Leben, ich bitte Sie, Dr. Holm!«

»Nein, ich bitte *Sie*, mein lieber Dr. von Stern!«

»Nein, aber wirklich, ich bitte *Sie*, Dr. Holm.«

Wir lachen blödsinnig, atmen dann tief in die gequälte Rippe hinein, und Dankevicz schüttelt milde verärgert den Kopf:

»Wenn schon, dann machen Sie's wenigstens richtig, am rechten Sitzhöcker einatmen, über das linke Schlüsselbein wieder ausatmen, kurz am Schambein halten, Steiß triumphiert, und dann umgekehrt am linken Sitzhöcker wieder ein-«

»Ach halten Sie Ihr Wasser, Dankevicz«, Holm tritt auf die Terrasse und beginnt, meine Bilder aufzulesen. »Oh je, Sie hat's aber ganz schön erwischt, von Stern, das ist ja weit schlimmer, als ich dachte.«

»Tja, ich hätte ihm ein harmloses Phallogrämmchen lesen können, aber das wollte er ja nicht«, Dankevicz greift ächzend unter den Liegestuhl nach einer Hantel, beginnt ruhig und genau zu arbeiten und schaut dabei verklärt und doch wachsam auf seinen Bizeps hinab wie eine Mutter auf den Säugling an ihrer Brust. »Und jetzt hat er nur noch Dreck vor sich. Erklären Sie's ihm, Holm!«

»Na na, das kann man aber auch anders sagen«, Holm wirft mir seinen Tabaksbeutel zu, zieht sich bis auf die weißgoldene Trainingsunterhose aus und fängt mit lasch auf den Boden klatschendem Seil langsam an sich einzuspringen. »Er muss halt seine Erinnerungen als Konfabulationen erkennen, dementsprechend ablöschen, fabula rasa, und dann ist wieder gut. Aber das ist ihm ja selbst klar, oder, Kollege?«

Er beugt sich zu mir herab, um sich eine angezündete Zigarette in den Mundwinkel stecken zu lassen, springt dann weiter, strafft und überkreuzt nun das Seil, zieht mit jedem Sprung die Knie höher an die Brust und stößt dabei keuchend den Rauch aus. Seine Zigarette ist schneller durchgezogen als ich die Zigaretten für Dankevicz und mich auch nur drehen kann, und nachdem er den Stummel ausgespuckt hat, springt er wieder gemächlicher und redet dabei eindringlich, ganz ohne seine lässige Müdigkeit auf mich ein:

»Bei Ihnen sind Erinnerungsspuren weithin über die gesamte Hirnrinde verteilt, und weil Sie diese Spuren munter in Ihrem Liquor mariniert haben, befinden sich nun überall in Ihrem Gehirn Erinnerungen. Das allein wäre ja noch kein Problem. Das Zeug liegt eben überall da rum, wo es aufgenommen wurde, das sind Kontaminationen, für die Sie nicht verantwortlich gemacht werden können. Aber Sie müssen das Zeug jetzt verdammt noch mal da liegen lassen, wo es ist, und nicht weiter damit rumfummeln.«

»Glauben Sie, ich bin dämlich?«

»Nein, natürlich nicht, ich weiß, dass Sie das nur zu gut wissen, aber augenscheinlich entgleitet Ihnen dieses Wissen gerade. Verzeihen Sie meinen Ton, aber Sie müssen jetzt wirklich einsehen, dass all das Zeug, das Sie für gelebte Erinnerungen halten, keine sind, sondern bloß ikonisches, ultrakurzwertiges Stimulationsmaterial. Und ja, dummerweise gibt es dazwischen auch die ein oder andere höherstufige, gewissermaßen tiefergelegte neuronale Spur, eine Selbst-Welt-Verbindung, in der zwei Repräsentationen, nämlich ein Zustand Ihres Selbst und Vorgänge in der Welt sich verbinden, und diese Spur wird Ihnen bewusst, sobald diese Verbindung erneut aktiviert wird. Aber es ist nur eine alte Verbindung ohne Anschluss, weiter nichts. Sie können nur die Verbindung, aber nie die Repräsentation selbst aktivieren, da ist immer nur dieses Scheinfeuer einer Handreichung, aber nie zwei Hände, die einander tatsächlich fassen könnten – da ist nichts, weil da nie was war, verstehen Sie? Diese Spuren sind nicht Ihre eigenen, hören Sie?«

»Herrgott, Holm, das ist mir doch klar!«

»Nein, ist es momentan leider nicht ganz. Deshalb sag ich's Ihnen noch mal: Diese Spuren sind bloß erinnerungssuspekte Anhaftungen, die dummerweise bei der Übertragung mit rübergekommen sind. Das hat nichts mit Ihnen zu tun, weil – drehen Sie mir nicht den Kopf weg, Dr. von Stern! – da ist nie etwas gewesen, nie! Sie müssen also, da Sie es nun mal nicht lassen konnten ihn anzufassen, den alten Plunder in yogischer Transformation wieder zurück in die Gegenwart überführen und nicht glauben, dass es jemals etwas anderes in Ihrem Leben gegeben hat als diesen Moment hier, jetzt, verstehen Sie mich?«

Schnaufend hört er auf zu springen, setzt sich ans Fußende meines Liegestuhls, lächelt wieder sein übliches müdes Raubtierlächeln und zückt kurz sein grünes Augenfeuer:

»Ich weiß, ich weiß, natürlich ist das alles Unsinn, aber Sie müssen jetzt da durch, wie wir alle eben. Schreiben Sie Ihren Eigenbericht runter, nehmen Sie Ihren Mediator an die Kandare und übersetzen Sie Ihre Scheinerinnerungen in das, was sie sind, ein Haufen falscher Spuren, und dann wird die Zeit sich wieder verflüssigen und Sie mit sich zurück ins *flow* bringen.«

»Jaja. Sagen Sie, Dr. Holm, machen Sie irgendwas Neues für Ihre Brust?«

»Wie? Oh, ja«, er schaut mit vorgeschobener Unterlippe an sich runter. »Ich mache seit ein paar Wochen eine Variation von schwebendem *Shaturanga*, so ähnlich wie einarmiger Liegestütz, aber mit beiden Beinen in der Luft.«

»Sie meinen, Sie machen den Pfau, *Mayurasana*?«

»N-ja, so ähnlich, aber eben nur mit einem Arm. Recht effektiv. Kann ich Ihnen zeigen, wenn Sie wollen.«

»Ja gern«, ich nicke anerkennend. »Sieht wirklich sehr gut aus.«

»Danke, Kollege.«

Dankevicz mustert mit gönnerhaftem Lächeln Holms Brust und nimmt dann die Hantel in die andere Hand, um auch den zweiten Bizepszwilling zu stillen, und während ich weiter Zigaretten drehe, fällt mir auf, dass die Schwesternpatrouille uns gerade schon zum dritten Mal umkreist. Um sie herum schwirren jetzt die Turnzwillinge Ada und Ardor, flattern mal vor, mal hinter den Schwestern wie zwei Schmetterlinge, das Mädchen schlägt ein Rad nach dem anderen, während Ardor wie gewöhnlich auf seinen Händen läuft, und mir scheint, dass die goldenen Haarspangen in ihren dunklen Lockenköpfen bis hoch zu mir leuchten. Ich recke das Kinn in ihre Richtung und frage Dr. Holm:

»Wissen Sie was Genaueres?«

»Nein, auch nur das, was Schwester Ananke mir erzählt hat. Es hat unten anscheinend wieder mal einen Tumult gegeben, wahrscheinlich das Übliche, vielleicht aber auch ein bisschen stärker als sonst. In der Stadt sollen Gerüchte von einer Ambulanten die Runde gemacht und für Unruhe gesorgt ...«

»Und jetzt wollen die alle hier rauf!«

Dankevicz schüttelt bitter verächtlich den Kopf, aber Holm lacht vergnügt auf und schnurrt:

»Ja und? Kann man ihnen auch nicht verdenken, dass ihnen das Gras auf unserer Seite des Zauns grüner vorkommt, oder? Sie wissen's eben nicht besser. Zumal sie kein Gras haben.«

Darauf lacht Dankevicz so dröhnend und gelöst, als wäre er nicht hier draußen im grellen Maienlicht, unter den Augen des Sonnenvaters, sondern im selig sinistren Reich seines Schlafsaals, aber Holm runzelt plötzlich die Stirn und sieht mich besorgt an:

»Wird sich sicher spätestens nach ein, zwei Tagen beruhigen, wie immer. Das Dumme ist nur, dass einige Leute hier Sie dafür verantwortlich machen. «

»Aber ich kann doch nichts dafür, dass man mir eine Ambulante heraufschickt!«

»Das weiß ich doch«, beschwichtigend legt er seine Hand auf meine, nimmt dabei beiläufig meine Zigarette und zieht tief und mit zusammengekniffenem linken Auge. »Aber Dänemark und Darmstätter verbreiten überall auf den Gängen das Gerücht, Sie hätten die Frau selbst heraufbeschworen.«

»Diese Schweine!« Ich nehme Holms Seil und beginne wütend zu springen. »Diese verdammten Schweine!«

Holm streckt sich gähnend an meiner Stelle auf dem Liegestuhl aus und pustet sich nachlässig ein winziges Häuflein Asche von der Schulter.

»Regen Sie sich nicht auf, von Stern, schwächt Sie nur unnötig. Und Sie haben im Moment weiß Gott keine Kraft zu verschwenden.«

»Ja, genau. Lassen Sie uns lieber überlegen, was wir jetzt tun … Ah, ich weiß«, Dankevicz lässt abrupt die Hantel sinken, schlüpft in sein Büro und taucht kurz darauf mit dem roten Aktendeckel von gestern Abend wieder auf, setzt sich rittlings auf den Liegestuhl, öffnet den Aktendeckel, in dem nur ein leeres Blatt zum Vorschein kommt, drückt ein paarmal gereizt auf einen Druckbleistift, bis die Mine widerwillig aus ihrer Hütte gekrochen kommt, und schaut dann mit dem angestrengt sinnierenden Blick desjenigen, der scheinbar auf einen klaren Gedanken, tatsächlich aber aufs Diktat wartet, zwischen Holm und mir hin und her. »So, wolln wir mal sehen, ob wir nicht wenigstens einen Anfang finden können …«

»Sind Sie vollkommen wahnsinnig geworden?« Holm reißt ihm den Aktendeckel weg. »Haben Sie sich heute Ihre Tätowiernadel direkt ins Hirn gesetzt?«

»He, he, he, ruhig, ruhig!« Ich lasse das Seil fallen und stürze zwischen die beiden, weil Dankevicz in aller Körperruhe mit beiden Pranken nach Holms Kopf gegriffen hat als wolle er ihn ihm wie einen Kürbis vom Körper pflücken. »Ist gut, Dankevicz, lassen Sie ihn los, auf der Stelle! Er hat es nicht so gemeint.«

»Und ob ich es so gemeint habe«, quetscht Holm hervor, »elender Eisenfresser!«

»Verfluchte Tanzschwuchtel!«

»Schluss jetzt, alle beide! Dankevicz, lassen Sie ihn endlich los, verdammt!«

»Irgendwelche Probleme bei Ihnen da oben?« Die Anführerin der Schwestern hat die Patrouille anhalten lassen und ist, wahrscheinlich nur um nicht noch lauter rufen zu müssen, zu uns den Berg hochgekommen und steht nun etwas atemlos, die Hände in die Taille gestemmt und das rechte der weiß kniebestrumpften Beine am steilen Berg nach oben vor sich aufgestellt, direkt unter Dankeviczs Terrasse, pustet sich eine lange Haarsträhne, die ihr aus dem Knoten unter der Haube gerutscht ist, aus der Stirn und wackelt dabei leicht mit den Schultern. »Können wir Ihnen irgendwie helfen, Dr. von Stern?«

»Oh ... nein nein, vielen Dank, Schwester, alles in Ordnung. Kleine Scherze unter Kollegen, weiter nichts.«

Dankevicz hat Holms Kopf augenblicklich losgelassen und streicht ihm die Haare zurecht, während Holm der Schwester zuschnurrt:

»Ja, alles in Ordnung, danke, Schwester, gute Arbeit, weiter so!«

Sie zuckt träge angewidert mit der rechten Schulter, steigt dann aber langsam, den Rücken gegen die Abwärtsbewegung ins Hohlkreuz überstreckt und gewissenhaft mit dem Hintern wackelnd, wieder hinunter, und stockend atmen wir alle drei auf bis in den Kehlkopf, weiter geht's nicht.

33.

Referenten schwindeln noch immer auf Liegestühlen, doch die beiden anderen haben sich augenscheinlich schon wieder weit besser im Griff als ich, in einem enervierenden Kanon entschuldigen sie sich gegenseitig beieinander, bis ich belästigt aufstöhne und Dankevicz diese hausübliche *copa di culpa* mit einem abschließenden Räuspern für unentschieden erklärt. So kann Holm schließlich für den Mitschnitt, der hinter unseren Rücken gemacht wird, zum Protokoll übergehen:

»Halten wir fest: Dr. Dankeviczs Versuch, gemeinsam einen Anfang für Dr. von Sterns Eigenbericht zu finden, müssen wir als desaströses Fehlverhalten – nein, lassen Sie mich bitte ausreden, lieber Kollege – als desaströses Fehlverhalten einschätzen, gleichwohl wir anerkennen, dass es in der besten, der allerbesten aller Absichten geschah. Ich unterstelle Dr. Dankevicz daher nicht länger, Dr. von Stern durch eine solch regelwidrige Hilfe schaden gewollt zu haben. Dr. Dankevicz anerkennt im Gegenzug, dass ich seinen Verstoß gegen die Abfassungsregeln und gegen den Sinn des Eigenberichts nicht aus Feigheit unterbunden habe, sondern ausschließlich, um schlimmen Schaden von uns allen und vor allem von Dr. von Stern abzuwenden. Korrekt?«

Dankevicz nickt ein paarmal schmatzend und mit halbgeschlossenen Augen, und Holm schließt erschöpft oder eher selbstzufrieden seufzend das Protokoll ab:

»Na schön, womit wir wieder beim *status ante tumoris* wären: Dr. von Stern hat schleunigst seinen Eigenbericht in Angriff zu nehmen und ...«

»*Und das haben wir gewusst.*«

»Ach kommen Sie, von Stern, nehmen Sie sich zusammen! Heute Abend, wenn Sie die erste Behandlung der Ambulanten überstanden haben – sie hat doch heute Nachmittag ihren ersten Termin bei Ihnen, oder? – gut, also heute Abend legen Sie sich schön in *Shavasana* und beginnen mit Ihrer Rechenschaft. Machen Sie ein paar gründliche Anamnesen, lassen Sie Ihren Mediator sich an die Wahrheiten erinnern, die er geschaut hat, bevor er sich mit Ihrem Körper vereinigt hat.«

»Hm.«

»Und dann bringen Sie sich wieder in Erinnerung, warum Sie Arzt geworden sind. Denken Sie einfach daran, was Sie einst hierher geführt hat, wird Ihnen Feuer unterm Arsch machen. Und dann läuft die Sache wie am Schnürchen, einfach die letzten zwanzig Jahre runterhauen, Augen zu und durch, gottlob ist Tristitia ja blind.«

»Warum sind *Sie* eigentlich Arzt geworden, Holm?« Dankevicz scheint plötzlich ungewöhnlich wach, und in seinem Ton liegt nichts Spöttisches, sondern bloß verwunderte Neugier. »Ich glaube, das weiß ich gar nicht, sonderbar, obwohl ich doch wegen des phallographischen Checks bei der Einstellung immer die gesamte Akte zu sichten bekomme. Ich bin mir sogar recht sicher, dass ich Ihre Akte damals in der Hand hatte, ja doch, ich sehe sie vor mir, ein leuchtend gelber

Aktendeckel, aber ich weiß gar nicht, ob überhaupt irgendwas darin war ...«

»Keine Ahnung«, Holm zuckt lässig die Schultern. »Hab mich nie um meine Akte gekümmert, hab keine einzige Korrektur vorgenommen in all den Jahren, hab sie noch nicht mal am Anfang gelesen, na, vielleicht die ersten paar Monate, aber dann nicht mehr, ödes Zeug.«

»Schon, aber man muss doch über sich im Bilde bleiben oder zumindest auf dem Laufenden. Na wie auch immer, warum also? Warum sind Sie Arzt geworden?«

»Ich hatte keine Wahl.«

Dankevicz und ich schauen uns kurz verdutzt an und müssen dann lachen. Grinsend nickt Holm abwechselnd uns und seinem Bauchnabel zu, bis Dankevicz unseren Heiterkeitsausbruch mit einem kleinen Applaus beendet.

»Gut gescherzt, Holm, nicht ohne Tiefe. Denn es ist ja wahr, auch wenn niemand eine Wahl hat, hat man keine Wahl. Naja, niemand außer mir, versteht sich ...«, Holm und ich verdrehen die Augen, aber Dankevicz fährt störrisch fort: »Ja, auch wenn Sie's alle noch immer nicht glauben wollen, *ich* bin tatsächlich freiwillig Arzt geworden. Ich bin ja überhaupt der einzige hier, der einen Heilshintergrund hat, alter Osteopathenadel, die Zweige meines Baums erstreckten sich über ganz Europa, meine Familie hat immerhin auch den Bodyguard von Bhagwan hervorgebracht ... aber gut, lassen wir das, warum also ..., nein, auf welche Weise hatten Sie keine Wahl, Holm, warum sind Sie ...?«

»Warum ich Arzt geworden bin? Weil ich mich liebte, weil ich mich abgöttisch liebte, warum sonst? Was hätte ich mit einer solchen Passion anderes werden sollen?«

Dankevicz und ich schweigen betreten, Holms Blick flattert scheu und zugleich wütend zwischen uns hin und her, dann kommt sein hilfloser Lidschlag zur Ruhe, und leise fügt er hinzu:

»Ich war erst fünfzehn, als ich mir das Herz gebrochen habe.«

Dankevicz schluckt ein paarmal peinlich hörbar, bevor er leicht heiser murmelt:

»Das ist hart, Mann!«

»Ja«, Holm grinst ihm gequält zu, »das nehme ich auch an«. Dann senkt er den Blick und beginnt surrend in Zungen zu reden, träumerisch und doch klar verständlich, als wolle er der unruhigen Maserung der Terrassenbohlen eine Gutenachtgeschichte erzählen:

»Solange ich denken kann, wusste ich nicht wohin mit mir. Was hätte ich tun können? Wem mich anvertrauen? Zum Arzt gehen? *Herr Doktor, ich habe mir das Herz gebrochen!* Wohl kaum, nein. Wenn man sich selbst liebt, haben die Menschen kein Verständnis für einen, man kann ihnen keinen Vorwurf daraus machen, sie verstehen es nicht besser, in ihren ordentlich selbstgefälligen Leben gibt es keinen Platz für die Ungeheuerlichkeit eines solch erbärmlich verfehlten Verlangens. Sie haben keine Ahnung, was es heißt, verachtet zu werden von dem Einzigen, der einem die Welt bedeutet, tief verachtet, aus dem Innersten heraus verachtet, nicht nur abgewiesen, sondern für alle Zeit abgelehnt zu werden, und dann, das Kinn im Staub, doch noch auf ein andermal vertröstet zu werden und so wieder und wieder ins Leere zu greifen und dem faulen Zauber dieses erniedrigend durchschaubaren Spiels doch nichts entgegensetzen zu können. Jahrelang hab ich gegen die Sirenen meiner Stimme angebrüllt, die Lautsprecher voll aufgedreht, *Kill your idols, kill your idols, kill your idols, let's go!* Aber es hat alles nichts geholfen, denn ich wollte doch nur eins, mich einmal auf mich selbst legen, mich in Deckung bringen, einmal in Ruhe mit mir allein sein, aber auch wenn ich mir manchmal freundlich zuzulächeln schien, mitleidig gerührt über mich den Kopf schüttelte und mir zuflüsterte: *was für ein seltsames Rasen*, es gelang mir doch nicht ansatzweise, zu mir vorzudringen, und so wurde ich unter meinen Augen und denen aller anderen schwächer und schwächer, ohne irgendjemandem ein Wort sagen zu können. Meine Liebe zu gestehen, ja, das wäre wirklich ein Geständnis gewesen, eins, das einem Verbrecher zukäme, aber keinem großen Verbrecher, sondern einem armseligen Kleinkriminellen, gleichermaßen skrupel- wie fantasielos, einem, der sich schon nach seinem ersten Bruch einbuchten lässt.

Es fiel in diese Zeit, dass meine Eltern von der Bank ihre salutologische Prämie ausgezahlt bekamen, *Bei Gesundheit Geld zurück,* und zusätzlich war in diesem Jahr die Treueprämie fällig, mein Vater hatte schließlich zwanzig Jahre lang in untadeliger Stereogamie ausschließlich meine Mutter und seine Sekretärin gepflügt, ich weiß nicht mehr, zu welcher der beiden Prämien es ein Appendix war, auf jeden Fall flatterte uns an einem Montagmorgen dieses Angebot ins Haus: *Tausend Kinder fliegen umsonst.* Meine Eltern waren sichtlich froh, mich endlich in gute Hände loszuwerden. Meine Mutter hat mein Kinn in ihre weichliche Hand genommen, aus ihren treuherzig braunen Hirschkuhaugen tief in meine von der Scham grün vertümpelten Seen hinabgeblickt und gesagt: *Die Krankheit, mein Junge, das ist das ungelebte Leben. Es verlangt nach seinem Recht und du musst dich ihm nun stellen.* Mein Vater, dem nur allzu klar gewesen sein muss, dass einzig die Vorstellung eines ungelebten Lebens eine Krankheit war, und eine böse obendrein, hat derweil aus dem Fenster hinausgesehen, die peinlich sauberen Hände auf dem Rücken gefaltet, und so getan, als würde er auf einen seiner Lieferanten warten, aber ich konnte deutlich sehen, wie das Blut unter seiner Schädeldecke pulsierte und wie seine zweite Stirn, die Rückstirn zwischen seinem Scheitellappen und seinem Hinterhauptslappen schuldbewusst auf mich feuerte. Ja, und so kam ich auf die Krim, und ab da …«, Holm kommt tief einatmend wieder zu sich, lässt seinen Blick zu uns zurück wandern und lächelt in bitterer Verklärung, »ab da gab es kein Halten mehr.«

Referenten schweigen beklommen, dann frage ich leicht krächzend:

»Sie waren auch auf der Krim?«

Holm legt mir geistesgegenwärtig die hohle Hand auf den Solarplexus, fängt so die schlimmsten Schwingungen auf, sodass ich ruhiger weiterfragen kann:

»Sind Sie auch von Dr. Karg hierher geschickt worden?«

»Nein, ich wurde von Dr. Frauenfeld persönlich rekrutiert. Poetische Natur, empfindlich schöngeistig, schon damals darüber verbittert, dass man ihm nicht die alleinige strategieplanerische Führung des gesamten großklinischen Projekts Krim überlassen wollte. Ich habe ihm zweimal die Woche warmes Öl über seine hohe Stirn gießen müssen, und am Tag nach meinem Examen hat er dabei mein Handgelenk festgehalten und mir ein unabweisbares Angebot gemacht, die verlockende Stelle eines Arztes inklusive Referenten, und dabei schmutzig gegrinst: *Sie werden also alle beide nächsten Monat reisen können, Holm.* Tja, und so habe ich mir an diesem Abend eine Locke abgeschnitten, die ich dann zur Erinnerung auf meinem Herzen trug, bis es schwer nach unten sank, und kaum war ich aus der Anästhesie entlassen, fand ich mich schon in einem Flugzeug wieder und dann in einem Taxi und dann hier, fand mich wieder am laufenden Band«, er lacht nun plötzlich wieder sein dunkel heiteres Schnurrlachen, und noch etwas verhalten versuchen wir, ihn nachzuahmen. »Und so sage ich mir immer, es ist doch besser, als wenn ich mein Leben lang nur im Gerätekeller rumsäße und den Spiegel ablecken würde, hier kann ich mich wenigstens, nun ja … nützlich machen.«

Erleichtert lachen wir alle drei und atmen danach sogar deutlich tiefer als bis zum Kehlkopf, unsere Schlüsselbeine dehnen sich lächelnd nach außen, und Dankevicz hat sein Dröhnen ganz wiedergefunden:

»Genau so ist es, so und nicht anders, gut gemacht, Holm! Und außerdem müssen Sie sich immer sagen, dass Sie hier besondere Privilegien genießen. Immerhin sind Sie, anscheinend wegen der besonderen Härte Ihres Falles, konstitutiv vom GV befreit.«

»Naja, was immer privilegiert so heißt«, Holm hält mir wieder auffordernd seinen Tabaksbeutel hin und ich beeile mich, ihm aus den letzten Krümeln ein dünnes Zigarettchen zu falten. »Tagein tagaus den Eintänzer und den Superschocker zu geben, der Anblick verdrehter Frauenaugen, der sich tausendfach im visuellen Stortex ansammelt, einen mit den Jahren ganz zumüllt, und jeden Nachmittag mit all diesen sehr alleinstehenden Frauen in der Dampfsauna rumsitzen zu müssen, ist auch kein reines Vergnügen …«

»Hm ja, das verstehe ich natürlich«, Referent vollkommen gelöst, spürt den plötzlich wieder emsig vibrierenden Mediator gegen seine

Rippen pulsieren, kann daher seine Rede frei aus mir strömen lassen, und versonnen höre ich ihm zu. »Ich für meine Teile finde es allerdings recht angenehm, für ein paar Wochen vom GV befreit zu sein. Aber wie auch immer, in jedem Fall ist doch im Grunde genommen alles hier ein reines Vergnügen, ein ganz und gar reines. Denken Sie nur, Kollegen, was da unten aus uns geworden wäre, niemals *shanti, shanti, shanti* finden, nicht auszumalen!«

»Da haben Sie recht, von Stern«, Holm zwinkert mir an Referenten vorbei zu. »Wir haben das ganz große Los gezogen.«

Schwachsinnig nicke ich ihm zu, wir strecken uns wieder lang aus, so gut es zu zweit auf der schmalen Liege eben geht, und lächeln dem Sonnenvater entgegen. Dankevicz schüttelt großväterlich tadelnd den Kopf, tut es uns dann aber gleich und brummt, während er die Sonnenbrille wieder vom silbernen Mittelscheitel auf die Augen rutschen lässt:

»Ihr Wort in den Ohren der Klinikleitung, Holm. Wollen wir nur hoffen, dass die da unten jetzt nicht alle hier …«

»Ach Blödsinn, Dankevicz, Sie alte Unke, es ist noch nie was passiert, also wird auch weiter nichts passieren. Nur weil es ab und an anscheinend mal einem Blindgänger gelingt, durch den Zaun der untersten Wiese durchzuschlüpfen …«

»Diesmal ist es anders, Holm, ich sag's Ihnen, es brodelt da unten. Ein Gerücht von einer Ambulanten, das ist ein anderes Kaliber, das schlucken die Leute nicht einfach so. Würde mich übrigens nicht wundern, von Stern, wenn es doch wahr wäre, was Dänemark und Darmstätter über Sie verbreiten, und Sie die Frau tatsächlich selbst hier heraufbeschworen hätten, Sie oder Ihr kaputter Mediator, was ja irgendwie momentan dasselbe zu sein scheint.«

»Schauen Sie, ich bin ganz ruhig, Dankevicz«, zum Beweis strecke ich meine Hände aus, die kein bisschen zittern. »Und das Beste, was ich für Sie tun kann, ist, Ihre abstrusen Vorwürfe als nicht geäußert zu betrachten.«

»Wie Sie wollen, aber Sie wissen schließlich, dass ich alles über Sie weiß«, er beugt sich direkt über mich, und mit Erstaunen betrachte ich meine tiefblauen Augen in seiner spiegelnden Sonnenbrille. »Sie haben Heimlichkeiten mit dem Meer, mit dem Meer haben Sie …«

»Bei allem ärztlich gebotenen Mitgefühl für Ihre Anadiplosie, Dankevicz, aber das sagten Sie bereits und …«

»… und bei allem ärztlich gebotenen Mitgefühl für Ihre Agraphie, von Stern, aber Sie bringen uns hier alle noch in –«

»Gut, es reicht jetzt«, Holm braucht die sonnentrunken gedehnte Stimme nicht zu heben, denn dankbar für seinen leisen Zwischenruf schweigen wir auf der Stelle. »Lassen Sie uns lieber noch ein wenig gemeinsam in *Shavasana* gehen, bevor wir uns wieder in den Gang der Dinge einfädeln müssen.«

Und so schließen Referenten die Augen und lassen in dynamischer Gemeinschaft ihr leise summendes Prana strömen. Aber der Zauber trägt uns nur ein paar Atemzüge lang, denn von irgendwo hinter uns mischt sich ein kleines Wimmern in unser Summen. Verwundert rotieren wir die Köpfe, und in der Terrassentür, an der Hand der vorwurfsvoll dreinblickenden Schwester Ariane, steht mein Wunschsohn Evelyn. Er ist noch immer im Pyjama, so wie ich ihn im Schlafsaal hinterlassen habe, und erst jetzt, wo ich ihn sehe, fällt mir auf, dass ich ihn schon wieder vollkommen vergessen hatte.

34.

»Finden Sie nicht, der Junge ist ein bisschen zu alt, um noch von Ihnen gebadet zu werden, Herr Doktor? Er ist neunzehn – neunzehn! Da ist man doch wohl normalerweise längst erwachsen, oder nicht, Herr Doktor?«

Wie immer, wenn Schwester Ariane Referent mangelnden Respekt bezeigen will, hat sie ihre Hände, statt sie vorschriftsgemäß auf dem

Rücken zu falten, in die geraden Hüfttaschen ihres Kittelkleides gestopft, wodurch automatisch nicht nur ihre Augenbrauen, sondern auch ihre Schultern missbilligend gehoben sind. Dank dieser kindischen Demonstration kann ich Ariane so weit wie möglich ignorieren, was nicht sehr weit ist, aber immerhin so weit, dass man auf ihre Fragen nicht direkt beim ersten Mal antworten muss.

»... normalerweise längst erwachsen, oder nicht, Herr Doktor?«

»Doch doch, ich nehme es auch an, ist man wohl, aber er hat es so gern, und außerdem hab ich heute mal wieder was gutzumachen bei ihm – und hoppalla, jetzt aber raus aus der Wanne mit Ihnen, mein Junge!«

Aber Evelyn wackelt nur gemütlich mit Kopf und Hintern und lächelt mich vergnügt an, und so drücke ich den riesigen Schwamm noch einmal über seinem Kopf aus, ohne auf Arianes scharfes Einatmen zu achten.

»Gut, er ist natürlich etwas zurückgeblieben, darauf versuchen wir hier alle Rücksicht zu nehmen, Herr Doktor, aber –«

»Er ist überhaupt nicht zurückgeblieben, Schwester, aber das verstehen Sie sowieso nicht.«

»Oh natürlich, verzeihen Sie, Herr Doktor«, sie spitzt bösartig süßlich die Mäuselippen. »Ich bin ja nur eine einfache Schwester, habe kein Herz und verstehe daher nicht –«

»Genau. Seien Sie so gut und geben Sie mir das große Handtuch da – danke. Für einen Jungen, der von seiner Mutter in einer Postklappe abgelegt wurde und sich daher weigert, zur Welt zu kommen oder zumindest noch immer seine Geburt hinauszögert, ist er erstaunlich weit gekommen, meinen Sie nicht, Ariane?«

»Schon, aber sehen Sie, Herr Doktor«, sie stellt sich direkt hinter mich, drückt mir sanft ihr Knie in die Kniekehle und träufelt ihre plötzlich warme Stimme in mein überreiztes Ohr, aber umsichtig verschließt Referent alle meta- und paralimbischen Zugänge zu mir. »Es kann doch nicht sein, dass Sie so eine große Sache daraus machen, die meisten Patienten hier wurden schließlich irgendwann von irgendjemandem irgendwo verlegt und dann hier abgelegt, und ich fürchte, dass Sie den Jungen von Anfang an verzogen haben, ihn noch immer verziehen, und das können wir doch nicht begrüßen, nicht wahr, Herr Doktor?«

»Ach, Unsinn, das verstehen Sie nicht!«

Leichthin schüttele ich sie ab, und erstaunlicherweise unternimmt sie keinen zweiten Überzeugungsversuch, sondern weicht wie erschrocken in eine Ecke des Bads zurück und hält sich mit gespreizten Händen an der Glaswand fest. Bis auf diese pathetischen Hände decken sich ihre Körperumrisse nun nahezu mit denen der neugierigen alten Nachbarpatientin, die wie üblich an der Wand klebt, wenn es ein Wasserritual zu beobachten gibt. Ich wende mich von dem lästigen weißen Doppelschatten ab und dem mittlerweile etwas fröstelnden Jungen wieder zu:

»So, Evelyn, raus mit Ihnen!«

»Abér nein, abér nein, abér nein, nein, nein!«

»Doch, doch, doch! Und hopp! Hopp Höppchen!« Ich greife ihm unter die Arme, ziehe ihn hoch und fange an, ihn abzutrocknen. »Sonst sind Ihre Lippen gleich wieder schwarz, und außerdem müssen Sie sich noch rasieren, mein Junge.«

»Abér nein ...«

»Aber doch, und hören Sie mit diesem albernen abér auf!«

»Das kann ich nicht, das stumme *e* im normalen *aber* gibt mir heute keine ausreichende Sicherheit gegen böse Einmischungen in meine inneren Angelegenheiten, ich muss es akzentuieren, weißt du?«

»Hmhm, soso«, immerhin habe ich ihn schon bis vor den Spiegel gezerrt und rubble ihm die Haare trocken, er kneift Augen und Mund zusammen, aber sein munter schnaufender Atem kündigt eine schlimme Plapperlaune an, um so schlimmer, als wir jetzt gleich auch noch allein sein werden, weil Ariane ihre Komödie heute so weit treibt, dass sie sich an den Glaswänden entlang wie aus einem Raubtierkäfig zur Tür hinaushangelt. »Wir wollen uns jetzt beeilen, einverstanden?«

»Ja Papa, abér ich will dir nur schnell erzählen, dass das *abér* mein Hauptzauberwort gegen alles Böse ist und ...«

»Abér das weiß ich doch, jetzt mal endlich rasieren, bitte! Ich hab heute auch noch ...«

»Ja, abér was du nicht weißt, ist, wo ich das Wörtchen herhabe, ich habe es nämlich aus den Anfangsbuchstaben aller heilskräftigen Gebete zusammengesetzt, und an richtig schlimmen Tagen hänge ich noch ein *Amen* dran – abér Amen! Dann kann mir wirklich nichts mehr passieren. Nicht dass ich dran glauben würde – ich bin ja nicht abergläubisch, sondern nur abérgläubig –, abér es hilft«, er lacht auf wie über einen Scherz, den jemand anders gemacht hat, und ich lasse ihn weiter plaudern, denn immerhin seift er sich dabei jetzt brav die Wangen ein. »Abér eigentlich bedeutet es etwas ganz anderes, denn – ich will dir ein Geheimnis verraten, Papa – in Wirklichkeit ist das *abér* eine Angleichung an das Wort *Abwehr*, es ist also nicht eigentlich ein Bannwort gegen das Böse, sondern eher eine Abwehrformel gegen das Gesundwerden.«

»Ach, bitte nicht wieder diesen alten Blödsinn, Evelyn!«

»Abér warum denn nicht? Lass mich doch, das ist doch wirklich eine gute Erklärung, mit der ich auch einmal wie die Alten sagen kann: *und so ließ sich alles sinnreich übersetzen.* Weil eigentlich spreche ich nämlich eine schöne alte Zwangssprache, glaub mir, Papa, einen ausgestorbenen hysterischen Dialekt. Und wenn ich auch nicht gestorben bin, so lebe ich doch auch nicht, denn was ist es anderes, Papa, was ich sagen will, als dass ich nicht weiß, woher ich gekommen bin in dieses – soll ich sagen Sterbeleben oder Lebesterben? Was meinst du, Papa? Wie soll ich sagen, hm? Sag's mir, mein armer, armer Vater, der du durch meine Schuld, durch meine große, große ...«

Ich höre nicht länger auf den seltsam heiteren Singsang seines Geredes, schaue ihm nur versunken im Spiegel dabei zu, wie er sich geschwind und geschickt rasiert, mit den exakt gleichen Bewegungen, mit denen ich mich rasiere, was nicht weiter verwunderlich ist, schließlich habe ich es ihm beigebracht, und obwohl er aussieht wie mir aus dem Gesicht oder eher aus einer alten Fotografie von mir herausgeschnitten, sehe ich jetzt, wo er so ausgelassen plappert und dabei immer wieder hell gurgelnd auflacht über seine kindischen Abwehrspäße, nicht mich, sondern nur dich in ihm. Ich sehe dich im Spiegel, über ein anderes Waschbecken gebeugt, plappernd und lachend und, statt wie Evelyn mit dem Rasiermesser, mit der Zahnbürste unablässig herumgestikulierend, sodass alles genauso vollgespritzt wird in diesem Bad, in einem anderen Bad. Und plötzlich verschwinden die Glaswände um mich herum, und ich stehe wieder im Freien eines gemauerten Zimmers, nicht im Liwadija- und auch nicht im Djulber-Palast, gar nicht in Jalta, nein, sondern oben in Kertsch, in unserem kleinen Bad, blasstürkis gekachelt, mit einem undichten Fenster und einer verzogenen Tür, die sich, so oft man sie auch ölt, nervtötend quietschend öffnet und schließt, und die mich jede Nacht aufweckt, weil du andauernd aus dem Bett ins Bad und wieder zurück schlüpfst, wo dich nichts halten kann, und ich kann nicht verstehen, warum das so ist. Was selbstverständlich eine Lüge ist, denn ich weiß ja, dass du nicht wegen deiner Pinkelsucht so herbstlich unruhig über den Flur hin und her wanderst, sondern weil du mir den Weg, meine nächtlichen Wege zu dem riesigen, kastenförmigen Garderobenschrank neben der Wohnungstür versperren willst, zu diesem Monstrum, über das wir bei unserem Einzug so gelacht haben und in dem ich mich bald darauf nachts heimlich einzuschließen begann, um mich im grellfunzeligen Licht einer kleinen, eckigen, in Schläfenhöhe waagerecht wie ein Nagel aus dem splitterigen Fichtenholz ragenden Glühbirne an den schwarzfleckigen Spiegel zu pressen und den gewisperten Instruktionen meines Referenten zu lauschen.

Mit einem unterdrückten Aufstöhnen schlage ich mir die Hände vor die Augen, verjage dich und mich und alle unseligen alten Bilder von uns und sehe wieder den Jungen vor mir, und so dringt auch sein plätscherndes Gerede nach und nach wieder zu mir durch:

»… manches ist gut, manches ist schlecht, denn sieh mal, Papa, es kommt ja drauf an, was es einem so zuflüstert. Das Gebot, sich den ersten möglichen Prüfungstermin im Semester zu nehmen, könnte man sich ja noch gefallen lassen. Wie abér, wenn dir das Gebot käme, dir den Hals mit dem Rasiermesser abzuschneiden? Oh je! Oh jemine! Jetzt ist es ausgesprochen …, gesagt, getan, schwuppdiwupp …«

»Um Gottes willen, Evelyn!«

Im letzten Moment gelingt es mir, ihm das Rasiermesser von der Kehle zu reißen, ich muss ihm dafür nicht nur in den Arm, sondern ins offene Messer fallen und schneide mir dabei tief in die paradiesische Bucht zwischen Daumen und Zeigefinger. Ich klemme schnell ein Handtuch in die Wunde, ziehe Evelyn mit der anderen Hand zu mir heran. Er wehrt sich nicht, als ich mich mit ihm in den Armen und vor Angst schnaufend auf dem Fliesenboden niederlasse, sondern beschimpft mich nur kleinlaut:

»Du Lampe, du Handtuch, du Teller … !«

»Ja, ist ja gut, Evelyn, ich mache es wieder gut, ich mache alles wieder gut, mein Junge.«

»Du blutest wie ein Schwein, Papa.«

»Woher willst du denn wissen, wie Schweine bluten, hm?« Ich wische ihm lächelnd die Tränen weg, wie ein schwächliches Echo lächelt er zurück, und idiotischerweise frage ich mich, ob ich die beiden Blutstreifen, die ich ihm beim Tränenwegwischen quer unter die Augen gemalt habe, nicht ordentlicher hätte auftragen können. »So, ich lasse meine Hand kurz bei Dr. Bulgenow nähen, und dann gehen wir Mittagessen, und zwar nicht in den Speisesaal, sondern raus auf die Terrasse, einverstanden?«

»Wieso bei Dr. Bulgenow und nicht bei Kernanatom Dr. Tulp?«

»Naja, weil Dr. Tulp sich jetzt automatisch nach meinen Schlafsaalaufzeichnungen erkundigen, sich eventuell sogar meinen Mediator noch mal anschauen würde, während Dr. Bulgenow nie was wissen will, selbst schlimmste Schussverletzungen versorgt er, ohne ein Wort zu sagen, ohne auch nur die Zigarette im Mundwinkel zu heben.«

»Das ist gut, so ein Arzt, nicht wahr, Papa? Einer, zu dem man einfach sagen kann: *Sieh, meine Wunden verhehle ich nicht: Arzt bist Du, ich bin krank; Du bist erbarmungsvoll, ich bin erbärmlich. Heile all mein Krankes, denn viel und groß ist dies mein Krankes.*«

»Na na, Evelyn, Sie wissen doch, dass man im Grunde schon sehr gesund sein muss, um derart mit der Großen Krankheit zu kokettieren, oder? Und das kann man von Ihnen leider ...«

Ich breche ab, weil sein Gesicht sich wieder ängstlich verdüstert, und greife nach oben, um ihm seine Flasche zu geben, aber er hält meinen Arm fest:

»Erhöre mich, Papa, um des Arztes unserer Wunden willen, der am Holze hing!«

»Schon gut, ich höre dich doch, ich höre dich! Immerhin nehme ich dich jetzt mit nach draußen, das ist doch schon mal was, oder?«

»Ja, vielleicht«, er scheint über meine Worte nachzudenken, nickt ein paarmal langsam und strahlt mich dann an. »Ja, das ist ein Anfang!«

35.

Referent taucht mit frischem Verband und Kindpatient in der Terrassentür wieder auf, bleibt verdutzt auf der Schwelle stehen, weil Frau von Hadern und der Professor an ein und demselben Tisch sitzen und Pfleger O.W. keineswegs als Deeskalator, sondern lediglich als stumm zwischen ihnen über seinen Teller gebeugter Statist benötigt wird, dekorativ wie die weiße Porzellanvase mit dem blassvioletten Flieder vor ihm, so einträchtig schwatzend essen Patient und Patientin miteinander.

In die Sonne blinzelnd betrachtet Referent die Scherenschnittprofile der beiden, spielt mit dem Gedanken, angesichts heute an seinem Tisch zu erwartender gesteigerter Anstrengungen doch hinüber in den bei diesem Wetter ausschließlich den schweren Fällen überlassenen Speisesaal zu gehen, zumal Kindpatient Referent in diesem Sinn an Kittelellbogen zupft. Doch da hebt O.W. den Kopf, sein verschleiert über dem Flieder schwebender Blick klärt sich, als er mich sieht, minimal grinsend zuckt er mit den Schultern, und bevor Evelyn weiß, wie ihm geschieht, platziere ich ihn neben mir am Tisch.

O.W. murmelt uns nur ein diskretes *Guten Tag, Herr Doktor, Hallo Evelyn* zu, streicht dann seine weiße Lederkrawatte glatt und versenkt sich wieder in seine Brennnesselsuppe, derweil die beiden anderen uns euphorisch begrüßen und die Klinikleitung und den Sonnenvater für das gute Essen, das schöne Wetter und die weise Einsicht loben, mittags neuerdings auf eine musikalische Unterlegung der Mahlzeiten zu verzichten. Denn durch den dadurch deutlich vernehmbaren *Grundbass der Stille*, so Frau von Hadern mit in Evelyns ängstlich verständnislose Richtung gezwinkertem Stolz auf das Paradöxchen des Tages, stelle sich der heilkräftige Kontakt mit der Maiennatur ganz automatisch schon beim Essen, ohne pranayamische Anstrengungen, ein – und ganz ohne Flaschennuckeln, wie der Professor mit einem ebenfalls in Richtung Evelyn rügend wackelnden Zeigefinger hinzufügt. Immerhin scheint das hochspirituöse Geschnatter der beiden nicht auf unsere Responsfunktionen ausgerichtet, und so höre ich ihnen nicht mehr zu, schnüffle stattdessen über den Tisch gebeugt mit unschicklich halbgeschlossenen, und, wie ich fürchte, sogar ein wenig flatternden Lidern am Flieder, der in der Vase seinen frischsüßen Duft leichthin, ohne jedes Bereuen aushaucht. Und während ich meinen Atem mit dem des Flieders zu synchronisieren suche, vernehme ich ihn plötzlich tatsächlich, tief unter dem Patientengerede, den Grundbass der Stille, oder jedenfalls ein sonderbares Brummen, unsauber gleitend moduliert, ein bösartiger *basso con tenerezza*. Das ist er also, denke ich, jetzt ist er da, jetzt kommt er mich holen, der *Strom des Melos*, trägt mich mit sich ohne Wiederkehr.

Aber nichts dergleichen geschieht, weil Referent mir die Augen öffnet, mich darauf hinweist, dass es sich lediglich um meinen treuen alten Tinnitus handelt, der fast zwanzig Jahre lang zu all dem hier geschwiegen hat und mich nun erneut heimsucht. Ich frage meinen Tinnitus nicht, was er von mir will, warum er ausgerechnet jetzt zu mir zurückkommt, sondern schenke meine nutzlose Aufmerksamkeit wieder meinen Tischgenossen. Und so hat die Tagwelt oder eher die des ewigen Mittag mich wieder, und ausnahmsweise bin ich dankbar dafür, dass Evelyn mit angeekelt zusammengezurrtem Mund versucht, die Brennnesselsuppe durch bloßes Löffelrudern zum Verschwinden zu bringen, und zu seiner Überraschung erlasse ich sie ihm ohne das übliche Hin und Her.

»Wissen Sie, was ich gerade dachte, Gnädigste?« Der Professor umkreist, während ihm die Suppe abserviert und der Hauptgang aufgetragen wird, tupfend seinen gespitzten Mund mit der Serviette und versichert sich dann mit einem heimlichen, gebändigt panischen, von ihm selbst sicher kaum noch bemerkten Griff an die ausgebeulte Außentasche seines Sakkos, dass seine Flasche, die ohnehin weit und für alle gut sichtbar aus der Tasche ragt, noch da ist. Aber vielleicht geht es bei diesem flinken Griff auch längst nicht mehr um solch ängstliche Versicherung, denn seit Jahrzehnten ist die Flasche da, immer da, sie war nie fort, nicht ein Mal. Vielleicht berührt er sie, deren Anwesenheit ihm sicherer sein dürfte als seine eigene, eher in der magischen Absicht, die jeweils nächste halbe Stunde seiner Existenz von ihr segnen zu lassen, oder vielleicht sogar, noch magischer, in völliger Absichtslosigkeit. »Ich dachte gerade: Essen ist mein Leibgericht. Das ist tiefsinnig, geradezu griechisch, meinen Sie nicht?«

»Ja«, sie nickt energisch schmatzend, »ich finde es auch sehr schön, dass es hier jeden Tag das jüngste Leibgericht gibt. Naja, wollen wir nicht übertreiben, so gut ist es nun auch wieder nicht. Zirbeldrüse, völlig überschätztes Gemüse, wenn Sie mich fragen.«

»So meinte ich es –«

»Jaja, ich weiß schon, Professor, aber die griechische Küche interessiert mich nicht sonderlich. Immer splendid, das muss man ihr lassen, aber am Ende des Tages doch etwas roh. Auch wenn sie dem Gehirn freilich reichlich Gelegenheit bietet, sich pausenlos mit schön vielen endogenen Opiaten zu belohnen.«

»Ach ja, das ist schon ein lustiges Kerlchen, dieses Gehirn! Hockt den ganzen Tag im Belohnungszentrum rum und belohnt sich, weiß Gott wofür ...«

»Sie alter Spötter!« Sie lacht perlend auf und schüttelt dabei ausgiebig ihr schwarzlackiertes Haarungetüm, kneift dem erschrocken zusammenfahrenden Professor mit gekrümmtem Zeige- und Mittelfinger ihrer weißgepuderten Hand in die Wange. »Aber ich sage Ihnen, auf die Belohnung können auch Sie nicht verzichten, lieber Konvive, auch Sie müssen irgendwo hin mit Ihren freien Libidobeträgen, ganz ohne Rendite können auch Sie nicht leben.«

»Davon verstehe ich nichts«, er richtet sich stolz auf, hält sich an den Rändern seiner beiden Teller fest und fügt in steifer Würde hinzu: »Vom Geschäft verstehe ich nichts.«

»Dabei ist es ganz einfach. Schauen Sie – Herr Doktor, bitte sagen Sie dem Jungen, er soll aufhören, so mit dem Kopf zu wackeln, und sein Gesumme macht mich ganz wahnsinnig –, schauen Sie, so haben mein Mann und ich es damals immer gemacht, erst für die Bank und dann für uns. Immer alles Überschüssige sauber abführen. Wir haben schließlich eine gesunde Ehe geführt, und den freigewordenen Libidobetrag, sobald er fällig war, nein, eigentlich schon lange davor, umsichtig umschichtig liquidiert, also die Option darauf verkauft.«

»Äh, wie darf ich das ...? Sie haben den freigewordenen Betrag investiert, indem Sie was genau gekauft haben?«

»Na, ich habe gar nichts gekauft, Dummerchen, ich habe die Option auf den freigewordenen oder genauer freiwerdenden Betrag verkauft, *Wachsen im Werden*, viel rentabler als in irgendwas zu investieren, das man nicht durchschaut, logisch, oder?«

»Also haben Sie etwas verkauft, was es strenggenommen gar nicht ...«

»Ja was denn sonst? Schauen Sie, Professorchen, ich verkaufe Ihnen die Option darauf, die irgendwann bei mir wieder freiwerdende Libido zu erwerben – irgendwann muss der Betrag ja freiwerden. Und wenn nicht, ist es ja auch egal, Hauptsache Sie haben das Optionsrecht, oder nicht? Eigentlich wär's für Sie sogar besser, die Sache würde nie frei, Sie könnten ja Ihr Optionsrecht verkaufen und zu einem günstigeren Zeitpunkt wieder zurückkaufen, und das machen Sie ein paarmal, sodass es wie das Hündchen Fido immer wieder zu Ihnen zurückgelaufen kommt, nur jedes Mal billiger.«

»So ähnlich oder umgekehrt oder im Grunde doch genauso wie mit dem Flaschengeist? Man darf die wundertätige Flasche nur für die Hälfte dessen, was man für sie bezahlt hat, wieder verkaufen, und am Ende versuche ich verzweifelt, diese Fünfzig Prozent Verlust zu machen, weil derjenige, der das Ding nicht mehr billiger verkaufen kann und auf der Flasche sitzen bleibt, seine Seele dem Teufel geben muss?«

»Ja, aber wie Sie wissen, gibt es nicht nur kleinere Beträge als einen Cent, man muss noch nicht mal mehr nach Frankreich fahren, um die Flasche einem armen Säufer für einen Centime anzudrehen, der ohnehin lachend zum Teufel geht – nein, Sie können auch im Negativen unendlich wachsen ...«

»Derweil Sie reich werden, weil bei Ihnen nie was frei wird!«

»Ach Gott, reich, nein, mit dem bisschen Libidospekulation, einigermaßen kreditwürdig, mehr auch nicht. Und Sie müssen immer sehen, das eigentliche Risiko trage ich, nicht Sie, denn ich kann mich ja am Ende doch nie eintauschen, noch nicht mal für einen Centime, ich bekomme die Ware ja selbst auch nie im Leben zu sehen, was kann ich da groß – was *konnte* ich da schon groß machen? Ach Gott, es ist ja alles vorbei, und darüber bin ich alt geworden, älter als Sie alle hier jemals sein werden ...«

Ihre Stimme schwankt auf einmal bedrohlich über ihrer abgrundlosen Weinerlichkeit, doch zum Glück bereitet Raffaele, der versierteste Klinikkellner, der nun den Hauptgang abräumt und das Dessert serviert, der Szene eine kleine Zäsur, die kraftlosem Referenten endlich den Mund öffnet:

»Ganz recht, all das ist lange her, lange vorbei, und so müssen Sie doch hier nicht mehr diese unwürdige Komödie des Geldzurückgebens aufführen, nicht wahr, Gnädigste?«

»Jaja«, sie zuckt defensiv mit der schräg vorgeschobenen Schulter wie ein bockiges junges Mädchen und stochert in ihrem Dessert herum. »Ich möchte doch nur, dass Sie auch *mich* einmal, auch *meine* Tragik ein wenig verstehen, Herr Doktor, schauen Sie, ich kann nichts im Leben, aber alles auf der Station. Ich bin die Romy Schneider der klinischen Welt! Aber weil ich alt und vertrocknet bin, interessiert sich dafür niemand mehr, niemand!«

»Aber aber, wer wird denn ...«, der Professor tätschelt ihr die Hand. »Sie sind doch nicht alt, Gnädigste, eine Frau wie Sie ist doch jenseits ...«

»Papa, ich kann nicht mehr!« Evelyn hält sich gequält die Ohren zu und schreit dadurch fast: »Können wir auf die Wiese, bitte?«

»Sie sollten dem Jungen nicht dauernd erlauben, Sie Papa zu nennen, Satanssonde, das ist nicht gut für ihn – und auch für uns nicht, für keinen von uns.«

Ich nicke O.W. zu, der sofort aus seinem vollgefressenen Halbdämmer aufschreckt und wieder auf Bereitschaft schaltet. Ohne mich vom Professor und Frau von Hadern zu verabschieden und ohne auf ihre empörten Nachrufe zu hören, gleite ich mit großen Schritten und Evelyn am Kittel über die Holzterrasse hinweg, als wäre sie aus Eis. Als wir den Rand der Terrasse erreichen, schiebt sich kurz ein schwarzes Bild vor meine Augen, nur für eine halbe Sekunde, aber es reicht, um den kleinen Schritt auf die Wiese in einen taumelnden Sprung ins Leere zu verwandeln.

36.

Schwer gegen die Stiche im Herzmagen anatmend hetze ich mit meiner armen Klette die Wiese hinab, bis fast hinunter zum ersten Gatter, wo wir uns im Halbschatten einer jungen Eiche vor einem der Rosenrondelle niederlassen. Und dann hat die liebe Seele auf einmal Ruh, ich strecke die Beine lang aus, und Evelyn setzt sich sichtlich zufrieden in den Kuhkopf, *Gomukhasana*, nuckelt versonnen vor sich hin und weist mich schläfrig, ohne die Flasche aus dem Mund zu nehmen, mit dem Kinn auf unseren Spitzenamnestiker hin, den ich mal wieder gar nicht bemerkt habe. Was kein Wunder ist, er steht immer so still und stumm in seinen Rosen herum, dass man ihn meist übersieht oder eher nicht eigentlich übersieht, sondern sogar sehr genau sieht, vor allem seine pastellgelbe Filzjacke mit den großen runden Knöpfen daran, die auszuziehen er sich selbst im Hochsommer weigert und die von den Rosendornen überall kleine Fetzlöcher hat, kann man gar nicht übersehen, genau wie seine silbernen langen Haare, aber man nimmt sie hin wie etwas im Bild, worauf es nicht weiter ankommt – und so geht es einem mit dem ganzen Mann. Wenn man ihn dann aber tatsächlich sieht, erschrickt man immer für einen Moment. Im Winter, wenn er nicht in der Rosenblüte steht, weiß man gar nicht, wo er ist, vermisst ihn aber auch nicht, und erst wenn sich Ende April, Anfang Mai wieder die ersten Rosen öffnen, fällt einem auf, dass man ihn monatelang ganz vergessen hatte. Jeder Arzt hier glaubt, er müsse wohl auf einer der jeweiligen beiden anderen Stationen Patient sein.

Vor zwei Wochen also hat er seine Saison eingeleitet, und während das Maienlüftchen uns nun die Wangen streichelt, schauen wir ihm dabei zu, wie er sich mit geschlossenen Augen über die allererste Rosenblüte des Jahres, über die wie immer allererste seines Lebens beugt, und seine Hände sind locker, in heiterer Entsagung, auf dem Rücken gefaltet.

»Weißt du, Papa …«, mit einem lauten Saugschmatzer lässt Evelyn den Nuckel los und hebt sein Kinn ein zweites Mal in Richtung Spitzenamnestiker. »Ehrlich gesagt glaube ich, er verarscht uns.«

»Wie?«

Verwirrt schaue ich zwischen dem Jungen und dem Alten hin und her, doch bevor Evelyn mir antworten kann, lässt ein unverwechselbares Gekrächz unser beider Köpfe herumfahren. Mit O.W. verknäult kommt der Professor den Berg heruntergestolpert, wie ein störrischer Hund aus seinem Halsband versucht er, sich aus O.W.s Griff zu winden, was ihm zwar nicht annähernd gelingt, aber es ist erschreckend genug zu sehen, dass Pfleger immerhin so weit Kontrolle über Patient verloren hat, dass er sich überhaupt von ihm den Berg hinunter zerren lassen muss, was noch niemals geschehen ist.

»… loslassen, nur eine Sekunde, Pamplona, Pamplona! Ich will der Satanssonde doch nur eine Sache …, eine winzige …, nur einen Satz!«

»Ist gut, O.W., lassen Sie ihn los, ich bring ihn dann gleich selbst wieder hoch.«

Pfleger lässt Patient augenblicklich los, der dadurch lang auf die Seite hinfällt, von seiner Raserei aber sofort wieder auf die Beine gestellt wird. O.W., der angesichts seines Machtverlusts augenscheinlich unter einem kleinem Schock steht, stiert mit offenem Mund schnaufend durch Referent hindurch und stopft sich dabei in wohlkonditioniertem Reflex seine blonden Haare, die ihm übers rechte Auge fallen, zurück unter die schwarze Pflegerhaube. Ich schüttle ihn vorsichtig an der Schulter:

»Alles in Ordnung, O.W., nichts passiert, fast nichts, kann uns allen mal …«

»Nein, Herr Doktor, kann es nicht, kann und darf es …«

»Na na, nun seien Sie nicht so streng mit sich, und – Ihre Haare sind gut jetzt, hören Sie damit auf, gefälligst! – der Alte hat einfach momentan eine ungeheuerliche Kraft, weiß der Himmel warum …«

»Weil ich ältere Rechte habe! Das Verfahren habe mich selig, und *de iure* war das hier gerade ein eindeutiger Fall von Freiheitsbekundung, was ich ...«

»Setzen Sie sich neben den Jungen, Professor, und halten Sie einfach mal die Schnauze!«

Er gehorcht auf der Stelle, wodurch ich den Faden verliere und ihn in O.W.s erwartungsvollem Gesicht wiederzufinden suche. »Äh ... wo war ich doch gleich?«

»... ungeheuerliche Kraft, Herr Doktor.«

»Richtig, ganz unglaublich, was dieser alter Mann für eine Kraft hat, wenn's drauf ankommt.«

»Worauf, Herr Doktor?«

»Was?«

»Wenn es worauf ankommt, Herr Dr. von Stern?«

»Äh ... das ist doch nur so eine ..., das weiß ich doch nicht, worauf's ihm ...«

»Nein? Wirklich nicht, Herr Doktor?« Er hat seinen kleinen Schock sauber in der Berghaltung, *Tadasana*, ausgestanden, kerzengerade, und seine hellblauen Augen sind auf einmal fast schwarz verschattet, doch dann fährt er treuherzig ängstlich fort: »Wissen Sie, Herr Doktor, wenn Sie wüssten, worauf es ihm ... worauf er hinauswill, und wenn Sie etwas tun könnten, etwas schreiben oder zumindest Ihren Dienstplan einhalten, wenigstens die Türen anständig verschließen ... Sehen Sie, wenn ich meine Stelle hier verliere, Sie wissen, was dann mit mir ...«

»Seien Sie unbesorgt, O.W.,« ich rücke ihm tröstend den verrutschten Knoten seiner Krawatte zurecht. »Sie werden Ihre Stelle nicht verlieren.«

»Sie wissen, dass ich alles für Sie tun würde, Herr Doktor, alles, ich hänge an Ihnen wie ein seidener Faden, nur meine Stelle darf ich nicht ...«

»Ruhig ruhig, O.W., ich verspreche Ihnen, es wird Ihnen nichts geschehen, und jetzt kehren Sie in Ihre Schicht zurück, ich komme gleich mit den beiden Patienten nach oben.«

Er nickt und lächelt verhalten erleichtert, dann klärt sein Gesicht sich wieder von jeglicher Ausdrucksverunreinigung, und unauffälligen, gleichmäßigen Schritts eilt er davon. Um Zeit zu gewinnen sehe ich ihm nach, wie er langsam hinter den hohen Fliederbüschen an der Südseite der Terrasse verschwindet, und auch als er schon längst verschwunden ist, schaue ich noch immer in den dichten Flieder, dessen Blütentrauben ich von hier gar nicht im Einzelnen erkennen kann, aber gerade weil ich sie nur als Farbflecken sehe, fällt mir plötzlich auf, dass sie ja schon fast alle verblüht sind. Überall in den Farbklecksen hat das hintersinnig heitere Grau, das dem Rosa, dem Lila und dem Weiß in der Brechung ihrer vulgären Reinheit erst ihr unvergleichlich frisch fahles Tauschleierleuchten verleiht, schon dem sanftmütigen Braun der Verwesung Platz gemacht, hell und dunkel zugleich, wie verregneter und in der launischen Sonne halb wieder getrockneter Sand, noch zusammengeklumpt, schwer auf der Schippe, aber für ein spielendes Kind kein Grund für schlechte Laune – Sommer ist Sommer, es kommt wie es kommt –, nur für Erwachsene, die mit jedem Regentag schon schwer auf der Kippe stehen, immer gleich ein Zeichen für irgendwas.

»Sie müssen sich schon entscheiden, Satanssonde!«

»Was?«

Ich fahre herum, aber der Professor sieht mich gar nicht an. Evelyn und er kehren mir den Rücken zu und einträchtig nuckelnd sitzen sie nebeneinander im Gras unter der Eiche. Ich setze mich neben den Professor, aber noch immer halten beide stoisch an ihrem Flaschenprofil fest und verfolgen gebannt das bewegungslose Schauspiel des Spitzenamnestikers. Achselzuckend reihe ich mich ein, hefte meinen Blick dem Rosenmann an, und da beginnt der Professor leise wieder zu sprechen:

»Wollen Sie nun wachen oder schlafen, Doktor, das ist hier die Frage!«

»Na, das ist eine äußerst dumme Frage für einen Mann Ihrer Intelligenz, Professor.«

»Ja, da haben Sie ausnahmsweise recht, aber zugleich ist diese dumme Frage dieses eine Mal ausnahmsweise berechtigt und also keine dumme, sondern eine tatsächliche Frage, auf die Sie zu antworten haben.«

»Ich verstehe nicht …«

»Sie müssen sich entscheiden, Doktor«, er dreht mir langsam den Kopf zu, sein Gesicht hat plötzlich alle Verrücktheit verloren und scheint derart geradegerückt unkenntlich wie ein Phantombild. »Sie haben sich zu entscheiden!«

»Das kann ich nicht, es liegt nicht in meiner …«

»Oh doch, auch Dinge, die nicht in der eigenen Macht liegen, hat man zu entscheiden, wahrscheinlich sogar ausschließlich die. Ich will Ihnen was zeigen.«

Aus der Innentasche seines Sakkos zieht er einen fettglänzenden, kleinen Papierklumpen und beginnt dann umständlich, ihn auseinanderzufalten, bis ein großer, hauchdünner Pergamentbogen auf der Wiese ausgebreitet liegt.

»Das hier ist etwas, das niemand besitzen kann, etwas, das es gar nicht gibt«, behutsam streicht er das Pergament glatt. »Und doch ist es in meinem Besitz.«

Stolz wirft er den Kopf in den Nacken und in seinen Zügen legt der Wahn wieder seinen Koffer ins Gepäcknetz, setzt sich gemütlich in jede Ecke, schlägt sämtliche Beine übereinander und sieht lächelnd aus den Fenstern zu mir hinaus. Als Evelyn die Hand ausstreckt, um den Bogen zu berühren, bekommt er blitzschnell einen Schlag auf die Finger, bewahrt mich so peinlich vor dem gleichen Fehler, und so beuge ich nur zaghaft den Kopf über das Papier und studiere ratlos die kleinteilige, blassblaue Zeichnung.

»Was ist das?«

»Sie erkennen es noch nicht mal, Sie elendes Aas, wie?«

»N-nein.«

»Das, mein lieber Herr Doktor Obermaus …«, er macht eine viel zu lange Kunstpause, bläht sich noch einmal auf und hebt zitternd den

Zeigefinger, sodass Evelyn gelangweilt die Augen verdreht. »Das ist ein Plan der Klinik.«

»Wie bitte?«

»Jawohl, ein Plan der Klinik, der gesamten Klinik, aller drei Stationen.«

Evelyn fällt die Flasche aus dem Mund:

»Es gibt drei Stationen?«

Ich fahre die Zeichnung mit den Augen noch einmal genauer ab, ein paar Kreise und Halbmonde, vor allem aber jede Menge gleichgroßer Quadrate, in durchgezogenen und gestrichelten Linien stupide aneinandergereiht, wie in einer Maltherapie unter zu großzügiger Medikation. Nur an einigen wenigen Stellen kreuzen und überlagern sich die Linien in einem mühsam simulierten Kreativitätsausbruch. Referent wird die Sache entschieden zu dumm:

»Ein Schnittmuster! Sehr komisch, Professor! Noch dazu ein Schnittmuster für ein äußerst albernes, besoffenes Schachbrettkleid!«

»Wie Sie wollen, Tortenheber«, beleidigt faltet er den Plan wieder zusammen. »Aber das werden Sie noch bereuen! Ich sag's Ihnen, wenn Sie es heute Nacht nicht wagen, ist es zu spät, zu spät für uns alle. Diese verrottete alte Schlampe weiß längst Bescheid, das dürfte selbst Ihnen langsam aufgegangen sein, Dänemark hat Kontakte nach unten oder nach oben, was weiß ich, ich bin ohnehin bald reif für das Belohnungszentrum, und das Jungchen hier ...«

»Jetzt ist gut, Professor«, ich halte seine zitternden Schultern fest, »beruhigen Sie sich!«

»*Was* ist mit mir?« Evelyn zerrt den Professor ängstlich am Ärmel. »Was wolltest du gerade sagen?«

»Nichts, Jungchen, der saubere Herr Doktor verbietet uns ja den Mund, und –«

»Genug für heute, Professor«, Referent erhebt mich in äußerster Ruhe. »So vergnüglich sie auch sind, ich habe jetzt keine Zeit für unsere Späßchen, ich muss in den Pranayamaraum, wo meine Patientin sicher längst auf mich wartet und ...«

»Die Ambulante, ja? Dann sehen Sie zu, dass Sie wenigstens dieses eine Mal nicht die Hosen runterlassen, Sie Flexigym, Sie verfluchte!«

»Jaja. Können wir dann, bitte?«

»Geh nur, Papa, ich bringe ihn gleich rein, du kannst dich auf mich verlassen.«

»Wirklich?«

»Natürlich, geh nur. Wir bleiben hier noch ein Sekündchen sitzen und schauen dem Rosenschnüffler zu, und dann gehen wir auch, nicht, Opa?«

»So machen wir's, Jungchen.«

»Hören Sie, Professor, Sie sollen dem Jungen nicht immer erlauben, Sie Opa zu nennen, das ist nicht gut für ihn und für Sie auch nicht und für ...«

»Nun geh schon endlich, mein Junge.«

Wortlos drehe ich mich um, und meine Beine tragen mich davon. Dass Referent Patienten tatsächlich schutzlos sich selbst überlässt, ist mir so unbegreiflich, dass ich es nicht glauben und daher auch nicht ändern kann. Ich übertünche die Angelegenheit daher mit dem reflexartigen Gedanken, dass alles so viel leichter wäre, wenn Patienten besser eingestellt wären, auch einen Mediator, auch einen Stortex hätten, und dass es doch eine große Belastung ist, dass wir Ärzte allein richtig und falsch unterscheiden können.

Referent schaut auf die Uhr, schon halb vier, Patientin müsste seit einer halben Stunde im Pranayamaraum warten, bewege mich trotzdem nicht auf direktem Weg dorthin, sondern hetze ums Haus herum, um vorher noch schnell meine Bilder, die ich bei Dankevicz auf der Terrasse liegengelassen habe, an mich zu bringen, was mir aus irgendeinem Grund unerlässlich scheint, um Behandlung der Ambulanten zu überstehen.

Die Terrasse ist leer, die Glasfront noch immer aufgeschoben, ich spähe kurz in Dankeviczs Büro, vom Überflieger zum Glück keine Spur, hat sich anscheinend schon wieder in seine Schattenwelt davongestohlen. Ich bücke mich zwischen den Liegestühlen zu meinen Bildern, stelle aber mit Schrecken fest, dass von dem Stapel nur noch eine dünne Schicht da ist. Mit der Kittelschürze wische ich mir die Stirn, hebe auf, was von mir übrig ist, halte den kümmerlichen Rest ratlos in den ausgestreckten Armen wie eine dämliche Bürokraft, die immer noch nicht weiß, in welche Ablage die Post gehört, und starre auf das oberste Blatt, das sich auch schon zur Hälfte vom Block gelöst hat und sich nun gegen den Wind wölbt wie ein ungeduldiges Segel. Referent kann unmöglich von mir verlangen, in diesem gerupften Zustand eine derart schwierige Aufgabe ... Es ist nur natürlich, Angst zu haben vor jemandem, der nicht das Herz hatte, es zu verlieren, es noch immer hochfahrend so weit oben zwischen den Rippen trägt, dass er oder eher sie keinerlei Verständnis dafür haben kann, welche Verantwortung ich als Arzt, welche Last auf meinen ...

»Sind das Ihre Scans, Dr. von Stern? Haben Sie die verloren?«

Es ist Ada, die von der Wiese zu mir heraufschreit und meine Bilder mit beiden Händen über ihrem Kopf schwenkt wie ein Fluglotse seine Fahnen, derweil ihr Zwillingsbruder Ardor die fehlenden, überall auf der Wiese verstreuten, vor seinen stolpernden Füßen über dem Gras noch einmal aufflatternden Ausreißer einfängt. Stumm ergeben schaue ich ihm zu, dann kommen die beiden lächelnd zu mir hinauf, und ebenso lächelnd nehme ich aus ihren kleinen Turnerhänden den Stapel wie einen olympischen Schiedsspruch entgegen.

»Sind alle da, Dr. von Stern? Haben wir es gut gemacht?«

»Ja, ihr habt es gut gemacht, wie immer«, ich blättere die Bilder vertrauensvoll flüchtig mit dem Daumen durch, wie ein Geldbündel, das man nicht zu zählen hat. »Alles da. Ich danke euch von ganzem Herzen, Kinder. Dafür gebe ich euch nächste Woche eine doppelte Trainingsstunde am Reck oder auf dem Eis, wie ihr wollt, oder sogar beides.«

»Sollen wir sie ordnen?« Übereifrig will Ardor mir die Bilder noch einmal aus den Händen ziehen. Wie immer, wenn man die beiden lobt und ihnen eine Belohnung verspricht, will er klarstellen, dass ihre Gefälligkeit keineswegs mit Erreichen der Belohnungsgeraden ins schnöde Ziel gelangt, sondern ihnen vielmehr ein ganz und gar zweck-

und endloses, eigenes oder eher endlos eigenes Verlangen ist. Auch Ada zerrt nun an dem Stapel und ruft fröhlich: »Wir haben sie noch nicht wieder in die richtige Reihenfolge gebracht!«

»Das ist lieb von euch, Ada, aber die Reihenfolge ist nicht weiter wichtig, man kann sie lesen, wie man will. Aber jetzt muss ich rennen, ich bin schon viel zu spät, adieu, Kinder!«

Durch Dankeviczs Büro hindurch, vorbei an dem erstaunten Wachpfleger vor der Tür rennt Referent standesungemäß über die Flure in Richtung Südosten, vorbei an den staunenden Schwestern bis zum Pranayamaraum, reißt die Tür auf und ruft atemlos:

»So, dann wollen wir's hinter uns bringen!«

37.

Patientin fährt erschrocken zusammen, schwankt kurz, steht dann aber wieder wie ein Stock in der Mitte des kleinen runden Raums, dreht sich schließlich steif zu mir um, zuerst die Füße und zuletzt Schultern und Kopf, lässt dabei ihre Arme leblos neben dem Körper hängen, statt sich wenigstens mit ihnen zu bedecken. Referent stammelt panisch:

»Warum sind Sie nackt?«

»Die Schwester hat mir meine Kleidung abgenommen«, sie spricht lahm und schaut apathisch durch Referent hindurch. »Sie sagte, ich könne in ihr nicht atmen und ich sei ja schließlich zum Atmen hier.«

»Ja, natürlich«, Referent geht hastig auf sie zu, schaut dabei zu Boden und zieht seinen Kittel aus. »Hier, ziehen Sie das solange … warten Sie, nehmen Sie meinen Gürtel … ja, so ist es fast wie ein Kleid … gut so?«

»Die Schwester hat gesagt, sie würde mir gleich Behandlungskleidung bringen, aber sie ist nicht zurückgekommen, ich stehe hier seit einer Stunde nackt in diesem leeren Glasraum und die ganze Zeit laufen da draußen Leute vorbei und glotzen mich an.«

»Das tut mir leid, wirklich leid, das sollte nicht passieren.«

»Nein, sollte es wohl nicht«, sie spricht noch immer etwas schleppend, aber ihr apathisches Lächeln geht langsam in ein müde sarkastisches über. »Und ist das normal, dass die Schwester einem vor der Behandlung alle Körperöffnungen durchsucht?«

»Äh … was? Nein, natürlich nicht, um Gottes willen, das tut mir wirklich …, ich werde mich gleich darum …«

»Sind das verschärfte Sicherheitsmaßnahmen, weil ich von unten komme und es dort gestern – ?«

»Nein, nein, nein, wir haben gar keine derartigen Anweisungen …, ich kann mir das überhaupt nicht erklären.«

»Na schön«, Patientin zieht Stoffgürtel noch enger um sich. »Können wir dann endlich anfangen, Herr Doktor, ich will ja schließlich nicht auch noch hier die Nacht verbringen.«

»Nein, das wollen Sie nicht. Kommen Sie, setzen wir uns, ja, auf die Matte da, wir beginnen im Lotussitz oder im Schneidersitz, wenn Ihnen das bequemer ist. Das bisschen Sitzfleisch von den Knochen nach außen ziehen, sodass Sie direkt auf den Sitzhöckern …, gut so. Wir wollen heute gemeinsam in ein paar Rückbeugen gehen und in einige Hüftöffner. Sie wissen, dass Hüftöffner hervorragende Emotionslöser sind?«

»Nein.«

»Doch doch, in den Hüftknochen sitzen ja viele höherstufige Emotionen, also im Projektionsraum zwischen Hüftknochen und limbischem System, und die Hüfte zu öffnen hilft dabei, einem anderen zu vergeben. Ist ja sowieso alles vorbei, da könnte man es doch wagen. Wäre es nicht schön, zu vergeben?«

»Nein.«

»Gut, geben Sie mir Ihre Hände! Krone strebt zum Himmel, Brustbein schmilzt, Rippen schmelzen, und wir atmen zunächst tief über meinen linken Sitzhöcker in Ihr rechtes Schlüsselbein ein, und …«

»… und in Ihrem Kittel soll ich jetzt besser atmen können als in meinen eigenen Kleidern, ja?«

»Es ist doch ein sehr schöner Kittel, finden Sie nicht? Schon mal so was getragen?«

Ich grinse sie breit an, und sie lacht kopfschüttelnd und durch die Nase schnaubend, versucht halbherzig ihre Hände aus meinen zu ziehen und schaut dabei nach draußen, wo gerade wieder eine Patientengruppe vorbeikommt. Sie haben die zweite Laufkur hinter sich, halten die Enden ihrer locker, wie ein weiches Joch um den Nacken gelegten weißen Handtücher lässig fest und schlendern plaudernd in ihre Bäder.

»Sagen Sie mir gar nicht, was bei meiner Untersuchung rausgekommen ist, Herr Doktor?«

»Ach, wollen Sie das wirklich wissen? Auf die Diagnose kommt's doch nicht weiter an, Hauptsache, wir haben die Behandlungsmodalitäten geklärt, oder? Und dazu haben wir ja vorgestern – ja, tatsächlich erst zwei Tage her, dass Sie hier waren, scheint mir wie eine kleine Ewigkeit – diesen schönen Vertrag gemacht. Sie erinnern sich? Sie erzählen mir alles, was Sie über sich wissen, spielen oder spiegeln Sie es mir vor, wie Sie wollen. Sie agieren, ich übernehme treuhänderisch Ihre Geschichte, wir atmen zusammen, wir laufen zusammen, und so werden Sie schon zurück zur vollen Gesundheitseinsicht gelangen.«

»Könnten Sie meine Hände kurz loslassen, bitte?«

»Nein, bedaure, das geht wegen der Übertragung leider nicht. Hat die Schwester Ihnen auch die Haare aufgemacht oder sind Sie schon so hier heraufgekommen?«

Sie zuckt noch nicht mal mit der Wimper, sondern tut, als müsse sie beim Sprechen ein Gähnen unterdrücken:

»Also schön, ich erzähle Ihnen meine Geschichte oder spiele sie oder was auch immer. Und sobald ich mit Ihnen spiele, übertrage ich meine Rechte an mir auf Sie, so weit ist das klar, das ist ja einfach nur der erste Hauptsatz der Thermonarzisstik: Das souveräne Spiel ist ein Verlustspiel, na schön. Und was tun Sie derweil? Sie hören mir zu, wie ein nachsichtiger Beichtvater, nehme ich an. Ich weiß nicht recht, was das helfen …«

»Ja, es macht den Eindruck, als strebten wir nur die Stellung eines weltlichen Beichtvaters an. Aber der Unterschied ist groß, denn wir wollen von Ihnen nicht nur hören, was Sie wissen und vor anderen verbergen, sondern Sie sollen uns auch erzählen, was Sie nicht wissen. In dieser Absicht möchte ich Ihnen noch einmal eine nähere Bestimmung dessen geben, was wir unter Aufrichtigkeit verstehen. Wir verpflichten Sie auf die therapeutische Grundregel, die künftighin Ihr Verhalten gegen uns beherrschen soll: Sie sollen uns nicht nur mitteilen, was Sie absichtlich und gern sagen, was Ihnen wie in einer Beichte Erleichterung bringt, sondern auch alles andere, was Ihnen Ihre Selbstbeobachtung liefert, alles, was Ihnen in den Sinn kommt, auch wenn es Ihnen unangenehm zu sagen ist, auch wenn es Ihnen unwichtig oder sogar unsinnig erscheint. Alles könnte helfen«, ich rutsche noch näher an Sie heran, unsere Knie berühren sich, aber sie weicht nicht zurück. »Alles könnte wichtig sein, verstehen Sie?«

»Schon, auch wenn ich, offen gesagt, kaum glaube, dass es Dinge gibt, die ich nicht über mich weiß oder die mir unangenehm zu sagen wären, ja noch nicht einmal solche, die mir unwichtig oder unsinnig erschienen – vor allem letzteres kann ich mir gar nicht vorstellen. Das ist ja mein Problem, ich dachte, deshalb wäre ich hier.«

»Wie meinen Sie?«

»Tja, wie soll ich's sagen, Herr Doktor, sehen Sie: Alles erinnert mich an alles. Ich weiß nicht, ob Sie verstehen, was ich meine …«

Sie zuckt fragend mit den Schultern, sieht dabei aber durch mich hindurch, als erinnere sie sich auch jetzt gerade an etwas ganz anderes und als wäre es ihr vollkommen gleichgültig, ob ich verstehe, was sie meint.

»Natürlich, ich verstehe Sie vollkommen. *Souvent me souvient*, wie man früher so schön …«

»Ach nein«, sie lacht verächtlich auf. »Das meinte ich gewiss nicht, ich bin doch keine sentimentale alte Chaiselongue. Ich meinte nicht, dass ich zu melancholischen Rückbeugen neige, ich bin ganz im Gegenteil eigentlich immer in der vollen Vorbeuge, halte alles immer durchgestreckt, Stirn an den Knien, was natürlich nicht optimal ist, wenn man anscheinend schwer paradefizitär ist, zwar gut für die Lymphe, doch auf die Dauer zu viel Blut im Hirn, aber immerhin ist es nicht feige. Während Rückbeugen doch ein feiges Geschäft sind, glauben Sie nicht?«

»Nein, glaube ich nicht.«

Glaube ich eigentlich doch und das kann sie mir auch ansehen, wodurch sie mich plötzlich in derartig argloser Traurigkeit anschaut, dass meine Schmerzen im Sonnengeflecht sich wieder versammelt zum Dienst zurückmelden. Aber jetzt lacht sie plötzlich, weil draußen zwei Kinder in Badehosen und Schwimmflügeln gegen die Scheibe klopfen und Grimassen schneiden, bis ihr Pfleger sie wegzieht, und ich setze schnell die von ihr fallengelassene Traurigkeit auf und sage gedehnt:

»Jaja, so ist das alles. Sie werden mir helfen müssen, Ihnen zu helfen, Sie werden mir beibringen müssen, nicht feige zu sein, und dann werde ich hoffentlich verstehen, was Sie damit meinen, dass alles Sie an alles erinnert. Sie werden Geduld mit mir haben müssen, aber ich werde Ihr treuer Referent sein, werde alles für die Gegenwart retten, werde den raunenden Beschwörer des Präsens geben, immerhin bin ich Arzt. Nichts von dem, was Sie mir erzählen, wird in meinem Bericht verlorengehen, und so werden wir gütlich zusammenarbeiten.«

Patientin steht das Angstwasser bis zu den Augen, aber sie lächelt stolz:

»Gut, dann bringen wir's hinter uns.«

»Sag ich doch. Also, wie ich ebenfalls schon sagte, alles könnte wichtig sein«, ich stehe auf, hole meinen Bilderstapel, den Referent beim Eintreten vor Schreck neben der Tür hat fallen lassen, lasse mich wieder ihr gegenüber in *Padmasana* nieder, löse das oberste Blatt und halte es ihr hin:

»Kennen Sie diesen Mann?«

»N-nein. Noch nie gesehen.«

»Sie haben ja gar nicht hingesehen.«

Sie nimmt mir enerviert schnaufend das Bild aus der Hand, schaut eine Weile auf die krude verschlungenen Linien, gibt es mir mit schlaffer Hand zurück und sieht mir dabei ohne jedes Flackern in die Augen.

»Nein, ich bin ganz sicher, ich habe ihn noch nie gesehen. Was ist mit ihm, ist er tot?«

»Wir nehmen es an, ja, aber das würde ich gerne von Ihnen wissen.«

»Tja, was auch immer er ist, tot oder lebendig, in jedem Fall ist das wohl sein Problem und nicht meins.«

Sie springt auf, aber ich bin ebenso schnell, packe sie am Ellbogen, schlage ihr das Bild gegen die Brust und schreie ihr verzweifelt den alten Bannspruch ins Gesicht:

»*Nimm es, lies es! Nimm es, lies es!*«

Aber sie drückt mir das Bild gegen die Brust zurück und flüstert:

»*Behalte – deine – Sachen – für – dich.*«

»Diese Formel gilt hier nicht mehr. So einfach kannst du dich nicht von mir scheiden lassen.«

Sie streicht mir sanft über die Wange:

»Wir sind längst geschieden, Franz.«

»Was willst du dann hier?«

»Den Jungen holen.«

»Nur über meine Leiche!«

Ehe ich das letzte Wort ausgesprochen habe, fällt mir auf, wie lächerlich diese Drohung aus meinem Munde ist. Esther zieht dementsprechend nur mitleidig eine Augenbraue hoch, da kann ich es also auch gleich noch schlimmer machen:

»Eher soll ihn der Teufel holen!«

»Ja, das wäre dir… das *war* dir lieber, nicht wahr?« Sie fragt nicht wütend, nur traurig verwundert, als wäre alles erst gestern geschehen und sie könne es nur noch nicht fassen. »Lieber hast du ihn vom Teufel holen lassen, als ihn bei mir zu lassen.«

»Ich habe ihn nicht holen lassen, und schon gar nicht vom Teufel, diesem dämlichen alten Trottel, das weißt du genau. *Du* hast den Jungen nicht gewollt, wenn ich dich daran erinnern darf, du hattest Wichtigeres mit deinem Leben vor als dich um dein Kind zu kümmern!«

»Ich hatte etwas mit meinem Leben vor? Du bist noch immer amüsant, das muss ich dir lassen! Dass man mich ausgewiesen hat …«

»Du hättest bleiben können, du hättest Evelyn und mich nicht im Stich lassen müssen, du hättest nur …«

»… mit einem toten Mann leben müssen.«

»Halbtoten! Nicht tot, und auch nicht untot, sondern halbtot, darauf lege ich …«

»Lass es gut sein, bitte, Franz.«

»Aber das versuche ich doch hier!« Jammernd falle ich auf die Knie, Referent versucht, aus meinem Fauxpas noch irgendwie eine halbwegs saubere Helden-Pose, *Virasana*, zu machen, aber es will ihm nicht gelingen, er kann meinen Kopf nicht vom Brustbein heben. »Dann sag mir doch, wie ich das tun soll! Ich weiß, ich hätte die Stelle oben in Kertsch nicht annehmen dürfen, hätte mich nicht in einer Grenzklinik stationieren lassen dürfen, hätte mich nicht von der Frontalen nehmen lassen und keine besondere Pflege für die Inneren Organe leisten dürfen. Schon das erste Gelöbnis *Nach innen immer weicher werden, und nach außen immer leichter …*«

»Ist gut jetzt, Franz, hör auf«, sie kniet sich zu mir. »Es ist unser beider Schuld, fertig aus. Die Krim gibt es nicht mehr, uns gibt es nicht mehr, du bist hier oben, ich bin da unten, es ist wie es ist, und wir wollen jetzt nur noch versuchen, das Beste für Evelyn …«

»Kannst du nicht gekommen sein, um uns beide, den Jungen und mich, zu holen? Es wäre doch immerhin möglich, dass es in Wirklichkeit so war … also *ist*, oder? Wenn die Gegenwart nur ein Schatten der Vergangenheit …«

»Ist sie aber nicht, und es spielt keine Rolle mehr, warum ich gekommen bin oder warum sie mich geschickt haben«, sie streicht mir die Haare aus der Stirn wie in Gursuf im Strandkorb und lächelt. »Fest steht, dass ich dich nicht holen kann, das müsstest du schon selbst tun.«

»Kannst du meinen Kittel wieder ausziehen, bitte, und dich auf mich setzen?«

»Nein.«

»Warum denn nicht?«

»Na, weil«, sie dreht verwundert den Kopf nach links und rechts, »da draußen lauter Leute rumlaufen.«

»Ja, aber wenn etwas wirklich Wichtiges geschieht, guckt hier keiner, wirklich nicht, und das nicht aus Unverstand, sondern aus feiner Klugheit, so ist das hier.«

»Ah ja, und die Kamera da oben hinter deinem Kopf?«

»Ach, die ist nur für mich, kleine Haltungskorrekturen, meine Weisen-Posen sind auch nach all den Jahren noch nicht perfekt.«

»Mhm, soso, und der alte Mann da, der hier schon zum hundertsten Mal um uns herum kreist?«

»Oh, das ist bloß Herr Asperger, er ist ein viel zu höflicher und diskreter Mensch, um andere zu beobachten.«

Ich schraube meinen Kopf über die rechte Schulter und dann über die linke, um möglichst viel von der Runde mitzubekommen, die Asperger summend um uns herum dreht, die Hände wie immer, als fürchte er sich vor ihnen, tief vergraben in den Taschen seiner abgewetzten blauen Cordhose, die ihm jede neue Schwester hier anfangs abnehmen will, bis sie einsieht, dass er in diesem einen Punkt stärker ist als wir alle zusammen, und im Takt seiner Schritte und seines Gesumms nickt er ruckartig dem Boden zu, wodurch sein schwarzgefärbtes und kurzgeschnittenes, an den Seiten und im Nacken rasiertes Haar aussieht wie ein Brikett, das ihm jeden Moment von der Stirn rutschen könnte. Ich lasse meinen Blick mit ihm im Uhrzeigersinn um uns herum kreisen, sodass ich uns nicht sehen und daher so tun kann, als bemerkte ich gar nicht, dass ich erst mich und dann dich ausziehe. Nur wenn ich die zwölf Uhr passiere, fliege ich heiter an deinem geliebten spöttischen Lächeln vorbei, bis du plötzlich mein Kinn festhältst und dich endlich auf mich setzt, wir lachen oder eher weinen leise, und nichts kann uns jetzt etwas anhaben, noch nicht einmal, dass Herr Asperger auf einmal lauthals den Refrain des schrecklichen alten Liedes aus unserer Jugend singt:

Büro, Büro, du kannst nicht von mir lassen,
Büro, Büro, wie könnt ich dich da hassen?

38.

Schon einmal bin ich so über die Flure gehetzt und habe mir dabei mit genauso zittrigen Fingern das frische weiße Hemd zugeknöpft und den Kittelkragen geglättet wie jetzt, aber damals im marmornen Liwadija-Palast auf dem Weg zu Dr. Karg ging es treppauf und treppab, während hier alles auf einer Ebene liegt, und so habe ich heute freilich auch keine Angst mehr vor einem Dispens, Suspens oder vor was auch immer, sondern ängstige mich ausschließlich um Evelyn, den ich unbegreiflicherweise da unten auf der Wiese sich selbst und, was vielleicht noch schlimmer ist, dem Professor überlassen habe.

In seinem Zimmer ist der Junge nicht, und weder zur zweiten noch zur dritten Laufkur ist er erschienen, wie die wie immer hilfsbereite Schwester Amentia mir aufgeregt mitteilt. Sie hetzt hundert Meter neben mir her, um mir Rapport zu erstatten, ihre Sandalen schmatzen laut, weil sie wegen ihrer dauerhochtonischen Empathie für Patienten und Referenten permanent schwitzt. Ohne sie anzusehen klopfe ich ihr im Gehen tröstend auf die feuchte Schulter, fummele dann hektisch an einem der Minirechner rum, das Monitoringsystem funktioniert ausgerechnet jetzt mal wieder nicht und will mir nicht einmal den Standort von O.W. anzeigen, renne daher zum Zimmer des Professors weiter, obwohl ich weiß, dass es aussichtslos ist, Evelyn dort zu finden, weil der Professor nie im Leben freiwillig ins Haus zurückgekehrt ist.

Mit rasselndem Atem erreiche ich mein Ziel, hebe die Arme wie ein siegreicher Läufer oder eher wie ein vor den Ordnungskräften kapitulierender Krimineller hoch über den Kopf, klebe meine Hände, als hätten sie Saugnäpfe, an die Glasscheibe und starre ungläubig auf das Idyll vor meinen Augen: Evelyn und der Professor, beide bereits fürs Abendessen vorbildlich in ihre Abendanzüge gekleidet, sitzen einander an meinem Schreibtisch in eine Partie Schach versunken gegenüber. Im Hintergrund steht O.W. und bügelt die Hemden des Professors, im Kopf hat er wieder seine Musik, zu der er lautlos die Lippen und die Hüften bewegt, und alle drei schauen sie erst zu mir hoch, als ich das Zimmer betrete. Evelyn strahlt mich an:

»Ich gewinne schon zum dritten Mal, Papa!«

»Nicht so voreilig, Jungchen, noch ist nicht aller Tage Abend ...«

»Haben Sie die beiden Kumpel hier wieder raufgeholt, O.W.?«

»Wie?« O.W. hält verdutzt im Bügeln inne. »Äh ... nein, Herr Dr. von Stern, sie sind von selbst zurückgekommen und haben sich ganz brav waschen und ankleiden lassen.«

»Aber Papa, ich hab dir doch gesagt, dass wir nur noch ein bisschen den Rosenmann gucken und dann reingehen, und genau so ...«

»Ganz genau so, Jungchen, haben wir's gemacht. Aber dein Vater ist zu dumm, um das zu begreifen.«

»Hm, scheint so«, ich schlurfe zum Bett hinüber, setze mich auf die Kante, greife reflexartig nach der Flasche auf dem Nachttisch, nur um irgendwas in der Hand zu haben, und ohne zu wissen, wie mir geschieht, sauge ich daran, spucke das klebrige Zeug aber sofort wieder aus. »Pfui Teufel ist das süß! Ist ja widerlich!«

»Ach, mir kann's gar nicht mehr süß genug sein, dann lohnt sich's wenigstens, dass sie mir nächste Woche schon zum dritten Mal den Kiefer neu aufbauen wollen«, Evelyn sitzt mit dem Rücken zu mir und hält seinen Springer hoch neben seinem Ohr. »Weißt du, Papa, was ich noch sagen wollte, ich glaube wirklich, dass er uns verarscht, der Rosenmann meine ich, denn am Ende des letzten Sommers – Schachmatt! – habe ich ihn einmal ...«

»Du bist ein teuflischer Mensch, Jungchen, ganz der Vater! Eigentlich ein unschuldiges Kind, aber noch eigentlicher eine Satanssonde ...«

»Ja, lass gut sein mit den alten Sprüchen, Opa. Also …«, Evelyn schraubt seinen Oberkörper zu mir herum und legt beide Hände gemütlich auf der Stuhllehne übereinander, »Ende letzten Sommers habe ich ihn einmal abends zurück ins Haus begleitet, Schwester Absenta lief singend hinter uns, er hängte sich bei mir ein und ich habe so was gesagt wie *Die rote Rose unten am Gatter duftet noch immer, obwohl es schon fast Herbst ist, nicht wahr?* Daraufhin hat er mir zugezwinkert und geflüstert *Ja, sie duftet ganz herrlich, meine Neu-Rose, ganz herrlich!* Und die Art, wie er mir zugezwinkert hat, gefiel mir ganz und gar nicht.«

»Du meinst, er betrügt? Er ist gar kein Spitzenamnestiker?«

»Keine Ahnung«, er zuckt die Achseln und legt schläfrig das Kinn auf die Hände. »Was auch immer er ist, in jedem Fall will er dich anscheinend wissen lassen, dass er nicht das ist, was er zu sein scheint. Welchen Sinn sollte es sonst haben, mir gegenüber so mit dem Zaunpfahl zu winken? Er kann davon ausgehen, dass ich es dir früher oder später erzähle, Papa.«

»Hm, eher später …, wir haben jetzt Mitte Mai, du hast also ein dreiviertel Jahr …«

»Ja, Entschuldigung, Vater, das kommt, weil ich etwas zurückgeblieben bin.«

»Ja, natürlich«, ich stehe auf, gehe zu ihm hinüber und nehme sein Kinn in die Hand. »Mach mal den Mund auf! Zeig mal … Sehen doch gut aus, deine Zähne, sehr gut sogar.«

»Ja, die Zähne schon, aber …«, er legt den Kopf leicht zurück und spricht undeutlich, weil er mit dem Zeigefinger im Gaumen rumhantiert. »Aber der Oberkiefer ist ganz verrottet, da, siehst du das Loch da – da?«

»Nimm mal den Finger weg, so kann ich ja gar nichts …«, ich bücke mich und leuchte ihm in den Mund. »Tatsächlich, das ist ein ganz schönes Loch im Gaumen.«

»Mhm, das ist aber noch gar nichts, Papa, guck mal hier«, er klappt seine Oberlippe mit beiden Händen nach oben wie die eines Pferdes, zieht dann die Lippe über dem linken Mundwinkel noch weiter und zur Seite hoch, sodass man sein Zahnfleisch bis zum Jochbein sehen kann, und legt schließlich den Kopf ganz in den Nacken. »Hier, schau mal, da ist alles löchrig, da kann man bis zum Auge durchsehen, in einem durchsehen, von hier bis zum Ende ...«

»Großer Gott, Evelyn!«

»Nein, bitte nur kleiner Gott, Babygott! Papa Gott, Papa Gott, *Pagott, Pagott, Pa-*«

»Schschsch, ist gut, alles gut jetzt, hab keine Angst, Evelyn, das machen wir weg, ich mache alles wieder gut ...«

»Tja, und wie will er das machen, der feine Herr Doktor?« Der Professor, der bis jetzt seinen Kopf tief über das Schachbrett gebeugt gehalten hatte, um die Partie Zug für Zug bis zu seiner ihm wie jedes Mal unbegreiflichen Kapitulation zu rekonstruieren, mustert mich jetzt über seine Fensterbrillengläser, aber ausnahmsweise lächelt er nicht höhnisch, sondern eher mitleidig. »Wie wollen Sie das anstellen, hm?«

»Darüber wollte ich gerade mit Ihnen sprechen. Ich brauche Ihre Hilfe, ich wollte Sie bitten ...«

»Na na na, nicht so eilig, Satanssonde, machen Sie sich keine falschen Hoffnungen. Es wird einem im Leben ja so ziemlich alles geschenkt, hinter einem hergeschmissen, ob man will oder nicht. Kauf eins oder kauf auch keins und nimm noch eins umsonst und noch eins und noch eins ... Aber eine zweite Chance, die bekommt man nicht, nie im Leben, und schon gar nicht hier«, er pocht mit dem Zeigefinger auf das Schachbrett. »Glauben Sie, Sie könnten hier den Bauern des Bauern geben, eine Figur sein, die gar nicht vorkommt im Spiel, unbemerkt durchlaufen und auf diese Weise doch noch gewinnen? Vergessen Sie's, Weißhaut! Das haben schon ganz andere Galgenvögel versucht, sogar der Dohlenkönig, und sind doch gescheitert. Nicht einmal Judy Garland oder Hoher Wolf haben eine zweite Chance bekommen.«

»Aber ich will es trotzdem versuchen. Wir werden es heute Nacht wagen, und ich möchte, dass Sie sich mit Ihrer Karte bereithalten, Professor.«

»Mit dem Schnittmuster, hä?«

»N-ja.«

»Worüber redet ihr?«

»Nichts, Jungchen, dein Vater hier hat anscheinend vor der Ambulanten gründlich die Hosen runtergelassen und glaubt jetzt, er könne doch noch …«

»Was ist eine Ambulante?«

»Das erklär ich dir, Jungchen, falls du doch noch mal groß werden willst.«

»Doch noch, doch noch, doch noch!« Evelyn hüpft vom Stuhl und klatscht in die Hände. »Wir fahren nach Loch Doch, zum ungeheuerlichen Ungeheuer von – !«

»Evelyn!« Ich packe ihn am Ellenbogen und ziehe ihn wieder auf den Stuhl herab. »Wir fahren nirgendwohin, hast du mich verstanden? Du hast nichts gehört, ist das klar? Ich gehe jetzt kurz zu Dr. Tulp, zeige ihm meinen Mediator und meinen guten Willen, und dann gehen wir essen, und ihr werdet die ganze Zeit brav sein, alle beide, verstanden?«

Sie nicken synchron dem Boden zu, O.W. schaut mich aus seiner Bügelecke fest mit seinem klaren Meerblick an, und bevor irgendjemand es sich hier anders überlegt, drehe ich mich mit einer angedeuteten Pirouette auf dem linken Fußballen dem Ausgang zu.

39.

Ich hetze nicht mehr. Die Zeiten sind vorbei. Was auch immer heute Nacht geschehen mag, die alte Hatz über die Flure, Referent hinter mir und ich hinter Referent, ist für mich schon jetzt vorbei. Mag Referent mich auch mit meiner schönsten, tiefsten Stimme noch so einschmeichelnd zu seiner Räson rufen, ich schlendre weiter. Knöpfe mir jetzt sogar genüsslich das Hemd weit auf, weil die doppelte, kreuzförmige

Narbe auf meiner Brust plötzlich wieder juckt, höllisch juckt, was ich als gutes Symptom oder eher Phantom nehme. Ungeniert kratze ich daran herum, was die Sache noch schlimmer, also besser macht. Ich kratze immer wütender, in der idiotischen Hoffnung, dass da irgendetwas bluten könnte, wenn ich die Fingernägel nur tief genug hinein ins Fleisch schlüge.

Ausgerechnet heute ist mir jemand zuvorgekommen, wartet, den Kopf demütig über den im Schoß verknoteten Händen gesenkt, vor Dr. Tulps Behandlungszimmer auf dem Flur. Es ist auch noch ausgerechnet die lästige Frau Schneider, ich überlege, sie einfach zu übergehen und mich an ihr vorbei in Tulps Zimmer vorzudrängeln, was schon in Ordnung wäre. Die Leiden eines Arztes wiegen nun einmal schwerer, auf seinen Schultern hat er all das Leid all der Patienten zu tragen, macht in dieser unausgewogenen Leidensartistik eine derart instabile Figur, dass er in jeder Manege der Welt auf der Stelle zusammenbräche, aber hier ... Doch da schaut sie lächelnd zu mir auf, matt und hocherfreut zugleich, und brav setze ich mich auf den Stuhl neben ihr.

»Na, Frau Schneider, wo drückt denn heute das Schühchen?«

»Ach, Herr Dr. von Stern, wie schön Sie zu sehen! Sie werden mich sicher besser verstehen als der Dr. Holm, der ist immer nur schnell, schnell. Kaum kriegt man den mal am Kittel zu fassen, schon ist er wieder ...«

»Hm, sicher.«

»Und keiner will mir zuhören.«

»Hm, ja.«

»Und deshalb will ich die Sache jetzt von Dr. Tulp abklären lassen, man soll doch immer eine zweite Meinung einholen ...«

»Mindestens, besser noch eine dritte und eine vierte, erst, wenn's in der Grube von Schlangen nur so wimmelt, kann man einigermaßen sicher sein, dass die Viecher den wunden Punkt auch wirklich finden werden.«

»Sehen Sie«, sie strahlt, »das denke ich doch auch! Es ist nämlich so, dass ich so gern gen Italien reisen möchte.«

»Hm ja, ich hab davon gehört.«

»Verstehen Sie mich richtig, Herr Doktor, ich möchte so gern *gen Italien* …«, sie schielt überdeutlich erst in meinen, dann in ihren Schoß, »reisen, *gen Italien*, Sie verstehen, Ge-ni-ta-«

»Jj-a, ich hab's schon, Frau Schneider.«

»Aber die wollen mich nach Italien, nach Florenz, wollen die mich überweisen, obwohl ich doch meine Wünsche unmissverständlich –«

»Jetzt hören Sie mir mal gut zu, Frau Schneider«, ich nehme ihre Hände in meine, drücke sie fest und schaue ihr noch fester in ihre in all den leidigen Jahren stumpf und fahl gewordenen veilchenfarbenen Augen. »Sie lassen jetzt das Gerede von diesen Reisewünschen, haben Sie mich verstanden? Statt sich von Dr. Tulp aufmachen zu lassen, gehen Sie schön zurück auf Ihr Zimmer, und alles ist gut. Können Sie allein gehen, oder soll ich Ihren Pfleger rufen, oder soll ich Sie vielleicht begleiten?«

»Aber ich möchte lieber …«

»Ja, ich weiß, aber lassen Sie's trotzdem gut sein. Hören Sie auf, weiter mit diesem Unsinn hausieren zu gehen. Sie sind doch noch jung. Wie alt sind Sie, Frau Schneider, vierzig, fünfundvierzig?

»Zweiundfünfzig, Herr Doktor.«

»Na also, da wollen Sie doch noch nicht reisen. Wir versuchen, die Spannung unter Kontrolle zu bekommen, ich verschreibe Ihnen zusätzlichen GV und …«

»Aber nein«, sie schüttelt verzweifelt den Kopf. »Sie verstehen mich nicht, ich möchte doch unbewusst reisen, ich möchte doch etwas *unbewusst* wollen, unbedingt unbewusst!«

»Ja, das wollen wir alle«, ich flüstere jetzt fast und gebe ihr mein Taschentuch, in das sie aber nicht hineinschnäuzt, sondern mit dessen dekorativer Unterstützung sie alles nur weiter schniefend nach oben zieht, damit sich ihre Stirnhöhle wieder entzünden kann. »Aber das geht nicht. Ich bitte Sie, Frau Schneider, gehen Sie schleunigst in Ihr Zimmer zurück und versuchen Sie, sich zu beruhigen.«

Bevor sie antworten kann, wenn sie denn antworten wollte, öffnet Dr. Tulps beherzter Arm die Tür, und weil sein charmantes Silberlächeln uns beide und keinen von uns beiden klar in den Blick nimmt, und er gutgelaunt ruft *Der, die Nächste, bitte!*, stürze ich in seinen Raum. Es ist das erste Mal, dass ich mit reinem Gewissen unrechtmäßig an jemandem vorbeiziehe.

»Na, lieber Kollege, dann lassen Sie mal sehen, was Sie haben, *full house*, nehme ich an?« Er lacht liebenswürdig und führt mich an Schulter und Handgelenk sanft zu seinem Behandlungstisch hinüber wie ein treues altes Pferd auf die Koppel. »Ja, legen Sie sich schön hin, oben noch mal bitte frei machen, das soll dann auch das letzte Mal sein, ich versprech's.«

»Haben Sie meine Bilder und Dankeviczs Bericht über meine Nachtaufzeichnung schon bekommen?«

»Oh ja, habe ich beides bekommen«, er beugt sich stirnrunzelnd über mich. »Das sieht ja schlimm aus!«

»Jaja, Dankevicz sagte schon, es gäbe da irgendwo ein paar ungute Rückkopplungseffekte...«

»Nein nein, ich rede noch gar nicht von Ihrem in der Tat desolaten Innenleben, ich meine das hier«, er richtet sich ruckartig wieder auf, um mit gestrecktem Arm auf meine Brust zu zeigen und schaut verwundert, vielleicht auch ein wenig angeekelt auf mich herab. »Wie haben Sie das denn hingekriegt? Haben Sie sich selbst so zugerichtet?«

»Hm?« Die Mundwinkel zum Kinn und das Kinn in die Schlüsselbeinmulde gezogen, schiele ich an mir herunter, und erst da fällt es mir ein. »Ach so, das... die Narbe hat auf einmal so höllisch gejuckt, da habe ich mich wohl etwas vergessen.«

»Etwas? Ganz schön vergessen haben Sie sich da, von Stern! Was zwar eigentlich im Sinne des Erfinders ist, aber so weit darf man die Selbstvergessenheit nun auch wieder nicht treiben, dass man sein Narbenkreuz antastet. Und Sie haben sich ja hier die Haut drum herum, kreuz und quer so mit den Nägeln aufgefetzt, ja weggefetzt, dass die Zeichnung ganz unkenntlich geworden ist. Ich kann's wieder richten, die Frage ist nur, ob ich Ihnen damit einen Gefallen tue, Kollege. Das müssen *Sie* mir sagen.«

Schweigend nicke ich ins warm orangene Licht der Behandlungslampe, und ich wünschte, ich läge jetzt unter Dr. Bulgenows Händen, der die Sache ohne ein Wort kitten würde und fertig aus.

»Ich weiß doch, wie's in Ihnen ausschaut, von Stern«, Dr. Tulp drückt mir die Schulter und schiebt seinen schielenden, doppelt sich einfühlenden Blick zwischen mich und die Lampe. »Es ist ja auch ein Kreuz, das richtige Maß zu finden – sich vergessen und sich dabei nicht vergessen, das zerreißt einen schon mal, ganz klar. Aber auch das gehört eben zu den Problemen des Übergangs, von denen ich neulich sprach.«

»Hm. Vielleicht machen wir mich trotzdem erst mal auf, und dann schauen Sie, wie Sie meine Sache jetzt, also auf Grundlage der Bilder aus dem Schlaflabor, einschätzen, und ob Sie glauben, Sie könnten's operativ ...«

»Wissen Sie ...«, er legt den Kopf schräg wie ein lauschender Vogel, schaut ein Weilchen versonnen zur Zimmerdecke hinauf und lässt sich dann seufzend in den niedrigen Ledersessel neben dem Behandlungstisch sacken, »wenn ich manchmal denke, ich halte es nicht mehr aus, dann rufe ich mir den Satz ins Gedächtnis, der auf diesem eingelegten hellgelben Bogen, auf diesem Begrüßungsschreiben, das wir damals bei unserer Aufnahme zusammen mit der Akte bekommen haben, stand: *Mit einer schönen Narbe kamen wir in die Klinik; das war unsere ganze Ausstattung*. Erinnern Sie sich?«

»J-ja, aber ich glaube, das stand nirgendwo, das haben die uns doch beim Bekenntnisappell sagen lassen.«

»Ach so? Naja, kann sein, ist ja auch schon ewig her. Ob's nun irgendwo stand oder auch nicht, jedenfalls gibt mir das irgendwie Halt in den dunklen Momenten.«

»Hm.«

»Jaja, ist blödsinnig, aber mir hilft's«, er lacht wieder besser gelaunt. »Zigarettchen? Nein nein, bleiben Sie liegen, ich geb Ihnen …, ach, das tut gut, was? Ich bemitleide wirklich jeden, der ohne diese herrliche Prothese leben muss! Die armen Patienten, was nutzt es ihnen, dass sie frei bis runter in die Lunge atmen können, ohne das hier!«

Ich lasse träge ein paar Rauchkringel ins orangene Licht hinaufwabern, lausche Tulps gleichmäßig weiterplätschernden Worten, und auf einmal fließt mir das kristallklare Wasser des kleinen Gebirgsbächleins in Massandra in die Sinne, an dem wir auf der Wanderung hinauf zum Kreuzfelsen, Stawri-Kaja, rasteten, kurz nach meinem letzten Examen, was ich feiern wollte und auch, wie ich lachend hinzufügte, dass wir nun über ein Jahr zusammen waren, ohne einander umzubringen, und an dem du mich allen Ernstes vor die Wahl gestellt hast, entweder mit dir ins Innere, nach Bachtschissaraj oder besser noch direkt in eine der Höhlen von Tschufut-Kale zu fliehen, oder allein meinen glorreichen Weg an der Küste entlang zu machen. Ohne zu zögern habe ich eingewilligt, mit dir ins Innere zu gehen.

Das Bächlein plätschert weiter, lullt mich ein und will mir in tröstlicher Qual einreden, es hätte alles so bleiben können, wie es war, ja es hätte alles noch gut werden können, wenn wir in Bachtschissaraj geblieben wären. Man hätte mich abgeschrieben, nichts weiter, kein Hahn hätte nach uns gekräht. Schließlich mussten wir ja noch nicht einmal fliehen, lächerliches Wort, wir konnten einfach gehen. Ohne Umstände zu machen, hatten sie uns plötzlich zusammen mit meiner Examensurkunde die Heiratserlaubnis gegeben und ebenso umstandslos bewilligte der Klinikverwaltungsabschnitt Groß-Jalta mein Gesuch, vor meinem Einsatz als Assistenzarzt im grenzklinischen Gebiet zur weiteren Vertiefung meiner Praxis von *Pranayama* und *Pratyahara* für eine Weile im Palastsanatorium von Bachtschissaraj in Klausur zu gehen. Dass meine Ehefrau ihr Heilstudium an meiner Seite würde fortsetzen können, verstand sich damit von selbst.

Dr. Karg zeigte sich zwar etwas erstaunt über meinen Sinneswandel, war aber freundlich wie immer und lud mich zum Abschied sogar in das alberne Restaurantschiff *Goldenes Vlies* ein, das, über der Promenade von Jalta auf einem Wellenbrecher schwebend, die Argo darstellen sollte. Das Meer unter uns platschte friedlich gegen den Beton, das weiße Nylonsegel der Argo glänzte in der tiefroten Augustabendsonne, wir tranken stinkteuren falschen Aluschta, und Dr. Karg machte sich, mir zuprostend, lustig über die protzig tätowierten Luxuspatienten um uns herum, die sich einbildeten, der billige Rote im edlen Fläschchen hülfe gegen ihre Karma-Verstrahlung.

Es war spät geworden, auch der falsche Tropfen hatte seinen guten Zweck erfüllt, und als sich vor dem Hotel Oreanda, wo Dr. Karg eine für seine Position recht bescheidene Suite bewohnte, unsere torkelnden Wege fürs Erste trennten, klopfte er mir noch einmal herzlich mit seiner arthritischen Maulwurfsklaue auf die Schulter:

»So, von Stern, wollen Sie also wirklich in Klausur gehen, ja? In ein Potjomkinsches Dorf wollen Sie, jemand mit solch einer glänzenden Zukunft wie Sie? In einen Ort, den es für unsereinen gar nicht gibt, ja der noch nicht mal auf unserer Karte eingezeichnet ist? Wollen sich aus der Schusslinie des Erfolgs bringen, wie? Respekt, mein Junge, ich hätte das auch machen sollen damals, ja, doch, denke ich tatsächlich manchmal – was dann geworden wäre, nicht in die Grenzpflege geraten, vielleicht sogar Landarzt geworden. Naja, sentimentales Geschwätz. Aber im Ernst, ich bewundere Ihre Haltung – nein wirklich, sehr! Aber ich sag Ihnen was im Vertrauen, mein Junge, Sie kommen wieder! Noch ehe ein Jahr vergangen ist, kommen Sie zurück. Sie werden's nicht aushalten. Adjüs, mein lieber von Stern!«

Und ich hab's nicht ausgehalten und du hast mich auch nicht ausgehalten. Wie solltest du auch? Schon in Bachtschissaraj, so gut unsere Tage auch waren, ja weil sie so gut waren, stahl ich mich nun schon fast jede Nacht vor den Spiegel, und nach ein paar Monaten achtete ich nicht einmal mehr darauf, ob du gerade schliefst oder nicht, ob du vielleicht sogar schräg hinter mir, im Schlafzimmertürrahmen, standest, während ich hektisch gegen das beschlagene Glas anflüsterte. Nein, schlimmer noch, es war mir nicht mehr nur egal, insgeheim genoss ich nun schon den abscheulichen Gedanken, dass du da hinter mir stehen könntest, hilflos starr, ich genoss es, mich schamlos zu verachten und dich so noch weiter zu quälen, denn *meine Bosheit hatte eben nur die Bosheit zum Grunde. Abscheulich war sie, und ich liebte sie; ich liebte es zu verkommen, ich liebte meine Sünde: nicht das, wonach ich in der Sünde griff* – ich griff ja nach nichts, griff nirgendwohin – *sondern mein Sündigen selbst.* Das Schlimmste aber war, dass du später, als ich die Stelle in Kertsch doch angenommen habe, weil ich tatsächlich glaubte, dass Referent dann Ruhe geben würde, mich, uns in Frieden ließe, wenn ich nur dieser einen seiner Anweisungen folgte, dass du damals gesagt hast, alles sei einzig und allein deine Schuld, weil du mich damals auf der Wanderung zum Stawri-Kaja vor die Wahl gestellt hattest, bedingungslos, genauso bedingungslos, wie du mir jetzt hoch nach Kertsch folgtest, und dass es einen dritten Weg gegeben hätte, wenn du mich nur wenigstens hättest zögern lassen. Aber das stimmt nicht, denn wenn du mich auch nur einen Tag zögern hättest lassen, ich hätte dich fallen gelassen.

»Nein, hättest du nicht.«

»Hätte ich doch.«

»Hättest du nicht.«

»Hätte ich doch. Wenn man mich zögern lässt, lasse ich alles fallen, alles! Hättest du mir auch nur einen Tag Bedenkzeit gegeben …«

»Nein, hättest du nicht. Das weiß ich besser als du.«

»Immer musst du das letzte Wort behalten, immer! Versprich es mir, Esther!«

Doch bevor du antworten kannst, fließt das klare Gebirgsbächlein wieder in Dr. Tulps Rede hinab:

»Ich versuche immer, unsere Alleinstellungsmerkmale weder als Mangel noch als besonderen Reichtum zu sehen, von Stern, sondern einfach als gegeben hinzunehmen und als eine Maßnahme ausgleichender Gerechtigkeit, Homöostasie – was ist schon eine Hirnrindenschicht mehr oder ein Herz weniger –, am Ende pendelt sich alles ein … oder aus? Na, und immerhin haben wir diese schöne Narbe. Die kann uns keiner nehmen.«

»Ja«, ich drücke den Stummel in einem lavendelgetränkten Wattebausch auf dem Beistelltischchen aus, nehme den Handspiegel und betrachte meine tatsächlich übel zugerichtete Brust. »Aber sollten wir mich nicht endlich mal aufmachen, es ist schon spät, und …«

»Wie Sie wollen«, er erhebt sich schwerfällig, reibt mir lustlos den Thorax mit Desinfektionsmittel ab, aber statt mich aufzumachen, fängt er murmelnd an, mir die Risse zu kitten. »Die erste Narbe ist nicht nur die tiefere, sondern doch auch die noch schönere von beiden, finden Sie nicht auch? Von links oben nach rechts unten, das hat noch eine ganz andere Grazie als umgekehrt, und auch organischer geschwungen ist sie, leichthändiger, wenn Sie mich fragen. Wann haben Sie Ihre erste Narbe bekommen, von Stern, als Kind?«

»Nein, mit neunzehn.«

»Haben Sie sich auch das Herz gebrochen, so wie Holm?«

»Nein nein, angeborener Fehler. Ich hatte eine ganz normale Kindheit und dann, kurz bevor das Ding völlig versagt hat, in einer überaus glücklich verlaufenen Transplantation doch noch Ersatz bekommen, habe mir bis dahin nie sonderlich viel aus mir gemacht und erst danach überdurchschnittliche Leistungen erbracht.«

»Kannten Sie Ihren Spender oder Ihre Spenderin?«

»Nein.«

»Hat Sie nie interessiert?«

»Nein. Und Ihre Erstnarbe, Dr. Tulp? Auch eine Transplantation?«

»Oh nein, ich habe immer auf eigene Rechnung gelebt – Infarkt. Zu viel gesoffen, zu viel geraucht, zu viel operiert. Schöne Zeit gehabt alles in allem, mal abgesehen von meiner dippen Rippe, die mir permanent die Hölle heiß gemacht hat, sobald's mal ein bisschen später wurde«, er schüttelt lachend den Kopf, und ein Tröpfchen Kitt aus seiner Pipette landet brennend in meinem Auge. »Sechs Bypässe, einer kruder gelegt als der andere, aber haben mir sauber die Stellung gehalten bis zum

Schluss. Hach ja, die haben das hier schon ganz richtig gemacht alles, Leute zu nehmen wie uns, nur Leute, die schon einiges auf dem Kerbherz hatten. Zähes Vieh, das sind wir, arme Transitschweine, aber eben auch zähes Vieh, oder nicht?«

»Hm, ich weiß nicht«, ich reibe mir das noch immer brennende Auge. »Könnten Sie mich nicht vielleicht jetzt doch noch aufmachen, mit den Bildern abgleichen und …«

»Psst, hören Sie das?« Er dreht lauschend den Kopf über mir hin und her. »Hören Sie das auch, dieses Rauschen?«

»N-nein, ich höre nichts.«

»Doch doch, da ist es wieder«, er legt seinen Kopf ganz auf mir ab, das Ohr direkt über dem Mediator. »Das strömt nicht mehr, das rauscht. Ganz deutlich, wie im Lehrbuch: *Manchmal rauscht es: wenn Du zerbrochen bist.*«

»Ach was! Sind Sie sicher, Tulp?«

»Natürlich bin ich sicher, ich bin schließlich der beste Kernanatom der klinischen Welt!«

»Jaja, nur kommt das doch eigentlich nicht …, ich meine, haben Sie schon mal hier so einen Fall erlebt?«

»Einen Patienten hatte ich mit diesem Symptom, ja, schon lange her.«

»Und? Was … was war mit ihm?«

»Naja, ganz bilderbuchartig regulärer Verlauf: *Eine Hingebung trat in ihn, ein Verlust von letzten Rechten, still bot er die Stirn, laut klaffte ihr Blut*«, er sieht mir ernst und gerade in beide Augen, was überaus verwirrend ist. »Sie können sich wieder anziehen, Dr. von Stern.«

»Aber«, schwindelnd setze ich mich auf dem Tisch auf, »wollen Sie denn gar nicht versuchen, es zu operieren?«

»Nein«, er lächelt wieder, und auch sein Blick verdoppelt sich wieder liebenswürdig. »Nein, ich werde Ihren Mediator nicht operieren. Ich werde Sie gehen lassen.«

Noch immer schwindelnd und im offenen Hemd, die Hände zittern mir zu sehr, um es zuzuknöpfen, den Kittel überm Arm, lasse ich mich von ihm zur Tür geleiten. Zum Abschied, ich stehe schon im Flur, wackelt er plötzlich schelmisch mit dem Zeigefinger:

»Sie haben gewusst, dass ich Sie nicht aufmachen würde, wenn Sie nur penetrant genug darauf drängen würden. Sie schlauer Fuchs haben ganz schön hoch gepokert!«

»Nein, das habe ich nicht, wirklich …«

»Ich wünsche Ihnen alles Gute, wirklich alles Gute, Dr. von Stern, der Himmel steh Ihnen bei!«

Ich danke ihm stumm, drehe mich dann schnell um, bevor er es sich anders überlegt, schrecke aber nach ein paar Metern im freien Gang zusammen, weil seine Stimme mir noch einmal in den Rücken schlägt. Doch seine Worte gelten gar nicht mehr mir:

»Ja wen haben wir denn da? Frau Schneider, Sie Ärmste, da haben Sie ja lange warten müssen!«

40.

Noch eine letzte Rasur *beyond perfection*, noch ein letztes Mal in den Abendanzug, und dann werde ich tatsächlich zum allerletzten Mal das allabendliche Mahl üben und mit dieser letzten Übung meine ärztliche Arbeit krönen. Denn das Abendmahl ist schließlich die Königin der Asana-Abfolgen, wichtiger noch als der Sonnengruß, und deshalb hat Jesus auch ausschließlich diese oberste *Vinyasa* praktiziert.

Schon als er sich ganz am Anfang seiner Geschichte für vierzig Tage in die Wüste geschickt hat, hatte das nur den einen Sinn, dort ungestört exzessiv sein Abendmahl zu üben. Er ging es wieder und wieder durch, bis er die gesamte *Vinyasa* bis in die kleinste Geste des kleinen Fingers vollkommen anstrengungslos in einem ununterbrochenen Fluss beherrschte. Dank dieses manischen Exerzitiums gelang es ihm bei seiner *last sitting*, die anderen um sich herum in genau dem Maße zum Verschwinden zu bringen, das ihm ermöglichte, durchgängig seine autohypnotische Balance zu halten und zugleich alle Blicke auf sein anbetungswürdiges *deep play* zu bannen.

Selbst als der ungeschickte Judas schüchtern zu ihm trat, um ihn zu fragen, woher um Himmelswillen er diesen übermenschlichen *flow* nähme, aber nur verliebtes Gestammel hervorbrachte, ist Jesus nicht ins Wanken geraten, hat seinen bezauberten Jünger flüchtig auf die Wange geküsst und ihm zugezwinkert: *Üben, üben, üben!* Und obwohl Judas das dumme Gefühl nie ganz loswerden konnte, dass Jesus sich über ihn hatte lustig machen wollen, hat er diesen Satz dennoch treuherzig kolportiert, halb stolz, halb unglücklich mit sich herumgeschleppt und so für die uneingeschränkte Übungsautorität seines geliebten Herrn bis heute gesorgt, auch wenn der Professor behauptet, Jesus habe Judas freilich etwas ganz anderes ins Ohr geflüstert: *Wer immer strebend sich bemüht, den werde ich auch nicht erlösen.*

Und der Professor weiß schließlich immer alles besser als andere, und ich muss lachen, jetzt, wo ich sein Zimmer wieder erreicht habe und durch die Glasscheibe sehe, dass er noch immer genauso dasitzt wie ich ihn vor fast zwei Stunden verlassen habe: Über das Schachbrett gebeugt kratzt er sich ungläubig am Kopf und kann immer noch nicht verstehen, warum Evelyn ihn schon wieder geschlagen hat. Derweil sitzt der Junge im Lotussitz auf dem Bett des Professors und vertreibt sich anscheinend schon seit einer ganzen Weile die Zeit mit *Kabala Bati*, denn er sieht aus, als könnte er jeden Moment ohnmächtig werden. Obwohl ich es ihm schon tausendmal verboten habe, verschließt er bei der reinigenden Wechselatmung, kaum dass man ihn ein paar Minuten aus den Augen lässt, beide Nasenlöcher zugleich, und seit Dr. Holm neulich diese blödsinnige Luftanhalterei in bösem Scherz *Apnoe-Pranayama oder auch Pranayama Verkehrt* genannt hat, kann der Junge gar nicht mehr genug davon kriegen. O.W. unterbricht aufstöhnend seine Bügelarbeit, reißt Evelyn die Hand von der Nase und gibt ihm routiniert eine Ohrfeige, schätzungsweise die zehnte heute, und Evelyn reibt sich in apathischem Vergnügen wimmernd die Wange.

Mein Lachen ist vergangen, steif betrete ich das Zimmer, alle drei schauen offenmündig zu mir auf, und so halte ich mich respektabel knapp oder eher knapp respektabel:

»Gut, gehen wir essen.«

»Nein nein nein«, der Professor wedelt energisch mit dem Zeigefinger. »Diese Übung lassen wir heute mal ausfallen, wir überspringen das Abendessen, ohnehin unreinlich, diese späte Stopferei. Und überhaupt sehe ich nicht länger ein, meine armen Lieben, der Himmel hab' sie selig, nur wegen des dummen 360-Grad-Feedbacks am runden Tisch jeden Abend von neuem verzehren und so jede Nacht mit diesem krampfenden Kotdarm einschlafen zu müssen. Nein, altes Aas, überlassen wir das Abendessen den glattgestirnten Hyänen. Wir werden also sofort aufbrechen!«

»Aber … aber«, ich streiche mir über die plötzlich nasskalte Stirn, »sollten wir nicht so lange wie möglich die Ordnung … uns sehen lassen und … und ich muss doch dem Jungen was zu essen geben.«

»Nein, müssen Sie nicht«, der Professor erhebt sich und klopft mir mitfühlend auf den Arm. »Sie müssen ihn wegbringen, sonst nichts.«

»Aber sollten wir nicht wenigstens warten, bis es Nacht ist, in solchen Situationen sollte man doch wohl gehen, wenn's am dunkelsten ist, oder nicht?«

»Nein, Hoher Wolf geht, wenn es Zeit ist. Er kennt seine Stunde wie seine Westentasche. Und Sie sind sowieso ein toter Mann und Toter Mann läuft, wann es ihm gefällt. Nichts kann ihn dann mehr aufhalten. Und außerdem«, er pocht, während er den Daumen der rechten Hand lässig in die Uhrtasche seiner Weste einhängt und den Brustkorb in eine angeberische kleine Rückbeuge hebt, mit dem linken Zeigefinger auf sein Schachbrett, »habe ich die Partie wieder und wieder studiert, während Sie sich beim Kernanatom Tulp vergnügt haben, und es besteht gar kein Zweifel, wie die Sache zu lesen ist. Der Junge hat die Linie so klar gezogen, schauen Sie, er hat seinen Turm sofort in Bewegung gesetzt, sofort, ohne zu zaudern, und auch seine Läufer hat er waghalsig mit den ersten Zügen ins Feld geschickt, und nicht erst, als ich ihm den Springer auf die Brust gesetzt habe. Wir gehen also jetzt gleich, keine Widerrede.«

Ich nicke idiotisch auf das Brett herab, und vor meinen Augen verdunkelt sich alles, was aber nichts macht, weil ich die Figurenanordnung ohnehin nicht verstehe. Kurz bevor das Bild ganz schwarz wird, nimmt Evelyn meine Hand:

»Du brauchst keine Angst zu haben, Papa, es wird schon alles gut gehen.«

»Hm.«

»Na los, Satanssonde, grüner wird's nicht!«

Der Professor schiebt mich zur Tür hinaus, auf dem Flur schaue ich teilnahmslos zu, wie er und Evelyn sich kichernd ihre Opium-Rhabarber-Flaschen selbst auffüllen, was Patienten natürlich strengstens verboten ist. Langsam drehe ich den Kopf noch einmal zum Zimmer zurück, aus dem O.W. mir seinen kleinen, hellblauen Abschied zuzwinkert, und lächelnd und mit schwerer Hand winke ich zurück. Dann endlich nehme ich mich zusammen. Obwohl Referent nirgends mehr auffindbar ist, finde ich doch noch einmal in seinen ärztlichen Gang zurück, und Patienten haben Mühe, mit mir Schritt zu halten.

Nun aber schleunigst zum Ausgang finden … *zum* Ausgang? Dazu müsste man erst mal wissen, wo er ist! Mir scheint tatsächlich fast zwanzig Jahre lang gar nicht aufgefallen zu sein, dass ich nicht weiß, wo der Ausgang ist. Aber wozu hätte mich das auch interessieren sollen? Natürlich wusste ich sehr wohl, wo der Ausgang ist, beziehungsweise wo die Ausgänge sind: Man kommt entweder über die Speiseterrasse oder über die Terrasse vor Dankeviczs Büro raus. Mal raus auf die Wiese, zufrieden blinzelnd die Finger durch das weiche Gras gleiten lassen, und dann wieder zurück, weiter will keiner hinaus, wozu auch? Einen anderen, *den* anderen Ausgang gibt es selbstverständlich nicht, auch die Entlassungen regeln wir hausintern. Personal-, Patienten- und Wareneingang sind alle drei Einwegschleusen, seit es hier keine Ambulanten mehr gibt, und ich verstehe wirklich nicht, auf welchem Weg Esther hier mindestens zweimal rein und wieder raus spaziert ist, als wäre sie nichts. Aber das spielt jetzt keine Rolle, Esthers Katzenklappe würde ich ohnehin nie finden, ich muss mich also entscheiden, was riskanter ist, vor aller Augen die Speiseterrasse zu überqueren, oder Dankeviczs um diese Stunde höchstwahrscheinlich verschlossenes Büro aufzubrechen und womöglich sogar seinen Wachpfleger niederschlagen zu müssen. Beides ausweglos selbstverständlich, also eines so gut wie das andere. Um uns alle drei über meine Ratlosigkeit hinwegzutäuschen, rase ich zielstrebig den nächstbesten leeren Flur hinunter, aber Evelyn wittert meine Hasenfüßigkeit:

»Wo ist der Ausgang, Papa? Wie kommen wir hier raus?«

Bevor ich ihm antworten könnte oder wohl eher müsste, stocken wir – ganz hinten, fast am Ende des Gangs kommt jemand um die Ecke gebogen und eilt uns wieselartig entgegen. Beim Näherkommen erkenne ich Pfleger Pflüger. Der Professor drückt mir seine Hand hart gegen das Schulterblatt und zischt leise durch die Zähne:

»Einfach weitergehen, nicht stehenbleiben, nicht langsamer werden, einfach weiter …«

Meine Beine geraten wieder in einen recht passablen Trab, und obwohl ich kittellos bin, nur im Abendanzug, gelingt es mir sogar, halbwegs arrogant an Pfleger vorbeizusehen, schon ziehen wir an ihm vorüber, gleich geschafft, aber da hält er uns an, stellt sich mir unverschämt bucklig in den Weg:

»Oh, Herr Dr. von Stern, Sie habe ich schon überall gesucht.«

»Ah ja, was gibt's? Ich hab's eilig, also …«

»Ja, entschuldigen Sie, Herr Doktor, es ist nur, weil ich heute Nacht auf Ihrem Flur die Hygieneschicht für Sie übernehme, wegen Ihrer Befreiung von allen … äh …«

»Ja, und?«

»Ich fragte mich nur … äh …«

»Herrgott, was denn?« Evelyn berührt mich kurz am Ellenbogen, und so wiederhole ich etwas gezügelter, fast freundlich: »Was ist es denn, Pflüger?«

»Oh, äh … es ist nur …, Herr Lewandowski, was bekommt er noch mal, Fußreflex oder Fellatio?«

»Na beides natürlich, und sehen Sie zu, dass Sie's stufenlos ineinander übergehen lassen, unmerkliche Übergänge, verstehen Sie? Aber trotzdem schön gründlich alles, sonst muss ich in zwei Stunden schon wieder jemanden zu ihm schicken, und dann mache ich es lieber gleich selbst, verstanden?«

»Jawohl, Herr Doktor, ich werd mir Mühe geben.«

»Gut.«

Der erste Kelch ist an uns vorübergegangen. Evelyn spürt meine Erleichterung und fragt noch einmal, diesmal aber in unangemessener Heiterkeit:

»Wo *ist* denn jetzt der Ausgang, Papa? Sind wir bald da?«

»Ähm … ja, noch nicht ganz. Wir müssen noch ein Ründchen drehen, wir haben noch keine Ausflugserlaubnis bekommen.«

»Ach, ist das wahr, großer Kurator?«

»Ich steck Sie zurück ins Bett, Professor, kann ich immer noch machen. Kommt kommt, nicht so lahm, ihr beiden! Wir müssen noch ein bisschen tiefer hinein ins Innere.«

»Aber wieso denn das?« Evelyn bleibt verwirrt stehen. »Wieso denn noch weiter hinein, wenn wir doch hinaus wollen?«

»Ja, das … äh … wirst du schon noch irgendwann verstehen.«

Der Professor lockert schnaufend seine Krawatte, stützt sich gegen die gläserne Flurwand und murmelt Evelyn kopfschüttelnd zu:

»Dein idiotischer Vater hofft, dass es irgendwo tief da drin, im Herzen der Station noch einen Ausgang gibt, einen richtigen Ausgang, obwohl jedes Kind weiß, dass das nicht der Fall ist.«

Evelyn lehnt sich neben dem Professor an die Wand, öffnet schwer atmend den Mund und legt den Kopf weit zurück in den Nacken, als wolle er seinen Hinterkopf in die Glaswand wie in flüssigen Harz eintauchen lassen. Dann beugt er minimal, aber gefährlich die Knie. Kurz bevor er sich an der Wand entlang in die Hocke sacken lässt, klatsche ich zweimal laut in die Hände:

»In Ordnung Leute, alles bestens, wir wollen uns nicht gehen lassen jetzt. Wer sich jetzt hinsetzt, steht nicht mehr auf, also gehen wir weiter, bitte!«

Patienten nicken lahm, ich nehme sie an die Hände und ziehe sie weiter mit mir ins Innere hinein. Dabei plappere ich mit unerträglich vergnügter Stimme auf sie ein:

»Links herum und rechts herum, ach das ist doch ... Wie auf einer treppenförmig gezackten Linie werden wir immer weiter hineinkommen, schauen Sie nur, Professor, die schöne warme Abendbeleuchtung auf allen Fluren, wir können durch die ganze Station hindurchsehen wie durch einen Kristallleuchter!«

»Ja genau, alles bricht sich an allem, Sie Blindschleiche, schauen Sie, meine Damen und Herren, schauen Sie, Sie sehen nichts!«

»Na, wenn Sie einen besseren Weg wissen, nur zu! Und überhaupt, Sie könnten ja auch endlich mal Ihren Plan rausholen, Professor.«

»Nein, nicht nötig«, er zieht gereizt seine Hand aus meiner und tippt sich affektiert an die Stirn. »Alles hier drin, vom Anfang aller Tage bis zum bitteren Ende. Und deshalb weiß ich auch, dass wir jetzt nicht wieder rechts, wie es Ihre gezackte Diagonale vorsieht, sondern noch ein zweites Mal links abbiegen müssen, sonst schießen wir übers Ziel hinaus. Wir müssen nur noch hier um die Ecke, und schon sind wir im Allerwertesten, ich meine, im ärztlichen Innersten. Sie gestatten, Ficksau?«

Er hüpft mir vor die Füße, übernimmt tänzelnd die Führung, biegt in die nächste linke Abzweigung und wirft sich dabei mit dem Oberkörper weit in die Kurve, als säße er auf einem Motorrad. Zögerlich folge ich ihm und schleife den kaum noch hörbar vor sich hin wimmernden Evelyn hinter mir her. Tatsächlich mündet der schmale Flur schon nach wenigen Metern in einen der runden Lichthöfe, von denen es einige, ich glaube sieben oder acht, auf der Station gibt.

Um diese Uhrzeit sind die Lichthöfe freilich eher Dunkelhöfe, abends und nachts hofieren sie die Dunkelheit. Als Weihestätten des Sonnenvaters, ganz der wechselhaften Gnade seines Lichts anheimgegeben, sind sie dann erfüllt von seiner mächtigen Abwesenheit, und jede nächtliche Atemübung wird in ihnen automatisch zum demütigen Gebet um seine Wiederkehr. Manche Patienten stehen in diesen Höfen nachts stundenlang in *Tadasana* herum. Die Arme und Augen nach oben gerissen, jammern sie leise und doch fordernd, der Sonnenvater möge sich doch bitte wenigstens kurz, nur für eine Sekunde am dunklen Firmament in einem seiner Sterne zu erkennen geben und ihnen Hoffnung auf einen morgigen Tag schenken. Anscheinend kommt er ihren Bitten, ganz gemäß der Hausordnung, *Keine unserer Übungen ist verlorene Liebesmüh*, in schöner Regelmäßigkeit nach, denn das bange Gemurmel wird immer wieder unterbrochen durch kleine beglückte Aufseufzer. Derlei überkommene Zeichensucht mag man als frömmlerische Kleingläubigkeit oder eher Kleingeistigkeit der Patienten abtun, und der Professor würde sagen, dass die Aufnahme des Sonnenvaters in den Stiftungsrat der Klinik ohnehin *de iure* hochproblematisch sei, aber in den wirklich schlimmen Nächten kann man einfach nicht anders, als sich mit den Augen nach oben zu flüchten, in den Sternenhimmel hinauf, den man nur von diesen Höfen aus frei zu sehen bekommt, da sie die einzigen Räume der Klinik sind, die nicht mit einer durch die nächtliche Notbeleuchtung immer leicht verspiegelten Glasdecke überzogen sind.

Meine Augen brauchen eine Weile, um sich an diese seltsam dunkle Lichtung im Glaswald zu gewöhnen, und ich frage mich, in welchem der Höfe wir hier sein mögen. Doch dann erkenne ich plötzlich in der Mitte des Raums die luxuriös breite und dick mit feinstem und glättestem weißem Leder gepolsterte, von einer kleinen Nachttischlampe sanft beleuchtete, dreigliederige Liege, anatomisch entgegenkommend, bereit, Kopf, Rumpf und Unterkörper aufzunehmen, eine unwiderstehlich diskrete Einladung, sich auf den Bauch zu legen und das Gewicht der Welt loszuwerden, das müde Gesicht tief in die ovale Öffnung im Kopfteil sinken zu lassen wie in einen sanft nachgiebigen Rahmen, in dem dein Bild in die Quelle deines Selbst zurücktaucht, und nun kannst du den entlasteten, endlich butterweichen Nacken ganz den warmen Händen deines Arztes überlassen.

Noch immer will ich meinen Augen, die da seelenlos auf der glatten kühlen Liege ruhen, nicht trauen, aber schließlich muss ich mir mit einem vagen Schamgefühl eingestehen, wo wir gelandet sind:

»Aber das ist ja bloß das verdammte Belohnungszentrum!«

»Aber ja, was denn sonst? Ein anderes Zentrum als das Belohnungszentrum gibt es nicht. Sie sind am Ziel, Herr Doktor Obermaus.«

»Na schön«, jetzt ist es an mir, mich an die Wand zu lehnen, aber das ist mir der Würdelosigkeit noch nicht genug, schlaff lasse ich mich auf die schmale Fichtenbank nieder, die das Hofinnere umläuft. »Das war's dann, ruhen wir kurz aus und gehen dann zurück, wir werden einfach über die Speiseterrasse gehen, die Wiesen hinab, in den Kugelhagel hinein, was soll's, ich weiß mir keinen anderen … ich weiß nicht mehr weiter.«

»Mein Gott, was für eine elende Memme Sie sind! Kugelhagel! Sie träumen, Doktor, Sie träumen! Wenn ich daran denke, wie wir vom MD damals …«

»Ich kann nicht mehr stehen, Papa, ich kann nicht mehr.«

Evelyn taumelt in die Mitte, zielstrebig stolpert er auf die Liege zu, und nur im letzten Moment und mit vereinten Kräften können der Professor und ich ihn vom Niedersinken auf das Leder abhalten, denn er wehrt sich mit aller ihm zur Verfügung stehenden Schwerkraft. Mühsam zerren wir ihn von der Liege weg, dabei weint er schlimm und fleht:

»Lasst mich, bitte nur eine Sekunde! Nur ganz kurz hinlegen, ganz kurz!«

»Nanu, was ist denn hier los?«

Vor Schreck über die dunkel schnurrende Stimme in unseren Rücken lassen wir Evelyn fast zu Boden fallen, nur kurz vor dem Marmor kriegen wir ihn zu fassen, aber in diesem Fall fängt der Junge sich wieder, hört schlagartig auf zu heulen, sodass wir alle drei zusammen wie ein vertrottelter dreiköpfiger Drache unsere verdutzten Gesichter zurück zum Eingang drehen. Dort stehen, im blattgoldenen Kittel des diensthabenden Belohnungsarztes, Dr. Holm, und in seinen lässigen Arm eingehängt, im weißen Frotteebademantel, mit geschlossenen Augen und offenem Mund, anscheinend im Stehen schlafend, die passionierte Italienreisende Frau Schneider.

»Was macht ihr Zuckerpüppchen denn hier? Hab ich mich etwa in der Schicht geirrt?«

41.

Viehdumm stehen wir drei um die Liege herum, auf der Frau Schneider schon mal Platz genommen hat, und wenn Patienten *hier schon mal Platz nehmen wollen*, sind sie bekanntlich so gut wie übern Berg, und erwartungsgemäß gähnt Patientin jetzt genüsslich. Vor einer Stunde hat sie ihre abschließende Sitzung in der Konversionstherapie hinter sich gebracht, nun lässt sie die Arme weich um den Oberkörper herumschlenkern und schüttelt so die letzten Krämpfe ab, die sich noch verzweifelt an ihren Schultern festzuklammern suchen. Derweil ordnet Dr. Holm mit geschickt über dem Beistelltischchen hin und her fliegenden Händen das Besteck und die Ölfläschchen nach seinem Geschmack um, und ohne Patientin anzusehen, murmelt er:

»Soso, Frau Schneider, so weit wollten wir's kommen lassen, wie? *Circle and reach out, and reach out and circle, all the way, my lady …* Eine letzte Konversion *and here we are …*«

»Ja, Herr Dr. Holm.«

»Sie sind sich immer noch sicher, ja?«

»Ja, ganz sicher, Herr Doktor.«

»Na schön, am Ende des Tages müssen Sie's selbst entscheiden.«

»Ja, Herr Dr. Holm, das muss ich, und das kann ich auch!«

Lächelnd nickt sie uns reihum zu, als gälte es, uns Zuversicht zu geben, und ihre Augen sind nicht mehr stumpfblass wie ein getrocknetes Veilchensträußchen in einem vergessenen Buch, sondern leuchten jetzt seltsam im Halbdunklen. Dann zieht sie mit einem entschlossenen Seufzer ihren Bademantel aus, und darunter kommt ein ärmelloses, strahlend weißes, mit winzigen Blumen besticktes Nachthemd zum Vorschein. Ich trete näher heran, beuge mich mit zusammengekniffenen Augen über ihren Thorax, um in dem spärlichen Licht die Stickerei besser zu erkennen. Frau Schneider legt stolz an sich herabschauend das Kinn aufs Dekolleté und sagt dadurch etwas gequetscht:

»Mohnblumen, Herr Dr. von Stern! Es sind lauter kleine Mohnblumen. Sind sie nicht wunderschön?«

»Ja, das sind sie in der Tat, Frau Schneider. Und wäre es deshalb nicht schön, das Nachthemd noch ein paarmal öfter zu tragen?«

»Nein, ich habe es doch all die Jahre für diesen Anlass aufbewahrt. Ich weiß, dass Sie es missbilligen, dass ich nun reisen möchte, aber …«

»Ich missbillige es keineswegs, ich finde es nur falsch. Und auch Herr Dr. Holm hier wird Ihnen doch wohl gesagt haben, dass er es falsch findet, nicht wahr?«

Holm zieht die Schultern an die Ohren und lässt sie erschöpft wieder sacken, *tausendmal, vergebene Liebesmüh*, während er das erste Ölfläschchen in beiden Händen auf Körpertemperatur anwärmt, und Frau Schneider lächelt ihm und mir abwechselnd und wie um Verzeihung bittend zu:

»Aber ich habe doch ein Recht auf meine Belohnung, und der Show Down mit High-Touch-Behandlung … ich meine, der Therapieabschluss im Belohnungszentrum ist doch schließlich im Rahmen meiner Selbstbeteiligung vorgesehen, und …«

»Natürlich natürlich, das Recht will Ihnen doch auch niemand nehmen, nur …«

»Nein, lassen Sie mich bitte ausreden, Herr Dr. Holm, Sie und Ihr Kollege hier sagen, es sei falsch zu reisen, aber wie Sie nur zu gut wissen, ist mein salutologisches Vermögen erschöpft – nein, bitte keine Schonung mehr, sagen wir's doch frei heraus: Ich bin am Ende. Lange Jahre habe ich mir etwas vorgemacht und mir gesagt: *Ich bin gar nicht krank; ich bin einfach in einen Zauberkreis geraten, aus dem es keinen Ausweg gibt.* Aber die Wahrheit ist doch, dass ich diesen Ausweg nie gesucht habe, weil meine Gesundheitseinsicht von Anfang an mangelhaft war, und nun habe ich die Quittung bekommen, autotherapeutische Kompetenzen gleich null, katastrophale Werte, na schön, aber ich bin nicht schockiert, denn Dr. Tulps Untersuchung hat nur bestätigt, was ich ohnehin längst wusste, längst, das können Sie mir glauben. Und seit ich es weiß, will ich nur noch reisen, nichts anderes will ich mehr. Und vor allem will ich nicht mehr wissen, was ich will, das aber will ich unbedingt. Und deshalb will ich *gen Italien* reisen, verstehen Sie, *Ge-ni-*«

»Ja, ja, ja!«, kommt es panisch aus unseren vier Mündern zugleich. Frau Schneider zuckt beleidigt die Achseln und zieht sich etwas mühsam ihr Nachthemd über den Kopf. Weil es in Schulterhöhe sperrt, helfe ich ihr:

»Arme hoch!«

»Vielen Dank, Herr Dr. von Stern, Sie waren immer sehr nett zu mir, Sie alle. Sind Sie so weit, Dr. Holm?«

»Ich bin so weit, sobald Sie so weit sind.«

Sie legt sich auf den Bauch, lässt den Kopf in den für ihn vom ersten Tag an vorgesehenen Rahmen sinken und streckt sich seufzend aus. Dr. Holm träufelt ihr das warme Goldöl vom Nacken aus über die gesamte Wirbelsäule und beginnt langsam, ihre Schulterblätter zu massieren. Währenddessen löst der Professor der Patientin den Haarknoten und streicht ihr sanft und doch fest über den Hinterkopf wie einem kleinen Hund. Dabei murmelt er leise vor sich hin, seine Stimme klingt seltsam körperlos, wie das Wasser, das in der Halle vor dem Speisesaal die glatten Rinnen des an die Wand montierten Kunstschiefergebirges herabfließt:

»Macht sie sich aus dem Staub, die Gute. Dabei wär's so schön, einfach nach Italien zu reisen, mit dem Zug. Ach ja, das waren Zeiten, als man sich an jedem größeren Bahnhof noch Elektroschocks versetzen lassen konnte, als würde man sich die Schuhe putzen lassen, nur dass man sich danach noch viel entspannter und vor allem inspirierter, geradezu griechisch stimuliert fühlte. Reisen, ja, von Station zu Station, ein Schock geht in den anderen über. Das haben die Alten wohl gemeint mit ihrer Konversion in Permanenz … Pamplona, Pamplona …«

»Naja«, Dr. Holm schaut naserümpfend von seiner Patientin auf, ohne seine Massage zu unterbrechen, »fachgerecht waren diese Konversionen zum Mitnehmen wohl kaum. Auch diese Stümperei hat mit dazu beigetragen, dass die arme Konversionstherapie jahrzehntelang stigmatisiert war, finstere Zeiten, in denen man die Patienten nur heimlich unter der Decke schocken konnte.«

»Entschuldigung, aber dürfte ich um etwas mehr Ruhe bitten«, Frau Schneider hebt den Kopf noch einmal aus ihrem Loch und dreht ihn in Dr. Holms Richtung, sodass ihr das offene Haar wie Seetang übers Gesicht fällt. »Ich weiß ja: Nicht der Traum, sondern der Elektroschock ist eine Art Wunscherfüllung. Aber ich habe doch nun alle Konversionen hinter mir, habe abgeschlossen und will doch nur noch in Ruhe reisen. Ist das denn zu viel verlangt?«

»Nein, selbstverständlich nicht, verzeihen Sie, Frau Schneider«, er bügelt ihr besänftigend den kleinen ärgerlichen Katzenbuckel wieder aus der Wirbelsäule, sie gibt ihm erneut ihren entspannten Nacken hin und legt die Arme locker neben dem Körper ab, die offenen Handflächen vertrauensvoll uns zugewandt, als wolle sie sich mit dem nächsten Einatmen in eine Heuschrecke, *Salabhasana*, verwandeln. »So ist gut, Frau Schneider, Schambein sinkt tief, Rippen schmelzen.«

In ruhigem Fluss gleiten seine Hände nun an ihrem ganzen Körper entlang, dabei entlädt er ihr Wurzelchakra, knapp oberhalb des Steißbeins, nimmt ihr die Erdung, und bittet mich dann mit knappem Nicken, ihm zu assistieren. Vorsichtig drehe ich der Patientin vom Handrücken aus die Unterarmvorderseite nach oben, sodass ich ihr die Kanüle legen kann, sie zuckt kurz zusammen, das Fixierpflaster leuchtet im Dunkeln, Dr. Holm hat die Infusionsflasche bereits eingehängt und entsichert. Ich schließe den Kreislauf, und während das flüssige Gold in ihre Adern rinnt, legen wir ihr die Hände auf Kopf,

Schulterblätter und Steiß, und Dr. Holm gibt Patientin ihre letzte Übungsanweisung:

»Das erste, was wir nach der Geburt tun, ist tief einatmen, das letzte, was wir im besten Fall tun können, ist tief auszuatmen und uns dabei für jeden Atemzug, der zwischen diesen beiden Zügen lag, zu bedanken. Bedanke dich für dieses Geschenk des Atems, das man Leben nennt.«

»Na, da braucht man aber einen langen Atem, um die Sache so zu sehn …«, zischt der Professor durch die Zähne, wird aber durch einen bösen Blick von Holms Referenten zum Schweigen gebracht. Patientin geht langsam in *Ujjayi*-Atmung über, verlängert und vertieft leicht rasselnd ihre Züge und schließt die Übung mit einem spöttisch überraschten *Hhaa!* ab. Wir lassen sie los, und meine vor Anstrengung leicht zitternden Hände wissen nicht recht, wohin mit sich. Evelyn versucht hinter meinem Rücken, seinen Hintern auf der Liege abzulegen, wie ein Geschenk, das er Frau Schneider noch schnell heimlich auf den Nachttisch legen will, aber rasch ziehe ich den Jungen am Ohr wieder hoch.

»Gehen wir«, Dr. Holm fährt sich in Zeitlupe mit weitgespreizter Hand über Stirn und Augen. »Den Rest erledigen die Pfleger morgen früh. Es ist immer wieder scheußlich, egal wie oft man das schon gemacht hat.«

Stumm nicke ich ihm zu, zerre meine beiden Flaschenkinder hinter mir her aus dem Lichthof, in dem die Nacht nun endlich ihre Ruhe hat. Eine ganze Weile laufen wir wie durch Watte die Flure entlang, folgen schweigend Dr. Holm, als hätten wir einvernehmlich alle drei vergessen, wohin wir wollten, und als wüssten wir ebenso einvernehmlich, dass wir nur so ans Ziel gelangen können. Plötzlich haben wir die Speiseterrasse fast erreicht. Dr. Holm bleibt abrupt stehen, räuspert sich und fragt mit dennoch etwas belegter Stimme:

»Sie wollen es also wirklich wagen, von Stern? Es stimmt also?«

»Ja, ich will den Jungen nach unten bringen und mich auch, wenn es geht. Und den Alten auch. Was ist mit Ihnen, Holm? Wollen Sie nicht mitkommen?«

»Ich?« Er lacht müde amüsiert auf. »Ich habe doch meinen Eigenbericht schon vor Jahren eingereicht, und hat man das getan, heißt es wirklich endgültig: *Es fährt ein Zug nach Nirgendwo*. Ich kann hier nicht mehr weg.«

»Aber Sie haben Ihren Bericht doch noch nicht mal zur ersten Überarbeitung zurückbekommen. Und solange Sie nichts von der Leitung gehört haben, solange Sie noch auf die Prüfung warten ...«

»Nein nein«, er schüttelt sanftmütig den Kopf, »ich habe alle Fragen beantwortet, alles eingereicht, ihnen alles gegeben, Schluss aus. Sie wissen doch: Der Weg der Schrift ist unumkehrbar.«

»Ja ... aber ... das will ich nicht glauben.«

»Was heißt, dass Sie's glauben. Und zu Recht. Aber was soll's«, er lächelt heiter gequält und zückt noch einmal sein flackerndes grünes Feuer. »Und vor allem, was soll ich da unten? Hier kann man immerhin rauchen. Das allein ist doch so großartig, dass man sich dafür glatt umbringen könnte.«

»Ja, das stimmt.«

Mein Lächeln klemmt in den Kieferknochen, ich schiele ungläubig an ihm vorbei: Obwohl auf der Terrasse kein Mensch mehr sein dürfte, denn es ist längst Schlafenszeit und alle Lichter dort draußen sind gelöscht, sind alle drei Teile der riesigen gläsernen Terrassentür ganz auf die Seite geschoben. Der Flur liegt auf einmal vor uns wie eine Flugschneise, die ins undurchsichtig Offene der Nacht führt, vielleicht aber auch nur vor einem undurchdringlichen schwarzen Bild endet. In jedem Fall erscheint mir die ungewohnte Unbelebtheit der Szenerie begrüßenswert, doch plötzlich löst sich aus der linken Seite des Türrahmens eine leuchtend weiße Gestalt. Mit angehaltenem Atem gehen wir langsam weiter, Evelyn und der Professor verstecken sich hinter Holm und mir. Es ist Schwester Ananke, sie scheint auf uns gewartet zu haben, und während ich noch fieberhaft überlege, wie ich unsere Anwesenheit hier erklären könnte, tritt sie auf mich zu, reicht mir wortlos eine Taschenlampe und einen Korb mit einer Decke und Essen für Evelyn, lächelt mir aufmunternd zu, zwickt Dr. Holm zwinkernd in die Wange und läuft dann in aller Ruhe den Gang hinunter. Hilflos dankbar schaue ich ihr hinterher, und der Professor wirft auf einen Schlag Angst und Müdigkeit wie ein lästiges Sackgewand von sich:

»Donnerwetter, diese Schwester Ananke ist schon ’n dolles Weib! Eine einzige Prachtstraße! Da möchte man sein Leben lang drauf …«

»Jaja, Sie halten jetzt die Schnauze, Professor, kommen Sie schon!«

Holm und ich schütteln uns noch einmal die Hände, zum letzten Mal heften wir uns mit dem halben Kreuzstich unserer Arme aneinander, sehen uns dabei aber nicht in die Augen wie sonst, sondern starren uns gegenseitig aufs Revers. Ich kann seine Hand nicht loslassen, doch schließlich entzieht er sie mir mit einem kleinen Ruck, dreht sich abrupt um und eilt davon. Dumpf schaue ich ihm nach, bis sein weißer Kittel sich im dunklen Gang verliert. Dann schlittern wir drei zum ersten Mal nachts über die glatten Terrassenbohlen, und Evelyn kichert vor ängstlicher Aufregung:

»Erst bei einer Belohnung dabei sein und jetzt eine Nachtwanderung, eine richtige Nachtwanderung! Wenn ich das überlebe, dann wär ich immerhin bis zum Weltwissen der Siebenjährigen gekommen, das wär doch was, Papa, oder nicht?«

»Ja, das wär was, mein Junge, das wär weiter, als ich jemals für dich gehofft habe.«

42.

Das nächtliche Gras ist, weil wir es nicht sehen können, noch kühler, feuchter und rutschiger, als es tatsächlich ist. Ich habe die beiden ihre Schuhe ausziehen lassen, da man hier draußen in glattbesohlten Lackschuhen nicht sehr weit kommt, aber weil sie nicht wie ich, der ich seit fast zwanzig Jahren keinen Schuh mehr getragen habe, ans Barfußlaufen gewöhnt sind, haben sie jetzt in der Dunkelheit Mühe, den einen Fuß fest und trotzdem geschwind vor den anderen die steile Bergwiese hinab zu setzen.

Sicher gehe ich voran, lasse den Strahl der Taschenlampe als Spürhund den Weg suchen, und trotz der übermächtigen Schwärze läuft er zickzackig heiter vor mir her, denn hier ist der Hund endlich einmal eins mit seiner Leine. Unter unseren Füßen quietscht das Gras unangemessen laut, wohl um uns über die ansonsten unnatürliche Stille dieser Nacht hinwegzutäuschen. Irgendetwas müsste man doch hören außer diesem penetranten Gequietsche, das die Stille noch beklemmender macht und im Kanon mit Evelyns ängstlich konzentriertem oder eher konzentriert ängstlichem Geschnaufe unsere verstockten Abwärtsschritte rhythmisiert. Doch da haben wir zum Glück auch schon die erste Wiese geschafft, und zur Hebung der Gruppenmoral springen wir alle drei locker, ohne die Hände zu Hilfe zu nehmen, über das Holzgatter, auch der Professor, der tapfer, ich fürchte allzu tapfer, seinen Bruch ignoriert.

Auf der anderen Seite angekommen schwindelt uns für einen Moment auf dem plötzlich wieder ebenen Boden, unsere abwärtseingestellten Körper haben nicht schnell genug verstanden, dass die Erde sich hier für ein paar Meter von ihrem Fallen ausruht. Im Dunkeln hatten wir vergessen, dass die acht Wiesen auf einer sanft skandierten Kaskade den Berg hinabsteigen, und also nicht nur durch Holzgatter und, weiter unten angeblich, aber so weit reichte mein Auge nie, hohe Stahlzäune voneinander abgegrenzt werden, sondern zusätzlich durch kleine terrassenartige Plateaus.

Die harmonische Fügung aus dem weichrunden Fallen und seiner kurzen kultivierten Unterbrechung durch den zum Verweilen und Ausschauhalten auffordernden Treppenabsatz, Einladung zu einer müßigen kleinen Bestandsaufnahme, *Hast du dich selbst auch ständig vor Augen? Hast du deine Zeit recht angewendet?*, schien mir, solange oder eher sofern ich hier denken konnte, das Natürlichste von der Welt. Aber jetzt, wo ich nicht nur meinen beschränkten Blick die Bergwiesen hinabschicke, sondern zum ersten Mal mit beiden Beinen und mit nackten Füßen jenseits des innersten Gatters stehe, erscheint mir die außerordentliche Kühle und Glätte der grasüberzogenen Erde äußerst sonderbar, und auch das Taschenlampenhündchen schnüffelt ratlos über den allzu ebenen Boden.

»Mir ist kalt, Papa, meine Füße sind wie Eis!«

»Dir wird gleich wieder wärmer, wir dürfen nur nicht länger stillstehen. Kommt, Leute, weiter runter, die erste Wiese haben wir schon geschafft, und das war doch gar nicht schwer. Noch siebenmal so viel, und wir haben's ...«

»Ja, Satanssonde, das sieht Ihnen ähnlich, solch teuflische Milchmädchenrechnungen anzustellen! Das kleine, das ganz kleine Einmaleins, das uns nicht nur den Berg runter, sondern direkt unter die Erde ...«

»Aber ich wollte dem Jungen doch nur ...«

»... falsche Hoffnungen machen und sich selbst auch, sich unter Laborbedingungen das Leben *en suite* hochrechnen, keine Erschöpfungen, Steigungsänderungen, Verirrungen einrechnen, weder Hunger noch Durst, oh nein, acht mal eins ist acht, in der Tat, wenn man sich direkt ins Verderben hineinrechnen will!«

»Professor, Sie wissen so gut wie ich, dass eine realistische Kalkulation vor uns liegender Anstrengungen und vorhandener Kräfte uns sofort in die Knie zwänge. Also lassen Sie uns bitte die Bücher ein wenig frisieren, auf dass es doch noch ein gutes Ende mit uns nehme.«

»Ach, *parole, parole, parole*!« Wieder einmal klopft er mir spechtartig mit dem Zeigefinger gegen die Brust, was in der Dunkelheit schwer zu ertragen ist. »Sie sind eine alte ausgelaufene Rotweinflasche, sagte ich das bereits? Ein Dreck am Stecken, ein verlustierter, nichts weiter ...«

»Sie geben mir also Recht?«

»Naja ..., aber dumm und würdelos ist es doch!«

»Das ist kein Einwand. Und im Übrigen bin ich nicht sicher, ob es uns wirklich weiterhilft, dass Sie mir ein Loch in die Brust pochen.«

»Na schön, wie Sie wollen, gehen wir weiter. Dann aber schnell, und lassen Sie uns lieber gleich annehmen, dass die vor uns liegenden Abschnitte von Wiese zu Wiese kleiner und flacher werden, sagen wir: Noch mal so viel, dann haben wir's geschafft!«

Sein Gekrächze klingt gegen die klamme Stille angeworfen noch schriller als sonst, und sein wutverzerrtes Gesicht wird vom schattenwerfenden Schein der Taschenlampe zusätzlich entstellt. Scharf einatmend wische ich mir die Spucke des Professors aus den Augen, drehe ihm den Rücken zu und sage tonlos:

»Gehen wir.«

»Papa«, Evelyn hängt sich mir hüpfend an den Arm, »könnten wir uns nicht einfach die Wiesen runterrollen lassen? Das Risiko, sich hier im Dunkeln laufend den Knöchel zu brechen, ist doch viel größer als das, gegen eine der paar Linden auf der Wiese zu donnern, oder nicht?«

»Hm. Und die Zäune?«

»Ja, sieben Aufpralle, aber das müssten wir doch überleben – oder heißt es Aufprälle?

»Nein, ich glaub nicht.«

»Was glaubst du nicht, dass es Aufprälle heißt oder dass wir sieben davon über-«

»Beides, und das Wort *Aufprall* ist dir aus guten Gründen nicht im Plural vertraut. Gehen wir weiter. Geht es, Professor?«

»Ja natürlich, altes Aas, warum denn nicht?«

Wir müssen weitergehen, einfach immer weiter, nicht stehenbleiben, bitte. Evelyn und ich nehmen den Professor in unsere Mitte, stützen ihn unter seinen spitzen Ellenbogen, er flucht leise vor sich und uns hin, was mir ausnahmsweise mehr als recht ist, weil es Evelyn von seiner Angst ablenkt, ja sie tatsächlich bändigt.

Schritt für Schritt, einfach nur wiederholen, was wir schon geschafft haben, so wird sich über Nacht das Unheimliche zum Vertrauten wandeln. *Na komm, ein Fuß vor den anderen, mehr ist es nicht, mein Junge.* Der Weg ist neu, der Weg ist alt, das macht die Sache leichter, zugleich aber auch schwerer, Kraft der Gewöhnung ist gleich Schwächung durch die Gewohnheit, gutes, gefährliches Nachlassen der Angst. *Pass auf! Gib Acht, wo du hintrittst, auch wenn du nichts sehen kannst, Evelyn!*

Vorauseilende Erschöpfung, da man, um nicht in den Abgrund des Unbekannten zu starren oder eher ins nächtliche Nichts, so weit in die Ödnis des Immergleichen vorausschauen muss.

Wir sind gerade mal hundert, höchstens hundertfünfzig Meter im zweiten Wiesenkreis hinabgekommen, da spüre ich schon, wie der Professor dicht neben mir den einen Fuß schlampig in der Luft schlackern lässt, während er den anderen zittrig verkrampft auf die rutschige Wiese setzt, und die Tatsache, dass es in dem ganzen Mann, und ich fürchte auch in Evelyn und in mir, schlampig zittert, dass also unser Versuch, einen Ausflug aus den Bergen zu machen, derart schlampig zitternd ausfällt, gibt schwerlich Anlass zur Hoffnung, die allmächtige yogische Homöostasie werde unsere Schieflage schon richten.

Nein, diese ewige Wiederholung des einen kleinen Schritts ist keinesfalls auf dem Weg zu einem ausgeglichenen Gang. Denn für uns Mängelwesen ist jede Wiederholung noch immer ein thermodynamischer Balanceakt, weil die mit der Wiederholung einhergehende Verringerung der Handlungsreibung in unserem dummen Fall nicht nur einen Gewinn von Energie, sondern zugleich auch deren Verlust bedeutet. Und während wir einen Fuß über- und unterspannt zugleich vor den anderen setzen, entfaltet das Wort *Reibungsverlust* kichernd die ganze Perfidie seiner Doppelzüngigkeit. Die einzige Chance, das Energieparadox der Wiederholung, dritter Hauptsatz der Thermodynamik, in uns aufzuheben, ist aus der Wiederholung eine Übung zu machen, *eine Operation, durch welche die Qualifikation des Handelnden zur nächsten Ausführung der gleichen Operation erhalten oder verbessert wird.* So können wir den Reibungsverlust uns selbst wieder gutschreiben, uns jeden Verlust gutschreiben. *Keep breathing, boys, just keeeeep breathing!*, und langsam finden wir im Dunkeln Halt.

Evelyn, der offenbar mal wieder meine Gedanken mitliest, fragt mich, ob es eigentlich nur einen Spazier- oder auch einen Exerzierstock gibt, und ob das einer wäre, auf den man sich nicht nur bequem stützen, sondern mit dem man sich außerdem unterwegs schön selbst verprügeln könnte, ohne dass es einem weh täte. Weil ich nicht weiß, ob es so einen Stock gibt, schweige ich dazu, doch die Sterne leuchten plötzlich klarer über uns.

Tatsächlich ist die zweite Wiese, als wolle sie den Professor oder vielleicht eher mich verhöhnen, deutlich flacher als die erste, dafür zieht sie sich aber ebenso deutlich in die Länge oder eher in die Weite, und mich überkommt das schreckliche Gefühl, dass sich der Boden unter unseren Schritten wie immer dünner werdender Kuchenteig ausrollt. Aber da ist auch diese Etappe plötzlich schon vorbei, und ehe wir uns versehen, springen wir, wenn auch nicht mehr freihändig, über das nächste, kaum höhere Gatter und überwinden diesmal wie von selbst das kleine Plateau. Und nun setzt die Gnade einer hellwachen Taubheit ein, trägt uns auch die dritte und die vierte Wiese nach unten, immer geringer wird die Steigung, und auch wenn sich die Strecke im selben Maße ausdehnt, können doch die Schritte auf der bequem abwärts gerundeten Wiese endlich locker federn, in mühelosem Gleichmaß, bis Evelyn in der Mitte der fünften Wiese zusammenbricht.

43.

Um dem Jungen zu verstehen zu geben, dass ihn kein böses Urteil des Sonnenvaters hat einsacken lassen, sondern nur Erschöpfung und die Tatsache, dass er irgendwo unterwegs seine Flasche verloren hat, setze ich den Korb neben ihm zu Boden und sage beiläufig:

»Gut, so weit erst mal, ich schlage vor, dass wir hier unser Nachtlager aufschlagen.«

Ausnahmsweise, und damit den Ernst der Lage bestätigend, fällt mir der Professor nicht in den Rücken, sondern setzt sich geschwind neben den leblos gekrümmten Evelyn.

»Ja, ausgezeichnet, Doktor, glänzender Vorschlag, hätte von mir sein können.«

Wir zerren Evelyn zwischen uns hoch in eine halbwegs sitzende Lage, wickeln die Decke um ihn und versuchen, ihm Wasser einzuflößen, das aber nur an seinen Mundwinkeln herabläuft, um unter seinem Kinn wieder zu einem Rinnsal zusammenzufinden. Endlich fängt er halbbrav an zu schlucken, sodass wir ihm abwechselnd Wasser geben und kleine Stücke des Kuchens von Schwester Ananke in den Mund drücken können, doch erst als der Professor ihm in einem Moment übermenschlicher Stärke seine Flasche überlässt, schlägt der Junge die Augen auf und saugt gierig, bis ihm der Nuckel mit einem allzumenschlichen Ruck wieder aus dem Mund gerissen wird. Dann murmelt er glasig durch mich hindurchstierend:

»Papa?«

»Hm?«

»Warum werfen sie den einbeinigen Zinnsoldaten ins Feuer? Das ist mir schrecklich.«

»Ja, ich weiß, aber sie machen das, damit du ihn lieb hast. Sie werfen ihn ins Feuer, damit du sehen kannst, dass er ein gutes Herz hat, dass er eigentlich nur aus seinem guten Herzen besteht. Denn er schmilzt ja zu einem kleinen Zinnherzen zusammen.«

»Das ist aber doch gemein!«

»Ja und nein. Schlaf jetzt ein bisschen.«

»Was würde von dir bleiben, wenn man dich ins Feuer werfen würde, Papa?«

»Ach, nichts als dummes Geschwätz!« Der schwungvoll weggeworfene Handrücken des Professors langt zum Glück über Evelyn hinaus und landet in meinem Gesicht. »Guckt lieber mal zum Himmel hoch, ihr Ignoranten! Schaut euch verdammt noch mal die Sterne an! Wann kriegen wir sie schon jemals zu sehen? Diese verfluchten Biester!«

»Die Sterne sind Tiere, nicht, Großväterchen?«

»Nein, die Sterne sind Sterne, dummes Satanskindchen.«

»Ja, das weiß ich doch, ich meinte nicht die Sterne, sondern die Sternbilder, die sind doch aber Tiere, jedenfalls die meisten oder wenigstens ein paar von ihnen, oder nicht? Also ich meine keine echten Tiere natürlich, aber trotzdem richtig echte Tierbilder, die ich in meinem Kopf sammeln kann, und wenn ich genug zusammenhabe, helfen sie mir, mich zu orientieren. Sie sagen mir, wo ich bin.«

»Ja, aber sie sagen dir nur, wo du bist, wenn du sie nicht für Tiere hältst. Du musst ihre Tiergestalt erkennen, sonst findest du dich am Himmel nicht zurecht, aber darfst sie doch nicht für Tiere halten, sonst führen sie dich in die Irre, die verschlagenen Biester. Können nichts dafür, hochgradig bipolares Vieh, aber man sollte ihnen nicht über den Weg ...«

»Aber das weiß ich doch.«

»Das glaube ich kaum, Jungchen, dafür bist du viel zu dumm, genau wie dein Vater. Pass mal auf: Sagen Sie, Doktor, sind Sie eigentlich ein Skorpion?«

»Ja, selbstverständlich, sonst hätte ich wohl kaum Arzt werden können.«

»Siehst du, Jungchen, was für'n dummes Huhn dein Vater ist?«

Evelyn kichert erst leise, steigert sich dann aber in einen erschöpfend schwachsinnigen Lachanfall hinein, und so dankbar ich dem Professor für seine aufheiternden Worte bin, bekomme ich doch langsam Angst, der Junge könnte erneut und damit endgültig kollabieren. Also wickle ich die Decke enger um ihn, schüttele ihn leicht und ziehe ihn zu mir heran:

»Ja, jetzt ist gut, schlaf jetzt, Evelyn, tu mir den Gefallen!«

Er hickst ein paarmal unschlüssig, legt sich dann aber brav auf meinen Schoß. Das Gesicht seitlich auf seine übereinandergelegten Hände auf meinem Knie gebettet, wird sein Atem langsam ruhiger. Der Professor rutscht verstohlen näher, lehnt den Kopf an meine Schulter und schläft auf der Stelle ein. Endlich Ruhe, Gott sei Dank! Doch da dreht Evelyn den Kopf zu mir hoch und flüstert ängstlich:

»Papa, der Weg ist doch nicht das Ziel, oder?«

»Nein, hab keine Angst, das ist er nicht, ich versprech's dir, so wie ich deiner Mutter versprochen habe, dich nach unten zu bringen.«

»Die Ambulante ist meine Mutter?«

»Ja natürlich. Hab ich dir das nicht gesagt?«

»Nein, hast du nicht. Du sagst mir ja nie was.«

»Naja, aber jetzt grade sag ich's dir doch, oder nicht? Dann weißt du es halt jetzt.«

»Und sie vertraut dir? Warum?«

»Ich weiß es auch nicht, wahrscheinlich kann sie nicht anders, als immer wieder denselben Fehler zu machen.«

»Vielleicht vertraut sie dir aber auch nicht genug.«

»Auch möglich, aber das ist müßig, weil es aufs selbe hinausläuft. Schlaf jetzt!«

»Papa, wenn du zu mir zurückkämst, ich würde jederzeit ein Kalb für dich schlachten. Ein armes, kleines Kälbchen.«

»Vielen Dank, mein Junge, aber fürs Erste wär mir mehr damit geholfen, du würdest schlafen für mich.«

»Guck mal, da ist der Delphin!«

Er streckt seinen Arm an meiner Nase vorbei nach oben, und ich lege ihm folgend den Kopf in den Nacken:

»Wo?«

»Na da, unter dem Füchschen, siehst du das Füchschen, da unter dem Schwan?«

»J-nein.«

»Da, mit der langgezogenen Schnauze.«

»Ach ja, tatsächlich.«

»Ja, und jetzt wieder runter, auf der Höhe der Schnauze vom Füchschen nach unten, da ist der Delphin, da ganz unten ist die Flosse, schräg über dem Adler, siehst du sie, Papa?«

»Ach da, ja tatsächlich! Das ist der Delphin. Obwohl's ja eigentlich nur ein Trapez mit Schwanz ist, das Ding könnte so ziemlich jeder Fisch sein, auch ein Rochen ...«

»Nein, nicht das sagen, Papa, bitte nicht! Es ist der Delphin! Niemand sonst, sie ... ich meine, er springt doch gerade aus dem Wasser, siehst du das denn nicht?«

»Entschuldige, natürlich, jetzt erkenne ich's, es ist der Delphin, niemand sonst, schlaf jetzt!«

Er murmelt noch ein paarmal *niemand sonst*, dann werden seine Atemzüge endlich wieder länger, wechseln sich mit den schleimrasselnden Schnarchern des Professors ab, und außer ihren Atemgeräuschen ist wieder nichts mehr zu hören, keine Zikaden oder anderes Gesirr und Gesumm, kein Eidechsengeraschel und nicht das leiseste Windchen im Gras, obwohl es sich unter der Hand leicht hin und her zu wiegen scheint, und auch die kristallenen Sphären über uns bleiben vollkommen klanglos.

Wie anders ist doch diese sternenteppichüberspannte Nacht als die Sommernächte, die wir draußen im hohen, sogar nachts silbern leuchtenden Federgras an den Felsenhängen südlich der alten Festungsmauern der Höhlenstadt Tschufut-Kale verbracht haben, die letzten Nächte vor meiner endgültigen Übereinkunft mit Referenten, doch nach Kertsch zu gehen, die Stelle in der Grenzpflege anzunehmen, alles anzunehmen, still lärmende Nächte, in denen du friedlich in meinem Schoß gelegen und dich einmal wahnsinnig erschrocken hast, weil eine Leopardnatter dir im Schlaf über den Knöchel gekrochen ist. Und obwohl du sofort eingesehen hast, dass sie vollkommen harmlos war, konntest du dich die ganze Nacht nicht mehr beruhigen.

Fast den ganzen August hindurch, unseren zweiten August fern von der Küste, liefen wir abends von unserer Station im Khanspalastsanatorium in Bachtschissaraj hier hoch aufs Gebirgsplateau der Höhlenstadt. In stillschweigender Übereinkunft verloren wir kein Wort darüber, dass wir es in der Enge unserer Zelle nachts miteinander einfach nicht mehr aushielten, vor allem sprachen wir nicht mehr über meine Hoffnung, dass mit jeder Nacht, die ich ihm fernbliebe, mein Referent schwächer werden würde, eine Reihe von aufeinanderfolgenden Nächten musste ich es schaffen, ihm zu entsagen, *nur das muss ich schaffen, eine Reihe von Nächten am Stück, und er wird unter meinem Entzug in die Knie gehen, glaub mir!* Schon allein deshalb sprachen wir nicht mehr darüber, weil ich fürchtete, und wohl zu Recht, aber wie soll ich das jetzt noch wissen, dass du eine solche Hoffnung schon lange nicht mehr teiltest, für eine Ausflucht hieltest, da Vermeiden nun mal nicht Entsagen ist, und dass du vielmehr von mir verlangen könntest, mich ihm wieder und wieder vor dem Spiegel zu stellen und ihn so zu besiegen, *meinem Angesicht gegenüber, damit ich sähe, wie hässlich ich sei, wie verkrüppelt und schmutzig, voll Sudel und Geschwür. Und ich sah es und schauderte, und es war nicht, wohin ich hätte vor mir fliehen können. Und wenn ich versuchte, den Anblick von mir abzuschlagen: Du stelltest mich abermal gegen mich und drängtest mich meinen Augen auf, damit ich meine Schuld erkennen und hassen sollte.* Aber eigentlich weiß ich und wusste wohl auch schon damals, dass du etwas so zerstörerisch Naives oder vielleicht auch gar nicht Naives, sondern einzig Mögliches niemals von mir verlangt haben würdest. Doch über all das sprachen wir nicht, sondern taten, als schliefen wir einfach aus hoffnungslos romantischer Neigung da draußen in hoher, freier Luft, den Sternen so nah wie möglich, und nicht, um unserer auch im Halbinnern der Halbinsel hoffnungslosen Lage zu entfliehen. Aber weil wir so taten und es gut machten, war es auch tatsächlich so.

44.

Spätabends, wenn die letzten Tagespatienten zurück in ihre Busse nach Jalta, Simferopol oder Sewastopol gestiegen waren und Esther ihre tägliche Praxis im Wirtschaftshof des Khanspalastsanatoriums zusammen mit den anderen Heilstudenten mit drei gemeinsamen *om* abgeschlossen hatte, holte sie mich aus der Versenkung. Dann schlichen wir uns, statt uns in unserer Zelle im Hauptgebäude schlafen zu legen, durch das Tor der Gesandten hinaus.

Die einheimischen Hausfrauen in ihren bunten Kittelkleidern, die an kleinen Tischständen vor dem Palastsanatorium ihre fettkringelnden und zuckerstarrenden Baklava an die Tagespatienten verkauften, hatten schon längst zusammengepackt, aber wann immer noch eine Nachzüglerin da war, kauftest du ihr etwas von dem nach billigstem Öl stinkenden Zeug ab, das dann wie die Arme eines im Fett erstickten Kraken aus der gelblichen Papiertüte hing. Immer wieder versuchtest du diesen Dreck zu essen und warfst ihn schließlich, noch bevor wir die paar Gassen der Altstadt hinter uns gelassen hatten und uns auf den Weg hinauf zur Schlucht der Heiligen Maria machten, in den Müll, worüber ich jedes Mal in milde herablassendem Tadel den Kopf schüttelte, weil ich nicht verstanden hatte, dass es ein zwar lächerlicher, aber eben doch ein Versuch war, sich mit diesem Dreck von der Reinlichkeit unseres klinischen Lebens reinzuwaschen.

Aber dann war das Zeug im Müll und vergessen, und mit ihm deine Verstimmung über deine Unfähigkeit, es zu essen, und überhaupt über deine mittlerweile arg eingeschränkte Fähigkeit, irgendetwas noch mühelos zu essen, und heiter atemlos rannten wir hinauf zum Uspenskij Monastyr, Mariä-Entschlafenskloster, wo bis spät in die Nacht Patienten sich das Heilwasser, das direkt aus einem kleinen Messinghahn wie für einen Gartenschlauch an der Klosterseitenwand kam, in Plastikflaschen füllten. Manche ließen mehrere Fünfliterkanister volllaufen, so viele, wie sie gerade noch tragen konnten, spannten sie sich mit Expandern um den Rücken, und derart überladen torkelten sie die steile, in den Felsen hineingehauene Klostertreppe wieder hinab, mit dem unter der Last strahlenden Ausdruck der Glückseligkeit derjenigen, die ein gutes Geschäft gemacht haben, während das Kloster gutmütig mit seinem Rücken und seiner Seite in der Felswand lehnte und nachsichtig den goldenen Kreuzkugelkopf über die armen Wasserträger zu schütteln schien. Manchmal bist auch du die Stufen hochgerannt und hast dich unter den Kran gekniet, das heilige Wasser glucksend in dich hinein und an deinen Mundwinkeln herablaufen lassen, hast dabei die Augen verdreht und gerufen, dass du nun sicher gleich heilsam entschlafen wirst, was ich nicht besonders lustig fand.

Deshalb habe ich dich oft gar nicht erst hochlaufen lassen, sondern dich, als wäre es mein Part desselben albernen Spaßes, unten an der

Treppe gegen den Widerstand deiner lachenden Fußtritte festgehalten und dich um die Klostertreppe und den Felsen herum, auf die hinter ihm gelegene, tagsüber von auf und ab eilenden Sonnengrüßlern überfüllte, um diese Zeit aber leere Geheimtreppe gezerrt, die aufs Plateau der ehemaligen Viehweiden des Klosters führte. Wenn du schließlich gähnend und an meinen Rücken gelehnt hinter mir diese Treppe hochstiegst, deine Arme um mich geschlungen, als säßen wir auf einem schrägen Motorrad, habe ich fast jedes Mal laut die Stufen gezählt und dabei den Takt der Stufenzahlen und unserer Schritte, unserer gezählten Schritte, auf deine warmen, unter meiner Brust geflochtenen Hände geklopft. Hier durfte man ungehemmt zählen, da das Zählen von Stufen, sofern es sich um eine schöne Treppe an einem schönen Ort und nicht um die alltägliche Treppe des eigenen Wohn- und Praxisgebäudes handelt, nichts mit der Zählkrankheit zu tun hat. Auch zählte ich die Stufen immer wieder, weil ich einfach nicht glauben konnte, dass eine Geheimtreppe so idiotisch geheimnislose vierundachtzig Stufen hatte. Zugleich aber fragte ich mich, ob nicht die 84 die kryptischste Zahl überhaupt ist. Denn da sie mit der Unendlichkeitszahl Acht die Ewigkeit aufruft und dieser Ewigkeit dann mit der Vier noch mal eine halbe Ewigkeit beigesellt, man aber der Ewigkeit zwar bekanntlich immer noch eine Zahl hinzufügen kann und noch eine und noch eine, aber eben keine halbe Ewigkeit, weil die Ewigkeit nun mal keine halbe, sondern die ganze Sache schlechthin ist, der nun mal nichts mehr hinzuzufügen ist, fragt man sich, was man nur mit dieser armen Vier anfangen soll, die der Acht so nah auf den Leib rückt, und warum die Ewigkeit eine solche Halbheit in ihrer Nähe duldet. Wenn die Vier also nie im Leben der Acht hinzugefügt werden kann, dann bedeutet das wohl, dass die Acht dauernd halbiert werden muss, damit die Ewigkeit in Erscheinung treten kann, dass also die Ewigkeit als ganze immer nur als halbe Sache daherkommen kann. Ja, so muss es sein, denn auch der Weg über die Quersumme führt hier nicht weiter, weil die 12 doch nur an dem einen Jahr hängen bleibt, um das wir bis zum Schluss um Aufschub bitten, gebeten haben, das eine

Jahr in Bachtschissaraij, das das schönste war, das wir hatten und das uns am Ende aber auch nicht geholfen hat.

Oben auf der mittlerweile stockdunklen Viehweidenterrasse war zum Glück so gut wie nie jemand anzutreffen, nur ab und zu mal der geschmeidig nervös hin und her wandernde Schatten eines Patientengruppenleiters, der irgendjemandem am Telefon ins Gewissen redete, ihn routiniert verzweifelt beschwor, sich schleunigst um irgendetwas zu kümmern, weil irgendetwas mit der Organisation mal wieder *überhaupt* nicht funktionierte, *ü-ber-haupt nicht, verstehen Sie!* Ob wir nun allein waren oder nicht, wir blieben ohnehin immer nur ein paar Minuten, und auch die nur, weil ich in diesem vom Felsen halb verborgenen Winkel besonders gut atmen konnte, dann nahmen wir den Weg über den alten Klostergarten und liefen von dort aus weiter den schmalen Pfad nach Tschufut-Kale hinüber. Dort legten wir uns fast immer an die gleiche Stelle am südlichen Felsenhang unter der vermoosten Mauer, die die damals schon vollkommen verwahrloste Höhlenstadt umgab.

Obwohl Tschufut-Kale schließlich der Grund war, warum Esther mit mir ins Innere gehen wollte, warum sie überhaupt glaubte, man könne ins Innere gehen, hat sie sich die alte Festung dann, als wir da waren, nicht einmal angesehen. Ein einziges Mal waren wir tagsüber dort, eine Woche nach unserer Ankunft in Bachtschissaraj, und sie wollte sich noch nicht mal die berühmten Höhlen Khamman-Koba und Sakyz-Koba anschauen, nicht die Kenassen und die Moschee, nicht den alten Eimer-Brunnen, die unterirdischen Verliese, gar nichts. Obwohl oder gerade weil man hier ungehindert umherstreifen konnte, wollte Esther, nachdem wir in das verwaiste Holzhäuschen hineingeschaut hatten, an dem man früher seinen Eintritt bezahlt hatte, sofort wieder nach Bachtschissaraj zurück. Durch die verdreckten, an einer Seite eingeschlagenen Glasscheiben sah man auf dem Tisch die verstaubte und ausgeblichene rosafarbene Abreißrolle mit den Billetts, daneben eine geblümte Kaffeetasse mit eingetrockneten Flecken auf der Untertasse, die auf einer vergilbten altmodischen Zeitung stand, an deren unterem Rand ein hellblondes Mädchen, das laut Untertitelung die Königin der Ukraine war, auf einem Schaffell kniete und den Mund weit aufriss, anscheinend in grenzenlosem Erstaunen darüber, gerade nackt fotografiert zu werden.

Anders als den Khanspalast und das Marienkloster hatte die Klinikverwaltung Tschufut-Kale nicht übernommen, sondern den Einheimischen und damit sich selbst überlassen, denn ohne die Unterstützung der Klinikverwaltung nutzte auch ihnen die Ruinenstadt nichts. Was sollten sie anfangen mit einem Ort, zu dem man ihnen keine Patienten raufschickte? Also lebte nicht nur in den Höhlen, die im Mondlicht aussahen wie die Augenlöcher eines vieläugigen Schädels, sondern auch in den Häusern niemand mehr, selbst die Leute von der ethnographischen Stiftung waren verschwunden, und so verfiel langsam alles. Davon wussten wir freilich nichts, als wir von Jalta aus ins Innere reisten, es dämmerte uns erst, als wir durch die Glasscheibe auf die Königin der Ukraine starrten.

»Was habe ich mir bloß dabei gedacht?« Niedergeschlagen drehte Esther ihr den Rücken zu. »Ich bin so dämlich, wie konnte ich nur glauben ... Wir fahren zurück, wir fahren sofort nach Jalta zurück, du gehst nach Kertsch und ich werde zurück ...«

»Halt den Mund, wir sind hier, und jetzt bleiben wir hier.«

Unschlüssig schüttelte sie abwechselnd den Kopf und zuckte die Achseln, bis ich sie an die Hand nahm und wie ein krankes Tier weg von dem Häuschen führte. Am Hang vor der Stadtmauer setzte ich sie ins Gras und in die Sonne.

»Du wartest hier, und ich schaue mir die Stadt kurz an, dauert nicht lange, ich glaube, sie ist noch nicht mal einen Kilometer lang, ich laufe nur ganz schnell einmal durch, ja?«

Esther nickte stumm der Steppenraute zu, die sie mechanisch auszurupfen begann, ich küsste sie fest auf den Kopf, und eilig lief ich davon.

Ich weiß nicht genau, warum ich überhaupt noch unbedingt durch dieses nutzlose Tschufut-Kale rennen musste. Was wir von ihm gesehen hatten, nämlich nichts außer einem Häuschen, an dem man keinen Eintritt mehr zahlen konnte, reichte vollkommen aus, um zu wissen, dass es kein Ort für uns war. Wahrscheinlich musste ich es mir nur deshalb anschauen, weil wir es nun einmal so geplant hatten und ich sonst in gefährlichen Leerlauf geraten wäre. Einmal durchmarschieren, sodass wir auch diesen Plan ad acta legen, ihn begraben konnten auf einem dieser unsympathisch vielen Friedhöfe, die einen damals in dieser Gegend noch auf Schritt und Tritt verfolgten, fast wie die streunenden, oft tollwütigen Hunde. Ja, eine formale Abnahme machen, darum ging es.

Also hetzte ich wie ein geschäftig dreinblickender, tatsächlich aber vor Stumpfsinn halbblinder Verwalter, dem die Interessen seines Gutsherrn in Wirklichkeit herzlich egal sind, auf dem mittleren der drei Hauptwege durch den noch älteren Westteil der von allen guten Geistern verlassenen Höhlenstadt, nickte mit ignorant anerkennendem Lächeln den in sich zusammengefallenen Gebetshäusern zu, als sei allein ihre Anwesenheit doch löblich, und stieg dann auf das Plateau, auf dem einst der Marktplatz gewesen war. Dort lief ich um das mit einem seltsamen Pilzgeflecht ganz zugewachsene Mausoleum herum und dachte, dass es doch ein Jammer sei, dass eine Stadt, die im 15. Jahrhundert immerhin einmal die Hauptstadt des Krimkhanats gewesen ist, in solch einem Zustand war. Zugleich aber, und ohne dass mir dies als ein Widerspruch erschien, dachte ich, dass es mir egal ist, dass das Mausoleum so zugewachsen ist und man die Inschrift, die hier irgendwo sein musste und die mir hätte sagen sollen, dass dort drin die Tochter des Khans liegt, nicht einmal finden konnte, da ich die arabischen Schriftzeichen ohnehin nicht entziffern könnte. Und selbst wenn ich's könnte, dachte ich, wär's mir egal, denn ich interessiere mich sowieso nicht für Inschriften, nicht auf Tür- und Torbalken, nicht auf Grabsteinen, nirgendwo, nicht im Geringsten, und du interessierst dich auch nicht für sie! Obwohl du immer wieder versuchst, so zu tun, als würden sie dich interessieren, nur weil du sie besser entziffern kannst, sind sie dir dennoch genauso egal wie mir, denn es steht ja doch immer nur das da, was wir erwarten. Und wann immer du mir eine dieser Inschriften vorgelesen hast, langsam, stockend und doch klar wie ein Medium in Trance eine zusammenhanglose Reihe von stolz ungebeugten Worten herausbrachtest, die du dann mit dem üblichen erleichterten und belanglos befriedigten Ausdruck in einen sinnvollen Satz gefügt hast, habe ich nur borniert die Achseln gezuckt, *wen zum Teufel …*, und du hast gelacht über mich, aber dabei genickt. Ja, was interessiert uns dieses alte Zeug! Es hätte sich ja auch im Leben nicht für uns interessiert.

Du glaubst doch eigentlich ebenso wenig an Archäologie wie ich, keinen Deut mehr als an die idiotische Intra-Restauration, die wir in Jalta halbjährlich zu absolvieren hatten, und bei der sie uns, während wir versuchten, uns in uns zu versenken und in einem hochkonzentrierten Monitoring unser limbisches System neu zu starten, zur Unterstützung immer wieder sagten, nichts in unserem Inneren ginge jemals verloren. Wir sollten uns vorstellen, dass in uns das alte Rom *restlos* geborgen läge und zugleich mit dem neuen Rom aufs Harmonischste verwoben sei, das Neue lagere sanft und bequem auf dem gutmütigen Alten. Oder wir sollten uns vorstellen, wir seien ein Archiv, in dem nie irgendetwas verloren ginge, nicht eine einzige Akte. Es war schon allein deshalb schwer möglich, an derlei Unsinn zu glauben, weil wir diese grotesken Architekturen und übervollen Aktenschränke in uns ausschließlich zu dem Zweck aufrufen sollten, regelmäßig den Reichtum vom Ramsch zu scheiden und unsere Gliazellen anzuhalten, den Müll rauszukehren und Platz zu schaffen für Neues. Einen ständigen Kehraus sollten wir veranstalten und zugleich im Kopf behalten, dass *prinzipiell* nichts dabei verlorenginge. Wir säuberten uns also rund um die Uhr und brauchten dennoch keine Angst zu haben, mal versehentlich dabei etwas Wertvolles in den Schredder zu werfen, denn es stand schließlich gar nicht in unserer Macht, auch nur eine einzige unserer Akten zu vernichten – zum Glück, denn man weiß ja nie, wie man sie noch mal gegen sich verwenden kann.

All dieser Dreck in mir verband sich diffus mit dem Staub von Tschufut-Kale, und als ich um das Mausoleum herumlief und von dort aus weiterrannte, vorbei an dem Schutthaufen, der einmal das Haus irgendeines wichtigen karäischen Gelehrten gewesen war, packte mich die Wut. Auch hier wollte ich nicht stehenbleiben, keine verdammte Inschrift auf irgendeinem schräg herabgestürzten, vermoderten Querbalken lesen, oh nein, und ich verfluchte dich laut und mich noch lauter, dass ich deinetwegen durch eine verdammte Ruinenstadt rannte, statt einen sauberen Schnitt gemacht zu haben und nun als Assistenzarzt oben an der Meerenge von Kertsch auf den weißen Fluren der Grenzklinik zu wandeln, weißer noch als Puschkins Winter, *alles ist klar, alles ist weiß ringsum*, Schritt für Schritt nach oben, raus aus diesem Drecksleben, dieser sinnlosen Zerfleischung.

Erst als ich erschöpft am neueren Osttor angekommen war, kam auch meine Raserei zum Stehen. Schwer atmend, die Hand in die rechte Seite gestemmt, schaute ich die Felshänge hinab, auf die in der Nachmittagssonne leuchtend wogenden Wiesen und beschloss in überklarer Ruhe, dass ich dich sitzen lassen würde, dort drüben auf der anderen Seite. Nicht nur für mich, auch für dich wäre es das Beste, nur so hättest auch du noch eine Chance, ich würde einfach verschwinden, und wir könnten beide von vorn anfangen.

Eine ganze Weile muss ich in tauber Entschiedenheit vor mich hin genickt haben. Doch als der Gedanke, von dir wegzugehen, langsam in mir Gestalt annahm, die annähernde Gestalt einer tatsächlichen Vorstellung, sodass sich die Landschaft vor meinen Augen in ein grünrötliches Nichts auflöste, kam ich zu mir und rannte zurück, in panischer Angst, du könntest verschwunden sein.

45.

Esther hatte sich gar nicht vom Fleck gerührt, nur saß sie nicht mehr, sondern stand, die Hände brav auf dem mir zugedrehten Rücken gefaltet und eifrig nickend, einer alten Frau gegenüber, die sich mit der einen Hand auf einen Stock stützte, an dem eine weißrot gemusterte Plastiktüte baumelte. Die freie Hand ließ sie am lang ausgestreckten Arm in zitternden Drehbewegungen über die Wiese wogen, und derart mal in diese, mal in jene Richtung weisend, erklärte sie meiner armen Esther, die dem schwimmenden Wegweiser kopfwackelnd mit dem Blick folgte, anscheinend *urbem et orbem*. Ich stand in etwa zwanzig Metern Entfernung an der Mauer, mit vornübergebeugtem Oberkörper, die Hände auf den Oberschenkeln abgestützt, keuchte vor Erleichterung und Seitenstichen und beobachtete die beiden.

Die alte Frau trug das übliche buntgemusterte Kopftuch, das auch die ältesten Frauen hier hübscherweise nicht unterm Kinn, sondern bauernmädchenhaft am Hinterkopf knoten, außerdem trug sie einen fleckig gebleichten, engen Jeansoverall, in dem ihr dicker Bauch sicher wie ein Kängurujunges ruhte. Während sie unablässig auf Esther einredete, die für sie eine kuriose Erscheinung sein musste, klinische Fremde und doch auch Einheimische oder zumindest halbe Einheimische, holte sie immer wieder irgendein Kraut aus ihrer Plastiktüte, bot es Esther an, die es natürlich annahm, wie sie immer alles annahm, besonders, wenn es von zweifelhafter Reinlichkeit war – lieber drei Tage kotzen als einmal Nein sagen –, und schob sich dann selbst etwas davon in den Mund, kaute eine Weile darauf herum und rotzte dann auf den Boden wie ein frustrierter Fußballspieler. Dieses wütende oder eher wie vom öden Fatum angewiderte Ausrotzen stand in seltsamem Widerspruch zu ihrem milden Gesichtsausdruck und ihrer heiteren Rede, die dahinfloss in einem Kauderwelsch aus einem ungewöhnlich weichen Russisch und, wie Esther mir später erklärte, Kypchak-Tatarisch.

Schließlich hatte mich die Alte da oben entdeckt hinter Esther, die sich nun schwungvoll zu mir umdrehte und erleichtert lächelte. Ich lief hinab und legte, der alten Frau zunickend, meine Hand glücklich in Esthers Nacken. Esther stellte mich als ihren Mann vor, und die Frau machte komödiantisch große Augen, musterte mich abschätzig von Kopf bis Fuß, sprach dann aufgeregt auf Esther ein und wies dabei immer wieder mit dem Kinn auf mich. Esther lächelte nur halb ironisch, halb verlegen. Weil sie so hartnäckig lächelte und schwieg, machte die Frau schließlich eine resigniert wegwerfende Handbewegung, sah uns beide kopfschüttelnd an, sagte seufzend *Kinder, Kinder!*, tätschelte Esther noch einmal die Schulter und stieg dann schwerfällig o-beinig und noch immer kopfschüttelnd den Hügel hinab.

»Was hat sie gesagt? Ich hab nur Bruchstücke …«

»Ach, das Übliche. Dass es ungesund ist, zu heiraten. Dass ich zu dünn bin, dass vor allem aber auch du zu dünn bist, was weitaus schlimmer ist, so dünn wie die Männer damals in Sibirien, wohin sie als kleines Kind mit ihrer Mutter als angeblicher Vaterlandsverräterin auf dem Viehwagen verschleppt wurde, während ihr Vater noch für dieses Vaterland kämpfte, und von wo sie erst vor dreißig Jahren wieder hierher zurückkehren konnte. Dass damals, als sie zurückkam, drüben an der anderen Küste in Abchasien und Georgien noch Krieg war und eigentlich überall, andauernd irgendwo, dass mal die Russen sich um die Grenzen gekümmert und doch nicht richtig gekümmert haben, und dann wieder jemand anders, die Leute aus Kiew, die aber nie Zeit hatten, weil sie sich den ganzen Tag in ihrem Parlament ohrfeigten, und dann die Leute aus Brüssel, die aus den gleichen Gründen keine Zeit hatten. Dass andauernd irgendwo Olympische Spiele stattfanden, weshalb die Grenzen zwar schön gepflegt wurden, aber doch auch ein schreckliches Chaos herrschte, weil kurz darauf von weit aus dem Süden so viele Leute über den Bosporus hochkamen. Dass es gut ist, dass mit all dem Schluss ist, seit die Klinikverwaltung die Krim übernommen hat und alle Grenzen friedlich pflegt, und dass es gut ist, dass die Klinischen hier leben und so alle Kinder die *Ujjayi*-Atmung lernen und die Alten ihre *Mula-Bandhas* wieder aktivieren können, aber dass wir Klinischen zu dünn sind und das ganz ohne Not, und das ist nicht gut. Das Übliche eben.«

Wir mussten lachen, und hüpfend zogst du mich hinter dir her den Weg zurück nach Bachtschissaraj, und zwischendurch lachten wir immer wieder darüber, dass wir zu dünn sind, doch als wir den peinlich überpflegten Soldatenfriedhof, über den wir auch lachen mussten, passiert hatten, wurdest du plötzlich ernst. Nicht nur das Lachen, auch die Reste deines aufgespannt lieblichen Konversationslächelns, das du nach dem Gespräch mit der Alten nicht so schnell hattest loswerden können, fielen dir aus dem Gesicht, als du zu mir sagtest:

»Ich möchte, dass du nach Kertsch gehst.«

»Ich geh aber nicht, ich will nicht gehen.«

»Ich bitte dich darum. Ich will nicht, dass du meinetwegen in dieser Einöde verkommst.«

»Also ich verkomme lieber in dieser Einöde als in …«

»Ich meine es ernst, Franz.«

»Ich auch, und ich bin nicht deinetwegen hier, genauso wenig wie du meinetwegen hier bist. Wir sind unseretwegen hier, und deshalb werden wir …«

»Aber du *willst* doch nach Kertsch und …«

»Sag mir nicht, was ich will, hörst du, sag mir bitte nicht, was ich will!«

Es gelang mir, nicht zu schreien, sondern eindringlich zu bitten, und du hast mich verstanden, und ab da war alles gut. Für eine ganze Weile war alles gut. Auch wenn Referent mir schon damals fast jede Nacht sagte, was ich wollte und was ich nicht wollte, so musste ich doch nicht auf ihn hören, konnte ihm noch große Worte entgegenschleudern, *denn dies war des Ganzen Sinn: Nichtwollen sollte ich, was ich wollte, und wollen, was du wolltest*, und wenn sich die Lage in Bachtschissaraj im Laufe unseres Jahres dort nicht verändert hätte, vielleicht hätte ich es geschafft … ach was, mach dir nichts vor – dünne Worte, mein Lieber, dünne Suppe, dünne Worte!

46.

Es gab keine offizielle Ankunft der Goldfasane, sie wurden im Laufe des Jahres einfach immer mehr. Im Spätsommer, kaum vier Wochen nach uns, waren ein paar von ihnen in den Khanspalast gekommen, aber wir haben sie nicht weiter beachtet. Sie kamen als Patienten und Ärzte in einem, Ärzte, die sich hier von ihren Heldentaten in der Grenzpflege erholen und zugleich die nötige Ruhe finden sollten, um ihre in der Praxis gesammelten Erfahrungen aufzuarbeiten und ihre in einem über Monate, manchmal über Jahre sich erstreckenden Achtzehn-Stunden-Klinikalltag vernachlässigte Forschungsarbeit wieder aufzunehmen. In ihren goldbraunen, schimmernden Trainingsanzügen schlenderten sie über die Palasthöfe, das weiße Handtuch im kräftigen Nacken, einen Pfirsich in der Hand oder ein paar gelbe Krimkirschen, die sie sich lässig in den Mund schoben, während sie hier und da stehenblieben, um eine besonders hübsche Reihe der kleinteiligen Fenster und ihrer bunten Umrandungsmalereien im vorspringenden Obergeschoss des Palasts oder die großzügig weit überhängenden Flachdächer zu bewundern, die mit ihren abgerundeten Ecken und dem geschnitzten Spitzenrand elegant auf den Gebäuden lagen wie bestickte Kissen, auf die die Minarettchen wie Geburtstagskerzen aufgesteckt waren.

Ebenso lässig, wie sie sich die Kirschen in den Mund schoben und genießerisch tief einatmend dem Sonnenvater ihre tadellos gebräunten Nasen entgegenstreckten, saßen die Goldfasane abends im Speisesaal am Tisch des Sanatoriumsleiters, Dr. van Gischten. Im Gegensatz zu ihrem hilflos geschwätzigen Gastgeber gaben sie sich souverän wortkarg, aber ausgesucht höflich, und sie waren diskret achtsam und liebenswürdig selbst den einheimischen Kellnerinnen und Reinigungskräften gegenüber. Wenn sie morgens und abends am gemeinsamen *Vinyasa Flow* im Hof teilnahmen, rollten sie ihre Matten bescheiden am Rand aus, nur ihre stets etwas zu weit vorgewölbte Brust, ihr Unwille oder ihre Unfähigkeit, das Brustbein, die Rippen ganz nach innen schmelzen zu lassen, wie es sich für eine anständige Ausführung der meisten Asanas nun mal gehört, verunzierte ein wenig ihr makelloses Erscheinungsbild.

Ich nahm schon deshalb lange keine Notiz von ihnen, weil ich meine hübsche Zelle mit der bunten, geschnitzten Holzdecke, wo ich, solange Esther an ihren Tagespatienten arbeitete, auf dem Kopf stand und versuchte, mein Prana ruhig strömen zu lassen, ohnehin nur verließ, um kurz über den Hof zum Schwimmbecken oder aufs Laufband im ehemaligen Haremsgebäude zu gehen. Aber spätestens im Winter waren sie selbst für mich nicht mehr zu übersehen, aus sämtlichen Grenzkliniken, aus Kertsch, Sewastopol, vom Kap Tarchankut und aus Krasnoperekopsk kamen sie hierher ins ungemütlich kühle Innere. Und auch wenn Dr. Ribot, Esthers Professor und Führungsarzt am Khanspalast, den sie nach einer ihrer Bildbesprechungen beiläufig gefragt hatte, was denn diese Goldfa-… äh… die Grenzführungsärzte alle hier wollten, wieso denn plötzlich so viele von ihnen zu ihrer Rehabilitierung äh… ihrer Rehabilitation nach Bachtschissaraj kämen, in seiner unnachahmlich zwanghaften Legerité nur mit einem nachlässigen Schultertätscheln, wer wird denn Gespenster sehen, mein Kindchen, pardon, Frau von Stern, und dem Satz geantwortet hatte: *They'll just blend into the corps, you'll see*, so ließ sich doch allein wegen ihres blendenden Aussehens schwer vorstellen, diese Leute seien hier, um in einer weißleinenen Menge aus normalsterblichen Heilärzten und Studenten plus einem Ehemann in Klausur aufzugehen.

Aber sie waren dann tatsächlich zu nichts anderem da, jedenfalls taten sie nichts anderes, als sich hier aufzuhalten, sie wurden nur einfach immer mehr, und so wurden naturgemäß die Weißleinenen immer weniger. Niemand musste gehen, nur kam für jeden Weißen, der seiner natürlichen Fluktuationsneigung gemäß ging, ein Goldener. Diejenigen Weißen, die blieben, fingen an, sich unbehaglich zu fühlen, und obwohl sie von den Goldenen permanent liebenswürdig und bescheiden behandelt wurden – oh Entschuldigung, war das dein Platz? Nein, bitte, bin schon weg! –, verstärkte sich ihre Fluktuationsneigung ganz natürlich, und so veränderte sich die Heilpraxis des

Orts unweigerlich. Aus Mangel an Pflegepersonal hatten die Weißen plötzlich doppelt und dreimal so viel zu tun wie zuvor, doch dann reduzierte sich ihre Arbeit ebenso plötzlich wieder aufs gewohnte Maß, denn als von Mangel beim besten euphemistischen Willen keine Rede mehr sein konnte, weil nur noch ein knappes Dutzend Weißleinene übrig geblieben waren, die schließlich die goldenen Patienten zu versorgen hatten, wurden die Tagespatienten ans Klinikzentrum in der Nähe der Höhlenstadt Eski-Kermen weitergeleitet. Ihnen machte es nichts aus, denn auch wenn der riesige Sanatoriumsneubau nicht mit dem reizenden Khanspalast konkurrieren konnte, hatte man dort dafür die hohen und weitgestreckten, wie aus sich heraus leuchtenden elfenbeinfarbenen Höhlengewölbe von Eski-Kermen zum Flanieren statt der Müllhalde von Tschufut-Kale.

Im Frühling bekamst du es mit der Angst zu tun, aber ich blieb ruhig, verräterisch ruhig, und das steigerte deine Angst. Wenn wir diesen Leuten etwa in der Dampfsauna gegenübersaßen und du sie in kindischem Hass anstarrtest, während ich ihre dünnen, aber nicht mageren, sondern vermutlich durch all die Eiweißsublimierung, das Licht-Blut-Atmen und so weiter geradezu unwahrscheinlich hochdefinierten, glänzenden Körper vollkommen ungerührt musterte, wusstest du, dass ich in der Nacht darauf nur umso schlimmer von meinem Referenten bedrängt werden würde, endlich auch nach Kertsch zu gehen und einer von ihnen zu werden. *Was willst du noch immer hier? Wie lange willst du dich noch über dich selbst betrügen!*

Im April, einen Tag vor deinem einundzwanzigsten Geburtstag, strich ich am späten Nachmittag durch die Palastgärten, auf der Suche nach einer Rose, die ich dir schenken könnte, sie waren alle schön und kamen mir trotzdem kümmerlich und farblos vor. Verdrießlich lief ich an der weißen Steinmauer entlang und fand es auf einmal nicht mehr schön abgeschmackt, dir eine Rose zum Geburtstag zu schenken, sondern einfach nur noch abgeschmackt, dämlich, erbärmlich, durch und durch verlogen, ja vollkommen krank …, da hörte ich neben mir jemanden leise in sich hineinlachen. Paranoid gereizt sah ich auf und blickte in ein entschuldigend lächelndes goldenes Gesicht:

»Oh Verzeihung, habe ich dich gestört in deiner Meditation?«

»Nein, ich meditiere nicht, weder vertikal, noch horizontal, noch transzendental.«

Ich war noch immer übellaunig, aber er lachte frei heraus:

»Ja, das ist vielleicht am besten, bringt eh nichts.«

»Tja …«

Ich wollte weitergehen, blieb aber unschlüssig stehen und da zeigte er mit dem Kinn hoch zur doppelten Fensterreihe im Obergeschoss eines verandaartig vorstehenden Gebäudeteils, das aussah, als habe es aus der Palastreihe einen frechen Ausfallschritt nach vorn gemacht, um sich von einem vorbeiparadierenden Staatschef sein eigenes quadratisches Dachkissenbarett aufsetzen zu lassen.

»Die ganze Zeit frag ich mich, ob sich da oben unter diesem Dach das Orientalische mit dem Schwarzwald oder aber mit dem Schweizer Wallis kreuzt. Aber freilich ist beides Unsinn«, er lachte wieder. »Man wird nur durch die Fensterläden irregeführt. Und dann ist's mir gerade als du vorbeikamst gekommen: Das ist natürlich *bayrisch* orientalisch!«

»Hm?«

Ich trat neben ihn und legte leicht verwirrt den Kopf in den Nacken, aber dann verstand ich, was er meinte:

»Du meinst wegen dem bayrischen Taubenblau, mit dem die obersten Fenster ummalt sind?«

»Genau, und auch dieses Gelb. Aber es sind nicht nur die Farben, schau dir die Muster an, wie sich die tatarischen Zierwappen bayrisch verzwiebeln, das Ornament hat nichts Mäanderndes, geschweige denn Arabeskes, es ist eine bayrisch-orientalische Bauernmalerei. Ich hab's ja immer gewusst, die Khansarchitekten im Sechzehnten haben das Bayrische Barock erfunden!«

»Ja genau«, ich lächelte, »nur dass das Krim-Tatarische nie was Arabeskes hat und auch das Arabische eigentlich nichts Arabeskes hat im

Sechzehnten, und dieser Teil des Palasts im Brand von 1736 zerstört und erst 1759 wiederaufgebaut wurde, und die Malerei hier drei Mal wieder von dem herrlichen neuen Kalkstein abgewaschen wurde, bevor sie im Neunzehnten von ein paar fleißigen französischen …«

»Jaja, schon gut. Aber es wäre doch lustiger so rum, oder nicht?«

»Kann sein …«

»Kirsche?«

»Danke.«

»Danke ja oder Danke nein?«

»Danke nein.«

Aber ich musste lachen und nahm doch eine und dann noch eine. Eine Weile spuckten wir abwechselnd Kirschkerne und Fachsimpeleien über Architektur und Malerei aus, wovon wir, wie ich abschließend bemerkte, beide keine Ahnung hatten. Er nickte lächelnd:

»Ja, das stimmt, aber es ist eine hübsche Ablenkung, wenn man da oben in Kertsch achtzehn Monate am Stück Tag und Nacht operiert hat.«

Er spuckte seinen Kirschkern plötzlich wütend aus und schwieg, was mich verlegen machte, und unbeholfen fragte ich:

»Ist es sehr schlimm da … ich meine … es ist sicher sehr belastend …?«

Er zuckte lächelnd die Achseln und musterte mich:

»Deine Haare sind tatsächlich so schön irisch schwarz, nicht? Oder sind sie doch gefärbt?«

»Lenk nicht ab«, ich grinste müde. »Wenn du nichts erzählen willst, ist das ja in Ordnung …«

»Ach Gott, nein, da gibt's nichts nicht zu erzählen«, er zuckte wieder die Achseln, verdüsterte sich aber, als er zu Boden blickend weitersprach: »Man denkt, man kriegt dort an der Meerenge von Kertsch die schlimmsten Dinge zu sehen, grauenhafte Verletzungen oder dauernd halb Ertrunkene, und das ist ja auch so, aber zugleich kriegen wir diese Leute gar nicht zu sehen, obwohl wir sie freilich tagtäglich sehen, also, wie soll ich das sagen … Wir flicken sie wieder zusammen und helfen ihnen so, wieder zurückzugehen, bleiben können sie nun mal nicht, was können wir anderes tun, da wir so viel anderes zu tun haben. Die eigenen Patienten werden von Tag zu Tag mehr, schließlich muss das Leben in seinen labilen Grenzen salutologisch von innen gestützt werden, und ob man einen Arm amputiert, der da draußen irgendwo in eine Schiffsschraube geraten ist oder danach den eigenen Leuten Öl über den Kopf gießt …, es hört sich seltsam an, aber nach einer Weile sieht man den Unterschied nicht mehr – rede ich wirr?«

»Nein, gar nicht.«

»Ich bin übrigens Dr. Neethling – Christian, wenn du willst.«

Er streckte mir lächelnd seine Rechte entgegen. Ich fühlte mich leicht überfahren von seiner offensiven Offenherzigkeit, durch diese Offenherzigkeit aber eben doch nur federleicht überfahren, und mit einem vagen und daher umso unangenehmeren Gefühl von Verrat stellte ich in den nächsten sieben Wochen, die er noch hier blieb, bis er zurück nach Kertsch musste, und in denen wir uns täglich sahen, unverabredet verabredet, um ein Stündchen zu plaudern oder gemeinsam ein paar Bahnen zu schwimmen, fest, wie erleichternd es für mich war, mit einem anderen Menschen als mit Esther zu sprechen und schwerelos schweigend neben jemandem zu sitzen – wie erleichternd ist es, jemanden nicht zu lieben! Wie gut man sich versteht, wenn man nicht weiter darauf achtet, dass man jemanden nicht so richtig versteht. In dieser Schwerelosigkeit, von der ich sehr wohl begriff, dass sie ein gefährlicher Trug war, mich noch unfreier machte, war ich mir umso gewisser, dass ich nur mit Esther frei sein konnte, nur wenn ich an sie gefesselt war. All das wollte ich ihr sagen, konnte es aber nicht, gerade weil sie wider Erwarten nicht nur nicht entsetzt darüber war, dass ich mich ausgerechnet mit einem Goldfasan anfreundete, sondern noch nicht einmal das leiseste Anzeichen von Eifersucht zeigte.

Zwei Wochen bevor Christian abreiste, trafen wir zufällig einmal in den Khansgärten alle drei aufeinander, und er verabschiedete sich unter irgendeinem Vorwand recht schnell. Esther sah ihm mit freundlichem Spott hinterher und sagte dann sanft zu mir:

»Es ist kein Verrat. Es ist gut, wenn du mit jemand anderem zusammen bist, und vielleicht ist es sogar gut, dass es einer von ihnen ist.«

»Was meinst du damit?«

Aber du hast nicht geantwortet, nur gequält lächelnd den Kopf geschüttelt, und ich begriff, dass auch du geradezu erleichtert warst, dass ich jemand anderen sah, und mit einem Anflug von Übelkeit wurde mir klar, dass du heimlich aufgegeben hattest, dass *du* nach Kertsch wolltest. Wenn man einfach nicht mehr weiß, welches Mittel man noch geben soll, ist man irgendwann froh, wenn man schneiden kann.

Ende Juni hatte es der Sommer auch zu uns nach innen geschafft, und so unmerklich schleichend die Goldfasane gekommen waren, so plötzlich verschwanden sie nun, als seien sie gesammelt zurück an ihre Küsten beordert worden. Wir sahen mit offenem Mund zu, wie sie in ihre Taxikolonnen stiegen, aber es entstand keine Lücke, wir konnten kaum Atem holen, so schnell strömten schnatternd lauter neue Weiße in die frei werdenden Zimmer, und schon im Juli kurvten die ungelenkigen Busse mit den Tagespatienten wieder durch die Altstadt, als wären sie nie weg gewesen. Der Kreis war geschlossen, und es war Zeit für uns zu gehen. Alles, was uns hier noch blieb, war ein zweiter August, der geschenkte August, dessen Nächte wir oben im Freien in Tschufut-Kale verbrachten.

47.

Aller Anfang ist leicht und der Anfang vom Ende ist wohl die Großmutter aller erleichternden Übungen, denn wenn man schon nicht mehr glaubt, sich überhaupt noch bewegen zu können, gibt es nun mal nichts Heilsameres, als endlich einen Schritt, *tu doch was, Herrgott!*, in die richtig falsche Richtung zu tun.

Tatsächlich ging es uns, sobald wir in Kertsch eintrafen, auf der Stelle besser. Ich durfte wieder arbeiten, war damit die meiste Zeit des Tages von mir erlöst, und noch dazu bekamen wir schon nach einer Woche eine Wohnung gestellt. Und diese Wohnung war immerhin unsere erste richtige Wohnung nach den Studentenzimmerchen in Jalta und unserer Klausurzelle in Bachtschissaraj. Sie war zwar scheußlich möbliert, aber wir lachten darüber, weil wir froh waren, keine eigenen Möbel, ja überhaupt keine eigenen Dinge haben zu müssen. Derart vom Zwang entlastet, in den eigenen Innenräumen persönlich zu werden und unsere eigene Geschichte, und sei sie noch so kurz, auf dem Buckel von Raum zu Raum zu schleppen, konnten wir nun frei atmen, uns entfalten, uns gegenseitig ausfalten, ohne uns zu zergliedern, und auch wenn die Art, wie ich dich liebte, mittlerweile vollends manisch geworden war und uns beide oft sprachlos machte, so sprachlos, dass du manchmal einfach mein Gesicht in beide Händen nahmst und mich mit der Verwunderung ansahst, mit der man ein zwar nicht unsympathisches, aber überaus fremdartiges Tier betrachtet, so waren wir hier doch zumindest in den ersten beiden Monaten glücklich.

Dank der Fürsprache des unveränderlich freundlichen Dr. Karg, *wieder da, mein Junge, sehr schön, sehr schön, grüßen Sie schön!*, hatte mich die Klinikverwaltung zwar umstandslos wieder zurück auf die Laufbahn zum Grenzführungsarzt gesetzt, mir aber aufgrund meiner einjährigen freiwilligen Selbstzurücksetzung nach Bachtschissaraj eine ebenso freiwillige Extrarunde auf dieser Bahn in Form eines weiteren Motivationsprüfungsjahrs *dringend ans Herz gelegt*. In diesem Jahr sollte ich, anders als die anderen ausgezeichneten Leute, noch keine Außenzugänge operieren, sondern mich lediglich der Versorgung unserer, also der inneren Patienten widmen. Und dort wurde ich auch tatsächlich dringend gebraucht, die Inneren wurden von Tag zu Tag mehr, weil die Krim inoffiziell als letzter sicherer Zufluchtsort, offiziell als noch immer wachstums- oder eher, da es sich nicht um ein Ausdehnungs-, sondern ein Verdichtungsprojekt handelte, noch immer wucherungsfähiger Standort der klinischen Welt galt. Der Flughafen von Simferopol wurde Tag und Nacht weiter ausgebaut, und ich weiß nicht, wie viele Liter warmes Öl ich allein in den ersten drei Monaten über wie viele Stirnen gegossen habe, wie viele meiner Hände ich auf Steiß-, Brust- und sonstige Beine und Gebeine wie vieler auf- und abschauender Hunde gelegt habe, *da musst du hin, da, spürst du das?*, und wie oft ich diesen armen Hunden zu ihrer inneren Aufrichtung gut zugeredet habe:

»Die Augen haltet noch für einen Moment geschlossen, und wenn ihr sie dann gleich öffnet, bleibt euer Blick doch nach innen gerichtet, alle störenden Geräusche da draußen nehmt ihr nun nicht mehr wahr, werdet achtsam euch selbst gegenüber, bedankt euch bei euch selbst, verneigt euch vor euch selbst!«

Ja, so hätte es sich aushalten lassen, was auch immer da noch zum Aushalten übrig gewesen wäre, aber nach drei tapferen Monaten hielt Esther es einfach nicht mehr aus und sprang aus der Spur. Im Morgengrauen eines kalt regnerischen Dezembertages setzte sie sich, statt gemeinsam mit mir zur Arbeit zu gehen, nach draußen auf die Terrasse auf einen der vollgesogenen Holzstühle, zog sich mit hochgezogenen Schultern ihre graue Strickjacke enger um den Körper, und als ich hinter ihr herkam und sie verwirrt anstarrte, sagte sie nur fröstelnd:

»Ich geh nicht. Ich erklär's dir heut Abend. Nun geh schon, geh!«

Doch als ich abends nach Hause kam, war sie gar nicht da. Ich lief in der Wohnung auf und ab, versuchte meine Sorge um sie durch meine Wut auf sie klein zu halten, und als sie irgendwann gegen Morgen sturzbetrunken ins Schlafzimmer getorkelt kam, habe ich mich schlafend gestellt, aus Furcht, ich könnte sie tatsächlich verprügeln. Erst am darauffolgenden Abend teilte sie mir in ein paar dürren Sätzen mit, dass sie ihr Studium nicht abschließen werde, dass sie sich bereits abgemeldet habe. Als ich sie fragte, ob sie aufhöre, weil sie in einem Grenzklinikgebiet als Frau und noch dazu als halbe Einheimische nun mal nicht als Ärztin arbeiten dürfe, hat sie nur müde gelächelt und gesagt, dass das schließlich noch das einzig Gute daran gewesen sei. Und auf die Frage, was sie dann jetzt tun wolle, da wir nun mal nichts anderes sein könnten als Heiler, hat sie ebenso müde nur die Achseln gezuckt und *mal sehen* gemurmelt – was immer es da noch zu sehen geben sollte.

Das Schlimme war nicht, dass sie ihren Heilsweg abbrach, mochte das auch unangenehme Folgen für mich haben, sondern dass sie diesen Entschluss mir nur noch mitteilte, ihn nicht mehr mit mir besprach, geschweige denn mich noch für wert erachtete, mich mit aus der Spur zu nehmen. Das Schlimme war nicht, dass sie zu mir gesagt hatte *Ich geh nicht*, sondern *Nun geh schon, geh!* Natürlich tat sie recht daran, mich aufzugeben, vielleicht aber auch nicht. Vielleicht hast du es auch nur mir leichtmachen wollen, dich aufzugeben.

Danach hätte irgendetwas geschehen müssen, es geschah aber nichts. Die nächsten sechs Monate lebten und schliefen wir friedlich nebeneinander, sahen uns kaum, weil Esther meist noch schlief, wenn ich aufstand, und ich schon schlief, wenn sie nach Hause kam, nachts besprach ich mich ungestört mit Referent im Spiegelschrank so lang ich, also er, wollte, Esther schien es nichts mehr anzugehen, und wenn ich sie bei unseren seltenen Begegnungen im Vorübergehen fragte, was sie den ganzen Tag so gemacht hatte, sagte sie immer nur leichthin *Ach, ich war schwimmen.* Tatsächlich war sie wohl immer in irgendeinem der Bäder schwimmen, als meine Frau hatte sie nach wie vor Zutritt zu den Anlagen und war wohl überhaupt noch eine Weile geschützt, auch wenn man freilich nicht wissen konnte, wie lange noch. Durch die manische Schwimmerei war sie mittlerweile so dünn geworden, dass es mir noch leichter fiel, durch sie hindurchzusehen, doch dank der einfühlsamen Andeutungen meiner Kollegen wusste ich, dass sie nicht nur schwimmen ging, sondern mit irgendwelchen Leuten am Hafen rumhing. Aber selbst das war kein Problem mehr zwischen uns und ließ sich daher leicht beheben, denn ganz unerwartet waren wir auf einmal zu zwei höflichen, rücksichtsvollen Menschen herangewachsen, ich bat dich, mir zuliebe nicht zu saufen, du batest mich, dir zuliebe nicht rumzuvögeln, wozu ich beim besten Willen ohnehin weder Zeit noch Energie gehabt hätte, wir hielten uns beide an unsere

Abmachungen, und so war aus uns doch noch ein anständiges Ehepaar geworden.

Doch Anfang Juli brachen wir zum Glück zusammen. Zufälligerweise waren wir im Flur nicht schnell genug aneinander vorbeigekommen, konnten in keine noch so geschickte Verlegenheit mehr ausweichen, sahen uns einen Moment zu lang in die Augen, und da brach ich stumm weinend vor dir ein. Du zogst mich zu dir hoch, und wir hielten uns nicht mehr an Abmachungen, sondern einander an den Händen. Es gab nichts Tröstliches zu sagen, aber wir trösteten einander schweigend.

Wir wussten nicht mehr wohin mit uns, also konnten wir wenigstens noch für ein paar Tage miteinander wegfahren. Ich wollte unbedingt noch einmal zurück nach Jalta, und widerstrebend stimmte Esther zu, doch als wir dort an einem strahlenden Samstagmorgen ankamen, sah ich ein, dass es das Schlimmste und Dümmste wäre, direkt an unsere Orte zurückzukehren. So fuhren wir zwar an der Küste am Strand von Gursuf, am Massandrapark, am Liwadijapalast vorbei, und du zeigtest in Wiedersehensfreude lachend und mit wehendem Haar wahllos auf jeden Baum und jedes Haus, aber wir hielten nirgendwo an, fuhren dann auch gar nicht mehr bis nach Koreis, denn du wolltest noch nicht mal in die Nähe des Djulber-Palasts, sondern ließen in Kurpaty den Wagen weit vor dem Kap Aj-Todor stehen, sahen nicht einmal hoch zum Schwalbennest, unter dem ich dich damals am Strand vergebens gesucht hatte. Die Nacht verbrachten wir im danebengelegenen Schlösschen Kitschkene, Unser Kleines, das wir beide noch nie gesehen hatten, und fuhren am nächsten Abend auf einem langen, gewundenen Weg wieder zurück.

Sechs Wochen später, an unserem letzten Tag, kam ich sehr spät aus der Klinik, war noch erschöpfter als sonst, aber in sonderbar gehobener Stimmung, zuversichtlich, wollte mit Esther reden, und auch sie wollte augenscheinlich mit mir reden. Sie hatte auf mich gewartet, lief nervös in der Küche auf und ab, und kaum dass ich sie, froh, dass sie noch auf war, zur Begrüßung umarmt hatte, sagte sie gehetzt:

»Ich muss dir was sagen.«

»Ja? Was denn?«

»Ich …«

Sie brach ab und sah mir flackernd, leicht um Atem und um Worte ringend von einem Auge ins andere Auge, den einen Moment zu lang, und gereizt schoss es aus mir heraus:

»Ja, was *ich*? Du was? Sag schon!«

»Schon gut. Nicht so wichtig.«

»Oh Gott, verschon mich mit deiner Mimosenhaftigkeit! Entschuldigung, aber ich bin wirklich müde, ich habe sechzehn Stunden …«

»Jaja.«

»Was, *jaja*?«

»Schrei mich nicht an!«

»Jetzt sag mir schon endlich, was du mir sagen wolltest!«

»So sag ich dir gar nichts!«

»Na schön, dann sagst du's mir eben nicht. Mir egal. Ich kann mir das jetzt nicht antun, ich muss in vier Stunden wieder in der Klinik sein und …«

»Leben retten, Herr Doktor!«

»Ach leck mich doch!«

Ich hatte so laut geschrien, dass mir der ohnehin höllisch schmerzende Kopf noch dröhnte, als ich an Esther vorbei ins Schlafzimmer stürmte und meine Decke und mein Kissen vom Bett riss. Sie war mir unschlüssig ein paar Schritte aus der Küche hinterhergekommen und stand nun nutzlos im Flur herum, wo ich dann mit dem Bettzeug im Arm ein zweites Mal an ihr vorbeistolzierte. Ich hoffte, du würdest diese lächerliche Geste nutzen, um das sinnlose Drama ins Lustspiel aufzulösen, aber du machtest keinerlei Anstalten dazu, standst völlig regungslos im halbdunklen Flur herum und sahst wie betäubt zu Boden, und so schmiss ich die Wohnzimmertür knallend hinter mir zu, warf mich ohne mich auszuziehen auf die scheußlich rostrote, viel zu kurze Couch und fluchte durch die Zähne und schäumte und zitterte vor mich hin.

Natürlich wusste ich, wie lächerlich ich mich verhielt, konnte aber dennoch meiner Raserei nicht Herr werden, weil ich sie so dringend brauchte, um mit ihrer Hilfe wiederum meiner Panik Herr zu werden, einen Herrn durch den anderen ersetzen, darin war ich schließlich geübt, und unter der Decke meiner Raserei überlegte ich panisch, was es gewesen sein könnte, das du mir hattest sagen wollen. Nein, ich überlegte gar nicht, ich war sicher, du hattest mir sagen wollen, dass du gehen würdest, diesmal wirklich, *ich meine es ernst, Franz, diesmal wirklich, es geht nicht mehr.* Und als mir das klar wurde, *diesmal wirklich*, wurde ich auf einmal ganz ruhig, gewann endlich wieder Gewalt über mich und meine Glieder wurden angenehm schwer und leicht zugleich.

48.

Das Nächste, woran ich mich erinnere, ist, wie ich im Flur neben der Leiche knie. Ja, ein toter Mensch ist wohl eine Leiche, denke ich, was für ein sonderbares Wort, das sagt doch gar nichts, *Leiche* ... Ich schaue auf sie herab und weiß nicht, was ich, also schon *was* ich, also *dass* ich es getan habe, aber nicht, wie ich es getan habe, schaue mir verwundert all das Blut an, drehe meine Linke hin und her, die ist auch voller Blut, und in stumpfem Reinlichkeitsreflex wische ich sie mir schlaff an der Hose ab, an meinem aufgestützten Knie, da fährt mich jemand mit einer tiefen Stimme an:

»Halt, nichts anfassen und auch nichts abwischen!«

Schwindelnd schaue ich an dem vor mir stehenden Mann hoch, bis ich über seinem weißen Kittel verschwommen ein Gesicht sehe, es schaut nüchtern zu mir herab, während es höflich in sein Telefon hineinsagt:

»Ja, entschuldigen Sie die nächtliche Störung, Herr Doktor, aber wir haben hier eine Situation.«

Ich lasse den Kopf schwer wieder sinken, will mich am liebsten zu der leblosen Gestalt legen, einfach auf sie drauflegen und schlafen, aber das scheint mir irgendwie unpassend, solange der Mann da rumsteht, und so bleibe ich, über meinem Knie schwankend, neben der Leiche hocken. Wenigstens das Kinn kann man mal auf der Brust ablegen, wird man ja wohl noch ..., aber dabei stelle ich fest, dass auch mein ganzer Oberkörper voller Blut ist und dass dieses Blut von irgendwo da drinnen aus mir heraussickert, aus diesem weißen wattigen Körper, da von unterm Herzen, oder nein, wohl eher aus dem Unterbauch. Hilfesuchend hebe ich dem Mann eine Hand entgegen, will irgendetwas sagen, ihn idiotischerweise nach der Uhrzeit fragen, aber mein Mund ist taub, und außerdem entsteht plötzlich im Rücken des Mannes Bewegung. Hässlicher Lärm, grelles Licht, Leute, viele Leute umringen mich, und nach einer Ewigkeit von wahrscheinlich drei Sekunden erkenne ich blinzelnd Dr. Kargs streng besorgtes Gesicht vor mir:

»Na, mein Junge, ganz schöne Sauerei, die Sie hier veranstaltet haben, aber keine Angst, das kriegen wir schon wieder ...«

Mit dem Mittel- und dem Zeigefinger seiner Maulwurfshand fühlt er mir an der Halsschlagader den Puls, gleichzeitig sucht er mit seiner anderen Hand den der Leiche oder vielleicht eben doch nicht Leiche, schaut dabei mit gespitzten Lippen und langsam nickend hoch zur Zimmerdecke, und ich stammele:

»Ist ... ist er tot?«

»Nein, nicht ganz, Gott sei Dank. Sie haben ihn anscheinend nur halb erwischt. Höchstwahrscheinlich genug von Ihnen beiden übrig, um Sie notdürftig zusammenflicken zu können, fifty-fifty, würde ich sagen, mehr kann ich Ihnen nicht geben. Aber schnell, wir haben keine Sekunde zu verlieren, so viel Blut wie Sie verlieren.«

Mit beiden Händen gibt er in alle Richtungen Anweisungen wie ein Dirigent in der Mitte seines Orchesters, und auf seine gekrümmten Fingerzeige hin erhebt sich das weiße Personal, das bis dahin affenartig auf dem Boden gehockt und auf jeden Flecken und in jede Ecke weißen Talkumpuder gestreut hat. Geschwind schlängeln sich nun zwei Heiler mit einer Trage durch den engen Flur zu mir vor, reibungslos vorbei an zwei anderen, die in Gegenrichtung den, wie ich diffus beschämt erkenne, über und über blutverschmierten Spiegelschrank, dem unangenehmerweise die Türen fehlen, nach draußen schleppen. Während ich zusammen mit der anderen halben Leiche auf die Trage gehoben werde, beugt sich ein Heiler zu Dr. Karg herab, dreht ein blutiges Skalpell in einem durchsichtigen Plastikbeutel ein paarmal vor Kargs Nase hin und her und lässt sich dann einen Zettel auf einem Klemmbrett von ihm unterschreiben. Mühsam hebe ich den Kopf, versuche ihn nach hinten zum Schlafzimmer zu drehen, aber es gelingt mir nicht, stattdessen höre ich mich mit verhallter Stimme rufen:

»Wo … wo ist meine Frau?«

»Keine Sorge, wir kümmern uns um sie.«

»Wo ist sie?«

»Ruhig, ruhig, von Stern, Sie sind momentan wahrlich nicht in der Kondition, Fragen zu stellen.«

»Aber ich … bitte … Herr Dr. Karg, darf ich sie wenigstens kurz … nur …«

»Jetzt hören Sie mir mal gut zu, von Stern, dass Sie mir den Ernst Ihrer Lage auch recht verstehen: Nur weil Ihr Referent ausschließlich und allein Ihnen unterstellt ist …«

»Mir unterstellt!« Ich muss lachen und husten und kotze dabei einen Blutklumpen aus, den wegzuwischen mir nicht gelingt, weil mein Arm es nicht so weit hoch schafft.

»Halten Sie den Mund, von Stern! Wenn Sie Ihre persönlichen Angelegenheiten nicht im Griff haben, ist das ausschließlich und allein Ihr Problem. Also noch einmal, für Ihr Hirn zum Mitschreiben: Dass Ihr Referent ausschließlich Ihnen verpflichtet ist, gibt Ihnen nicht das Recht, über Leben und Tod dieses Abhängigen zu verfügen. Sie wissen, dass er als bloßer Referent nicht satisfaktionsfähig ist. Sie hätten ihn nicht herausfordern, geschweige denn, ihn einfach abstechen dürfen, noch dazu mit klinikeigenem Besteck. Streng genommen wäre das hier also eine Sache für die Strafverfolgung, und formal gesehen muss ich Sie deshalb auch erst einmal unter Arrest nehmen. Also seien Sie etwas kooperativer, sind doch sonst nicht auf den Kopf gefallen.«

»Kopf… Kopf oder Zahl…«

»Also, wir – hören Sie mich? – wir werden Sie jetzt operieren, wird eine Weile dauern, ist ja nicht gerade eine Routineangelegenheit, dann lassen wir Sie ausfliegen, an die Klinik, von der ich Ihnen damals in Jalta erzählt habe, und dann werden die Leute vor Ort mit Ihnen gemeinsam entscheiden, ob Sie als Arzt aufgenommen werden können oder doch eher als Patient. In jedem Fall können Sie sich dort nützlich machen. Haben Sie mich verstanden?«

»Ja… ja, natürlich… nützlich… natürlich…«

»Gut, mein Junge – unter uns, seien Sie froh, dass Sie von hier wegkommen, nur noch eine Frage der Zeit, bis hier alles in die Luft fliegt. Also, alles Gute, Adjüs, von Stern!«

Danach bin ich angeblich ohnmächtig geworden, aber ich erinnere mich ganz deutlich daran, wie sie mich aus der Wohnung getragen haben und ich mich, als sie die Trage rübergerollt haben zum Krankenwagen, darüber gewundert habe, dass außer dem Hausmeister, der schon das Unkraut zwischen den Verbundsteinen ausharkte und mich mit seinem üblichen stummen Morgennicken grüßte, niemand auf dem Bürgersteig zu sehen war, kein einziger Schaulustiger, obwohl es mittlerweile hell geworden war.

Die nächsten vier Wochen sind im Äthernebel verschwunden, und kaum war Referent wieder einigermaßen bei Bewusstsein, sah ich die Krim nur noch als grünbraunen Fleck weit unter mir in den Nebelschwaden verschwinden, dann flogen wir übers Meer und ich schaute nicht mehr hinaus. Wollte nach vorn sehen, nur nach vorn, schon um die Übelkeit in den Griff zu bekommen, sah aber aus Schwäche stattdessen an mir herab und fragte mich verdutzt, warum man mir wohl einen Tennisanzug angezogen hatte. Nach einer Weile verstand ich. Da ja noch unklar war, ob ich nun Arzt oder Patient werden würde, hatte man mich behelfsweise in die einzige weiße Uniform gesteckt, in der ich für beides präpariert war. Ich musste lachen, aber der Schmerz in der Brust machte dem Spaß schnell ein Ende.

Dann wurde wieder alles neblig, auch an den Flughafen erinnere ich mich nur verschwommen, nein kein Flughafen, nur ein Rollfeld, nirgendwo eine Abzäunung, wie in der Wüste, aber für die Wüste zu schwül, an das graublaue Taxi. Die Fahrt selbst ist dann wieder schwarz. Doch sobald ich vor der Klinik ankam, wurde es plötzlich ganz hell. Und auch die folgenden fast zwanzig Jahre sind keineswegs im Nebel verschwunden, sondern klar umrissen, hell wie der immergleiche eine Tag, vom ersten Tag bis zum letzten, bis heute, bis zu dieser Nacht hier oben auf der leblosen Wiese unter dem gläsern klaren Sternenhimmel, wo mein Sohn friedlich in meinem Schoß schläft und von Delphinen und seiner Mutter träumt, träumt, dass der Delphin am Sternenhimmel, dieses abstrakte Sechssterne-Bild, seine Mutter ist, *niemand sonst* – träumt und glaubt, ich könnte ihn retten.

»Weinst du etwa, Papa?«

»Nein, natürlich nicht. Wieso schläfst du denn nicht, Evelyn?«

»Weil der Professor so laut schnarcht. Kannst du nicht was dagegen tun?«

»Tja …«

»Ja, tun Sie doch was dagegen, alte Ficksau! Mich macht das Gerassel selbst ganz wahnsinnig. Ach, stehen wir auf, lassen wir das doch mit der albernen Schlaferei und gehen weiter!«

»Ja, vielleicht haben Sie recht, Professor, es müsste ohnehin bald hell werden, und es wäre besser, wir wären dann schon etwas weiter unten. Glaubst du, du kannst schon wieder gehen, Evelyn?«

Zur Antwort steht er einfach auf, und wortlos folgen wir ihm.

49.

Wir spüren alle drei, dass jetzt der härteste Teil kommt. Die Euphorie und die Angst, die sich seit unserem Ausbruch pausenlos die Hände geschüttelt haben, *Gratuliere, Kollegin!*, haben sich beide aus dem Staub gemacht, sind müden Gliedern gewichen. Und trotzdem muss man weitergehen. Die Wiese dehnt sich erwartungsgemäß immer weiter in die Mühen der Ebene aus, und heimlich wünscht man sich fast den gefährlichen Abstieg zurück anstelle dieser perfide einschläfernden Verflachung.

»Pamplona, Pamplona …«

»Ja, Professor, wo Sie recht haben, haben Sie recht.«

»Pamplona, Pamplona …«

»Ja, so ist gut, immer schön weiter.«

»Pampampam …«

»Mhm.«

»Papa, glaubst du, das hier ist der nächste Zaun? Kann das sein?«

»Hm … bisschen sehr niedrig, das ist ja kaum ein Schafsgatter, aber womöglich … müsste ja jetzt auch mal …«

Ja, das lachhafte Gatterchen muss die Ankündigung der nächsten, der sechsten Etappe gewesen sein, denn hinter ihm geht es fast gar nicht mehr bergab, und die Wiese ist auf einmal, wie wir jetzt im Morgengrauen erkennen, viel kärglicher bewachsen. Zwischen den kränkelnden Grashalmen kommt sandiger Boden zum Vorschein. Aber scheinkräftig schreiten wir weiter voran, und schließlich trampeln wir ohne mit der Wimper zu zucken über ein Hamsterzäunchen hinweg auf die siebte Wiese, die man beim besten Durchhaltewillen nicht mehr Wiese nennen kann, denn nun sind in den Sand nur noch hier und da ein paar vertrocknete Grasbüschel hineingesetzt.

Die Stunden fliegen dem Mittag entgegen und wir entschleunigen uns mehr und mehr. Mit unseren weißseidenen Einstecktüchern bedecken wir notdürftig unsere Köpfe, Evelyn fängt vor Durst an, komisch schluckweise zu atmen, wirft sein Sakko weg, was ich ihm aus

Schwäche durchgehen lasse, der Professor schwankt in unserer Mitte und lallt irgendetwas vom Himmelbeobachten als Gnade und Fluch der Menschheit vor sich hin, doch immerhin erreichen wir, kurz nachdem die Sonne sich im Zenit aufgehängt hat, tatsächlich den achten Kreis, der, nicht gerade ermutigend, nur noch durch einen weißen, schon leicht verwehten Kalkstreifen angezeigt wird.

Der Horizont liegt stur schnurgerade, unerreichbar weit vor uns, gerät nur jetzt in der Mittagsglut leicht ins Flirren. Es gibt kein Voran mehr, doch ein Zurück schon gar nicht, also schleppen wir uns unter der sengenden Sonne weiter durch den Sand, verbrennen uns die Fußsohlen, merken es dank unserer tauben Nerven aber kaum, und der Professor hinter mir murmelt träumerisch *Sandwüste, nur von Ginster umstanden*, obwohl weit und breit nicht nur kein Ginster zu sehen ist, sondern überhaupt kein Grün mehr, nur hier und da ein paar verdorrte Kräuter, die aber, wie ich verwundert, ja bezaubert schwindelnd feststelle, stark duften, fast wie Pinienhonig, und da ist auch ein Hauch von Salbei, der Salbei vor unserem Fenster in Kitschkene, der frische Trieb teilt sich gerade in zwei Blätter, noch bilden sie einen kaum geöffneten Kelch, eine pudergrüne Fassung, in der der Tautropfen in der Morgensonne wie ein Diamant funkelt, ich will die Augen schließen, um diesem Duft nachzugehen, dann müsste ich doch ans Meer … ja, da vorn …, halt die Augen offen, offen, schwere Lider, schwerer Duft, schwerer, viel schwerer, so schwer wie die Beine … komische Dinger, Beine … Bei …

»Du lebst und tust mir nichts!«

Der herrische Ruf holt mich gerade noch zurück, und erschrocken fahre ich zum Professor herum. Plötzlich stolz aufgeschossen steht er da und richtet mit schräg ausgestrecktem Arm seinen Zeigefinger wie eine Pistole auf den Sand vor sich, der sich langsam auf ihn zuschlängelt. Evelyn stößt einen hohen Schrei aus, klammert sich an meinem Arm fest, und als ich sehe, wie lang das Viech ist, verschlägt es mir den Atem. Das Geschlängel verlangsamt sich, in lasziv ausgedehnten Kurven windet sich das sandbedeckte Band von links nach rechts, kommt nichtsdestotrotz weiter auf den Professor zu, der mittlerweile kalkweiß ist, doch seine Stimme wackelt kein bisschen, als er seine Bannformel wiederholt:

»Du lebst und tust mir nichts!«

»Ganz ruhig, Professor, sie tut Ihnen wirklich nichts!« Erst jetzt, wo es den Kopf gehoben hat, habe ich das liebe dumme Ding erkannt. »Es ist eine Äskulapnatter, *Elaphe longissima*, sie ist nicht giftig.«

»Na, Sie haben ja gut lateinisch quatschen, elender Quacksalber!« Sein ganzer Körper zuckt von seinem schockartig eingezogenen Bauch aus zusammen, die Natter hat seinen Fuß erreicht. Sie dreht züngelnd ein Ründchen um seinen Knöchel, kriecht dann unter seiner Hose an seinem Bein hoch, und diszipliniert verwandelt sich der Professor in einen tadellosen Eiszapfen.

»Ganz ruhig, nichts passiert!« Ich falle vor ihm auf die Knie, erwische gerade noch das Ende der Natter und ziehe sie aus seinem Hosenbein heraus. Heiter tollend umwindet sie meinen Arm vom Handgelenk bis zur Schulter, und ich klopfe und streichle ihr kleines Köpfchen. »Ja, ja, ja, du kleine Verbrecherin, hm, du kleine … du tust doch niemandem was, hm? Nutzt zwar auch niemandem was, noch nicht mal ein Paar hübsche Schühchen kann man aus dir machen, hm, dafür schadest du aber auch niemandem …«

Evelyn streckt zaudernd eine Hand nach der Natter aus, fährt aber angeekelt wieder zurück, bevor er die glatte Haut tatsächlich berührt hat, doch schon die Geste hat beruhigende Wirkung. Der Professor dagegen sinkt zu Boden:

»Sie hat mich gebissen … Oh Gott! Wenn du schon kommen musst, komm schnell, süßer Tod!«

»Ach Unsinn, stehen Sie sofort auf, Professor!« Ich rupfe mir die verdutzte Natter vom Arm und werfe sie weit weg. »Es ist gefährlich, da zu liegen, kommen Sie schon – hilf mir, Evelyn – und hoch!«

Der Schlangenschock hat uns ein wenig gekräftigt, und unsere Beineselchen tragen jetzt wieder braver ihre Last. Gleichgültig schleppen sie uns weiter, und es ist unklar, ob es für sie eine Erleichterung oder eher eine zusätzliche Erschwernis ist, dass sich der allzu nachgiebige Sandboden jetzt allmählich verfestigt. Immer größere Steine werden uns in den Weg gelegt, bis der Sand nur noch als Staubgeist über eine schier unendlich scheinende Wüste von Steinplatten weht, deren tiefe Riffelfurchen uns weismachen wollen, dass es hier irgendwann auch einmal Wasser gegeben hat. Derweil steigt die Sonne mühelos zum Horizont hinab, zur Begrüßung genehmigen sich die beiden ihren ersten Cocktail. Uns aber lassen sie, wie viele Meilen wir auch heute zurückgelegt haben mögen, nicht einen Schritt näher kommen.

Schweigend schreiten wir in die über uns hereinbrechende oder eher sich in uns hineinschleichende Nacht, und jeder Schritt nach vorn scheint sich ekelhaft nach innen zu stülpen. Um uns und einander in der Schwärze nicht zu verlieren, halten wir uns jetzt wieder an den Händen. Evelyn geht ganz gefügig neben mir her, aber an seinem nachlassenden Händedruck spüre ich, dass er das Ende, jedes Ende, egal welches, gefährlich herbeisehnt, und jetzt fängt er auch noch heiter zu summen an. Was soll ich nur … wie soll ich ihn nur weiter … Zum Glück erhebt der Professor eine seiner vernünftigen Stimmen:

»Kompaniiie, halt! Im Dunkeln tappen ist Wahnsinn, da kenn ich mich aus, da macht mir keiner was vor, über das Dunkle im Dunkeln. Wir müssen den Morgen abwarten, ihn abpassen, den alten Luchs. Und außerdem schinden wir den Jungen zu Tode, wenn wir ihn jetzt nicht schlafen lassen.«

»Aber er kann doch nur noch als Gespenst seiner selbst weiter. Wenn ich ihn jetzt hinlege, steht er nicht mehr …«

»Setzen Sie ihn gefälligst hin, Doktor, oder muss ich Ihnen erst eine reinhaun?«

Vorsichtig gehen wir gemeinsam zu Boden, wieder halten wir Evelyn zwischen uns, und weil uns der Korb mit der Decke irgendwo unterwegs abhandengekommen ist, kann ich den zähneklappernden Jungen nur in mein Sakko einwickeln, nehme ihm das Tuch vom Kopf, um ihm wenigstens mit den Händen die kalt schweißverklebten Haare trockenzurubbeln, sonst kann ich ja nichts… was soll ich nur… Plötzlich gibt Evelyn schwache Schmatzgeräusche von sich, ein hilfloses Phantomsaugen oder Saugen an einem Phantom. Nein, mit ungläubigem Erstaunen begreife ich, dass der Professor ihm in göttlicher, nein, weitaus größerer, in halbgöttlicher Gnade seine letzte Flaschenration überlassen hat. Mit dem Opiumrhabarber strömt immerhin so viel Leben in Evelyn zurück, dass er sich aus eigener Kraft erschöpft auf meinen Schoß legen kann. Dankbar seufzend wage ich, für einen Moment die Schultern fallen zu lassen, und auch der Professor neben mir seufzt:

»Ach ja, wenn der feine Herr Doktor Obermaus nicht geglaubt hätte, sich auf einmal daran erinnern zu müssen, dass er einen Sohn hat, könnten wir alle drei jetzt gemütlich da oben beim Abendessen sitzen. Ich könnte mich schön mit meinem lieben Freund Zimmermann unterhalten, Evelyn könnte sich die neuesten Eiweißauswüchse von Hugo Rapin vorführen lassen, und dann könnten wir alle gemeinsam der Musik lauschen und dabei träumerisch ins Tal hinabblicken!«

»Verzeihen Sie, Professor, aber ich bin nicht übermäßig in Stimmung für Ihre…«

»Gott, sind Sie so dämlich oder tun Sie nur so? Ich sagte, wir könnten da oben sitzen und *ins Tal hinabblicken* – na?«

»J-ja, und?«

»Versuchen Sie mal nachzudenken, altes Aas, besser spät als nie, obwohl ich ja eigentlich immer finde, besser nie als so spät, aber sei's drum. Also denken Sie scharf nach und dann sagen Sie mir, ob Sie jemals ins Tal hinabgesehen haben.«

»Ja natürlich, jeden Abend, oder zumindest jeden Abend im Sommer schaue ich runter ins…«

»Sie schauen nach unten, richtig, aber haben Sie's jemals gesehen?«

»J-nein, so weit runter kommt der Blick ja nicht.«

»Eben.«

»Und?«

Evelyn fängt an zu wimmern und zu zucken wie ein träumender Hund, und so halten wir beiden anderen einhellig die Schnauze. Trotzdem wird er wieder wach und fragt mit bleicher Stimme:

»Wieso gibt es hier überhaupt keine Sterne, Papa?«

»Naja, der Himmel ist heute etwas bedeckt, nicht weiter schlimm, schlaf jetzt.«

»Wie oft ist alle Jubeljahre, Papa?«

»Ähm ... ich glaube, alle fünfundzwanzig Jahre.«

»Unsinn, Doktor, das gilt nur für die vollgefressenen Katholiken, tatsächlich gibt's höchstens alle fünfzig Jahre eins. Aber für Sie, Weißkittel, würde auch in hundert Jahren nicht das Widderhorn geblasen werden, weil Sie alles falsch gemacht haben, von Anfang an, und deshalb sind wir hier in alle Ewigkeit ...«

»Ja, ich lach im nächsten Leben mal drüber, Professor.«

»Noch eins? Sie sind unersättlich, Doktor.«

»Sie werden's nicht glauben, Professor, aber ich bin müde, tatsächlich müde. Als könnte ich schlafen – schlafen wie du und ich.«

Schwachsinnig lache ich vor mich hin, und da kommt er wirklich, der Schlafengel, und breitet seine weichen, zerzausten Flügel über uns allen dreien aus, auch über mir, ja, er kommt tatsächlich auch zu mir.

50.

Das Licht ist so hell, da ist es gar nicht nötig, auch noch die Augen aufzumachen, es ist doch auf dieser wie auf der anderen Seite der Lider das gleiche. Ich glaube kaum, dass ich die Dinge mit offenen Augen in einem anderen Licht sähe. Komm mach sie auf, Feigling, keine Angst: Blaue Augen sind dem blauen Himmel doch so nah!

Oh ja, tatsächlich, so nah, da passt kein Blatt dazwischen. Die ganze Welt ist himmelblau. Der Horizont ist verschwunden. Der Weg ist verschwunden. Nur blaue Lasur, durchsichtig, feucht schimmernd und doch dicht und blendend wie eine bemalte Glaswand, viele Wände, Schichten um Schichten von blauem Glas.

Ich versuche ruhig zu atmen, richte mich in meinem Lotussitz gerader auf, halte die Hände fest oberhalb des Bauchnabels gefaltet, um die parasympathische Attacke auf den Herzmagen abzuwehren, schließe und öffne die Augen ein paarmal, und langsam taucht die Welt, oder was von ihr übrig ist, wieder auf.

Der Boden unter mir ist noch da, aber zwei, drei Meter vor mir hört er auf, bricht die gestern vor Einbruch der Dunkelheit noch unendlich scheinende Steinwüste einfach ab, und der Weg zum Himmel fängt an. Der Horizont ist also gar nicht verschwunden, wir sind nur auf einmal an ihm angelangt oder eher er bei uns. Hat sich tollwütig zahm zu unseren Füßen gelegt. Und direkt auf ihm, schräg links vor mir, sitzt der Professor. Seine rundliche Rückensilhouette, die weiße Kontur seines Hemdes und seines weißhaarigen Kopfes zeichnen sich scharf vor dem makellosen Himmel ab.

Da sitzt er und lässt seine Beine über den Horizont, nein über den Rand der weißgelben Sandsteinkante hängen, sein schulterlanges Haar teilt sich in der Mitte seines Hinterkopfs und weht an seinen Ohren vorbei nach vorn, der freien Luft entgegen, zusammen mit den Sandschwärmen, die über den Felsstein huschen und über die Kante hoch hinaus fliegen, hinein ins gläserne Blau. Mit sanft eingesunkenem Oberkörper und weich nach vorn gerollten Schulterkugeln hockt er da, die angewinkelten Hände unter die Oberschenkel geschoben, und wenn man blinzelt und seine weiße Kontur sich im nassleuchtenden Blau verwischt, weiß man nicht, ob man ein Bild sommerlicher Ruhe oder vollkommener Verzweiflung sieht, von hinten sehen sie fast gleich aus. Ja, wenn das weiße Hemd nicht schmutzig und zerrissen wäre, könnte man meinen, irgendein Patient ließe am Beckenrand irgendeines Sanatorienpools das Hirn baumeln und schaute dösig lächelnd zu, wie seine kleinen Füße fröhlich im Wasser plantschen.

Vorsichtig hebe ich Evelyns schlafschweren Oberkörper von meinem Schoß, lege ihn sanft auf den Boden und rutsche auf allen vieren auf den Professor zu. Ohne sich umzudrehen, murmelt er:

»Ganz langsam, Doktor. Lassen Sie's mich Ihnen erst mal erklären, bevor Sie's mit eigenen Augen sehen. Denn es mag ja sein, dass der Abgrund der Hoffnungslosigkeit sich im Leben nicht zeigen kann, aber ein hoffnungsloser Abgrund, der zeigt sich deutlicher als unserem Solarplexus lieb sein kann. Und wir wollen doch nicht, dass der Schock Sie elende Memme direkt in die Tiefe stürzen lässt. Denn hier schönt kein Nebelschleierchen die Sicht, das Auge rauscht in freiem Fall hinunter, prallt direkt auf den Felswüstenfußboden, und da will der haltlose Lemmingkörper ganz automatisch hinterher.«

»Wie tief ist es?«

»Ich könnte Ihnen jetzt sagen, dreitausendfünfhundert, vielleicht sogar viertausend Meter, sagen wir einfach, jenseits Ihrer Vorstellungskraft.«

»Gibt es … kann man irgendwo runterklettern?«

»Nein, eine spiegelglatte Wand, sauber geschnitten, nirgendwo auch nur der kleinste Vorsprung. Schön langsam, setzen Sie sich auf den Hintern, beugen Sie den Oberkörper nicht so weit vor – ganz ruhig, ich hab Sie, Doktor! Das haut einen um, was? Zum Glück sage ich Ihnen jetzt nicht auch noch, wie hoch wir hier über dem Meeresspiegel sind. Sehen Sie mich an, sehen Sie nicht mehr nach unten, Doktor!«

»Aber wo … da unten ist ja … wo ist die Stadt?«

Er lächelt mitleidig und hält mich noch immer an Schulter und Handgelenk fest. Dann schaut er im Halbkreis um sich, schiebt dabei den Kopf vor und zurück wie zu einem alten Raga-Rhythmus, ja schaut sich mit schwappendem Kopf im Himmel um, denn sonst ist da nichts, keine gegenüberliegende Bergkette, kein einziger Berg, noch nicht mal ein Hügel irgendwo in der Ferne, gar nichts, nur Himmel über der leeren Tiefe.

»Tja ja, Pagode, Pagode …«

»Ich kriege keine …«

»Schauen Sie nicht nach vorn, schauen Sie zurück, drehen Sie sich um, Doktor.«

»Nein, ich will nicht. Ich muss doch …«

»In den Abgrund starren? Die Dinge sehen, wie sie sind? Machen Sie sich doch nicht lächerlich, altes Aas! Da – ich fürchte, das Jungchen regt sich. Halten Sie es fest, sonst könnte es weitaus härter aus dem Bett fallen als sonst.«

Ich rutsche zu Evelyn zurück, der gerade gähnend versucht, sich aufzusetzen. Ich packe ihn und drehe ihn auf seinem Hosenboden wie einen Kreisel zurück in die Richtung, aus der wir gekommen sind. Er schmatzt blinzelnd vor sich hin, und ich starre apathisch in die sich vor unseren Augen genüsslich ausstreckende Steinwüste, die sich jetzt, in der Rückschau, als riesiges Felsplateau zu erkennen gibt. Aber ganz da hinten steigt es allmählich an, färbt sich gelbgrünlich ein und hebt sich schließlich in die sattgrüne Kuppel hinauf. Mir scheint fast, ich könne sogar die Terrasseneinschnitte der einzelnen Wiesenkreise erkennen und ganz oben auf der Kuppel, wie eine kristallene Kirsche, das gläserne Funkeln der Klinik im Sonnenschein.

»Ja, werfen Sie noch einen letzten Blick zurück, schauen Sie nur, Doktor, da oben haben wir Hyperboreer gelebt, in azurner Einsamkeit, in Höhen, die kein Vogel je erflog, auf dem Dach der klinischen Welt, um Erlösung vom Ekel zu finden. Und ist es nicht schön, dass dieses Dach zugleich auch schon das ganze Haus, pardon die ganze Welt war?«

»Aber da unten am Fuß der Felswand muss doch etwas gewesen sein, die Stadt, all die Leute, die versucht haben, zu uns raufzukommen …«

»Ja, bis vor zwanzig Jahren etwa war da unten mal was und haben Leute versucht, nach oben zu gelangen. Bis man dann angefangen hat, uns von unten her immer höher zu schichten. Von den Aufstiegsversuchen ist danach nur noch deren Gerücht geblieben.«

»Ich verstehe nicht … aber nein, es muss doch … Sie wissen doch so gut wie ich, dass meine Frau, ich meine, die Ambulante von da unten zu mir hoch …«

»Ja, das ist wahr, Sie haben sie heraufbeschworen, alte Satanssonde, das muss man Ihnen lassen.«

»Papa, da hinten kommen Leute!«

»Keine Angst, das ist nur eine Lichtspiegelung.«

Aber er hat recht, irgendetwas bewegt sich da an der grünen Linie am Fuß der Wiesenkuppel.

»Was sollen wir tun, Professor, springen?«

»Pah, wie fad«, gähnend dreht er sich zu uns um. »Sie wissen doch, dass man den Suizid den Amateuren überlassen soll.«

»Was dann? Wir können weder vor noch zurück.«

»Jaja, ich seh's. Aber ich werde an dieser Veranstaltung leider nicht mehr teilnehmen können. Wenn Sie mich bitte entschuldigen würden, Doktor, ich muss jetzt sterben.« Er legt sich auf den Rücken zurück, nimmt seine Fensterglasbrille ab, steckt sie ordentlich in seine eingerissene Brusttasche, verschränkt die Arme bequem hinterm Kopf und schließt lächelnd die Augen. »Die alte Schlange fordert doch noch ihren Blutzoll.«

»Oh bitte, Professor, das ist jetzt nicht der Moment für schlechte Scherze«, ich beuge mich über ihn und rüttle ihn verärgert an der Schulter. »Sie sind ein bisschen von einer harmlosen Äskulapnatter befummelt worden, Sie können jetzt nicht sterben.«

»Ach kommen Sie, Doktor«, er zwinkert mir zu, »seien Sie nicht so streng mit mir. Ich habe weiß Gott meinen Dienst getan, fast zwanzig Jahre lang habe ich Sie gequält wie einen Sohn. Ab hier müssen Sie allein weitergehen, müssen von jetzt an selbst gegen Ihre lasterhafte Ideenflucht ankämpfen, gegen Ihre dissolut dissoluble Natur …«

»Meine was?«

»Ein zügelloses Stück Zucker sind Sie, Doktor, das sich, kaum dreht man ihm den Rücken zu, in die Arme der erstbesten Teetasse wirft. Und ich konnte dann jedes Mal in mühevoller Kleinstarbeit jedes einzelne lumpige Kristallchen von Ihnen da rausfischen und Sie klebrigen Klumpen wieder zusammensetzen.«

»Ich weiß nicht, ob Sie gerade von mir reden oder eher von sich selbst, aber das spielt jetzt keine Rolle, weil da vorn …«

»Papa! Da kommen wirklich Leute! Es sind tatsächlich Menschen und keine Luftgeister!«

»Ja, ich seh's, Evelyn, ganz ruhig. Trotzdem den Kopf schön nach vorn …, nein, nicht umdrehen, ich will nicht, dass du den Abgrund siehst«, ich halte ihn wieder fest, klemme sein Kinn in meine Hand wie in einen Schraubstock, drehe gleichzeitig meinen Kopf in der Weisenpose, *Marichyasana III*, weit herum zum Professor zurück, der noch immer auf dem Rücken liegend und mit über die Kante baumelnden Beinen dem Sonnenvater entgegenlächelt. »Professor, hören Sie jetzt gefälligst auf mit dieser albernen Sterberei!«

»Es ist nicht nötig zu schreien«, immerhin macht er die Augen wieder auf. »Ein Stäubchen Respekt zum Abschied, bitte, denn ob ich nun Sie oder mich wieder zusammengesetzt habe, in jedem Fall habe ich einwandfrei meinen Dienst getan, habe mich tagtäglich aus meiner Misere herausgearbeitet, Morgen für Morgen stand ich auf der Badezimmermatte und habe mich immer wieder am eigenen Schopf aus meinem Sumpf gerissen, hochgerissen, raus aus dem Dreck, was man von Ihnen nicht behaupten kann.«

»Ja, ich weiß, aber dazu fehlt mir die Kraft.«

»Ach, Kraft ist doch was für Schwächlinge.«

»Sagen Sie das noch mal, bitte.«

»Ich sagte, Kraft ist doch …«

»… was für Schwächlinge. Das erinnert mich an … was war's nur … will mir nicht einfallen. Wahrscheinlich gar nichts. Kommt wohl nur, weil alles mit allem so entsetzlich verwoben ist. Ich weiß oft gar nicht mehr, wer spricht.«

»Ja, Doktor, alles erinnert Sie an alles.«

»Ja genau! Das war's!«

»Und das sollte Ihnen zu denken geben. Doch ich fürchte, Ihnen kann man zu denken geben, so viel man will, Sie nehmen doch alles nur geistesabwesend in die Hand und lassen's genauso zerstreut wieder irgendwo liegen.«

»Ja, das stimmt, ich vergesse alles.«

»Nein, Sie vergessen gar nichts. Und deshalb wissen Sie nicht mehr, wo oben und wo unten ist. Apropos«, ruckartig klappt er seinen Oberkörper hoch und schaut wieder sinnierend oder eher senil nickend in den Abgrund, »es ist doch schön, das alles noch mal zu sehen, auch wenn's weg ist. Immerhin weiß man noch, wo es war.«

Evelyn nutzt die plötzliche Schlaffheit meiner Hände, um mir zu entschlüpfen und setzt sich flink neben den Professor auf die Felskante:

»Wo was war?«

Um ihn festzuhalten bleibt mir nichts anderes übrig, als mich auch auf die Kante zu setzen, derweil der Professor ihm fröhlich die Gegend zeigt:

»Na schau, Jungchen, da unten war der grüne Tisch, hier erster Tisch, da zweiter Tisch und direkt daneben der Beistelltisch«, er fuchtelt mit den Armen nach links und rechts, aber mir schwindelt zu sehr, um seinen Fingerzeigen zu folgen, »und da vorn südsüdlich mein kleines liebes Walpi, wo meine geliebte Katschina gelebt hat, meine süße Katschinkitschka, ich habe sie selbst geschnitzt, und da westwestlich die nächstgrößere Stadt, Flaggenstab, und überhaupt waren hier mal vier Ecken, die ganz da hinten, also ganz da vorn, ostöstlich aneinandergestoßen sind. Da war immer was los. Auf einer großen Messingplatte haben die Leute aus allen Herrenländern ihre Sonnengrüße absolviert. Und bis wir höhergestuft wurden, sind auch wir auf unseren Sonntagsausflügen mit dem Klinikbus dorthin kutschiert worden, zum Luftballonskaufen und so weiter, und abends wieder zurück auf die Station. Pamplona, Pamplona … oh, là, là, mir ist nicht gut … bis hierhin vielleicht …«

Er schwankt gefährlich nach vorn, aber zum Glück funktionieren Evelyns Reflexe besser als meine, gemeinsam schleifen wir ihn von der Kante weg, legen ihn vorsichtig auf den Rücken und betten seinen

Kopf auf mein Sakko. Schweratmend greift er nach meinem Handgelenk und öffnet und schließt den Mund ein paarmal.

»Nicht aufregen, Professor, ein kleiner Schwächeanfall, geht gleich vorüber.«

»Dieses verdammte Biest«, alle Farben sind aus seinem Gesicht gewichen, selbst die gekrampfte immerblaue Ader an seiner rechten Schläfe liegt wie ein sinnloses durchsichtiges Röhrchen auf seiner Haut, aber die Schmerzen malen ihm anstelle der Farben ein sonderbar freundliches Lächeln aufs Gesicht. »Aber bis hierhin ist gut. Bis hierhin ist Hoher Wolf gekommen.«

Evelyn fängt an zu weinen und rüttelt hilflos an der leeren Uhrkette herum, die der Professor, weil er seine Weste irgendwann weggeworfen hat, an seinem Hosenbund befestigt hat. Ich schaue dumpf zwischen den beiden und den zügig näher kommenden Gestalten hin und her, und der Professor fragt sanft:

»Wie viele sind es?«

»Drei«, ich verenge die Augen, »nein, vier.«

In sehnsüchtiger Angst schaue ich zu, wie die auf uns zuwackelnde kleine Figurenkette in ihre Einzelglieder zerfällt. So nah sind sie mittlerweile, dass sie sich klar von ihren unangemessen hoch hinter ihnen aufragenden, maulbeerfarbenen Schatten unterscheiden lassen. Sie bilden gar keine anständige Reihe, denn der erste von ihnen zieht eine schlampige Dreierkette hinter sich her, sie rücken also als unsauberes Dreieck vor, was ich idiotischerweise als kränkend empfinde, wahrscheinlich nur, weil ich noch immer nicht erkennen kann, wer sie sind.

»Vier, ja? Die kläglichen Reste der gläsernen Horde«, schwächlich ahmt der Professor sein kratziges Spottlachen nach. »Ich nehme an, die nehmen's mir übel, dass ich der verrotteten alten Schlampe den Kopf abgerissen habe.«

»Dass Sie was?«

»Na, hätte ich diese vertrocknete Medusa nicht geköpft, wir wären gar nicht erst aus dem Haus gekommen. Da hab ich sie noch schnell erledigt, während Sie sich's bei Dr. Tulp gemütlich gemacht haben.«

»Das stimmt, Papa, ich war dabei. Einfach Zack, Rübe ab, das war toll!« Evelyn lacht unter seinem Tränenstrom begeistert auf. »Und innen war sie ganz hohl! Wie ein Weihnachtsmann! Das hätte ich nie von ihr gedacht!«

Ich kann die beiden nicht fragen, was sie da reden, starre atemlos auf das aus dem Geschirr geratene Vierergespann und erkenne in der Dreierkette Dänemark, Darmstätter und ... ja, er ist's tatsächlich, etwas hinterherhängend wegen seines watschelnden Gangs, nicht für den Trab gemacht, der gute Dankevicz. Aber den, der vor den dreien vorneweg läuft und den ich sofort erkannt habe, kann ich noch immer nicht erkennen, weil ich nicht weiß, ob ich recht sehe. Die silbernen langen Haare und die pastellgelbe Jacke mit den großen runden Knöpfen schwingen mit jedem seiner hastigen Schritte weit hin und her, noch nie habe ich ihn sich bewegen sehen, immer nur still und stumm in seinen Rosen stehen, aber mein stammelnder Mund sieht es vor mir ein:

»Der Spitzenamnestiker!«

»Ja, altes Ääschen, der Spitzenamnestiker, oder Dr. Frauenfeld, wie er noch zu seinen Krimzeiten hieß. Ist bei uns da oben in der hohen Luft untergetaucht und hat zwanzig Jahre lang in seinem schönen Mäntelchen an seiner schweren neuen Rose geschnüffelt.«

»Die stecken alle unter einer Decke?«

»Ach was, sie sind viel zu kindisch, um sich eine Decke zu teilen. Nein, eine gemeinsame Sache haben sie nicht, aber sie hängen alle zusammen, was misslich genug ist, da wir ja auch alle mit ihnen zusammenhängen, und Sie wissen ja, wenn auch nur einer in der Reihe einknickt ...«

Er bricht ab, und mit schmerzverzerrtem oder eher schmerzlichem Ausdruck sieht er durch mich hindurch, ich lagere ihn in meinem Arm etwas höher, sein Oberkörper scheint sonderbar klein oder eher kurz, wie eine unentschiedene Ziehharmonika, mit einem sanften *schsch* bitte ich ihn zu schweigen, doch er flüstert:

»Ich habe wirklich alles getan, um Ihnen zu helfen, dummes Doktorchen, das glauben Sie mir doch, oder?«

»Ja natürlich, Professor, nicht mehr sprechen jetzt, Sie strengen sich ...«

»Ja, nur noch ... vergessen Sie nicht, Sie müssen sich am eigenen Schopf ... Sie wissen ja, was der alte Russe uns immer erzählt hat: Auch wenn man nicht viel Gutes getan hat, auch wenn man nur einmal einem Bettler ein kleines Zwiebelchen gereicht hat, auch wenn es *nicht mehr war als ein Zwiebelchen*, was man in seinem ganzen Leben gereicht hat, kann man sich noch hochziehen, wenn auch nur an einem kleinen Zwiebelchen, das einem vielleicht von oben gereicht wird.«

Zitternd streckt er noch einmal seinen Zeigefinger in die Höhe, dann fällt sein weißer, zerzauster Kopf in meinen Arm zurück, und uns bleibt nur, ihm die gebrochen lächelnden Augen zu schließen.

»Ja da schau her, das Pastorale in der Krise, von Sternchen, Sie machen mir wirklich Spaß!«

Ich schaue nicht zu Dankevicz hoch, sondern lege den Professor vorsichtig, als könne der harte Stein ihm noch etwas anhaben, zu Boden. Erst dann hebe ich den Kopf.

Glorreich sehen die vier nicht gerade aus, vor allem weil ihr Anführer in seinem gelben Jäckchen uns mit halboffenem Mund in vollendetem Stupor anstarrt. Aber besser als wir, die wir auf unseren Schienbeinen wie zwei herrenlose Geishas neben dem Toten hocken und nur noch einen Meter festen Boden hinter oder wie's aussieht wohl eher vor uns haben. Da belebt sich die katatonisch reglose Maske des Spitzenamnestikers, und auf einmal lächelt er sanftmütig, wie über seine Rosen gebeugt, auf uns herab, dann hebt sich sein rechter angewinkelter Arm in die Höhe und die priesterlich weiche Hand darüber klappt schlaff nach hinten. Auf dieses Zeichen hin tritt der schräg hinter ihm postierte Dänemark vor, lässt die Last seiner Hände schwer in die Kitteltaschen sacken und fragt mit der Andeutung eines aufmunternden Lächelns:

»Ja, von Stern, dann erzählen Sie uns doch mal, was Sie jetzt vorhaben, was haben Sie sich so gedacht?«

»Was ich …?«

»Ja. Was wollen Sie jetzt tun?«

»Äh … ich weiß nicht … ich kann nichts tun. Ich kann ja mit meinem Sohn hier weder vor noch zurück.«

»Richtig, weder vor noch zurück, weder nach unten noch nach oben. Scheint so, als könnten Sie in keine Richtung mehr ausweichen.«

»Ja … nein, jetzt geht es wirklich nicht mehr weiter.«

»Ja … nein.«

Er nickt ein paarmal nachdenklich, zupft sich an der Oberlippe herum, und schwindelnd lache ich auf:

»Das war's dann wohl!« Und weil ich es in diesem Moment einsehe und doch nicht sehen kann, wiederhole ich noch einmal: »Das war's!«

Dänemark reibt sich die in Falten gelegte Stirn mit gestrecktem Mittel- und Zeigefinger:

»Hm ja, das sehen wir ähnlich. Sieht so aus, als wären Sie tatsächlich am Ende Ihrer Probleme angelangt. Offen gesagt sehe ich auch keine Möglichkeit mehr für proleptische Prothesen, mit denen Sie wenigstens noch ein paar kleine Sprünge machen könnten, das wuchert Ihnen bloß an den Rändern, wäre nur sinnlos qualvolle Proliferation. Da sollte man jetzt besser einen Schnitt machen. Sie haben für sich getan, was Sie konnten, und wir auch. Also schön, von Stern, dann wollen wir mal Ihre Galaübung sehen. Richten Sie sich bitte mit Ihrem Sohn in *Tadasana* auf, an den Fußballen einatmen und dann *full range of motion*, bitte!«

»Wie bitte?«

»Jump, you fuckers!«

Darmstätter kommt brüllend auf uns zugestürmt, aber Dankevicz hält ihn spielend mit einem seiner mächtigen schwarzlila Schlangenarme zurück, und Evelyn, der mir schlotternd auf den Schoß gesprungen ist, pinkelt sich in die Hose. Doch die Kollegen nehmen sich zusammen, treten endlich in ordentlicher Reihe auf uns zu, Dr. Frauenfeld lächelt noch immer, und Dankevicz zuckt begütigend die Achseln:

»Kommen Sie, von Stern, machen Sie's sich und uns nicht unnötig schwer.«

Ich ziehe den sonderbar biegsamen Evelyn mit mir hoch, verberge sein Gesicht an meiner Brust und entspanne mich endlich. Wir werden nicht springen. Den Teufel werden wir, wir werden gar nichts tun, und heiter wie der Gebirgsbach in Massandra murmele ich:

»Hab keine Angst, Evelyn, wir sind zwar in einer ausweglosen Situation, aber wir sind noch in einer Situation. Und denk immer daran, wie zurückgeblieben du bist, in welch unglaublichem Rückstand du liegst, was für endlose Rückstände du hast, das kann dir keiner nehmen, solange ich vor dir bin, das holen die nie ein.«

Zögerlich kommen sie auf uns zu, keiner von ihnen will die letzte Hand anlegen, und so machen sie es in schöner Beiläufigkeit gemeinsam. Die gläserne Welt und ich, wir stürzen ineinander, und schon verschwinden mir alle beide, all das elende Blau sinkt, sinken, singen vom Kehlkopf an, ganz zugeschnürt ist auch wieder offen, denk dich nach oben, wenn du nach unten willst, noch immer halte ich Evelyn fest da oben, halte ihn nach oben, hebe ihn weit hoch, solange ich falle, kann ich ihn halten, gläsernes Luftwasser, zerschneidet mir nichts mehr, alles schon gerissen, irgendwo, aber er muss hoch, hoch, ganz nach oben, nimm ihn doch, nimm ihn, bevor ich unten bin, bin zu schnell, komm schon, hoch mit dir, komm, komm …

»Komm zu dir!«

»Hoch, hoch …«

»Komm zu dir, Franz! Komm schon, wach auf!«

51.

Luftholen und Ersticken kann man in einem Atemzug nennen, wenn es ein großer Atemzug ist, der erste nach dem apnoetischen Tiefgang, viel zu groß für seine Kürze, und die ganze Luft auf einmal schmerzhaft, schmerzhaft auf einmal in die gequetschte Lunge gesogen wird, von der Lunge angesogen wird oder eher von irgendjemandem, der doch noch den Fuß vom Blasebalg genommen hat, irgendjemand, der fast man selbst sein könnte, wenn man nur …, wenn man bloß wüsste, wo man …

»Ganz ruhig, Franz, weiter atmen, so ist gut.«

»Esther!«

»Nicht sprechen, atmen!«

»Esther!«

»Schschsch …«

Wieso sitzt sie bloß im Unterhemd auf meiner Bahre? Trage? Nein, an meinem Krankenbett. Nein, das ist unser Wohnzimmer in Kertsch. Aber das Blut überall, das viele Blut unter mir, getrocknetes, verkrustetes Blut. Nein, nur der schreckliche rostrote Bezug der Couch, der Kittel ist ja ganz weiß, nur klatschnass, ja tatsächlich, ich liege in unserem Wohnzimmer, kann nur die Wände nicht sehen in diesem Halbdunkel, das funzelige Licht der scheußlichen braunen Stehlampe, gab es denn hier kein Fenster, es gab doch hier, das ist ja hier wie …

»… in einem Schuhkarton, Esther! Ich krieg keine …«

»Ruhig, ich mach das Fenster auf«, sie verschwindet hinter meinen Kopf und alles schnürt sich wieder zusammen, aber da ist sie schon wieder da. Da sitzt sie wirklich, sitzt vor mir. Ich kann ihr Gesicht anfassen, ihre Mundwinkel, die unter meinen halbtaub kribbelnden Fingerspitzen unsicher zu lächeln beginnen, ich kann mit beiden Händen ihre blassen Wangen fassen, ihre scheinbar hochmütig hohen, tatsächlich mir aber weit entgegenkommenden Wangenknochen, ich kann mich aufrichten und sie küssen, Esther, nicht ihr Gespenst, sie ist es wirklich, und dann bin ich es wohl auch, wirklich. Das hier sind meine

Tränen. Und das hier sind deine. Doch, auch du hast welche, sieh's ein, Esther, das hier sind unsere Tränen, trübes grünblaues Wasser, zwar nur mit einem recht geringen Salzgehalt, vierzehn bis achtzehn Gramm pro Liter höchstens, weil in unser winziges Binnenmeer unablässig der Dnjepr und die Donau fließen, die so viel weiter reichen als wir, aber trotzdem sind das unsere Tränen, sieh's endlich ein, auch wenn du mir jetzt natürlich wieder unwillig den Kopf wegdrehst und zu lachen versuchst:

»Schau mich nicht so komisch an, Franz!«

»Wie schau ich dich denn an?«

»Weiß nicht… komisch irgendwie, wie aus weiter Ferne, auf mich drauf und durch mich hindurch zugleich, als wär ich hinter Glas gemalt.«

»Nein, tu ich nicht, im Gegenteil. Du bist ja ganz nah. Und ich bin es auch.«

»Ja natürlich, das bist du.«

»Ich bin wieder da, nach all den Jahren…«

»Ja«, lächelnd wischt sie sich hastig die Tränen weg und mir die verklebten Haare aus der Stirn, »nach all den drei Stunden. Seit unserem Streit hab ich da drüben wachgelegen und dich verflucht, und ich war sicher, du würdest genauso wachliegen und mich verfluchen. Bis ich dich dann schreien gehört habe.«

Drei Stunden… für sie waren es nur drei Stunden.

»Guck nicht schon wieder so komisch, Franz, zieh lieber dein Zeug aus, du bist ja klatschnass. Gott – in dem scheiß Kittel! Sieht aus, als wäre das Ding ins Wasser gefallen. Du siehst überhaupt aus, als wärst du im Traum halb ertrunken. Bist du ertrunken?«

»Nein, überhaupt nicht, kein Wasser, es gab gar kein Wasser, nirgends. Ich hab so Durst!«

»Ich hol dir was.«

»Nein, warte«, sie ist schon aufgesprungen, aber ich halte sie am Handgelenk fest. »Gleich. Sag mir erst… was wolltest du mir sagen, Esther, vor zwanzig Jahren, ich meine vorhin?«

»Das ist jetzt nicht so wichtig. Zieh das Zeug aus, du wirst dich in dem Zug erkälten.«

»Ja, in einem Zug, meinetwegen, aber sag's mir erst.«

»Na gut, ich geh nur schnell pinkeln vorher.«

»Nein, bitte nicht, bleib hier. Du musst mir vertrauen, Esther, du musst mir ab jetzt mehr vertrauen, mir mehr vertrauen und mir weniger zutrauen. Ich schaff's sonst nicht.«

»Ja, das weiß ich, und ich will es auch versuchen, aber ich – ich *muss* wirklich!«

Sie windet lachend ihre Handgelenke aus meinen Handschellen, küsst mich und sagt dann leise:

»Es steckt überhaupt nichts dahinter, wirklich.«

»Ist gut, dann lauf schnell!«

Sie hüpft von der Couch, und ich sollte sie in Ruhe gehen lassen, kann's aber nicht. Wenn ich einfach nur hier liegenbleibe und warte, ist sie sicher gleich wieder verschwunden, vollkommen verschwunden. Es hat sie nie gegeben. Stehe also eckig auf, warte bis der Schwindel sich einigermaßen legt und torkele ihr zum Bad hinterher. Muss mich an der Flurwand festhalten, nur kurz, geht gleich ..., Pamplona, Pamplona, das schießt aber ganz ordentlich ... Doch da geht zum Glück die Badezimmertür auf und sie ist wieder da.

»Oh je, du bist noch immer nicht ganz wieder da, wie? Komm, leg dich wieder hin.«

»Nein, warte, ich will dir was zeigen.«

Ich kann tatsächlich tief atmen, bis ganz hinunter, niemand hält mich auf, und so trete ich wagemutig vor das Schrankmonster. Seine schauerlichen dunklen Furniertüren sind wieder da, ich fasse die beiden verklemmten kleinen Türknaufe und drehe meinen Kopf langsam zu Esther zurück:

»Komm!«

»Nein!« Ihre plötzlich eiskalte Stimme wackelt im eigenen Nachhall, springt dann zwei Lagen nach oben wie die Katze auf den Baum: »Ich will nicht!«

»Bitte!«

Und plötzlich, ohne jedes Zaudern, stellt sich Esther neben mich, nimmt meine Hand und nickt mir kurz und zackig zu. Mit angehaltenem Atem öffne ich dem Ungeheuer das Hochkantmaul und – oh Gott! Erleichtert erschrocken lachen wir auf – wie wir aussehen! Ich in meinem durchgewalkt zerknüllten, aber noch immer ordentlich bis oben zugeknöpften Kittel und mit am Hinterkopf zu Berge stehenden Haaren, und du in deinem bauchnabelkurzen schwarzen Unterhemd und wie immer ohne Unterhose, aber dafür in meinen kaputtgelatschten blaugrüngemusterten Hausschuhen. Da stehen wir, wie Gott oder wer auch immer uns schuf, und halten uns gegenseitig vor Lachen die Bäuche. Da ist nichts als ein lächerlicher alter Spiegel in der Innenseite der Rückwand, schwarzfleckig blind überall. Da ist niemand, niemand außer uns. Mit erschöpften Seufzern trollt sich unser Lachen, ich schließe die böse Kiste ein Mal für alle Male, wir wenden uns von ihr ab und einander zu.

»Damals … vorhin wolltest du mir gar nicht sagen, dass du mich verlässt, sondern dass du schwanger bist, oder?«

»Ja …, woher …?«

»Und warum hast du's mir nicht gesagt?«

»Ich wollte ja, du hast mich nicht zu Wort … Nein, ich hab mich nicht getraut, weil ich … es ist idiotisch, aber ich würd's gern behalten, und weil ich weiß, dass du dich niemals für ein Kind entscheiden würdest und ich ja eigentlich auch keins will, habe ich es dir sagen wollen und auch wieder nicht.«

»Das stimmt, ich würde mich niemals für ein Kind entscheiden, aber wenn das Kind sich für einen entschieden hat, ist das ja was anderes, oder? Ich meine, wo es schon mal da ist …«

»Äh … bisher ist da gar nichts, ich hab bloß einen Keimling in einer Schleimhaut, weil wir vor sechs Wochen mal wieder nicht …«

»Nein nein, es ist längst da, es ist ja schon fast erwachsen und kann nur noch immer nicht zur Welt kommen. Also wird es vielleicht langsam Zeit.«

»Oh je, du hast ja doch Fieber, deine Augen glänzen auch so komisch und deine Stirn ist …«

»Willst du's haben oder nicht?«

»Ja, ich will's behalten.«

»Gut. Wie willst du's nennen?«

»Also darüber habe ich mir nun wirklich noch keine …«

»Doch, hast du doch!«

»Woher …? Also, ja, wenn es ein Mädchen wird, würde ich sie gern Evelyn nennen, und wenn es …«

»… ein Junge wird, wovon wir ausgehen können, dann nennen wir ihn auch Evelyn, einverstanden?«

»Äh …?«

»Einverstanden?«

»Ja … ja!« Endlich glättet sich ihre Stirn und sie lächelt. »Sieh mal, es ist längst hell draußen!«

Sie zieht mich aus dem dunklen Flur hinter sich her auf die Terrasse in die strahlende Augustmorgensonne, ich ziehe den Kittel aus, recke und strecke mich gähnend, greife mit Erleichterung nach einer halbgefüllten Wasserflasche, die noch von gestern hier rumsteht, lasse das schale Wasser genüsslich in einem Zug in mich hineinlaufen, derweil Esther sich eine Unterhose von der Wäscheleine nimmt und anzieht, weil unser idiotischer Nachbar, Dr. Erleking, schon seinen Posten bezogen hat. Ich mache ein paar steif verwackelte Sonnengrüße, werfe mich dann auf den Liegestuhl und hoffe, dass Esther zu mir kommt, aber sie bleibt mit verschränkten Armen vor meinem Fußteil stehen, schaut mich verzagt seufzend an und fragt dann leise:

»Was sollen wir denn … was willst du denn jetzt tun?«

»Wie?«

»Na, du müsstest zur Arbeit jetzt, willst du … soll ich anrufen und dich krank …«

»Nein, ich geh nicht mehr hin. Wir werden noch heute weggehen.«

»Weggehen?«

»Ja, würdest du mir bitte aus der Sonne … komm lieber her!«

Sie tritt mechanisch auf die Seite, legt sich aber nicht zu mir, sondern schüttelt unwillig oder eher ungläubig den Kopf:

»Wie denn weggehen? Wohin denn?«

»Na, raus aus der klinischen Welt. Wir werden nachher nach Jalta fahren und von dort aus ein Schiff Richtung Bosporus nehmen, und wenn wir das Schwarze Meer passiert haben, sehen wir weiter. Jetzt komm endlich her.«

Ich knöpfe mir das Hemd auf, verschränke dann, glücklich in die Sonne blinzelnd, die Arme hinterm Kopf.

»Oh Gott!« Esther starrt mir entsetzt auf die Brust. »Was ist das?«

»Was?« Doch ich schaue vor Schreck gar nicht hin, sondern schlage mir hastig die Arme über Kreuz auf die Brust wie eine kokette Kokotte oder wie ein fantasieasiatischer Diener, im Begriff sich viel zu schwungvoll zu verneigen, oder wie ein russisch unorthodoxer Priester bei der Einsegnung des stinkenden Leichnams des abtrünnigen Starez oder wie Kleopatra mit ihren hochmütig gekreuzten Schlangenstäben oder wie die noch hochmütigere Mumie Tutanchamuns oder wie … wie … wie … wie soll ich ihr das bloß …? Aber Esther zerrt mir mit aller Kraft, und als die nicht reicht, aller trickreich fingerbiegenden Gewalt meine Arme, meine armen, meine arme Schuld schützenden Arme weg und schlägt sich dann die Hände vor den Mund:

»Es tut mir so leid!« Sie heult auf wie ein getretener Hund. »Es ist meine Schuld, dass du das wieder machst!«

»Nein, ist es nicht. Es hat gar nichts mit dir zu tun. Mir war nur anders nicht beizukommen.«

»Hast du das jetzt gerade im Schlaf gemacht?«

»J-ja, ich nehm's an.«

»Die Blutkruste sieht so seltsam … wie weicher Teer … oh Gott, man kann richtig sehen, wie du die Fingernägel da reingeschlagen hast, so tief, das sind ja keine Kratzer mehr, das … der eine da, der da quer über deine Narbe, schneidet richtig tief ins Fleisch, richtig …«

»Richtig, richtig, richtig – ist gut jetzt, mach nicht so 'ne große Sache …«

»Aber …«, in ihren Schrecken mischt sich plötzlich misstrauisches Unverständnis, »davon musst du doch wach geworden sein, du kannst dich doch nicht so zurichten, ohne davon –«

»Wie auch immer, es ist vorbei«, ungelenk versuche ich, mich wieder zuzuknöpfen und lache nervös auf, »und deshalb wollen wir jetzt mal das Hemd des Schweigens darüber …«

»Nein, wollen wir nicht«, unerbittlich ernst schaut sie zu mir herab und verschränkt zusätzlich wieder die Arme, um unmissverständlich klarzustellen, dass sie nicht mit sich verhandeln lässt. »Wenn wir wirklich weggehen wollen, gibt es keine schönen weißen Hemden mehr.«

»Mhm.«

Mehr ist beim besten Willen nicht aus mir rauszubekommen, und so bemühe ich mich, wenigstens nachdrücklich zu nicken, scheine dabei aber eher jämmerlich auszusehen, denn mitleidig spöttisch lächelnd legt sie sich seitlich zu mir auf den schmalen Liegestuhl, schiebt ihr angewinkeltes Bein quer über meine Oberschenkel, und mit einem lauten erleichterten Seufzer greife ich nach ihrem Knie, ziehe es zu mir hoch an meinen rechten Hüftknochen, halte mich daran fest und nehme all meinen mickrigen Mut zusammen:

»Esther, ich muss dir was sagen. Was Schlimmes. Ich habe kein Herz mehr. Jedenfalls kein richtiges …«

Augenbraue an Augenbraue liegen wir da, ängstlich halte ich die Luft an, aber auf einmal breitet sich still ein grünes Strahlen auf ihrem Gesicht aus, so hell, wie ich es Ewigkeiten nicht gesehen habe.

»Du hattest noch nie eins, Franz«, sie küsst mich auf den Mundwinkel, »und das macht nichts. Die Dinge bahnen sich ihre Wege auch anders.«

52.

Wie schön ist es, ohne Gepäck zu sein! Nur die kleine Tasche hängt an meiner Schulter, die gleiche, die wir schon vor sechs Wochen bei unserer zweitägigen Ausflucht nach Jalta dabei hatten, als wir sicher waren, wir sähen es zum letzten Mal. Und nun sind wir doch noch einmal zurückgekehrt, aber nicht für eine allerletzte *sentimental journey*, sondern für eine erste echte Reise. Ja, wir werden richtige Passagiere sein, und Esther trägt dafür nichts weiter über der Schulter als die dünnen Träger ihres smaragdgrünen Sommerkleids, und das ist mir wichtig jetzt, wo wir den Busbahnhof erreicht haben und sie vor mir aus dem Trolleybus steigt, denn ich will *unbedingt*, dass sie *vollkommen* unbeschwert ist, was ihr, obwohl ich doch kein Wort davon gesagt habe, schon nach ein paar Metern so schwer auf die Nerven fällt, dass sie abrupt stehenbleibt und schnaubend ausatmet wie ein Stier. Doch dann überlegt der Stier es sich anders, nimmt mir nur lachend die Tasche weg und gibt sie erst gegen das Versprechen wieder her, Esther nicht weiter mit meinem Leichtigkeitswahn zu terrorisieren. Unser beider Anspannungen, auf der schweigenden Busfahrt ungut an einander gewachsen, lösen sich auf. Nun, tatsächlich erleichtert, schlendern wir Hand in Hand die Moskowskaja Uliza zum Hafen hinunter. Wir haben alle Zeit der Welt, unsere Fähre geht erst in drei Stunden, und so können wir den Gang der Dinge ruhig noch ein wenig der Mittagssonne überlassen.

Es ist erst ein paar Stunden her, kommt mir aber vor wie Tage, dass wir unsere Wohnung verlassen haben und bis nach Aluschta gefahren sind, dort das Auto stehengelassen, den Schlüssel in einen Mülleimer geworfen haben und in den Bus nach Jalta gestiegen sind. Auf dem Weg nach Aluschta hatte Esther vorgeschlagen, uns, um etwaige Schockwirkungen zu vermeiden, Schritt für Schritt aus der klinischen Welt ausschleichen zu lassen, statt uns sofort abzusetzen. Sie fand, wir sollten in Jalta eins der kleineren Patientenausflugsboote nach Sewastopol nehmen, uns von dort aus weiter langsam Richtung Westen an der Schwarzmeerküste entlanghangeln und uns in einem Halbmondbogen mit Zwischenstopps in Odessa, Constanta und Varna hinab gen Bosporus davonstehlen, weil man auf einem in Ufernähe vor sich hindümpelnden Küstenschiff mit großer Wahrscheinlichkeit unbehelligt bliebe von möglichen Kontrollen durch die weiße Flotte, die das Meer in zahlreichen Längsschnitten durchkreuzt.

Ich habe nur ein paarmal zögerlich genickt und *hmhm* gemacht und dabei starr weiter auf die Straße geschaut, während sie fragend mein Profil musterte, denn ich wollte ihr nicht sagen, dass ich sicher war, dass solch ein ausschleichendes Absetzen eine völlig überflüssige, vielleicht sogar gefährliche Vorsichtsmaßnahme wäre, weil man uns, wenn man uns überhaupt *behelligen* sollte, jedenfalls nicht mit einer läppischen Kontrolle auf offener See behelligen würde, wollte ihr nicht sagen, dass ich gestern, also gestern vor zwanzig Jahren, eine Nachricht von der Verwaltung bekommen hatte, in der ich höflich um Statusklärung der mit mir in ehelicher Gemeinschaft lebenden Person gebeten wurde, und ich daher keinen Zweifel daran hatte, dass man uns gehen lassen würde, und ihr gerade deshalb nicht erklären konnte, wovor ich mich eigentlich fürchtete.

Weil aber ein halbherzig zustimmendes *hmhm* die wirksamste Widerrede ist, ließ sich Esther von meinem untergrabenden Gebrumm zum Glück, ohne dass ich auch nur ein Wort hätte sagen müssen, was uns beide wahrscheinlich nur entmutigt hätte, sofort umstimmen:

»Ja, du hast wohl recht, nicht so eine gute Idee, Zwischenstopps sind womöglich noch heikler. Allein bei dem Gedanken, in Odessa feststecken zu bleiben …, nein, wir nehmen einfach direkt die Fähre hinab in den Trichter, ich meine Bosporus.«

So müssen wir jetzt also nicht, mit all den Patienten, die sich mit ihren eingerollten, unter den energischen Ellbogen geklemmten Matten an uns vorbeidrängeln, die lärmende, und trotz der sie kühl säumenden Wasserader der Bystraja, *schnell schnell fließ hinab zu mir, kleine Bystraja*, in der Mittagshitze nach Motorradabgasen und Patientenschweiß stinkende Moskowskaja ganz bis nach unten hinabhetzen und an die überfüllteste Stelle der Jaltaer Uferpromenade zum Anleger für die Küstenschiffe eilen, sondern lösen uns am bereits für die diesjährige *Prana-Convention* weiß beflaggten Leninplatz aus dem Patientenstrom und flanieren in all der Seelenruhe, die eine klare Entscheidung für den direkten Weg einem schenkt, zum Seehafen hinunter.

Auf der fensterlosen Rückseite des nagelneuen, langgestreckten Hafengebäudes wird es plötzlich still, da die Uliza Roosevelta im Schatten des Gebäudes zwar noch immer der breite Boulevard ist, der er seit Jahrhunderten ist, aber nicht mehr als Promenade genutzt wird. Anders als auf der Hafenvorderseite gibt es auf der Rückseite keine Cafés, Sonnengruß- und Thalassoflächen, und so streunen hier nur noch vereinzelte Patienten herum, und Hafenangestellte sind auch nicht zu sehen. Unwillkürlich werden wir etwas schneller, bis wir die schattige Stille durchschritten haben, laufen dann wieder heiterer auf dem sonnigen Quai um das hellgraue Gebäude herum, und auf dem Promenadenplatz angelangt steuert Esther uns zielstrebig auf die hohe Schalterhalle zu, die uns durch ihre großzügige Glasfront völlige Einsicht gewährt. Vor der Drehtür angelangt sage ich leichthin:

»Wir müssen uns ja nicht beide anstellen. Warte doch hier und guck dir die Schiffe an, während ich die Tickets hole.«

»Sieht nicht so aus, als müsste man sich anstellen«, sie schaut halsreckend über meine Schulter in die Halle. »Ich kann es auch machen.«

»Nein nein«, jetzt nicht die Stimme heben, »ich mach schon, warte hier.«

»Ist gut, dann geh ich kurz zu McDonald's rüber, pinkeln.«

»Na schön, aber komm so schnell wie möglich zurück. Nicht länger da bleiben, ja?«

»Nein, natürlich nicht. Was ist denn los?«

»Nichts, ich will nur nicht, dass du zu weit weg gehst, will dich nicht anrufen müssen, kann ja immer mal sein, dass die Verbindung plötzlich nicht mehr funktioniert«, sie schaut erschrocken und ich versuche zu lächeln. »Ich rede Blödsinn, vergiss es. Bis gleich!«

Und schon setze ich auf dem Türkarussell hinüber in die diskret klimatisierte und trotz des nackten, matt grünlichschwarzen Schieferfußbodens sonderbar gedämpfte Atmosphäre der Halle. Ach so, Kunststein, daher die angenehme Akustik. Nur drei der etwa zwei Dutzend Schalter sind geöffnet, es ist tatsächlich so gut wie nichts los hier. Ich entscheide mich für den mittleren Schalter und muss kaum fünf Minuten warten, weil nur ein einziger Mann vor mir an dem Schalter steht.

Der Schalterangestellte, ein für sein mittleres Alter auffallend gebeugter Mann mit dichtem, störrischem und daher mühevoll sorgfältig gekämmtem dunklem Haar, dem goldenen Schild an der Brusttasche seines kurzärmeligen weißen Hemdes nach ein Dr. Tomari, blickt, murmelnd meinen Gruß erwidernd, routiniert nicht auf und verarbeitet an seinem Rechner wahrscheinlich noch den letzten Klienten, während er sich von mir durch das ovale, von weißen Birkenstäben und Glas eingefasste Sprechloch seines Schalterkastens sagen lässt, was ich will. Erst jetzt, da ich mein Sätzlein zu Ende gesprochen habe, hebt er abrupt und leicht zurückfedernd den Kopf, nimmt seine Lesebrille ab, zeigt mir so die tiefeingeprägten Ringe unter seinen Augen und schaut mich verständnislos an:

»Wie meinen Sie das, ein Ticket für zwei Personen für die Fähre nach Istanbul?«

»Na … ziemlich genau so, wie sich's anhört: Ich möchte ein Ticket für zwei Personen für die …«

»Sie wollen raus? Raus, nicht rein?«

»Ja, genau.«

»Ihr Status?« Verwirrt mustert er mein hellblaues Hemd. »Arzt oder Patient?«

»Arzt.«

»Und der Status der zweiten Person?«

»Weder noch. Ich meine: *nichtklinisch.*«

»Verstehe. Dann also raus.«

»Genau.«

»Dann will ich mal sehen, wo ich hier so was finde«, er setzt seine Brille wieder auf, beugt sich über den Rechner und murmelt mit herabgezogenen Mundwinkeln eher sich als mir zu: »Hm, ich hab gar keine passende Maske, ich weiß immer nicht, wie die Kollegen so was …, na, müssen wir improvisieren … hmhm.«

Ich werde nicht mit den Fingern auf die Schaltertheke trommeln, ich werde es nicht tun, egal wie lange er braucht, und ich werde auch nicht ungeduldig vor mich hin schnaufen … Aber da nickt er mir schon freundlich zu:

»So, da haben wir, was Sie wollen, der Arzt ist schließlich König«, er schiebt mir lächelnd zwei große grüne Billets rüber, »zwei Tickets für die Fähre nach Istanbul.«

»Vielen Dank. Was macht das?«

»Nein nein«, Dr. Tomari hebt abwehrend die Hände, und plötzlich bilden sich zwei tief lächelnde Grübchen in seinen blauschattigen Wangen. »Raus geht aufs Haus!«

»Oh, recht herzlichen Dank!«

»Nicht doch. Jeder, der geht, ist uns willkommen.«

Der nachgiebige Kunstschieferboden schluckt den festen Auftritt meiner gemessen geschäftigen, nicht zu eiligen Schritte. Und da spuckt die Drehtür mich schon zurück ins Freie aus und dankbar atme ich die trockene heiße Luft ein. Esther ist gottseidank auch schon wieder von ihrem Pinkelexkurs zurück, schaut, mir den Rücken zugewandt, aufs Wasser, und erleichtert schleiche ich mich an sie heran und beiße ihr scherzhaft in den Po.

Zum ersten Mal, seit wir Kertsch verlassen haben, lachen wir gelöst, torkeln mit einander über die Schultern gelegten Armen in glücklicher Schieflage ziellos über den weitläufigen Promenadenplatz, als wollten wir uns schon mal auf die vor uns liegende Seekrankheit einstimmen, und Esther fragt leichthin:

»Hat's geklappt? Hast du die Tickets bekommen?«

»Jawohl, Käpt'n, habe ich«, ich bleibe stehen, klopfe mir zweimal auf die Hemdtasche links auf der Brust, als wolle ich meinen guten alten Herzschlag nachmachen. »Hier drin habe ich sie, zusammen mit dem schönen schmutzigen Bild von deinem durchsichtigen Thorax.«

»Das Röntgenbild? Das hast du noch?« Sie lächelt abwechselnd amüsiert und verlegen gerührt, zieht dann aber plötzlich die Stirn in Falten und fragt leise: »Willst du es nicht lieber wegwerfen, Franz?«

»Nein, will ich nicht. Warum sollte ich unseren Anfang wegwerfen?«

»Ich hab nicht gesagt, dass du unseren Anfang wegwerfen sollst, nur das Bild vom Anfang.«

»Warum?«

»Ich weiß nicht«, sie zuckt unschlüssig die Achseln, »diesen ganzen Ballast ...«

»Welchen ganzen Ballast?« Ich lache auf. »Ich will dieses eine Bild mitnehmen, sonst nichts. Du tust so, als wollte ich dutzendweise Kisten auf das Schiff ...«

»Jaja ... schon gut.«

»Worum geht's hier?« Sie antwortet nicht, blickt schräg neben mir zu Boden, und ich schüttle sie leicht am Ellbogen. »Hm?«

»Es ist nur, weil ... wie soll ich das sagen«, sie schluckt ein paar Tränen runter, hebt den Kopf zwar, aber pendelt ausweichend mit ihm hin und her, »weil du nicht gut umgehen kannst mit diesen ... mit solchen Bildern. Wenn es all diese Durchleuchtungen nicht gegeben hätte ..., ich weiß nicht ... die Art, wie du nie genug kriegen konntest von all den PETs und fMRTs, EEGs und MEGs, wie du jeden Dreck lesen musstest und ihnen auch von dir bereitwillig jedes Bild geliefert hast ... Und diese fixe Idee, ihnen irgendwann einen Schritt voraus sein zu können, und immer wolltest du noch mehr, noch neuere ...«

»Das stimmt, aber das ist vorbei. Ich bin endgültig kuriert von der fixen Idee neuer Bilder von uns. Ich will keine verschlungenen Linien mehr lesen, glaub mir. Und falls doch, dann nur, um irgendwann übers Lesen hinauszugeraten. Aber dieses Röntgenbild von dir hat mit all dem sowieso nichts zu tun, auf dem gibt es gar nichts zu lesen. Und ich habe auch nie versucht, es zu lesen, wirklich nicht.«

Sie legt noch immer skeptisch den Kopf schräg. Ich streiche ihre Stirn glatt:

»Das Bild ist unser Anfang, aber kein Bild von unserem Anfang. Das habe ich mittlerweile verstanden, auch wenn ich lange dafür gebraucht habe. Aber zwanzig Jahre Buße sind doch vielleicht genug, meinst du nicht?«

»Was?«

»Weißt du, es ist so … – ach, es spielt keine Rolle!«

»Na schön«, ihr Gesicht klart wieder auf und sie küsst mich. »Aber sag nicht, du seiest kuriert. Leute wie wir sind niemals kuriert.«

»Ja, du hast recht.«

Wie zur Bekräftigung dieser Einsicht ertönt hinter uns das laute und wehmütig langgezogene Tuten des Nebelhorns, mit dem die Fähre überflüssigerweise die gute Nachricht von ihrer Hafeneinfahrt in den strahlend blauen Himmel hinausposaunt.

53.

Kaum haben wir uns umgedreht, hat die Fähre schon angelegt, und über die Gangway ergießt sich ein Schwall von aufgeregt schnatternden Patienten an Land. In einer Doppelreihe strömen sie wie eine lebendig gewordene Mole an uns vorbei auf die Schalterhalle zu, um ihre Ankunft legitimieren zu lassen. Es müssen Hunderte sein, und in wohlwollender Indifferenz lassen wir sie an uns vorüberziehen, als einen Film, von dem man die Augen nicht abwenden kann, einfach nur, weil sich das Bild vor einem eben bewegt, während man selbst stillsteht.

Als die Menschenmole im Hafengebäude verschwunden ist, starren wir noch ein Weilchen auf das Schlussbild der nun wieder stillstehenden Drehtür der Schalterhalle, dann wenden wir uns in die Gegenrichtung zur Fähre. Die gelbe Sanitätsflagge flattert am Vordermast fröhlich über der weißen Klinikflagge, als wolle sie uns zur Eile drängen.

An Bord erwartet uns bereits ein Steward, er lässt sich unsere Tickets zeigen und studiert sie eine ganze Minute lang, obwohl so gut wie nichts auf diesen grünen Lappen steht. Esthers Brustkorb bleibt ängstlich unter ihrem angehaltenen Atem gehoben, aber da schaut der Steward wieder zu uns hoch, lächelt professionell liebenswürdig und teilt uns in viril schnurrigem Tonfall mit, dass der Kapitän bereits über den Lotsen von Dr. Tomari darüber informiert worden sei, dass die Fähre heute mal wieder mit zwei Passagieren rausfährt, heißt uns im Namen des Kapitäns herzlich willkommen an Bord der *Chance II* und lädt uns in selbigem Namen dazu ein, nach oben auf die Brücke zu kommen und uns das Ablegen vom Ruderhaus aus mit anzusehen. Steif nickend bedanken wir uns, steigen dann hinter ihm die Außenleitern zum Brückendeck hoch, und dabei ist meine Aufmerksamkeit ganz unter Esthers kurzes Sommerkleid gerichtet, sodass ich dem unausgesetzten Gerede des Stewards erst oben angelangt wieder halbwegs zuhöre.

»... durchaus als Ehre ansehen. Der reguläre Patient bleibt schließlich unten an Deck. Wenn er Glück hat, darf er ganz vorn in der Bugspitze stehen, sich an der Reling festhalten und aufs Meer schauen, was ja auch ganz schön ist. Da steht er, hält die Nase über dem Bug in den Wind und freut sich darüber, dass niemand weiter vorn steht als er. Aber freilich sieht er so nichts vom Schiff und im Grunde genommen auch nichts vom Meer. Er merkt schon, dass er eigentlich nichts sieht, aber es will ihm trotzdem nicht in den Kopf, dass er da vorn einen schlechten Stand hat. Da ist der Blick hier vom Brückendeck hinab auf den Bug und über ihn hinaus doch etwas ganz anderes, wie?«

Er lässt seine Hand in einem Halbkreis über dem Geländer schweifen, und höflich schauen wir über die Kaskade der drei Zwischendecks hinab auf die leeren, hellen Deckplanken im Bug.

»Und Sie beide wollen also raus? Nach Istanbul. Und dann? Wie ... wohin soll's dann weitergehen?«

»Das wissen wir noch nicht«, Esther antwortet zum Glück in aller Ruhe für uns beide, derweil mir noch vom Blick auf das blankgescheuerte Bugdeckdreieck schwindelt. »Weiter nach Süden wahrscheinlich, vielleicht auch Richtung Osten.«

»Natürlich. Das antworten die Leute, die wir mit rausnehmen, immer. Soll ich Ihnen von dem Paar erzählen, das wir letzten Monat an Bord hatten?«

»N-nein, ich glaube nicht. Nein, das interessiert uns nicht.«

»Natürlich nicht. Aber Sie wissen schon, was da draußen los ist?«

Esther zuckt arrogant die Achseln:

»Nein, könnten wir nicht behaupten. Genauso wenig wie Sie.«

»Ins völlig Offene wollen Sie also«, er zieht in jovialer Anerkennung die Mundwinkel herab und hält uns die Seitentür des Ruderhauses auf. »Na, dann kommen Sie mal. Der Kapitän wird Ihnen alles erklären.«

Unschlüssig tritt Esther über die hohe Schwelle ins Steuerhaus und ihr folgend blicke ich flüchtig über die Schulter zurück und stelle fest, dass wir schon längst ausgelaufen sind. In der Mitte des niedrigen, eichengetäfelten Kommandoraums steht ein weißhaariger, untersetzter Mann mit breitaufgestützten Armen und hängendem Kopf tief über den Kartentisch gebeugt. Es sieht aus, als würde er ein kleines Nickerchen im Stehen halten, doch auf das dunkle Räuspern des Stewards hin, mit dem dieser uns ankündigt und sich selbst gleichzeitig zurück aufs Hauptdeck empfiehlt, richtet er sich augenblicklich kerzengerade auf, kommt mit einladend breitem und hohem Lächeln auf uns zu, sodass sich seine blaurotgeäderten Wangen unter seinen gutmütig wässrigblauen Augen zu zwei kreisrunden Bäckchen zusammenziehen, gibt uns charmant zerstreut seine etwas schlaffe Rechte und stellt sich als Kapitän Dr. Beaufort vor. Nach einem einleitend geseufzten *Tja, also das hier ist das Ruder- oder auch Steuerhaus* beginnt er, uns sein Reich vorzustellen.

Sein Tonfall ist ebenso wässrig wie seine Augen, ganz anders als das resonanzsüchtig sonore Geschnurr seines Stewards, und so plätschert seine dünne Rede gutmütig über Mark und Bein hinweg, und Esther lässt, obwohl der Rest der Besatzung, zwei auf Drehhockern vor ihren Monitoren sitzende Männer und ein dritter, der mit gehobenem Fernglas reglos an der hübsch haifischmaulartig nach innen gerichteten Fensterfront steht, uns grußlos den Rücken zukehrt, entspannt ihre Schultern sacken, dreht suchend den Kopf im Raum herum und fragt den Kapitän zutraulich:

»Und wo ist das Steuerrad?«

Er lacht gerührt auf:

»Es gibt keins, mein Kind. Jedenfalls nicht so eins, wie Sie es sich vorstellen. Kein geschlossenes Rad, nur dieses kleine offene Ding hier, sieht aus wie von einem mickrigen Motorbötchen, nicht? Wir setzen es nur noch notfalls zur Kontrolle der beiden Ruder ein. Läuft alles automatisch. Das Steuerungssystem liest unsere Positionen, also Radar, GPS, Sichtpeilungen und so weiter von selbst. Und dadurch haben wir ganz freie Hand. Wir tragen zwar noch immer gewissenhaft unsere Positionen in die Karte ein, aber nur noch für uns selbst, und das ist etwas ganz anderes als früher, als man es machen musste, derart wandelt sich die gesamte Apparatur. Auch die melodiösen Einträge des Echolots etwa sind so zu meiner persönlichen Kurve, ja zu meinem ganz eigenen Thema geworden. Die Dinge bekommen einfach einen anderen Wert. Ein Mann würde ja reichen, um das Schiff zu steuern, im Grunde ist sogar keiner mehr vonnöten. Doch wir gönnen uns hier den Luxus von zwei nautischen Wachoffizieren«, er zeigt auf die Rücken der beiden sitzenden Männer, »Pilot, Copilot, und, damit nicht genug, auch noch einen Matrosen, der zusätzlich ein Auge nach draußen wirft. Und natürlich ist da auch noch der Steward, der Sie empfangen hat. Der geht die meiste Zeit einfach nur auf dem Hauptdeck spazieren. Wer kann sich das heutzutage schon noch leisten? Das möchte ich wirklich mal wissen.«

Kapitän Dr. Beaufort faltet die Hände auf dem Rücken, lehnt sich bequem an die Rückwand seiner eichenen Kammer und betrachtet mit zufriedenem Ausdruck seine Mannschaft. Automatisch tun wir es ihm gleich, lehnen uns neben ihn an die sonnengewärmte Holztäfelung und schauen blinzelnd auf die drei Männer vor uns und an ihnen vorbei durch die Fenster ins ununterscheidbare Himmelwasserblaue. Zuversichtlich schlinge ich meine Arme um Esther und verknote meine Hände auf ihrem Hüftknochen. Sie zwinkert mir lächelnd zu, erwidert meine Umarmung und ich ziehe sie ganz nah zu mir heran, während der Kapitän schläfrig unsere nautische Einführung zum Abschluss bringt:

»Ich will Sie nicht länger langweilen, sollen ja die Fahrt genießen, das ist hier schließlich ein Andachtsraum, will Ihnen nur noch kurz unseren Hauptantrieb erklären. Den regeln wir nämlich nach wie vor selbst. Mit diesen beiden großen Hebeln da setzen wir den Maschinentelegraphen in Gang. Wir haben einen Vater und einen Sohn, also eine große und eine kleine Maschine, die zusammen auf die Welle arbeiten, und damit können wir die Schraube, wenn's sein muss, bis in alle Ewigkeit antreiben. So, dann wollen wir Ihnen jetzt mal ein bisschen Dampf machen. Wenn ich bitten dürfte, mein Herr!«

Ohne sich umzudrehen gleitet der erste Wachoffizier von seinem hohen Hocker herunter, tritt einen geschmeidigen Wiegeschritt zur Seite an den Hebeltisch und zieht seine weiße Uniformjacke aus, unter der er ein ebenso tadellos weißes, ärmelloses Hemd trägt. Sein Anblick versetzt mir einen Schlag in den Solarplexus, und mit gestocktem Atem schaue ich zu, wie er langsam Haltung annimmt. Er zieht die Schultern straff zurück, verschränkt über dem Steiß die Hände, sodass sich seine mächtigen, über und über tätowierten Arme wie ein grünlilaschillernder schwarzer Rettungsring auf seinem Rücken schließen, und wartet auf das Kommando seines Kapitäns. Als es schließlich kommt, greift er mit weitgebogenen Armen die beiden Hebel und drückt sie von sich weg bis ganz nach unten durch, *volle Kraft voraus*, doch mit ebenso voller Kraft halte ich dich umschlungen und hältst du mich, *and it burns, burns, burns, the ring of fire, the ring of fire, the ring of fire …*

Ludvík Vaculík
Die Meerschweinchen. Roman

Aus dem Tschechischen von Alexandra und Gerhard Baumrucker
192 Seiten, Broschur
ISBN 978-3-03734-178-0
€ 15,00 / CHF 18,90

Wie lehrreich sind doch Haustiere, in diesem Falle Meerschweinchen, für das Familienleben! Die Kinder beschäftigen sich mit etwas Lebendigem und lernen zu beobachten. Wie fühlt sich so ein Meerschweinchen auf ungewohnten Oberflächen? Wie geht es mit Gefahr um? Wem vertraut es? Wie pflanzt es sich fort? Und: Wie stirbt es? Wer sich als Erwachsener mit Meerschweinchen beschäftigt, muss sich nicht fragen, welch seltsame Dinge am Arbeitsplatz vorgehen. Äußerst seltsam ist zum Beispiel, dass an diesem Arbeitsplatz, der die staatliche Bank ist, die Klau-Routine der Angestellten plötzlich durchbrochen wird. Seltsam ist ferner, dass man dort verschlüsselt kommuniziert, dass leere Fässer hinter Türen warten und dass ein Ingenieur verschwindet, der vor einer wirtschaftlichen Katastrophe gewarnt hat.
In diesem Buch, das als »Naturkundebuch« für Kinder beginnt, tun sich nach und nach bodenlose Abgründe auf. Immer zwingender wird die Frage, wer hier eigentlich mit wem experimentiert. Vaculíks freundlich-fürchterliche Prosa, meisterlich übersetzt, entwickelt einen Sog, der an Kafka und Gogol, Robert Walser und Kleist erinnert.

»Eines der wichtigsten literarischen Werke der Nachkriegszeit.« *New York Review of Books* — »Ein absurd-witzig-böser Roman, eine Abrechnung mit dem Kommunismus, aber auch ein literarischer Genuss, dem man schnell verfällt.« *FAZ* — »Vaculiks noch das Empörendste ganz gelassen beschreibender Stil, seine Schlenker zum kafkaesk Absurden aber zeugen vor allem von literarischer Souveränität, die sich nicht im Pamphletistischen erschöpft. Es ist eine gute Nachricht, dass dieser originelle Widerhaken-Roman nun wieder lieferbar ist.« *Deutschlandradio Kultur*

Tom McCarthy
8 ½ Millionen. Roman

Aus dem Englischen von Astrid Sommer
304 Seiten, Broschur
ISBN 978-3-03734-187-2
€ 12,00 / CHF 15,00

Ein Mann steht zur falschen Zeit am falschen Ort und hat auf einmal zwei Probleme: Was macht man mit einer Abfindung von 8 ½ Millionen und vor allem: Wie lässt sich ein Leben wieder ins Lot bringen, dem abgeht, was zuvor selbstverständlich war – die Selbstverständlichkeit?
Eine Lösung für beides scheint sich aufzutun, als ihn beim Anblick eines Risses in einer fremden Badezimmerwand plötzlich ein immenses Glücksgefühl überkommt: Da war einmal ein identischer Riss und um ihn herum hatte es einen Alltag gegeben, eine Wohnung, einen Ausblick, Gerüche, Klänge. Vor allem aber das Gefühl, lebendig zu sein. Fortan verwendet der namenlose Ich-Erzähler alles darauf, sich diesen Alltag zurückzuholen: Er sucht und kauft ein Haus oder vielmehr einen ganzen Straßenzug, er zeichnet Diagramme, plant Abläufe und lässt eine Unzahl von Personen aufmarschieren, um die aufsässige Wirklichkeit seinen Vorstellungen anzupassen: als Realität zum An- und Ausschalten, Vor- und Zurückspulen, in Endlosschleife, und all dies nur um jenes kurzen Kribbelns der Authentizität willen. Doch es ist nie genug, der Stoff macht süchtig, der Realisierungszwang gerät außer Kontrolle …

»›8 ½ Millionen‹ ist ein aufsehenerregenden Buch, eine virtuose Mischung aus poststrukturalistischem Bewusstsein und scharfem Realitätssinn, philosophisch hochkomplex und doch so einfach geplottet wie ein Comic, verliebt in jede Abschweifung und doch erzähltechnisch immer auf dem Punkt.« *NZZ* —»Einer der wichtigsten englischen Romane der letzten zehn Jahre.« *Zadie Smith, New York Review of Books*

Bruce Bégout

Der ParK

Aus dem Französischen von Franziska Humphreys-Schottmann

176 Seiten, Broschur

ISBN 978-3-03734-174-2

€ 10,00 / CHF 12,50

Auf einer abgelegenen Privatinsel in der Nähe Borneos hat der russische Unternehmer Kalt mit seinen Millionen und seinem Know-how aus Waffen-, Tourismus- und Vergnügungsindustrie den ultimativen Park errichtet – die gigantomanische Vereinigung von allem, was jemals innerhalb einer Einfriedung verwirklicht wurde: Wildgehege und Vergnügungspark, Rummel und Flüchtlingscamp, Reptilienhaus und Altenheim, Konzentrationslager und Technologiepark, Friedhof und Kindergarten, Arboretum und Gefängnis. Nur hundert Besucher pro Tag haben (nach Entrichtung von 15.000 $ Eintrittsgeld) das Recht, den ParK zu besuchen. Und keiner kann sich seiner Faszination entziehen ...

Provokantes Gedankenexperiment zwischen George Orwell, Guy Debord und Michel Houellebecq, fulminanter Kurzroman ohne Handlung: Bruce Bégout entwirft den ausgelebten Traum eines Spätkapitalismus, dem nur scheinbar sämtliche Sicherungen durchgebrannt sind. Ein großartiger Text über unsere niedrigsten Beweggründe, absolut auf der Höhe seiner Zeit.

»Was für eine Wohltat ist dieses Buch: ein scharfsinniges Gedankenspiel, das hinsichtlich der demonstrativen Zuspitzung seinesgleichen sucht.« *Alexander Müller, FAZ* —»Der Besuch dieses ParKs ist lohnenswert, die Lektüre sowieso. Der Baum der Erkenntnis um eine Frucht reicher, eine exotische.« *Schweizer Buchhandel* — »Der Mensch ist am Ende, sagt uns das Buch. Im ParK wird seine Entzivilisierung zwecks profitabler Vermarktung zugleich simuliert und stimuliert.« *SWR 2* — »Das Zynische an dieser Freizeitparkfiktion ist allein, dass viele sie als Zynismus abtun werden.« *Financial Times Deutschland*

Angelika Meier

England. Roman

336 Seiten, Gebunden mit Schutzumschlag
ISBN 978-3-03734-104-9
€ 19,90 / CHF 24,90

Als Valentine von Master Jonathan Quale Higgins III. im Trinity College als neues Mitglied des Kollegiums empfangen wird, eilt ihr der Ruf einer bahnbrechenden wissenschaftlichen Entdeckung voraus: Sie hat einen bislang völlig unbekannten Denker aus dem 17. Jahrhundert ausgegraben und arbeitet nun an der Edition seiner Werke. Lange bleibt unklar, welche Rolle sie in Cambridge und seiner herzlich-elitären Welt zu spielen hat. Was ist ihr geheimer Auftrag? Wer ist auf ihrer Seite? Will man sie beschützen oder bloßstellen? Wer ist eigentlich hinter wem (oder hinter was) her? Was wird hier gespielt? Jedenfalls erweist es sich als einigermaßen schwierig, einen Samsonite-Koffer mit wertvollen Manuskripten rund um die Uhr zu bewachen – und zugleich der zweifelhaft-ehrenvollen Gemeinschaft der Kollegen in slapstickartigen Dialoggefechten Rede und Antwort zu stehen, den Studenten ihre philosophischen Flausen auszutreiben oder sich mit dem glamourösen Ironiker Orville der Liebe hinzugeben.
Schauplatz des Ganzen ist ein nostalgisch-(alp)traumhaftes Science-Fiction-Cambridge, in dem die Brunnen gähnen und die Kulissen knirschen, in dem sich Schauermärchenabgründe auftun und Ludwig Wittgenstein zwischen den Touristenhorden der Jetztzeit herumirrlichtert. Eine erstickend staffagenartige Wissenswelt, die inquisitorische Herzlichkeit des Patriarchats, Spionage und Maskerade, die komisch-fatale Verwobenheit von Arbeit und Liebe: All das ist viel zu viel für die enge Welt eines kleinen Kopfes, und der Ausweg liegt wohl in der Flucht nach vorn – oder im Schlaf.